STEFANIE LASTHAUS

Das Frost-Mädchen

Roman

WILHELM HEYNE VERLAG
MÜNCHEN

Der Verlag weist ausdrücklich darauf hin, dass im Text
enthaltene externe Links vom Verlag nur bis zum Zeitpunkt
der Buchveröffentlichung eingesehen werden konnten.
Auf spätere Veränderungen hat der Verlag keinerlei Einfluss.
Eine Haftung des Verlags ist daher ausgeschlossen.

Verlagsgruppe Random House FSC®N001967

Originalausgabe 12/2016
Copyright © 2016 by Stefanie Lasthaus
Copyright © 2016 dieser Ausgabe by
Wilhelm Heyne Verlag, München,
in der Verlagsgruppe Random House GmbH,
Neumarkter Straße 28, 81673 München
Dieses Werk wurde vermittelt durch
die Agentur Editio Dialog, Dr. Michael Wenzel
Redaktion: Catherine Beck

Umschlaggestaltung: Nele Schütz Design, München, unter Verwendung
von shutterstock/captblack76
Satz: Christine Roithner Verlagsservice, Breitenaich
Druck und Bindung: CPI Clausen & Bosse

ISBN: 978-3-453-31729-1

www.heyne.de

»Wie Samen, die unter der Schneedecke träumen,
träumen eure Herzen vom Frühling.
Vertraut diesen Träumen, denn in ihnen verbirgt sich
das Tor zur Unendlichkeit.«

Khalil Gibran

1

Die Welt bestand aus Nacht und Helligkeit, aus Kälte und zarten Berührungen auf den Wangen. Und aus Schmerz.

Neve wollte rennen, stattdessen taumelte sie durch den kniehohen Schnee. Sie legte alle Kraft in die Beine und kämpfte sich mit geballten Fäusten vorwärts, so als würde sie dadurch schneller vorankommen. Doch sie war nicht schnell. Quälend langsam zog sie eine Schneise, weg von dem Gelächter und der Musik aus der Bar. Es schien eine Ewigkeit zu dauern, bis die Geräusche leiser wurden.

Irgendwo vor ihr brach ein Ast unter dem Gewicht des Schnees. Angst? Nein, sie spürte keine Angst. Nicht einmal ein wildes Tier würde sie so erschrecken wie die Erinnerung an Gideons Fratze. Kein Gesicht. Sie konnte es nicht mehr Gesicht nennen, dieses hassverzerrte Abbild des Mannes, der bis vor wenigen Augenblicken noch ihr Freund gewesen war.

Etwas tropfte auf die weiße Fläche vor ihr, dunkle Flecken im Licht der fernen Lampen. Blut. Ihre Lippe musste aufgeplatzt sein, vielleicht auch ihre Augenbraue. Ihr Gesicht brannte, und die Eisluft stach mit kleinen Nadeln in die Wunden. Es war das einzig Lebendige an ihr, der Körper fühlte sich dagegen taub an. Sie hatte die Kälte nie gemocht, doch nun war sie ihr beinahe eine Verbündete geworden.

Ihre Arme und Beine zitterten, so als gehörten sie längst nicht mehr ihr. Sie hatte es nicht einmal bis zu den Bäumen geschafft, als sie ihre Füße nicht mehr spürte. Warum hatte sie nicht zumindest eine Jacke angezogen, oder Schuhe? Ihre Hausschlappen aus Filz waren vollkommen durchnässt. Aber sie musste Abstand zu Gideon schaffen. Selbst jetzt, da der Schnee unter ihren Pulli und in ihre Jeans kroch, würde sie nicht mehr umkehren. Ihre Kehle war so eng, dass sie bei jedem Schritt zu ersticken fürchtete. Tränen schwammen in ihren Augen, doch sie wagte nicht zu weinen. Es würde ihr nur Kraft stehlen, und die durfte sie nicht verschwenden. Sie musste weg, weiter weg. Noch konnte Gideon sie sehen, wenn er aus dem Fenster blickte: eine Gestalt in einem Feld aus Weiß, das an einer Seite vom Schatten der Bäume begrenzt wurde. Noch würde er innerhalb kurzer Zeit bei ihr sein und sie womöglich noch einmal schlagen. Er konnte sie ohne Probleme verfolgen, wenn der Alkohol es zuließ, doch wenn sie die Baumstämme erreichte, würde sie sich vielleicht sicherer fühlen. Dort war es dunkler.

Wind kam auf, wirbelte die oberste Schicht Pulverschnee in die Luft und vermischte sie mit den fallenden Flocken. Neve kniff die Augen zusammen und lief die nächsten Schritte blind. Ihre Haare hatten sich zu harten Strähnen verklebt und schlugen ihr ins Gesicht. Ihre Oberschenkel schmerzten, wurden schwerer und schwerer. Der Schnee verwandelte sich in eine Wand, die ihr verriet, dass sie hier nicht hingehörte.

Sie hatte es gewusst, von Anfang an. Das Longtree-Resort mit den rauen Männern, die sich hier draußen eine Auszeit von ihren Familien nahmen, war kein Ort für sie. Trotzdem war sie mit Gideon hergekommen, in der Hoffnung, dass sich die Risse der letzten Monate kitten ließen. Sie hatte sich diese Reise zum Geburtstag gewünscht, für sie beide, und sich wie ein kleines Kind gefreut, als Gideon ihr den ersehnten Umschlag wirklich überreichte. Die gemeinsamen Pläne hatten ihr Hoffnung geschenkt, und für einen winzigen Moment hatte sie geglaubt, dass alles wieder so werden würde wie früher. Es war eine dumme Idee gewesen. Kälte ließ sich nicht mit Kälte bekämpfen. Das, was einst zwischen ihr und Gideon existiert hatte, war in den letzten Jahren nach und nach gestorben.

Mittlerweile war sie komplett durchnässt. Ihre Zähne schlugen aufeinander, und sie biss sich die Zunge und das Innere einer Wange blutig. Sie schmeckte nichts, spürte nur den Hauch Wärme, der in ihre Mundhöhle kroch. Krampfhaft schluckte sie die wenigen Tropfen, weil sie etwas anderes waren als *kalt*.

Beim nächsten Schritt stürzte sie. Die Schneedecke gab nach und verwandelte sich in eine weiche Masse, die Neve einhüllte und in eine feuchte Umarmung zog. Kleine Rinnsale krochen über ihren Hals und Nacken bis unter ihren Pullover. Die Kälte verscheuchte die Taubheit und spickte ihre Haut mit Schmerzen, schüttelte sie wie eine Puppe und fand ihren Weg bis in ihr Inneres.

Neve wurde schwindelig. Sie kämpfte mit sich selbst, mit den Gliedmaßen, die ihr nicht mehr gehorchten, und als sie sich endlich aufrappelte, fiel ihr Blick auf ihre Hände: Sie waren rötlichblau verfärbt, die Finger geschwollen. Neve versuchte, sie zu strecken und wollte sich die Kälte aus dem Gesicht wischen, doch sie schlug gegen ihre Wangen, da sie die Finger nicht mehr krümmen konnte.

Weit hinter ihr wurde die Musik lauter. Jemand musste die Tür der Bar aufgestoßen haben, die in der Mitte des Komplexes stand, wahrscheinlich, um sich im Schnee zu erleichtern. Die öffentlichen Toiletten wurden von den Männern nur selten genutzt. Jemand brüllte etwas, das Neve nicht verstand, aber sie hörte den Alkohol in jeder Silbe. Es war nicht Gideon, aber auch er konnte jeden Moment rufen. Nach ihr.

Vorhin in ihrer Hütte hatte er nicht geschrien. Es wäre ihr lieber gewesen. Alles wäre ihr lieber gewesen als sein Schweigen, weil so seine Schläge das einzige Geräusch neben ihren Bitten gewesen waren.

Nun schluchzte Neve doch.

Vor ihr ragten die ersten Baumstämme des Waldgebiets in die Höhe, das Longtree an einer Seite gegen Wind und Wetter abschirmte. Früher hatten hier vielleicht mehr Bäume gestanden, als es die Urlaubshütten noch nicht gegeben hatte. Als es sie selbst oder Gideon noch nicht gegeben hatte.

Neve hob einen Arm und versuchte, einen der Äste zu greifen. Es gelang ihr erst beim dritten Versuch, und ihre Hand klatschte auf das Holz wie totes Fleisch. Sie spürte es nicht, aber sie zog sich vorwärts, und ihr Körper folgte. Als sie zwischen die Winterskelette der Bäume tauchte, ließ sie einen Teil der Geräuschkulisse zurück.

Hier war es stiller. Keine unheimliche Stille, nein, im Gegenteil. Sie beruhigte, hielt Töne ab wie eine Schutzwand oder dämpfte sie, sodass sie klangen wie mit Puderzucker bestäubt. Töne für eine Welt aus Weiß.

Zwischen den Baumstämmen nahm die Höhe der Schneewehen ab, obwohl die Äste sich nackt in das Schwarzgrau des Himmels streckten und den Flocken nur wenig Widerstand boten. Hin und wieder erahnte Neve Pfotenabdrücke, wohl von Hasen. Wie schafften es die Tiere nur, nicht zu versinken? Überhaupt, wie überlebten sie in dieser Kälte?

Die Spuren verschwanden, als Neve dem letzten Schimmer der Außenbeleuchtungen Longtrees den Rücken kehrte. Hier, im Wald, herrschte Dämmerlicht. Der Mond speiste die Schneedecke mit zartem Blau, das Weiß schien fast zu leuchten. Etwas flog vor Neve auf, ein Schatten zwischen Himmel und Erde, und der Schrei eines Tiers gellte durch die Nacht. Hoffentlich nur ein Vogel, doch andererseits war es ihr auch egal. Sie hatte es beinahe geschafft, sie war fast in Sicherheit.

Lief sie noch? Sie sah nach unten, wo ihr Fuß soeben ein Loch in den Schnee stanzte. Die Baumwipfel wogten hin und her, dabei ging kein Wind. Vielleicht war sie es selbst, die schwankte, da sie so sehr zitterte. Wenngleich die Kälte ein wenig nachgelassen hatte. Neve tastete nach ihrer Kleidung, um festzustellen, wie schlimm es war – vielleicht war die Nässe gar nicht so weit vorgedrungen, wie sie glaubte. Sie konnte nichts fühlen, weder Feuchtigkeit noch Wärme noch irgendetwas anderes. Aber sie lief noch immer, Schritt für Schritt, und jeder brachte sie weiter weg von der Angst und der Leere. Wenn sie das alles doch nur hinter sich lassen könnte wie die Holzhütten! Stattdessen schleppte sie diese Gefühle mit sich herum. Sie war oft allein gewesen, aber noch nie so sehr wie jetzt. Gideon war nicht mehr Teil ihres Lebens, also wusste sie nichts anderes zu tun außer laufen. Immer weiter.

Der Wald hieß sie willkommen. Zwischen den Baumstämmen schimmerten Lichter in einem sanften Tanz. Neve blinzelte. Ihre Beine zitterten nicht mehr, sie musste sich wohl warmgelaufen und an die Kälte gewöhnt haben. Die Schmerzen in ihrem Körper waren beinahe verschwunden, nun musste diese Winternacht nur noch das Eis aus ihrem Herzen vertreiben. Wobei es überall saß, dieses Eis, in ihrem Bauch und ihrem Kopf und ihrem Hals. Ganz besonders dort. Sie versuchte, Gideons Namen zu flüstern, doch es ging nicht.

Als sie sich noch einmal umdrehte, waren die Hütten endlich verschwunden, und mit ihnen die Bäume. Sie mischten sich mit dem Weiß und färbten es dunkel, dann kehrte das Gleißen zurück. Neve bemerkte zu spät, dass die Welt sich drehte. Dieses Mal landete sie auf dem Rücken und sank in den Schnee. So weich. Und zart, endlich.

Gideon?

Nein, sie war noch immer draußen, zumindest waren Äste über ihr, dahinter der Mond. Auf einmal war sie wieder traurig, ihr Herz so unendlich schwer, und einen Moment lang war sie verwirrt. Wie war sie hergekommen?

Sie wollte eine Hand heben, um sich das Kitzeln von ihren Wangen zu wischen, doch ihr Arm war viel zu schwer. Nicht so schlimm, die Schneeflocken störten ja nicht wirklich. Sie schmerzten nicht.

Neve summte leise. Warum hatte sie stets geglaubt, dass sie den Winter nicht mochte? Ihr Leben lang hatte sie sich gewünscht, Kanada zu verlassen und an einem wärmeren Ort zu leben, einem Ort voller Sonne und Gold. Dabei war an dem, was sie hier hatte, nichts auszusetzen. Alles war so friedlich. War sie etwa zu Hause, in ihrer kleinen Wohnung in Squamish?

Neve schaffte es, den Kopf zu drehen, und ihr Mund füllte sich mit Schnee, der augenblicklich schmolz. Es war warm. Sie schluckte, schloss die Augen und entspannte sich. Warum war sie nicht schon vorher darauf gekommen? Es war so leicht.

Ein Gesicht tauchte in ihren Gedanken auf. Gideon, der ihr Worte an den Kopf warf wie Steine. Sie wusste nicht mehr, warum, aber sie erinnerte sich, wie verraten sie sich gefühlt hatte. Er hatte sie allein gelassen, und als er zurückgekehrt war, hatte er Streit mitgebracht. Eine Explosion an ihrem Ohr, auf ihrer Wange. Seine Hände waren groß und sehnig. Holzfällerhände.

Und immer wieder der Schnee.

Gideons Gesicht verschwamm. In Neves Augenwinkel schimmerte es blau. Sie wollte den Ursprung finden, doch das Funkeln rund um ihren Körper faszinierte sie zu sehr. Es sah aus wie tausend Sterne, die sich aneinanderschmiegten und nur auf sie gewartet hatten. Sie streckte eine Hand aus. Weit entfernt hörte sie etwas, wie einen Sturm hoch oben am Himmel, dann ein Donnern wie von unzähligen Pferdehufen. Jemand lachte ... nein, jemand *sang*.

Gideon und der Schlag. Das Blut in ihrem Gesicht.

Das Glitzern. Der Schnee war so wunderschön.

Neve glaubte zu lächeln.

2

Es war nicht das erste Mal, dass Lauri die Zeit vergaß. Mehr noch, sie spielte einfach keine Rolle mehr. Die Kälte riss ihn aus seiner Konzentration, war durch seine Socken gedrungen und hatte sich bis zu seinen Füßen vorgearbeitet.

Er blinzelte zu der Wolldecke auf dem Sessel, dann zum Kamin, wo die Überreste eines Feuers glommen, entschied sich gegen eine Pause und widmete sich wieder seiner Zeichnung. Erst als der Waschbär auf dem Papier aussah, als würde er jeden Augenblick eine Pfote heben, ließ Lauri Block und Stift sinken und stand auf. Seine Gelenke knackten, da er zu lange in derselben Position verbracht hatte, den Kopf gesenkt. Sein Nacken schmerzte. Er betrachtete seine geschwärzten Fingerkuppen und wischte sie an der Hose ab, dann streckte er sich und sah zum Holzstapel neben dem Kamin. Ob er das Feuer noch einmal anheizen sollte? Es wäre gut, dann konnte er sich gemütlich danebensetzen und es für die Nacht ausbrennen lassen. Andererseits hatte er die Stunden seit dem Frühstück in der Hütte verbracht. Nun sehnte er sich nach Bewegung, nach frischer Luft in den Lungen, und vor allem wollte er auf andere Gedanken kommen. Er lag gut in der Zeit, und die Deadline von Woodbeck House war kein Problem, sogar wenn er sich eine Pause gönnte.

Lauri trat zum Fenster und blickte hinaus. Der Sternenhimmel funkelte ihm mit einer Schärfe entgegen, die er so aus der Stadt nicht kannte. Hier draußen, ungefähr hundert Meilen nördlich von Vancouver, waren nicht nur die Farben und Formen klarer, sondern alles wirkte viel intensiver. Einfacher, auf eine positive Art, die man erst begriff, wenn man sie erlebte. Es ließ ihn tiefer durchatmen und die Einsamkeit, die er freiwillig gewählt hatte, unumstößlicher werden. In der Ferienhütte der Pecks gab es kein Telefon, keinen Fernseher, nicht einmal ein Radio. Das Handynetz war stabil, solange er sich nicht zu weit Richtung Westen von der Hütte entfernte. Das Urlaubsresort als nächstes Zeichen von Zivilisation befand sich eine halbe Stunde Fußweg von hier. Doch genau das hatte er gewollt: eine Weile mit niemandem außer sich selbst und seinen Bildern klarkommen zu müssen. Es war ein gutes Gefühl.

Der Anblick der unberührten Schneefläche vor dem Fenster bekräftigte seine Entscheidung. Lauri angelte nach seinen Stiefeln und schlüpfte hinein. Die Ruhe dort draußen war eine andere als hier in der Hütte, und er wollte sie genießen, ehe er zu Bett ging.

Als er seine Jacke überstreifte, vibrierte etwas in der Tasche. Richtig, sein Handy. Er hatte die Nachricht vollkommen vergessen, die irgendwann in den vergangenen Stunden eingetroffen war und wegen der er das Zeichnen nicht hatte unterbrechen wollen. Nun schlug die Erinnerungsfunktion an, die er in weiser Voraussicht auf einen Stundentakt programmiert hatte, falls er mal wieder alles um sich herum vergaß. Er legte ungern eine Pause ein, wenn er erst einmal in den Fluss gekommen war.

In den Fluss kommen. Früher hatte er die Formulierung als affektiert empfunden, da so viele Menschen der Meinung waren, dass die Worte wichtig klangen und sie daher unentwegt vor sich herplapperten, ohne weiter darüber nachzudenken. Nach und nach hatte er gelernt, wenig auf das zu achten, was andere sagten. Wichtig war vielmehr, wie er sich in den Motiven verlor, wenn er arbeitete. Es passierte nicht immer, aber wenn, dann führte ihn jeder Strich auf eine Reise, die weich und mitreißend war wie Wasser und an deren Ende etwas auf ihn wartete, das er allein erschaffen hatte. *Im Fluss sein* war eine wunderbare Sucht. Sie ließ zu, dass er sich gut fühlte – fast schon zu Hause. Manchmal ertappte er sich, dabei zu lächeln, ohne zu wissen, wann es angefangen hatte. Es war ein Gefühl, das tiefer ging als Freude, das selten und äußerst kostbar war.

Lauri blickte auf das Display: Die Nachricht war bereits vor zwei Stunden eingegangen.

Ich hoffe, du reißt das Ferienhaus meiner Eltern nicht ab, Kollege Eremit.

Typisch Ben. Lauri grinste und tippte eine Antwort, in der er seinem besten Freund versicherte, dass alles in Ordnung war. Er legte das Handy beiseite und schlang sich den Schal um den Hals. Handschuhe? Nein, er hatte seine Finger so lange beschäftigt, dass sie leise pochten und ihnen Kühlung guttun würde. Ein letzter Blick in das Zimmer, dann öffnete er die Tür und trat in die Nacht.

Die Kälte empfing ihn gnadenlos, doch die Luft war klar und frisch. Lauri sog einen Schwall tief in die Lungen und genoss das Gefühl der Taubheit, das sich sofort wieder verflüchtigte. Beinahe den gesamten Tag hatte er all seine Empfindungen und Gedanken in seine Zeichnungen gesteckt, nun kehrten sie zu ihm zurück.

Schon als Kind hatte ihn fasziniert, dass man Schnee riechen konnte, und die Dezemberluft war voll davon. Er vergrub die Fäuste in den Jackentaschen und stapfte los. Die Schneewehen hatten sich seit gestern Abend wieder fast bis zur Tür gekämpft, und die Schneise, die er geschaufelt hatte, war größtenteils verschwunden. Es sah aus, als hätte ein Riese die Hütte von Bens Eltern mitten in die unberührte Landschaft gesetzt. Lauri hatte die Außenbeleuchtung nicht eingeschaltet, aber Mond und Sterne sorgten für ausreichend Licht.

Er schlug den Weg nach rechts ein, wo der Pfad, den er am Tag seiner Ankunft getrampelt hatte, noch schwach zu erkennen war. Ein kleines Waldgebiet lag in Sichtweite. Die Silhouetten der Bäume ragten in die Höhe und standen weit genug auseinander, um das Mondlicht zwischen die Stämme fallen zu lassen. Lauri musste nicht lang überlegen, er würde eine größere Runde laufen.

Laut den Pecks und den Besitzern der nahen Feriensiedlung hatte es in dieser Gegend noch nie Probleme mit Wölfen oder Bären gegeben, und Lauri hatte sich stets sicher gefühlt. Zumal zumindest die Bären im Winter kaum eine Gefahr darstellten. Bis Ende der kommenden Woche war all das allein sein Reich, das er mit niemandem teilen musste. Bens Eltern hatten nie etwas dagegen, wenn er sich eine Auszeit in ihrer Hütte nahm. Sie liebten den Winter hier oben, waren aber jetzt, nach Weihnachten und vor dem Jahreswechsel, mit Familie und Verwandten beschäftigt.

Lauri grinste, als er an den Weihnachtstag dachte. Er hatte ihn wie jedes Jahr bei seinen Adoptiveltern verbracht, zusammen mit seinen sechs Geschwistern und deren Kindern. Es kam ihm stets vor, als wäre er in eine andere Welt gewechselt, in der jede Ecke vor Leben, Geschrei, Gelächter und manchmal auch Auseinandersetzungen überquoll. Er mochte es für eine Weile, und gleichzeitig musste er die Zähne zusammenbeißen, um es durchzustehen. Auch dieses Mal hatte er sich als Erster verabschiedet, um den Abend allein in seiner Wohnung zu verbringen. Am nächsten Morgen war er früh Richtung Norden aufgebrochen, hatte den Alice Lake Provincial Park hinter sich gelassen und aufgeatmet, als er am Longtree-Resort aus dem Bus steigen konnte. Von dort war es nur noch ein kurzer Fußmarsch zur Peck-Hütte. Hier konnte er bis zum Morgen wach bleiben und erst in den Stunden der Dämmerung schlafen. Vollkommene Freiheit.

Lauri starrte auf seine Stiefel, an denen der Schnee pappte. Das Knirschen bei jedem Schritt und sein Atem waren die einzigen Geräusche, und selbst sie klangen gedämpft. Schneeflocken tanzten vereinzelt vom Himmel.

Lauri behielt sein Tempo bei, als er nach links auf den Pfad abbog, den er seltener nutzte. Die weiße Masse reichte ihm nun bis zu den Knien. Er winkelte die Arme an, um mit mehr Schwung gegen den Widerstand anzugehen. Sobald er den Wald erreicht hatte und der Schnee sich nicht mehr so auftürmte, würde ihm das Laufen leichter fallen.

Als er die erste Baumgruppe erreichte, blieb er stehen und legte eine Hand auf einen der Stämme. Die Rinde war nicht so kalt, wie er vermutet hatte, und fühlte sich fast weich an. Das Muster aus Furchen und Rillen schmiegte sich an seine Haut. Es würde gut auf Papier aussehen.

Er lief weiter, doch etwas störte die Ruhe: Gelächter. Es kam von der anderen Seite des Waldstücks, aus dem Longtree Holiday Resort, das neben der Haltebucht für den Bus lag. Lauri war nach seiner Ankunft hindurchgelaufen, aber niemandem begegnet, da es früh am Morgen gewesen war. Er würde sich nur im Notfall dort blicken lassen, und der war zum Glück noch nicht eingetreten. Verpflegung hatte er mehr als genug mitgebracht, ohnehin brauchte er nicht viel. Zudem war er nicht wild auf Small Talk in der Bar oder darauf, mit anderen auf die Jagd zu gehen oder Schneemobilrennen zu fahren. Die Menschen in den Hütten dort liebten die Einsamkeit, weil sie Raum für alles gab, was die Stadt ihnen verwehrte. Lauri dagegen liebte sie, weil er ganz er selbst sein konnte.

Unwillkürlich versuchte er, sich leiser zu bewegen, als er weiterging. Für eine Weile schloss er die Augen und lief blind, die Arme nach vorn gestreckt. Selbst das konnte er hier tun: einen oder mehrere Sinne ausschalten, ohne eine unangenehme Überraschung zu erleben. Es gab nicht viel in dieser Idylle, und gerade das machte sie so wertvoll.

Als er die Augen wieder öffnete, sah er etwas, das die Regelmäßigkeit der Landschaft störte. Oder bildete er sich das nur ein? Lauri blinzelte. Schneeflocken, die sich auf seine Wimpern gelegt hatten, schmolzen und liefen die Wangen hinab. Er wischte sich über die Augen, doch das Bild blieb: eine dunkle Vertiefung zwischen zwei Bäumen. Sie bewegte sich nicht. Vermutlich ein abgebrochener Ast. Lauri ging darauf zu, einfach nur, um ein Ziel zu haben. Es musste ein ziemlich großes Stück Holz sein, beinahe so lang wie er.

Nach wenigen Schritten runzelte er die Stirn – und blieb stehen. Die Kälte, vor der seine Kleidung ihn bisher geschützt hatte, traf ihn voller Wucht und verbiss sich in seiner Haut. Gleichzeitig wurde ihm unerträglich heiß. Das konnte nicht sein!

So schnell er konnte, rannte er auf die Mulde zu. Er hatte sich nicht getäuscht: Da war ein Arm mit hellen Fingern, die ihm weißer erschienen als die Umgebung. Er ragte einfach so aus dem Schnee heraus.

O mein Gott.

Lauri keuchte. Jemand musste dort verunglückt sein, nur wie? Womöglich ein Wildtier? Normalerweise hielten die sich fern von der Siedlung und ihrer Umgebung, aber wer wusste schon, ob ein Wolf plötzlich sein Revierverhalten änderte oder ein Bär seinen Winterschlaf unterbrach.

Lauri hielt den Atem an, trat näher und erkannte ein Gesicht, das sich unter der dünnen Schneeschicht nur schwach abzeichnete.

Dort lag eine Frau. Die Erkenntnis landete wie eine Faust in Lauris Magen, und er ging so hart auf die Knie, dass er schwankte. Er stützte sich mit einer Hand ab und wischte mit der anderen den Schnee von ihrem Gesicht. Sie war jung, höchstens Anfang zwanzig. Ihre Augen waren geschlossen, eine Braue aufgeplatzt, ihre Unterlippe geschwollen und dunkel verfärbt. Auf einer Wange prangte ein Hämatom, das halb so groß war wie seine Faust. Keine blutigen Wunden, nur diese Verletzungen. Es sah nicht aus, als hätte ein Tier ihr das angetan.

»Hallo? Hörst du mich?« Lauri schüttelte sie vorsichtig, doch sie reagierte nicht. Wie eine Puppe aus Schnee und Eis folgte ihr Körper träge seinen Bewegungen. In Lauris Brust hämmerte es, und verzweifelt versuchte er, einen klaren Gedanken zu fassen. Was musste er noch einmal tun? Sie wärmen, die nassen Sachen ersetzen, aber erst nach einem Puls suchen. Er berührte ihre Lippen und hielt ein Ohr darüber, doch er spürte nichts. Seine Finger flogen über ihre Wangen, zu ihrem Hals. Sie waren selbst so kalt, dass er die Körpertemperatur der Frau nicht bestimmen konnte, und er konnte auch keine Ader finden, die noch pochte. Oder doch? Er war sich nicht sicher, aber er durfte keine Sekunde länger warten. Noch einmal schüttelte er die Frau, schlug leicht auf ihre Wangen, doch es brachte nichts.

Hastig fegte er den übrigen Schnee von ihrem Körper. Sie trug nicht einmal Winterkleidung, lediglich eine Jeans und einen Pullover, beides komplett durchnässt und schon steif vor Kälte. Keine Schuhe. Irgendwo zu ihren Füßen schimmerte es dunkel, doch als Lauri den Schnee wegschaufelte, fand er nur einen Filzklumpen, der einmal ein Pantoffel gewesen sein musste. Mit fliegenden Fingern schlüpfte er aus seiner Jacke und ignorierte die Kälte. Er schob seine Arme unter den Oberkörper der Frau und zog ihr den nassen Pulli aus. Der Stoff klebte an ihrer Haut, sträubte sich, doch schließlich gab er nach. Darunter trug sie nur ein dünnes Top. Lauri versuchte, sie vorsichtig und zugleich so schnell wie möglich in seine Jacke zu hüllen. Ihre Arme folgten seinen Bewegungen nur widerspenstig, doch endlich konnte er den Reißverschluss hochziehen, nahm seinen Schal und schlang ihn um ihren Hals. Er zitterte, doch die Kälte machte ihm nicht so viel aus, wie sie sollte.

Noch immer bewegte sich die Frau nicht. Lauris Gedanken rasten, als er die Entfernungen schätzte. Bis zur Longtree-Siedlung war es ungefähr genauso weit wie bis zu seiner Hütte, und wenn Ben recht hatte, dann feierte der Besitzer des Komplexes oft mit seinen Gästen und trank dabei gern ein wenig mehr. Das Risiko, dass er vor verschlossenen Türen stand, hinter denen Menschen ihren Rausch ausschliefen, war zu hoch. Nein, er würde sie zu seiner Hütte bringen und den Notruf wählen. Warum hatte er auch das verdammte Telefon nicht mitgenommen!

Er stopfte den Pulli der Frau in seine Jackentasche – er war so dünn, dass er ihn faustgroß zusammendrücken konnte –, taumelte, als er sie auf die Arme hob, sich aufrichtete und versuchte, das Gleichgewicht zu halten. Der Untergrund schien plötzlich tückischer zu sein als vorher, und er zu langsam. Seine Gedanken trieben ihn schneller vorwärts, als sein Körper folgen konnte, und dann begriff er, dass es Panik war. Panik, dass er eine Tote in den Armen hielt, oder dass sie sterben würde, während sie durch die Nacht liefen. Er hielt sie eng an seine Brust gepresst und hoffte auf einen Herzschlag. Da war nichts, doch das musste einfach an der dicken Jacke liegen. Einen anderen Grund durfte es nicht geben!

Er lief in seinen Spuren zurück, um sich besser bewegen zu können. Doch es ging ihm nicht schnell genug, und nach wenigen Schritten pflügten seine Beine durch die Schneemassen. Der Widerstand kostete Unmengen Kraft, und Lauris Oberschenkel begannen zu schmerzen. Er biss die Zähne zusammen und fasste die Frau fester, um sie nicht fallen zu lassen.

Als er den Waldrand erreichte, wurde der Weg noch beschwerlicher. Lauris Muskeln brannten, und die Beine waren jetzt so schwer, dass er sie kaum noch heben konnte. Er durfte nicht an den Weg denken, der vor ihm lag! Stattdessen konzentrierte er sich auf die Frau. Aus ihren Haaren perlte Wasser auf seine Jacke und spickte sie mit winzigen Tropfen.

»Nur noch ein Stück durchhalten«, keuchte Lauri. »Wir sind bald da, dann gibt es ein Feuer, warme Sachen und was Heißes zu trinken. Und bald bist du in einem Krankenhaus.«

Er redete weiter, belanglose Worte, die nicht mehr ihr galten, sondern ihm. Irgendwann tauchte etwas Dunkles in den Augenwinkeln auf, doch er war noch zu weit von der Hütte entfernt. Was auch immer er gesehen hatte, es half ihm nicht weiter. Im Gegenteil, es könnte ihm höchstens gefährlich werden.

Plötzlich kam ihm die Umgebung feindselig vor, und die Nacht war nur noch eine Zeit, in der man bei Licht und Wärme in seinen vier Wänden blieb. Vielleicht war derjenige, der dieses Mädchen so zugerichtet hatte, noch immer in der Nähe. Vielleicht beobachtete er sie gerade.

Lauri fluchte, sah sich um und lauschte. Sein Atem rasselte so laut in seiner Kehle, dass er kaum etwas hörte, doch die Sichtverhältnisse waren gut. Da war niemand. Er war allein. Nässe lief über sein Gesicht und tropfte von seinem Kinn, die Haare klebten ihm an der Stirn. Es war egal, er musste weiter. Ihretwegen. Mittlerweile schwitzte er unter seinem Pullover, sein Gesicht glühte. Die Kraft verließ ihn. Er zwang sich, langsamer zu laufen, um nicht zu stolpern. Es fiel ihm schwer. Das Gefühl, womöglich gegen die Zeit zu kämpfen, war kaum zu ertragen, doch er kannte seinen Körper und seine Kondition genau. Er tastete über einen Arm der Frau. War ihre Haut wärmer als zuvor? Noch immer fand er keinen Puls.

»Wir haben es gleich geschafft«, murmelte er und betrachtete den Teil ihres Gesichts, der nicht vom Haar bedeckt war. Die Nasenspitze beschrieb einen leichten Schwung nach oben, die Lippen darunter waren so hell wie die übrige Haut, mit sanften Kerben darin. Es sah aus, als würde sie schmollen oder den Mund anspannen, weil ihr etwas nicht gefiel oder sie nachdachte. Auf ihrem Kinn prangte ein dunkler Fleck. Lauri hielt ihn zuerst für eine weitere Verletzung, bis er erkannte, dass es ein Muttermal war.

Als endlich die Hütte auftauchte, stöhnte er vor Erleichterung auf. Das Gelände stieg an, und er lehnte sich so weit wie möglich nach vorn, um den Schwung zu nutzen. Zweimal stolperte er und verlor fast das Gleichgewicht, dann knickten seine Beine ein. Er ließ sich fallen und konzentrierte sich darauf, die Frau festzuhalten. In seinen Waden kribbelte und stach es, als er sich wieder aufrappelte, doch nun hatte er das Ziel vor Augen. Es gab nur noch den Körper in seinen Armen und die Hütte, und endlich trat er die Tür auf und stürmte hinein. Das Rauschen von Wind und Kälte in seinen Ohren verstummte und ließ Platz für das Hämmern seines Herzens. Seine Füße krachten auf den Holzboden, da er noch immer mit derselben Kraft lief, die er im Schnee gebraucht hatte.

Plötzlich erschien ihm die Luft hier drinnen warm und stickig. Er stürzte zum Sofa, legte die Frau vorsichtig darauf ab und breitete die Decke über sie. Sein Handy lag auf dem Tisch. Als er es aktivieren wollte, regte sich nichts auf dem Display. Er versuchte es noch einmal, doch das Schwarz verhöhnte ihn hartnäckig.

»Verdammt!« Das durfte nicht wahr sein. Der Akku war noch halb voll gewesen, als er losgegangen war – immerhin hatte er seit seiner Ankunft vor zwei Tagen kein einziges Mal telefoniert. Mit fliegenden Fingern riss er die Schublade der Kommode neben dem Tisch auf, fand das Ladekabel und hängte das Telefon an die Steckdose. Er warf einen flüchtigen Blick auf die Frau, rannte die Holztreppe hinauf und ins Schlafzimmer, den einzigen Raum in der oberen Etage. Ohne genau hinzusehen, griff er in den Schrank, packte nahezu alles, was dort hing, und rannte wieder zurück, immer zwei Stufen auf einmal. Neben dem Sofa ließ er den Stapel zu Boden fallen und betrachtete die Bewusstlose. Ihr Gesicht sah trotz der Verletzungen so friedlich aus, dass die Blässe unter der Haut fast schön wirkte. Ihre Lippen waren leicht geöffnet.

Waren sie das eben auch schon gewesen? Verdammt, er wusste es nicht! Lauri ballte die Hände zu Fäusten. Hatte sie sich etwa bewegt? Atmete sie? Er riss die Decke zurück und legte seinen Kopf auf ihre Brust. Da war ein Herzschlag, unregelmäßig und verhalten. Oder war es sein eigener Puls, der ihm vorgaukelte, die Frau gerettet zu haben?

Ungehalten schüttelte er den Kopf. Er verschwendete gerade wertvolle Zeit mit Spekulationen, die ihn nicht weiterbrachten. Zunächst musste er die Frau aufwärmen und dann endlich Hilfe holen. Besser, er steckte eine Tote in seine Sachen, als dass ihm jemand unter den Fingern wegstarb.

Er versuchte, ihr seine Jacke so behutsam wie möglich auszuziehen, dann ihre Socken, die Jeans und, nach kurzem Zögern, das weiße Top. Seine Finger waren wieder warm geworden, der Kontrast zu ihrer eiskalten Haut umso stärker. Jedes Mal, wenn er sie berührte, sank seine Hoffnung ein Stück mehr. Die Frau war schlank und ging ihm höchstens bis zur Schulter; viel hatte ihr Körper der Kälte nicht entgegenzusetzen gehabt. Alles an ihr war hell. Welche Farbe wohl ihre Augen besaßen? Lauri hielt an dieser Frage fest, um sie nicht zu sehr anzustarren, wie sie nur mit einem Slip bekleidet vor ihm lag.

»Also dann«, murmelte er und griff nach einem seiner T-Shirts. Es würde ihr viel zu groß sein, aber immerhin hatte er kaum Probleme, es ihr überzuziehen. Sie reagierte auch jetzt nicht, als er ihre Arme durch die Öffnungen zog und dabei Worte murmelte, die er selbst nicht verstand.

Während er sie in Stoffschicht um Stoffschicht hüllte und dabei durch vorsichtiges Reiben die Kälte von ihrer Haut zu vertreiben versuchte, redete er sich ein, dass sie wieder zu sich kommen würde, wenn ihr Kreislauf auf die Wärme ansprach und ihr Herzmuskel nicht zu sehr ausgekühlt war. Versuchsweise presste er einen Daumen in die weiche Haut ihres Unterarms, doch an der Druckstelle zeigten sich keine Verfärbungen. Das war nicht gut.

Nach dem Shirt folgten eine Jeans, zwei Paar Socken, sein dickster Pulli und sein Schal. Zuletzt nahm er ein Kissen und schob es behutsam unter ihren Kopf, ehe er die Decke wieder über sie zog. Aus ihren Haaren perlte kein Wasser mehr, aber sie waren noch feucht. Allmählich schwand die dunkle Farbe, und die Strähnen strahlten immer mehr in einem Lichtblond – ein starker Kontrast zu dem getrockneten Blut und ihrer Wange. Selbst ihre Wimpern waren hell.

Lauri nahm ihre Hände und legte sie unter die Decke auf ihre Brust. Ihre Fingernägel waren so weit runtergebissen, dass an den Rändern blutige Risse entstanden waren. Sie sah so zerbrechlich aus, und irgendetwas an ihr machte es Lauri schwer wegzusehen. Doch er musste, wenn er sie retten wollte. Er machte sich nicht die Mühe, um die Stühle herumzulaufen, stieß sie grob beiseite und griff nach seinem Handy. Nichts. Er konnte darauf herumdrücken, wie er wollte, es blieb stumm.

Das konnte einfach nicht sein. Die Steckdose funktionierte, er hatte sie vor wenigen Stunden benutzt. Lauri zog das Kabel heraus, um es woanders an den Strom zu hängen, als er etwas hörte. Ein Geräusch, so leise, als wollte es sich vor ihm verstecken. Zu zart und nah, um von draußen zu kommen.

Er wirbelte herum, war in der nächsten Sekunde bei ihr und ging neben dem Sofa in die Knie. Sie bewegte sich noch immer nicht, doch ihre Lippen waren jetzt geschlossen. Lauri tastete an ihrem Hals nach einem Puls, und dieses Mal fand er ihn. Schwach zwar und langsam, aber er war da.

Etwas sackte von seiner Brust in seinen Magen und löste sich dort ganz, ganz langsam auf. Er griff unter der Decke nach ihren Händen.

»Hey«, flüsterte er und versuchte, sorglos zu klingen, um sie nicht zu beunruhigen. »Es ist alles okay. Du bist in Sicherheit. Ich werde den Notarzt rufen, dann geht es dir bald besser.«

Hatte sie etwas gesagt? Nein, er musste sich geirrt haben, denn sie lag noch immer so unbeweglich da wie zuvor. Ihre Haut widersetzte sich seiner Wärme und blieb Eis. Doch dann hörte er es noch einmal. Es kam aus ihrer Kehle, halb Wimmern, halb Rasseln, so leise, als wäre sie weit weg. Eine Bewegung an ihrem Hals. Sie schluckte.

Lauri drückte ihre Finger. »Ich bin sofort wieder bei dir.« Er rannte in die Küche und setzte Wasser auf. Verpackungen polterten zu Boden, eine Tasse folgte und zersprang, dann hatte er Tee gefunden und zog einen Beutel aus der Schachtel. Er nahm sein Handy, probierte kurz den Toaster aus – er funktionierte –, stöpselte ihn aus und rammte das Ladekabel seines Telefons so fest in die Steckdose, dass die Verkleidung knirschte. Im nächsten Augenblick war er auch schon wieder neben der Frau.

Ihre Finger zuckten, dann lagen sie wieder still. Lauri streichelte über ihren Handrücken, dann über ihre Wange, um sie wissen zu lassen, dass sie nicht allein war. Sie wirkte so hilflos und zerbrechlich. Wer hatte ihr das nur angetan? Allein der Gedanke, dass sie diesem Jemand ausgeliefert gewesen war, machte ihn wütend. Behutsam strich er ihr eine Haarsträhne aus der Stirn.

»Hörst du mich?«, flüsterte er und lauschte auf eine Antwort, einen Atemzug, irgendetwas.

Sie rührte sich nicht. Im Hintergrund brodelte das Wasser im Kocher. Lauri sprang auf, goss es ein, kramte den Honig aus seinen Vorräten und gab einen Löffel hinzu. Zucker war sicher nicht verkehrt, um ihren Kreislauf wieder auf Touren zu bringen, sobald sie aufwachte. Seine Bewegungen waren zu schnell, sodass Flüssigkeit auf seine Haut schwappte und ihn verbrühte. Er bemerkte es nur am Rande und überlegte gleichzeitig fieberhaft.

Sie lebte, aber es ging ihr nicht gut. Er sah auf sein Telefon, doch noch immer leuchtete die Ladeanzeige nicht. Wider besseres Wissen versuchte er noch mal, das Ding einzuschalten, doch es sah ganz danach aus, als hätte es sich den ungünstigsten Moment ausgesucht, um sich endgültig zu verabschieden. Dabei war es noch gar nicht so alt.

Lauri warf den Teebeutel in die Spüle und balancierte die Tasse zum Tisch. Als er sich wieder neben das Sofa kniete, zuckte ein Augenlid der jungen Frau. Sie zitterte, und Lauri hätte sie gern in den Arm genommen, um sie zu wärmen. Doch er traute sich nicht. Er wollte – durfte – sie nicht erschrecken. Also zog er nur die Decke bis zu ihrem Kinn, blies über die dampfende Flüssigkeit in der Tasse und entschied, dass der Tee noch zu heiß war.

»Wir sehen erst einmal zu, dass wir dich wieder warm bekommen. Wenn es dir besser geht, laufe ich los und hole Hilfe«, flüsterte er und verfluchte sich dafür, nicht doch zur Siedlung gegangen zu sein.

Dieses Mal bewegten sich nicht nur die Finger der Bewusstlosen. Sie hob eine Hand von der Decke. Ihr Arm zitterte und fiel wieder herab, so als hätte diese Bewegung sämtliche Kraft gekostet.

Die Frau öffnete die Lippen und murmelte etwas. Es war so leise, dass sich Lauri vorbeugte und sein Ohr dicht an ihr Gesicht hielt.

»Ich verstehe dich nicht«, sagte er. »Versuch es noch mal.«

Sie spannte sich an. Dann kitzelten ihre Lippen seine Haut.

»Sag es niemandem.«

3

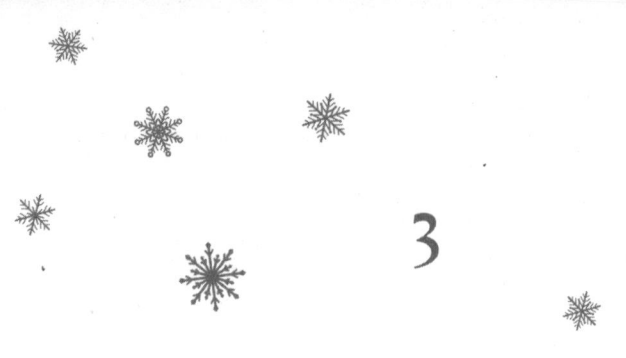

Die Sterne zogen wie im Rausch an Neve vorbei. Der Wind riss an ihren Haaren und sprühte Kälte in ihr Gesicht, doch es schmerzte nicht. Im Gegenteil, jede Faser ihres Körpers jubelte über die Geschwindigkeit, über die Lebendigkeit um sie herum. Hinter ihr rief ein Mann, ein anderer lachte – oder war es eine Frau? –, und Neve stimmte mit ein. Laut und vergnügt tönte ihre Stimme durch die Nacht, plötzlich umrahmt von Musik. Ein Hund bellte, Pferde wieherten, ein Schemen huschte an ihr vorbei. Mit einem Mal war sie glücklich, warf den Kopf in den Nacken, breitete die Arme aus und drehte sich um sich selbst. Sie trug ein Kleid, weich wie Seide. Es bauschte sich auf und verwandelte sie in eine Prinzessin. Das Sternenzelt über ihr glänzte und hüllte sie ein, dann kamen die Sterne näher, ihr Schimmer berührte Neves Hände.

Nein, es waren nicht die Sterne.

Neve senkte den Kopf und sah sich um. Die Pferde, Reiter und Hunde waren verschwunden, ebenso die anderen Menschen, in deren Tross sie soeben getanzt hatte. Sie stand allein auf einer Lichtung vor einer Höhle. Ihre nackten Füße versanken im Schnee, doch sie fror nicht. Ihre Aufmerksamkeit wurde von dem Schimmer gefesselt, der aus dem Inneren der Felsen drang: Silberfäden, durchwoben von klarem Eisblau. Nie zuvor hatte sie bemerkt, wie schön die Facetten des Winters sein konnten. Warum hatte sie sich in ihrem Leben nur immer nach Sonnenschein gesehnt?

Sie war nicht allein. Jemand wartete dort drinnen auf sie. Zögernd setzte Neve einen Fuß nach vorn, dann den anderen. Das Blau strahlte stärker, umschmeichelte ihre Schultern und spielte auf ihren Unterschenkeln. Lockte sie. Trotzdem blieb sie stehen. Irgendetwas hielt sie zurück, obwohl sie am liebsten weitergelaufen wäre. Dann hörte sie es: eine Stimme, dunkel und ruhig und warm.

Du bist in Sicherheit.

Die Worte kamen nicht aus der Höhle, sie kamen nicht einmal aus der Umgebung ... nein, sie hatten ihren Ursprung in ihr selbst. Neve legte die Hände auf ihre Brust, so als könnte sie diese Stimme beschwören. Die Umgebung verschwamm und mit ihr die Höhle. Neve zuckte zusammen und streckte die Arme aus. Sie wollte hier nicht weg. Tränen füllten ihre Augen und liefen die Wangen hinab. Es fühlte sich an, als würde jemand sie zerreißen oder ihr etwas nehmen, das lieb und teuer war und ohne das sie nicht sein wollte. Die Welt begann sich zu drehen, Blau vermischte sich mit dem Nachtschwarz des Himmels und ließ die Sterne noch mehr leuchten. Ihr Licht dehnte sich aus, weiter und weiter, bis Neve die Augen mit den Händen bedecken musste. Verzweifelt versuchte sie etwas zu sagen, doch sie spürte ihren Körper nicht mehr.

Ich verstehe dich nicht!

Die Helligkeit zog sich wieder zusammen und nahm Neve mit sich.

Die Bilder flackerten nur kurz auf, trotzdem brannten sie sich in ihr Gedächtnis ein: Holz in Honigfarben. Eine Tasse, aus der Dampf aufstieg. Ein von dunklen Locken umrahmtes Gesicht, aus dem braune Augen sie besorgt anblickten. Neve wollte diese Sorge beiseite wischen, irgendetwas sagen, aber da zerrte die Dunkelheit schon wieder an ihr, und es war so leicht, sich fallen zu lassen.

Der Schmerz brachte sie viel zu bald zurück. Als sie zum zweiten Mal aufwachte, starrte sie an eine Zimmerdecke, wo Lampen so hell brannten, dass es ihren Augen wehtat. Etwas lag auf ihr und drohte, sie zu ersticken. Sie wollte eine Hand heben, um es wegzuschieben, und begriff, dass es ihr eigener Körper war. Er war zu schwer. Brannte. Vielleicht war es auch die Wolldecke, die jemand über sie gebreitet hatte.

Sie konnte nicht durchatmen, also drehte sie den Kopf zur Seite, um zumindest nicht länger geblendet zu werden. Selbst diese Bewegung verlangte ihr beinahe alle Kraft ab. Kleine Explosionen zogen über ihre Haut, so viele, dass sie aufhörte zu zählen.

Endlich wurde das Licht schwächer, und ein Umriss schälte sich in Neves Sichtfeld. Sie blinzelte und erkannte einen Tisch sowie eine schlafende Gestalt in einem Sessel. Ein Mann. Er trug ein graues T-Shirt, seine Arme waren unter dem Kopf verschränkt. Dunkles Haar berührte seine Wangen, darunter spross ein Dreitagebart. Das Bild war so friedlich, dass Neve unwillkürlich lächeln musste. Im selben Moment wünschte sie sich, es nicht getan zu haben. Feuer zog über ihr Gesicht. Irgendetwas stimmte nicht mit ihr.

Sie klammerte sich an das friedliche Bild des schlafenden Mannes, um die Schmerzen zu vergessen. Es musste seine Stimme gewesen sein, die sie zuvor gehört hatte. Sie betrachtete die Linie seines Kinns und seine nackten Arme, auf denen das Licht tanzte. Versuchsweise hob sie einen Mundwinkel und wappnete sich gegen den Schmerz, doch er war längst nicht mehr so stark wie zuvor. Als Nächstes bewegte sie ihre Finger. Ihre Gliedmaßen brannten, gehorchten ihr aber. Neve schloss erschöpft die Augen. Ihr war kalt und im nächsten Augenblick so warm, dass sie fast die Decke weggeschoben hätte, doch sie wollte das Gefühl von Schutz und Geborgenheit nicht verlieren. Am besten war es, sie bewegte sich gar nicht. Doch die Unruhe wuchs, und ihre Gedanken preschten davon, ohne dass sie etwas dagegen tun konnte. Als sie zurückkehrten, brachten sie Erinnerungen mit, die Neve lieber weggesperrt hätte: Gideon. Der Streit. Wie hatte es nur dazu kommen können?

Sie hatte gehofft, dass die Abgeschiedenheit Longtrees ihnen helfen würde, ihre Probleme zu bewältigen. Sich wieder aufeinander zu konzentrieren. Aber in der letzten Zeit hatten sie nur noch gestritten, und jedes Mal war ein Teil ihrer Welt gestorben. Sie war nicht groß, diese Welt, und Gideon war der Mittelpunkt. Stark und massiv, aber nicht so beständig, wie sie gehofft hatte.

Der Graben zwischen ihnen war bereits zu breit gewesen. Neve hatte ihn nicht mehr überwinden können und es dennoch versucht. Ihre Worte hatten Gideon nicht erreicht, und seine sie nicht, weil sie nicht hören wollte, was er ihr wirklich sagte. Sie wollte die Probleme ignorieren, so als hätte es sie nie gegeben. Sie wollte wieder da anfangen, wo jeder seiner Küsse in ihrem Bauch gekribbelt hatte. Aber sie hatte nicht gewusst, wie. Stattdessen suchte sie nach einem Ausweg aus der Sackgasse, in der sie feststeckten. Ohne Erfolg. Gideon gab sich lieber mit den Männern aus den anderen Hütten ab, trank und lachte mit ihnen in der Bar, statt sich um das zu kümmern, was sie so verzweifelt wiederbeleben wollte. Statt sich um sie zu kümmern. Begriff er denn nicht, dass sie ohne ihn nicht wusste, was sie tun oder wohin sie gehen sollte?

Es war seltsam, jetzt darüber nachzudenken, während sie in diesem fremden Zimmer auf dem Sofa lag. Es fühlte sich nicht so schlimm an, wie sie vermutet hatte. Da war kein Strudel, der sie hinabriss, und keine Panik, die in ihren Eingeweiden wütete. Nein, da waren einfach nur die Bilder, und es war, als wäre dieser Abstand nötig, damit sie die Sache mit Gideon endlich klar sehen konnte.

Sie hatte in der Hütte auf dem Bett gesessen, die Arme um die Knie geschlungen, und jedes Geräusch aus der Bar hatte sich wie eine Klinge in ihr Herz gebohrt. Gideon feierte, sie war allein. Mit jeder Sekunde wurde der Gedanke stärker und wickelte Neve in ein Netz, das sie erstickte. Sie musste es loswerden, und das tat sie, als Gideon endlich zurückkehrte. Der Geruch von Alkohol durchtränkte den Raum, kaum dass er die Tür hinter sich schloss. Ihr Streit war schlimmer und vor allem lauter als je zuvor, und irgendwann wusste sie sich nicht mehr zu helfen und ohrfeigte ihn. Danach erkannte sie ihn nicht mehr wieder. Das war nicht Gleichgültigkeit, die in seinen Augen flackerte, sondern Hass. Besonders schlimm, da er plötzlich schwieg, so als würden Worte nicht mehr ausreichen, um ihr zu sagen, was in seinen Augen falsch lief. In den Sekundenbruchteilen, ehe seine Faust sie traf, überlegte Neve zum ersten Mal in ihrem Leben, ob sie ihn überhaupt noch liebte.

Das Nächste, an das sie sich erinnerte, waren lediglich Fragmente, und sie war froh darüber. Sie hatte versucht, sich zu schützen, und war zur Tür gerannt, als sie den Anblick seiner gefletschten Zähne und der schmalen Augen nicht mehr ertrug. Anschließend war da nur noch der Schnee gewesen und die Kälte, und endlich, endlich vollkommene Ruhe.

Sie hatte geträumt, einen Traum voller Farben, die so wundervoll waren, dass sie ihr Herz berührten. Streicheleinheiten, nach denen sie sich gesehnt hatte. Seit langer Zeit hatte sie sich nicht mehr so geborgen gefühlt wie ... ja, wie wann?

Neve tastete über das fremde Sofa. War sie da bereits in dieser Hütte gewesen? Hatte sie gespürt, wie dieser Fremde sie gefunden und in seinen Armen gehalten hatte? Er musste sie hierhergetragen haben, wo auch immer *hier* war.

Noch einmal öffnete sie die Augen und musterte ihn. Er stammte nicht aus Longtree. Vielleicht doch, vielleicht war er neu angekommen und hatte sie im Wald getroffen. Aber warum hatte er sie dann nicht zu Gideon gebracht? Der Besitzer des Resorts wusste, wer sie war und mit wem sie zusammenwohnte. Allerdings ... nein, sie glaubte nicht, dass sie in einer Longtree-Hütte lag. Diese hier sah anders aus, war größer und besaß einen persönlichen Stil. War sie etwa ohnmächtig geworden, und der Fremde hatte sie weiter weggebracht? Wahrscheinlich sollte sie bei diesem Gedanken Angst haben, aber sie war nicht im Geringsten beunruhigt. Nur müde.

Zu viele Fragen kreisten in ihrem Kopf, und sie konnte keine davon beantworten.

Sie schaffte es noch, in eine bequemere Position zu rutschen, dann gab sie der Erschöpfung nach und sank erneut in den Schlaf.

Wärme flutete ihre Haut. Verbrannte sie. Neve zuckte zurück, um sie loszuwerden, und bäumte sich auf.

Der Druck auf ihre Schulter war zart, aber unnachgiebig.

»Ruhig. Es ist nur Tee.« Die Stimme passte zu der Berührung vorher.

Neve presste ihre Lippen aufeinander und schüttelte den Kopf, dann hörte sie, wie eine Tasse abgestellt wurde. Zögernd öffnete sie die Augen und starrte in das Gesicht, das sie schon einmal gesehen hatte. Es befand sich fast auf einer Höhe mit ihrem. Über Augen, die so dunkel waren, dass Neve die Iris erst beim zweiten Hinsehen erkannte, waren die Brauen herabgezogen. Sie rahmten zwei senkrechte Kerben über dem Nasenrücken ein. Der dunkelhaarige Fremde schien sich zu sorgen.

Um sie. Es war ein seltsames Gefühl, schön und befremdlich zugleich. Neve bewegte eine Hand. Es tat nicht weh. Sie wollte etwas sagen, doch ihre Zunge klebte am Gaumen. Ihre Lippen waren trocken, der Schluck Tee hatte nicht ausgereicht. Sie hatte Durst, aber bei dem Gedanken an das heiße Getränk wurde ihr beinahe übel.

»Kann ich etwas Wasser haben?« Sie stolperte über die Worte. Ihre Stimme klang fremd, aber noch viel fremder war es, die Lippen zu bewegen. Trotzdem versuchte sie, den Mann anzulächeln. Es fühlte sich schief an.

Er runzelte die Stirn stärker und berührte flüchtig ihre Hand. »Du solltest besser etwas trinken, das dich wärmt. Du bist noch immer ganz kalt.« Es klang bestimmt und entschuldigend zugleich.

Neve schüttelte den Kopf. »Bitte, ich möchte Wasser.« Normalerweise war sie nicht so hartnäckig, aber die Schwäche in ihr ließ wenig Raum für Höflichkeiten.

Es war ihm deutlich anzusehen, wie sehr er mit sich rang. Dann nickte er und stand auf. An der gegenüberliegenden

Seite des Raums erkannte Neve eine Küchenzeile, kurz darauf hörte sie Wasser rauschen. Sie umfasste die Sofalehne, biss die Zähne zusammen und zog, um sich aufzurichten. Ihre Arme zitterten, aber sie spannte sie an und legte all ihre Kraft in die Bewegung. Viel war ihr nicht geblieben, ihr Körper musste seine Energiereserven wohl erst wieder aufladen.

Als sie endlich saß, atmete sie heiser, und ihr war so warm, dass sie die Decke bis zur Hüfte herabzog. Sie trug einen Pullover, den sie noch nie zuvor gesehen hatte und dessen Ärmel bis über ihre Fingerspitzen reichten. Ein Blick unter die Decke verriet, dass auch die Jeans zu groß war. Beides gehörte wohl dem Fremden, was bedeutete, dass er sie an- und damit zuvor auch ausgezogen hatte. Neves Wangen wurden heiß, aber sie schwieg, um es nicht noch schlimmer zu machen.

»Hey, was tust du denn?«

Ehe sie reagieren konnte, stand er vor ihr, ein Glas Wasser in einer Hand. Er reichte es ihr, beugte sich vor und griff nach der Decke. Viel zu nah. Neve zuckte zurück. Sofort ließ er los und nahm Abstand, beide Hände erhoben.

»Entschuldige«, murmelte er und starrte sie betroffen an, aber auch mit einer dumpfen Ahnung in den Augen.

Neve schüttelte den Kopf, dann nickte sie. Die Situation überforderte sie, und sie wünschte sich, dass ihr irgendjemand sagen würde, was sie tun sollte. »Schon okay«, flüsterte sie, war aber nicht sicher, ob es stimmte.

Er bewegte sich langsam, um sie nicht noch mal zu erschrecken. »Ich tue dir nichts«, sagte er, griff die Decke und zog sie in Zeitlupe bis zu Neves Schultern hoch. Anschließend setzte er sich an das andere Ende des Sofas und versicherte ihr stumm, dass er ihr nicht zu nah kommen würde.

Neve atmete auf, zog ihre Füße ein Stück an, um ihm Platz zu machen, und nippte an ihrem Wasser. Es vertrieb endlich die Enge in ihrer Kehle und half, den letzten Rest Schläfrigkeit abzuschütteln. Der erste Schluck brannte, der zweite schon weniger, und als sie das Glas zur Hälfte geleert hatte, fühlte sie sich besser.

»Danke.« Sie blinzelte zu dem Fremden hinüber. Plötzlich fühlte sie sich unsicher, fast schüchtern. Sie hatte keine Ahnung, was geschehen und wie sie hierhergekommen war, und er sah sie so wachsam an, als könnte sie jeden Augenblick ohnmächtig werden. »Ich glaube, ich bin okay«, sagte sie, um ihm seine Sorge zu nehmen. Das war das Mindeste, was sie tun konnte. Immerhin sah es ganz so aus, als hätte er sie gerettet, und ihr fiel nichts Besseres ein, als ihm zu misstrauen.

Er beugte sich vor und legte eine Hand prüfend und leicht wie eine Feder auf ihre. Keine Annäherung, nur ein Check. Seine Haut war warm, fast heiß, aber trotzdem war seine Berührung nicht unangenehm. Dieses Mal schreckte Neve nicht zurück.

»Noch immer kalt«, murmelte er. »Frierst du wirklich nicht?«

Sie hielt seinem Blick einen Augenblick lang stand, dann zog sie ihre Hand zurück und senkte den Kopf. »Nein.« Sie beugte sich vor und zupfte an einer Socke herum, die unter der Decke hervorschaute. Auch nicht ihre.

Mehrere Sekunden lang herrschte Schweigen, und Neve zermarterte sich das Hirn, um es zu brechen. Gar nicht mal so einfach, da sie sich nicht an alles erinnern konnte, was geschehen war, nachdem sie Longtree verlassen hatte. Zum Glück kam er ihr zuvor.

»Wie heißt du?« Er klang angespannt, aber freundlich.

»Neve«, sagte sie. »Neve Whitmore. Ich wohne in Squamish«, fügte sie an, um mit dieser zusätzlichen Information seine Zweifel wegzuwischen.

Es funktionierte. Zum ersten Mal, seitdem sie aufgewacht war, sah sie den Hauch eines Lächelns. Er hatte volle Lippen für einen Mann und presste sie ein wenig aufeinander, als wäre er nicht hundertprozentig zufrieden mit der Situation. Nicht auf eine berechnende Art, nicht wie ein Geschäftsmann auf der Karriereleiter. Nein, er war einfach jemand, der nachdachte. Sich sorgte. Wahrscheinlich wollte er sich an einem freien Wochenende entspannen, und nun hatte er sie am Hals. Sie würde sich so bald wie möglich für seine Hilfe bedanken und dann verabschieden.

Da gab es nur ein Problem: Sie wusste nicht, wo sie hingehen sollte. Zu Gideon konnte sie nicht zurück, also kam sie auch nicht an ihre Sachen. Zumindest vorerst. Trotzdem würde sie bei ihrer Entscheidung bleiben und sich nicht mehr umstimmen lassen, weder von Gideon noch von sentimentalen Erinnerungen. Seine Schläge hatten mehr zerstört als ihr Gesicht.

Als hätte er ihre Gedanken gelesen, deutete der Fremde auf ihre Wange. »Wie ist das passiert?«

Sie biss sich auf die Lippe. »Und wie heißt du?« Es war unangenehm, seiner Frage auszuweichen, doch noch unangenehmer wäre es, ihm alles zu erzählen.

Er schien zu verstehen, starrte aber noch einige Sekunden so vielsagend auf den Bluterguss, dass sie die Verletzung fast spürte.

»Ich bin Lauri«, sagte er. »Diese Hütte gehört den Eltern eines Freundes. Ich habe dich draußen gefunden. Du warst ohnmächtig. Ich ...« Er suchte nach Worten. »Ich hatte ziemliche Angst, dass du bereits erfroren wärst.«

Neve ließ seine Worte in ihrem Kopf nachklingen und wartete darauf, dass sie von ihnen berührt wurde. Doch da war nichts. Sie empfand weder Angst noch Panik bei der Vorstellung, in dem kleinen Wald fast gestorben zu sein, in Rufweite von Gideon und all den anderen Urlaubern, aber dennoch vollkommen allein. Es war, als wäre trotz Lauris Bemühungen, sie aufzuwärmen, ein Eisklumpen in ihr zurückgeblieben, und er hatte zielsicher den Weg in ihr Herz gefunden und sich dort festgesetzt. Gideon war ihr nicht gefolgt, und von den anderen Gästen hatte niemand gewusst, wo sie war. Wenn Lauri nicht gewesen wäre ...

Neve versuchte, sich vorzustellen, wie es gewesen sein musste. Wie sie eins mit der Stille des Walds war, bedeckt vom unerbittlichsten Leichentuch der Welt. Es war auf seltsame Weise faszinierend.

»Wo hast du mich gefunden?«, flüsterte sie. »War mein Körper schon kalt? Oder vom Schnee bedeckt?«

Ob er zufällig über sie gestolpert war? Womöglich hatte er auch ihre Spur entdeckt und war ihr gefolgt.

Lauri sah plötzlich unsicher aus, ihre Fragen verwirrten ihn. Kein Wunder. Wahrscheinlich hielt er sie für verstört oder, schlimmer, für geisteskrank und nicht in der Lage, einen normalen Gedanken zu fassen. Dabei hatte sie noch nie so klar gesehen wie jetzt. Sie wollte ihr altes Leben nicht zurück. Sie hatte sich an eine Illusion geklammert und dieses Trugbild mit ihrer Hoffnung immer weiter aufgebauscht, bis es nichts anderes mehr tun konnte, als zu platzen. Es tat weh, um die Scherben zu wissen, aber sie würde sich nicht noch einmal daran schneiden. Und das bedeutete vor allem eins: Sie besaß kein Zuhause mehr.

Im Grunde hatte sie das alles längst geahnt. Aber es hatte erst etwas Schlimmes geschehen müssen, damit sie begriff. Genau wie Gideon. Auch er hatte es nicht mehr in dieser Beziehung ausgehalten, die nur noch ein Echo gewesen war. Nur hatte er es auf eine andere Weise gezeigt.

Sie zwang sich zu einem Lächeln, doch ihre Augen brannten. »Keine Sorge, ich bin nicht verwirrt. Es ... interessiert mich einfach.«

Sein Blick flackerte zur Seite, dann zu ihr zurück. »Also gut.« Er starrte auf seine Hände. Sie waren groß und kräftig, mit leichten Abschürfungen an den Knöcheln. »Ich habe dich in dem kleinen Wald in der Nähe der Feriensiedlung gefunden. Ich weiß nicht, wie lange du dort gelegen hast, aber ich habe dich im Schnee fast übersehen. Deine Haut war sehr kalt.« Er sprach leise, als teilten sie ein Geheimnis. Dann räusperte er sich. »Kommst du von dort? Longtree? Ich kann jemanden für dich benachrichtigen. Mein Handy funktioniert nicht, darum konnte ich niemanden anrufen. Aber jetzt, wo es dir besser geht, laufe ich zu den Hütten und gebe Bescheid. Einverstanden? Ich wäre nicht lange weg.«

»Nein, danke«, sagte Neve rasch, um nicht weiter über seinen Vorschlag nachdenken zu müssen. Sie wollte nicht herausfinden, ob es noch irgendwo in ihr Zweifel gab, und sie wollte auch nicht weiter über Gideon grübeln. »Es gibt dort niemanden, der Bescheid wissen müsste.«

»Du solltest dich wirklich untersuchen lassen. Ich könnte von Longtree aus den Notarzt rufen.«

»Nein, bitte, ich ... mir fehlt nichts. Wirklich.« Allein der

Gedanke an eine Untersuchung und die damit verbundene Aufmerksamkeit veranlasste Neve, sich tiefer in das Sofa zu kuscheln. Man würde sie nach ihrer Adresse fragen, nach Angehörigen oder anderen Bezugspersonen und damit nach Dingen, an die sie nicht denken wollte.

Squamish. Gideon. Ihre Wohnung. Wie sehr wünschte sie sich, das alles verschwinden zu wissen wie eine Landschaft, die sich in Nebel hüllte.

Lauri sah mit einem Mal hilflos aus. Im selben Moment dämmerte Neve, dass sie wahrscheinlich reichlich unverschämt war. Er hatte sie gerettet und wollte diese ganze Angelegenheit klären. Sie war eine große Verantwortung für ihn, fremd, erschöpft und schwach, und sicher würde er sich besser fühlen, wenn sie sich von einem Arzt untersuchen ließ. Wahrscheinlich hatte er auch gar keine Zeit für Mädchen, die er halb erfroren im Wald fand. Immerhin führte er ein eigenes Leben.

»Es geht mir wirklich wieder gut«, sagte sie hastig und überlegte, was sie nun tun sollte. Erst einmal musste sie aus Longtree weg, aber das stellte sie bereits vor ihr erstes Problem. Gideon hatte die Wagenschlüssel, und für öffentliche Verkehrsmittel brauchte sie Geld. Aber ihr würde schon etwas einfallen. Im schlimmsten Fall würde sie einfach loslaufen und darauf hoffen, dass früher oder später jemand anhielt und sie mitnahm. Zu Hause würde sie das Nötigste zusammenpacken und verschwinden. Ein klarer Schnitt, ohne lange Diskussionen und Konfrontationen. Ja, das wäre sicher das Beste.

Sie legte Enthusiasmus in ihr Lächeln und hoffte, so von ihrem Zustand abzulenken. »Weißt du, ob ein Bus in der Nähe hält? Oder gibt es vielleicht eine andere Möglichkeit, nach

Squamish zu kommen? Sobald meine Sachen trocken sind, breche ich auf.« Sie zupfte an seinem Pullover herum, der nur ein wenig kratzte.

Lauri zögerte, doch dann stand er auf, fasste sie bei der Schulter und drückte sie unendlich vorsichtig, aber bestimmt zurück. Er war nun so nah, dass Neve Funken im Braun seiner Augen entdeckte. Es war eine schöne Farbe, warm und leuchtend zugleich. Fasziniert starrte sie hinein, sah dann schnell weg und widmete sich den Wollflusen auf der Decke. Gleichzeitig schielte sie unter ihren Wimpern hervor zu ihm hinüber.

Lauri schien nichts bemerkt zu haben. »Nichts da«, erklärte er bestimmt. »Ich habe keine Ahnung, wie lange du da draußen gelegen hast und was die Kälte mit dir angestellt hat. Ich werde dich ganz sicher nicht allein durch die Gegend spazieren lassen. Wenn es niemanden gibt, der dich abholen kann, dann musst du wohl oder übel noch eine Weile hierbleiben.«

Sie nagte an der Lippe. »Das kann ich doch nicht einfach machen. Ich meine, du hast sicher …« Hilflos deutete sie auf einen unbestimmten Punkt im Raum. Eine Bewegung, die alles umfasste und doch wieder nichts.

»Wenn es dich beruhigt, notiere ich dir meine Kontoverbindung. Damit kannst du dann später machen, was du willst.« Sein Tonfall ließ keine Widerrede zu.

Neve seufzte schicksalsergeben. »Gut. Aber ich möchte nicht den ganzen Tag auf dem Sofa herumliegen und nichts tun.«

»Noch ist es Nacht, und wir können alles morgen früh besprechen, nachdem du geschlafen hast und wieder zu Kräften gekommen bist. Einverstanden?«

Sie beeilte sich, ihm zuzustimmen – auch daran hatte sie

nicht gedacht: Er war sicher müde. Wie unüberlegt von ihr! Vom Schlafen abhalten wollte sie ihn gewiss nicht. Ebenso wenig, wie sein Bett in Beschlag nehmen, aber sie ahnte, dass er darauf bestehen würde.

»Wenn du nichts dagegen hast, bleibe ich hier«, kam sie ihm zuvor. »Dann muss ich nicht mehr aufstehen.« Sie täuschte ein Gähnen vor, das sich allzu schnell in ein echtes verwandelte.

Lauri stand auf. »Natürlich, kein Problem. Kann ich dir noch etwas bringen? Ist dir warm genug? Hast du vielleicht Hunger?« Er wirkte unsicher, ob er seinen Wachplatz an ihrer Seite wirklich verlassen sollte, und Neve war ihm dafür unendlich dankbar.

Sie zog die Decke bis zum Kinn. »Mir geht es wunderbar. Ich möchte nur ein wenig schlafen.«

Noch immer wirkte er unschlüssig. Dann ging er zur Tür und drehte den Schlüssel. »Normalerweise schließe ich nicht ab«, sagte er. Es klang wie eine Entschuldigung. »Aber so fühlst du dich vielleicht sicherer hier unten. Zum Badezimmer geht es dort, Handtücher gibt es auch.« Er deutete auf eine Tür im hinteren Teil des Zimmers.

»Danke«, flüsterte Neve und schmiegte sich in ihr Kissen.

Mit einem letzten prüfenden Blick machte sich Lauri auf den Weg nach oben. »Ruf einfach, wenn etwas ist. Oder du etwas brauchst. Und schlaf gut.« Er wartete noch eine Weile und löschte dann das Licht. Nur der orangefarbene Schimmer im Kamin flackerte. Leise Schritte auf der Holztreppe, dann knarrte es in der oberen Etage.

Neve kuschelte sich tiefer in die Polster, lauschte Lauris Bewegungen und stellte sich vor, wie er hin und herlief.

So fühlst du dich vielleicht sicherer.

Er ahnte nicht, wie sehr dieser Satz in ihrem Kopf nachhallte. Schöne Worte, die wundervoll klangen, aber denen sie nicht traute. Wie auch? Sie war selbst zu Hause nicht sicher gewesen, aber das begriff sie erst jetzt. Hier schien alles anders zu sein. Die Atmosphäre der Hütte lockte sie, noch tiefer einzutauchen: in den dunklen Schimmer der Glut und in das Wissen, dass jemand in der Nähe war, der wollte, dass es ihr gut ging. Diese Art der Geborgenheit hatte sie ihr Leben lang gesucht, und jetzt, da sie endlich greifbar war, hatte sich alles verändert. Ihr Leben würde nie wieder so sein wie früher.

Neve drehte sich auf die Seite und betrachtete die Funken des sterbenden Feuers. Lauris Pulli roch nach Tannennadeln und Rauch. Sie schloss die Augen und fand sich in der Weite der Wildnis wieder. Wind wirbelte den Schnee zu ihren Füßen auf und ließ ihn tanzen. Sein Pfeifen klang fast wie eine Melodie, schwer und so süß, dass sie sich ohne Umwege in ihr Herz stahl.

Nicht nur geborgen, sondern auch willkommen. Mit einem Lächeln auf den Lippen sank Neve tiefer in diese Welt aus Weiß. Sie merkte noch, wie ihre Hand zu Boden rutschte, dann schlief sie ein.

Die Sonne schien durch das Fenster und riss sie aus dem Schlaf. Sie blinzelte in die Helligkeit, setzte sich auf, sah sich um und streckte sich. Das Feuer war herabgebrannt, und in der Hütte war es kühl geworden, aber nicht wirklich kalt. Im Gegenteil, ihr war viel zu warm – Lauris Klamotten waren das effektivste Wärmepolster, das sie jemals erlebt hatte. Abgesehen davon fühlte sie sich gut. Keine Albträume, keine Furcht vor den kommenden Tagen. Gedanken über die Zukunft konnte sie sich später machen, momentan war sie einfach nur zufrieden, hier zu sein.

In der Nacht war neuer Schnee gefallen, am Fenster hatten sich weiße Balken angesammelt. Neve lauschte: Lauri schien noch zu schlafen. Sie schlug die Decke zurück und genoss die kühle Luft auf Hals und Wangen. Vorsichtig stand sie auf, doch ihr war weder schwindelig noch fühlte sie sich schwach. Im Gegenteil. Zudem hatte sie Hunger. Beim nächsten Schritt stolperte sie über eine Socke, die sie im Schlaf halb von ihrem Fuß gestrampelt hatte. Darunter kam eine zweite zum Vorschein: Lauri hatte sie offenbar in alles gesteckt, was er finden konnte. Neve begutachtete den Rest ihrer Aufmachung und schmunzelte: Die Kombination von Lauris Pulli, seiner Jeans und seinen auf Halbmast hängenden Socken verwandelte sie in eine Zwergenfrau. Sie zog Letztere aus und die Jeans hoch und machte sich auf den Weg ins Badezimmer.

Warme Luft schlug ihr entgegen wie eine Wand. Sie tastete nach dem Lichtschalter, und der kleine Raum wurde in schwachgelben Schimmer getaucht. Über der Duschstange hingen ihre Sachen, säuberlich aufgereiht und wieder trocken: der braune Pulli mit dem Zopfmuster, ihre Jeans, das weiße Top und sogar ihre Strümpfe. Schuhe entdeckte sie nicht. Richtig, sie war in ihren Pantoffeln losgelaufen und hatte einen unterwegs verloren. Neve runzelte die Stirn. Alles, woran sie sich erinnerte, nachdem sie den Wald erreicht hatte, kam ihr vor wie ein Traum. Vielleicht war es auch einer, und die Kälte hatte seltsame Dinge mit ihrem Gedächtnis angestellt.

Neve schaltete den Heizstrahler in der Ecke ab und fand ein frisches Handtuch. Sie zog sich aus, ließ Lauris Sachen und ihren Slip zu Boden fallen und betrachtete sich so gut es ging in dem Spiegel über dem Waschbecken. Das Licht verlieh den Verfärbungen in ihrem Gesicht einen kränklichen Grünstich. Sie fand einige blaue Flecken, vornehmlich an der linken Hüfte. Keine ernsthaften, sichtbaren Wunden, keine Erfrierungen. Im Gegenteil, sie sah vollkommen gesund aus, selbst ihre Zehen schimmerten rosarot. Sie hatte noch einmal Glück gehabt – oder vielmehr einen Schutzengel, der in der Etage über ihr seinen wohlverdienten Schlaf genoss.

So fühlte sich also Glück im Unglück an. Fremd, aber angenehm, und auf seltsame Weise befreiend.

Neve wusch sich, gurgelte mit einer Mundspülung, die sie in einer Ecke fand, und machte sich daran, das verkrustete Blut von ihrem Gesicht zu entfernen. Sie fühlte sich besser, als die blauen Flecken vermuten ließen: Das linke Auge war zum Glück nur wenig geschwollen, dafür hatten sich Oberlid und Wangenknochen dunkel verfärbt. Die Unterlippe war an einer Seite dick und taub, aber immerhin schmerzte sie ebenso wenig wie die anderen Stellen, solange sie nicht darauf herumdrückte. Ihre Haare waren in der Nacht getrocknet und standen in wirren Büscheln ab. Neve strich mehrmals mit feuchten Händen hindurch und beseitigte die schlimmsten Knoten. Bald glänzte das Blond wieder wie sonst, und die kürzeren Seitensträhnen kitzelten ihre Wangen. Schon besser. Wenn eines an ihr wirklich widerstandsfähig war, dann ihre Haare.

Sie schlüpfte in ihre Sachen, legte Lauris säuberlich zusammen und musterte sich noch einmal im Spiegel. Auf den ersten Blick sah sie aus wie immer, nur in ihren Augen lag ein Glanz, der irgendwie fremd war. Neve blinzelte. Da war noch immer der gewohnte Ausdruck, eine Mischung aus Kleinmädchenstaunen und Ernsthaftigkeit. Doch etwas anderes hatte sich darunter gemischt. Es war keine Entschlossenheit, auch keine Distanz, und doch von beidem ein bisschen. Was hatte Kira stets gesagt, wenn sie zu Besuch in Squamish gewesen war? *Wenn du vor dich hinträumst, bekommen deine Augen diesen Silberschimmer.*

Geträumt hatte sie in ihrem Leben wahrscheinlich mehr, als gut für sie war. Jetzt träumte sie ganz sicher nicht. Trotzdem war da dieser silbrige Glanz, und als sie ihren Kopf ein Stück drehte, wandelte er sich in dunkles Blau. Neve schrak zurück und rieb mit beiden Händen über ihr Gesicht. Als sie ihre Arme sinken ließ, war der Eindruck verschwunden. Eine Sinnestäuschung, hervorgerufen durch das künstliche Licht.

Neve verließ das Bad und schlich zur Küchenzeile. Ihr Magen meldete sich bei dem Anblick des Kühlschranks so energisch, dass Lauri es sicher bis in die obere Etage hörte und aus dem Schlaf gerissen wurde, doch in der Hütte blieb alles still.

So leise wie möglich inspizierte sie erst die Schränke, dann die Regale, und tauchte kurz darauf einen Löffel in eine Schale mit Cornflakes. Völlig ausgehungert schlang sie die ersten Bissen hinab und genoss jeden einzelnen. Erst jetzt merkte sie, wie viel Hunger sie hatte. Kauend trat sie ans Fenster: Vor ihr breitete sich eine Winteridylle aus, die sie in den zwei Tagen in Longtree nicht wahrgenommen hatte. Der Schnee vor der Hütte war noch unberührt, das Blau des Himmels bildete einen perfekten Kontrast. Die Sonne hinter Wolkenschleiern ließ die weiße Fläche an manchen Stellen glitzern, blendete aber nicht. Nicht einmal ein Vogel war zu sehen. Hier draußen hatte der Mensch keine Macht über die Natur, im Gegenteil. Der Winter zeigte ein Gesicht voller Schönheit und täuschte darüber hinweg, wie grausam er sein konnte.

Am liebsten wäre sie hinausgelaufen, um die frische Luft tief in ihre Lungen zu saugen, doch das wäre wohl leichtsinnig – sie hatte sich gerade erst von vergangener Nacht erholt. Außerdem wollte sie Lauri nicht beunruhigen, nicht nach all den Sorgen, die sie ihm bereits bereitet hatte.

Wie auf ein Stichwort räusperte sich jemand hinter ihr und bescherte ihr einen halben Herzinfarkt. Neve wirbelte herum und sah sich Lauri gegenüber. Er war barfuß, seine Haare ringelten sich feucht in seine Stirn.

»Guten Morgen«, sagte er und sah sie aufmerksam an, fast schon prüfend, so als traute er der Tatsache nicht so ganz, dass sie frisch und munter vor ihm stand.

Neve nickte verwundert. Sie roch Duschgel oder Shampoo. Er musste geduscht haben. Nur wann? Sie war doch gerade erst in die Küche gegangen und ans Fenster getreten. Der Anblick der Weite dort draußen musste sie so sehr verzaubert haben, dass sie ihn nicht gehört hatte.

»Hallo«, sagte sie und sah vor lauter Verlegenheit auf die Schüssel in ihren Händen. Sie war leer, und Neve ging zurück zur Küchenzeile, um sie auszuspülen.

Lauri trat neben sie, nahm sie ihr aus der Hand, als sie zum wiederholten Mal mit dem Schwamm darin herumwischte, und legte sie auf das Abtropfbrett. »Die ist sicher sauber genug.« Er lehnte sich mit dem Rücken gegen die Wand. »Ist alles okay? Du hast am Fenster gestanden, als ich die Treppe runtergekommen bin. Ich habe geduscht, und in der Zeit hast du dich wohl kein Stück bewegt.« Er verschränkte die Arme vor der Brust, doch anders als bei Gideon wirkte es weder abwehrend noch überlegen. Es gehörte einfach zu ihm.

Ärgerlich schüttelte Neve diese Gedanken ab, ließ kaltes Wasser über den Schwamm laufen und spülte die letzten Reste Schaum durch den Abfluss. Sie hatte nichts davon, wenn sie ihn mit ihrem Freund verglich. *Exfreund.*

»Wirklich? Ich habe dich nicht bemerkt, entschuldige.« Sie erinnerte sich nicht daran, so lange aus dem Fenster gestarrt zu haben. Die Nacht hatte wohl doch stärker an ihren Energiereserven gezehrt als vermutet. Hoffentlich hielt Lauri sie nicht für unhöflich.

Er lächelte, was er bisher selten getan hatte. Es gab Menschen, die lächelten bei allem, was sie sagten, und verrieten dadurch schnell, wenn ihre Stimmung umschlug. Bei Lauri musste man aufmerksamer hinsehen, doch wenn man sich die Mühe machte, bemerkte man die kleinen Zeichen: die Kerben neben seinen Mundwinkeln, das Zucken der Lider oder auch die schmalen Schatten, die über seinen Augenbrauen entstanden, wenn er beunruhigt war. All das war ihr gestern aufgefallen, und heute war davon kaum noch etwas zu sehen.

Er öffnete einen Hängeschrank und nahm einen Becher heraus. »Nach dem, was du durchgemacht hast, ist wohl keine Entschuldigung nötig. Möchtest du Kaffee?«

Neve verneinte, griff nach einem Glas und schenkte sich Wasser ein. »Danke, dass du meine Sachen getrocknet hast«, sagte sie und wusste nicht mehr weiter. Hier stand sie mit einem Fremden, der sie gerettet hatte, und der sie nicht so einfach ziehen lassen würde aus Sorge, sie wäre zu schwach oder ihr könnte etwas zustoßen. Einerseits tat diese Art der Wärme gut, auf der anderen Seite kannte sie Lauri kaum und wollte nicht, dass er sie aus Mitleid zum Bleiben aufforderte. Sie stellte die Schüssel umständlich in den Schrank zurück und zermarterte sich den Kopf, was sie sagen und wie sie sich verabschieden sollte.

Lauri kam ihr zuvor. »Hör mal, ich habe nachgedacht. Was auch immer da geschehen ist«, er deutete auf ihr Gesicht, »es geht mich nichts an. Du sollst aber wissen, dass du hierbleiben kannst, solange du möchtest. Das heißt natürlich nur, solange ich noch nicht abgereist bin.«

Neve wollte bereits ablehnen und erklären, dass sie nach Hause aufbrechen würde, sobald sie wieder bei Kräften war – oder vielmehr, sobald sie Lauri davon überzeugen konnte, dass sie wieder bei Kräften war. Doch sie zögerte. Mittlerweile war sie selbst nicht mehr von ihrem Plan überzeugt. Wenn sie nicht nach Longtree zurückkehrte, würde Gideon annehmen, dass sie nach Hause gefahren war, und ihr folgen. Um ein weiteres Gespräch kam sie dort nicht herum. Aber sie wollte nicht reden. Nicht mehr. Bisher hatte sie nach jedem Streit versucht, ihren Stolz zu wahren, und war Mal um Mal gescheitert. Weil sie mit der Unsicherheit nach einer Auseinandersetzung nicht zurecht kam und weil sie Gideon stets zu sehr vermisst hatte, um nicht nachzugeben. Neben ihm gab es niemanden in Squamish, der ihr nahestand, und am liebsten hätte sie schon vor zwei Jahren ihre Sachen gepackt und wäre von dort weggezogen. Doch Gideon gefiel der kleine Ort, er mochte seinen Job ebenso wie die Gegend. Also hatte es auch ihr gefallen.

Nein, sie konnte nicht zurück, weder zu ihm noch nach Squamish. Sie könnte nach Abbotsford fahren und eine Weile bei Kira wohnen. Wenn ihr Mut sie nicht verließ, würde sie weiterziehen, vielleicht nach Vancouver, vielleicht noch weiter. Ihren Träumen folgen, warme Länder bereisen, vielleicht sogar einen anderen Kontinent sehen. Was auch immer sie tat, Gideon würde nicht an ihrer Seite sein.

Die Vorstellung tat trotz allem weh, und Neve schluckte schwer. Wäre sie allein gewesen, hätte sie sich mit all ihren Tränen in einer Ecke verkrochen. Aber Lauri war bei ihr, und allein das half, um nicht zu weinen. Mehr noch, es zeigte ihr, dass es eine andere Welt gab als die, in der sie so lange gelebt hatte. Eine bessere.

»Danke«, sagte sie. Es fühlte sich einfach richtig an, seiner Einladung zu folgen. »Ich bleibe gern. Das heißt, wenn ich dich nicht störe.«

Ein Funke tanzte durch Lauris Augen, und Neve begriff, dass sein Lächeln zuerst dort zu erkennen war, ehe es auf seine Lippen überging. »Du störst absolut nicht. Ich bin froh, dass du bleibst.«

4

Es war ein guter Tag, ungewöhnlich, schön und seltsam zugleich. Obwohl Lauri abgelenkt war, erwachten die Zeichnungen unter seinen Fingern mit einer Geschwindigkeit zum Leben, die ihn selbst überraschte. Hin und wieder blinzelte er zum Sofa: Neve hatte sich in ein Buch vertieft und die Beine eng an den Körper gezogen. So, wie sie dort saß, mussten ihr früher oder später die Füße einschlafen, doch sie schien sich wohlzufühlen und zwirbelte gedankenverloren an einer Haarsträhne herum.

Sie hatte sich geweigert, etwas Warmes zu trinken, und zum Frühstück lediglich um eine weitere Schale Cornflakes mit Milch gebeten, aber abgesehen von ihren Blessuren sah sie nicht aus, als würde ihr etwas fehlen. Ihre Haut war noch immer blass, beinahe weiß, aber es passte zu ihr und ergänzte auf faszinierende Weise das Eisblau ihrer Augen sowie ihre Haare, die fast noch mehr leuchteten als die Wintersonne vor dem Fenster.

Es musste dieses Leuchten sein, das Lauri immer wieder von seiner Arbeit ablenkte und ihn verstohlene Blicke in Neves Richtung werfen ließ. Eine Weile versuchte er, seine Neugier als professionelles Interesse zu betrachten, doch dann hätte er beinahe den Kopf geschüttelt. Wem wollte er hier eigentlich was vormachen? Selbst wenn er noch nie zuvor einen Zeichenstift in der Hand gehalten hätte, würde er sie so ansehen, wie er es jetzt tat. Sogar die Verletzungen in ihrem Gesicht fesselten ihn, da sie die zarten Gesichtszüge noch mehr betonten.

Die Vorstellung, dass ihr jemand so etwas angetan hatte, war dagegen ganz und gar nicht faszinierend – sie machte ihn wütend. Es war schwer, ihn so weit zu bringen. Damals im *Goodlord Childrens Hospital* und auch später in der Schule hatten manche Jungs es mit allen erdenklichen Mitteln versucht, bis sie begreifen mussten, dass er keine Vorliebe für Machtspielchen hatte. Sie hatten schnell jedes Interesse an ihm verloren. Er hatte schon immer ein dickes Fell besessen, das nur deshalb existierte, weil er gut allein klarkam. Mehr noch, er war gern für sich. Die Drohungen, ihn irgendwo auszuschließen, hatten nie verfangen. Aber es gab Grenzen, die ihm wichtig waren und die er verteidigte, sobald jemand versuchte, sie zu überschreiten. Der Angriff auf Neve zählte eindeutig dazu.

Energischer als nötig schraffierte Lauri eine Fläche. Es war nicht seine Angelegenheit, aber er wollte sich für Neve einsetzen. Sich vor sie stellen und vor dem schützen, was nicht existieren sollte, aber trotzdem immer wieder passierte, überall auf der Welt.

Lauri bemerkte, dass er sie schon wieder anstarrte, biss die Zähne zusammen und versuchte erneut, sich auf seine Zeichnung zu konzentrieren. Die Fee für das Kinderbuch trug nicht wirklich Neves Züge und hatte so langes Haar, dass es bis weit über den Rücken und nicht nur knapp über die Schultern fiel, aber er hatte sich eindeutig von Neves herzförmigem Gesicht und ihren Lippen inspirieren lassen. Wenn er seinen Gast weiterhin studierte, als wäre sie sein Modell, würde er niemals weiterkommen. Ganz zu schweigen davon, dass sie sich eventuell unwohl fühlte, wenn sie seine Blicke bemerkte.

Sie hatten nicht darüber geredet, was ihr passiert war, und er wollte sie nicht drängen, aber Verletzungen wie die in Neves Gesicht entstanden nicht, indem man hinfiel. Sie stammten von Schlägen, und so wie Neve auf seine vorsichtigen Fragen reagierte, stand der Verursacher ihr nah. Oder hatte es getan. Selbst die Art, wie Neve hin und wieder gedankenverloren aus dem Fenster starrte, verriet es. Es war, als suchte sie etwas, von dem sie selbst erstaunt war, es verloren zu haben. In diesen Momenten wollte Lauri sie in den Arm nehmen und trösten, aber das stand ihm nicht zu. Wahrscheinlich war das Letzte, was sie jetzt wollte, die Umarmung eines Fremden.

Neve blätterte die Seite um. Ein Mundwinkel zuckte, als sie die Lippen bewegte und die Passage lautlos mitlas. Lauri hatte das Buch in der Hütte gefunden, es musste Bens Eltern gehören. Er kannte es nicht, aber ihr schien es zu gefallen. Sie sah gefasst aus, beinahe fröhlich. Lauri war froh darüber und auch ein wenig stolz, dass sie sich in seiner Gegenwart entspannte. Er gestattete sich ein Lächeln und vertiefte sich wieder in seine Zeichnung.

In den folgenden Stunden schwiegen beide. Die Stille war angenehm und verband das Gefühl der Nähe mit der Gewissheit, den Raum und alle Gedanken darin trotzdem ganz für sich zu haben. Lauri füllte eine Seite nach der anderen und arbeitete einen guten Teil der Motivliste für das Kinderbuch ab, ehe er wieder aufblickte. Erstaunt stellte er fest, wie viel Zeit vergangen sein musste. Das Licht draußen hatte sich verändert, an Rot verloren und an Blau zugelegt. In wenigen Stunden würde es dämmern.

Neve musste die Bewegung bemerkt haben, hob den Kopf und lächelte. »Ich glaube, ich habe seit Langem nicht mehr so viele Stunden am Stück gelesen.«

Lauri fiel auf, dass einer ihrer Schneidezähne schräg stand und Unruhe in die obere Zahnreihe brachte. Nicht wirklich ein Makel, eher ein interessantes Detail. Er legte den Zeichenblock zur Seite und lockerte seine Finger. Wie zur Antwort knurrte sein Magen. »Bens Eltern werden sich freuen zu hören, dass in diesem Haus überhaupt mal jemand gelesen hat. Abgesehen davon, hast du Hunger?«

»Ja«, antwortete sie, ohne nachzudenken, und Lauri hätte sich am liebsten vor die Stirn geschlagen. Was war er eigentlich für ein Gastgeber? Er hätte sie schon viel früher fragen sollen. Eilig stand er auf, ging in die Küche, inspizierte die Schränke und kramte das letzte frische Gemüse hervor: Karotten, eine Zucchini, eine halbe Paprika und Tomaten. Er rollte sie hin und her und überlegte, was er am besten damit anstellen sollte.

Neve legte das Buch auf die Lehne und stellte sich neben ihn. Sie bewegte sich unglaublich leichtfüßig. »Lass mich das machen.« Sie beäugte die magere Auswahl auf der Arbeitsplatte. »Dann kann ich mich ein wenig revanchieren.«

Lauri winkte ab. »Das brauchst du nicht«, sagte er und drehte sich zu ihr um. Ihre Stirn befand sich auf der Höhe seiner Lippen, und ihre Haare rochen nach Tannenspitzen und Winterblumen. Seine Hand streifte ihren Arm.

Neve zuckte zusammen und wich zurück.

Lauri hätte sich am liebsten geohrfeigt. »Entschuldige«, sagte er und trat zur Seite, bis der Herd ihn stoppte. Sie hatte allen Grund, schreckhaft zu sein oder nicht zu wollen, dass er sie berührte. Er hatte einfach nicht nachgedacht.

Neve schüttelte den Kopf, dann senkte sie ihn. Sie wirkte so verwirrt, dass er »Ich bin gleich wieder da« murmelte und nach seinem Handy griff, um den Zwischenfall zu überspielen. Hier nützte es ihm nichts mehr, also würde er es nach oben bringen und in seinem Gepäck verstauen. In Vancouver würde er es einem Freund überlassen, der sich mit den Dingern auskannte und es womöglich reparieren konnte.

Zu seinem Erstaunen leuchtete die Anzeige auf, als er eine Taste berührte. Er blinzelte. Das Handy war beinahe vollständig geladen, und der Empfang war laut Akkusymbol zwar schwach, aber vorhanden.

»Seltsam.« Er rief das Menü auf: Es funktionierte einwandfrei. Kein Totalschaden also, sondern nur ein Aussetzer – wie immer bei technischen Geräten im ungünstigsten Moment. Eigentlich sollte er sich darüber freuen, immerhin war es nicht ungefährlich, hier draußen ohne Telefon zu sein, aber seltsamerweise war er enttäuscht. Der Kontakt zur übrigen Welt stand wieder, und das bedeutete, dass Neve jemanden anrufen konnte, um sich abholen zu lassen.

Obwohl sie erst seit Kurzem hier war, hatte sich Lauri an ihre Gegenwart gewöhnt. Sie gab ihm das Gefühl, nicht allein zu sein und doch alle Zeit der Welt zu besitzen. Es musste etwas damit zu tun haben, dass er sie gerettet hatte. Wahrscheinlich war es lediglich ein Gefühl der Fürsorge, das er schleunigst wieder abstellen musste. Neve war eine erwachsene Frau und würde allein klarkommen. Sie hatte ihm erzählt, dass sie einundzwanzig war, nur zwei Jahre jünger als er. Er hatte sich viel älter gefühlt, während sie auf dem Sofa geschlafen hatte.

Lauri gab sich einen Ruck und legte das Telefon auf die Ablage zwischen Küche und Wohnraum. »Hier. Frag mich nicht, warum, aber es funktioniert wieder. Du kannst also gern deine Leute anrufen ... oder wen auch immer du möchtest.« Er zögerte. Er hatte ihr bereits angeboten zu bleiben und wollte nicht aufdringlich sein.

Neve sah auf, eine Karotte in einer Hand und ein Messer in der anderen. Sie starrte das Telefon an, als wäre es eine schlechte Nachricht. Ihre Zunge huschte über ihre Lippen. »Nein«, sagte sie. »Danke. Ich ... möchte gerade niemanden anrufen. Das heißt ... wenn dein Angebot noch steht, würde ich gern bleiben. Einfach ein wenig Abstand vom Alltag nehmen, vielleicht noch einen Tag oder zwei.«

Sie machte ihm damit eine größere Freude, als er erwartet hatte. Er versuchte, nicht wie ein Idiot zu grinsen, nickte und steckte das Telefon wieder ein. Es musste einen Wackelkontakt haben, daher würde er es ausschalten und nur im Notfall benutzen. Es warteten keine wichtigen Nachrichten auf ihn. Seine Auftraggeber wussten von seiner Auszeit zum Arbeiten und sahen darin kein Problem, solange er zuverlässig war und seine Deadlines einhielt. Auch seine Pflegeeltern und Geschwister würden sich keine Sorgen machen, wenn sie ihn nicht erreichten. Sie wussten, dass er sich nur aus der Einöde meldete, wenn etwas passiert war. Einzig Bens überschäumende Fantasie nach dem Genuss von zu viel Bier konnte ihm zum Verhängnis werden, falls sein Freund seinen Eltern mitteilte, dass er nicht ans Telefon ging und wahrscheinlich ihr Ferienhaus in die Luft gesprengt hatte. Aber das Risiko würde er gern in Kauf nehmen.

Er war erleichtert, dass Neve vorerst blieb, aber trotzdem grübelte er, warum sie sich so sehr weigerte, jemanden zu informieren – ihre Eltern, Verwandte, eine Freundin. Eine Vertrauensperson. Sie wollte das alles doch nicht wirklich allein durchstehen? Er beobachtete, wie sie die Paprika mit den Möhren mischte und die Pfanne auf den Herd stellte. Er würde ihr so viel Zeit geben, wie sie wollte. Vielleicht konnte er diese Vertrauensperson werden. Vielleicht würde sie sich eines Tages alles von der Seele reden.

Eines Tages! Was dachte er da eigentlich?

Sie würde losziehen, wenn sie sich wieder gefasst hatte und die Blessuren in ihrem Gesicht verblasst waren. An ihrem Körper befanden sich keine, das hatte er festgestellt, als er sie in seine Klamotten gesteckt hatte.

Bei der Erinnerung daran senkte Lauri den Kopf und räusperte sich. »Ich bin kurz oben.« Er sah Neve nicht an, da es ihm vorkam, als könnte man ihm seine Gedanken deutlich am Gesicht ablesen.

Im Schlafzimmer trödelte er herum, verstaute das Telefon im Nachttisch, stellte sich ans Fenster und starrte hinaus. Es hatte wieder zu schneien begonnen. Die Flocken waren noch dicker geworden, der ganze Stolz des kanadischen Winters. Bis zum Jahreswechsel waren es nur noch wenige Tage, und Lauri hatte überlegt, ob er dem Trubel den Rücken kehren und über Neujahr bleiben sollte. Hier konnte er sich nach einem langen Spaziergang vor dem Kamin entspannen, während seine Freunde in Vancouver von einer Party zur anderen hüpften und dabei an ihren Handys klebten, um herauszufinden, wo sich der Rest der Meute aufhielt. Diese Spießrutenläufe konnten witzig sein, aber nur, wenn man in der passenden Stimmung war. Für die man zwingend Alkohol brauchte.

Lauri hatte vorsorglich eine Flasche Wein gekauft, um sich selbst und seinen Zeichnungen zuzuprosten. Ob Neve Rotwein mochte?

Verdammt, schon wieder waren seine Gedanken bei ihr. Egal, woran er dachte, er kam immer wieder auf sie zurück. Er hob den Kopf und starrte erst in den graublauen Himmel, dann auf seine Reflexion in der Fensterscheibe. Seufzend strich er sich mit beiden Händen durchs Haar, sodass es in wilden Locken abstand. Seine Wangen waren warm. »Was erhoffst du dir da?«, flüsterte er. Dabei kannte er die Antwort längst: Er wollte, dass sie blieb. Die Art, wie sie in der einen Sekunde sämtliche Entschlossenheit der Welt in ihren Blick legte, um in der nächsten träumerisch zu lächeln, war wunderschön. Ihr gesamtes Wesen fesselte ihn, dazu kam ihr feenhaftes Aussehen.

Normalerweise schloss er niemanden so leichtfertig in sein Herz, geschweige denn, dass er mit fremden Menschen schnell in Kontakt kam. Er konnte zwar einige Minuten mit Small Talk füllen, aber sie kamen ihm oft verschwendet vor. Auf Partys bevorzugte er es, am Rand zu stehen und das Geschehen zu beobachten. Er mochte auch das Schweigen, während um ihn herum die Musik tobte.

Mit Neve war es anders. Sie war selbst so verschlossen und voller Geheimnisse, dass er mehr über sie erfahren wollte. Sie würde ihn niemals bedrängen oder dort nachbohren, wo er für sich bleiben wollte. Und genau das machte ihre Zartheit so stark. Lauri schnitt seinem Spiegelbild eine Grimasse. Jetzt hätte er nichts gegen Small Talk, selbst wenn es mehrere Stunden dauerte.

»Ich hoffe, du magst gebratene Nudeln mit Gemüse?«, kam es von unten, und Lauri fuhr zusammen. Er fühlte sich ertappt, wie er hier vor dem Fenster an sie gedacht hatte. Vielleicht dachte Neve ja ganz ähnlich?

Sei nicht albern, formten seine Lippen den Rat an sich selbst, dann ging er zurück in das Erdgeschoss. »Alles, was du in diesem Haus findest und in eine Mahlzeit verwandelst, ist super«, sagte er.

Sie füllte Wasser in einen Topf. »Gut. Aber nun wieder weg mit dir.«

Lauri protestierte nicht und ließ sich auf das Sofa fallen.

Neve pustete sich eine der kürzeren Haarsträhnen aus dem Gesicht, die gerade lang genug waren, um ihre Nasenspitze zu kitzeln, und machte sich mit einem so ernsten Nicken wieder an die Arbeit, dass sich Lauri ein Lächeln verkneifen musste.

Er entschied, sie ohne schlechtes Gewissen beim Kochen beobachten zu können. Kurz darauf brieten Nudeln, Gemüse und Gewürze in der Pfanne, und es roch nicht so verbrannt wie in den vergangenen Tagen, wenn er selbst gekocht hatte. Als er ihr das sagte, lachte sie zum ersten Mal. Ein Glockenton, der viel zu schnell wieder verklang.

Sie aßen am niedrigen Wohnzimmertisch, wo sie sich weit hinab und ihre Köpfe so sehr über die Teller beugen mussten, dass sie einige Male fast zusammengestoßen wären. Das Kochen schien Neves Anspannung gemildert zu haben. Bald antwortete sie nicht mehr nur auf Lauris Fragen, sondern stellte selbst welche: woher er kam, was ihn hierher verschlug und womit er sein Geld verdiente. Er erzählte ihr von Vancouver, der kleinen Einliegerwohnung bei den Adamowitchs und der Zeichnerei, und er fühlte sich wohl dabei. Wenn es nach ihm gegangen wäre, hätte er Neve stundenlang von sich erzählen können, nur um dieses Lächeln nicht schwinden zu sehen. Ihre Augen begannen zu leuchten, als er einige der Kinder- und Naturkundebücher aufzählte, die er illustriert hatte, und sie bestand darauf, dass er ihr später zeigte, was er zu Papier gebracht hatte, seit er in der Hütte wohnte.

Er grinste. »Erwarte nicht zu viel, meist sind es nur erste Skizzen.«

»Ich würde sie trotzdem gern sehen. Das heißt, wenn du möchtest.«

»Klar.« Er war heilfroh, dass sie sich so sehr für seine Arbeit interessierte und nicht auf andere Themen umschwenkte. Seine Familie beispielsweise. Für andere klang es oft abenteuerlich, wenn er von seinen Adoptiveltern und sechs Geschwistern berichtete. Nicht viele erkannten die weniger schöne Vorgeschichte, die dahintersteckte und von der Unfähigkeit seiner biologischen Eltern handelte, ein Kind zu versorgen oder gar großzuziehen. Lauri war es am liebsten, wenn er nicht darüber nachdenken musste. Zudem konnte er sich nicht an seine richtigen Eltern erinnern. Das hieß – kaum. Ein Bild gab es: seine Mutter, die ihr langes Haar bürstete, während die Sonne in den Raum fiel und sie in helles Licht tauchte. Es war die Erinnerung an einen Engel und nicht an eine Frau, die oft zu benommen gewesen war, um ihrem Sohn ein Abendessen vorzusetzen.

Nachdem sie die letzten Reste aus der Pfanne gekratzt hatten, räumte Lauri die Teller in die Spüle, holte seinen Skizzenblock und setzte sich mit Neve auf das Sofa. Sie betrachtete jede Zeichnung so eingehend, als stellte sie sich vor, wie die Figuren, Gräser und Bäume zum Leben erwachten, wie Hasenohren wackelten, Schnurrhaare bebten und Blätter in einem Wind wehten, der viel sanfter war als um diese Jahreszeit.

Trotz ihrer Nähe wurde es irgendwann kühl in der Hütte. Lauri griff über Neve hinweg, um nach der Decke zu angeln.

Sie wollte ihm helfen, und ihre Hände berührten sich. Ein sanftes Kribbeln bahnte sich seinen Weg unter Lauris Haut und verwandelte sich in Wärme.

Dieses Mal zog Neve ihre Finger nicht zurück, sondern blickte weiterhin auf die Zeichnung und tat so, als sei nichts passiert. Lauri merkte, wie angespannt sie war, und trotzdem konnte er nicht wegsehen. Er prägte sich den Glanz ihres Haars ein, ihr Profil mit den leicht geöffneten Lippen und ihre schmalen Handgelenke. Als sie schluckte, fesselte ihn die Bewegung an ihrem Hals. Neve bezauberte ihn auf eine Weise, die er bisher nicht gekannt hatte. Deren Intensität er nicht gekannt hatte. Zögernd berührte er eine der Seidensträhnen.

»Bitte nicht.« Neves Stimme war ein Flüstern.

Erst jetzt bemerkte er, dass er den Atem angehalten hatte. »Tut mir leid.« Hastig ließ er die Hand sinken. Was bitte hatte er sich vorgestellt? Dass sie ihre Dankbarkeit über eine Gemüsepfanne und einen Schlafplatz mit körperlicher Zuneigung bekunden würde? Je länger er hier draußen lebte, desto mehr verwandelte er sich in einen Vollidioten.

Neve hob den Kopf. Ihre Unterlippe zitterte, und in ihrem Blick flackerte Unsicherheit, doch sie sah Lauri direkt in die Augen. Es war, als suchte sie die Antwort auf eine Frage, die nur sie selbst kannte, also hielt er still, obwohl es ihm schwerfiel. Er hätte sie stundenlang betrachten können, ohne etwas zu sagen, aber dieser Moment stand so sehr unter Spannung, dass er nicht sicher war, wie lange er noch schweigen konnte. Es war, als vibrierte etwas tief in ihm, das angenehm war, ihn aber auch quälte.

Neve nickte kaum merklich, sie hatte ihre Antwort gefunden. Vorsichtig berührte sie Lauris Gesicht, so als hätte sie

Angst vor zu viel Nähe, obwohl sie sich diese wünschte. Lauri hielt den Atem an. Ihre Haut war wundervoll kühl. Lange Sekunden lagen ihre Fingerspitzen einfach nur auf seiner Wange. Dann bewegten sie sich, strichen in Richtung Kinn, und für einen schrecklichen Moment glaubte Lauri, dass Neve der Mut verlassen hätte.

Plötzlich lächelte sie, leicht nur, doch in ihren Augen tanzte es. Lauri beugte sich vor, berührte ihren Unterarm, dann ihre Hand, alles so langsam, dass ihr genügend Zeit blieb, um zu flüchten.

Doch sie blieb.

Seine Finger legten sich auf ihre, warm auf kalt, und verflochten sich mit ihnen. Ihre Hand verschwand in seiner. Dann beugte sich Lauri vor und küsste sie. Er schmeckte einen Hauch von Möhren und Sonnenblumen und dahinter etwas, das ihn süchtig machte, von einer Sekunde auf die andere. Neves Lippen waren so kühl wie ihre Finger, aber die Temperatur war nicht schuld an den Schauern, die seine Wirbelsäule hinabjagten.

Ihre Lippen lösten sich beinahe augenblicklich wieder voneinander, so zart war die Berührung. Zart wie Neves Haut. Wie Schneeflocken. Lauri wagte es, sie näher an sich zu ziehen. Sie wehrte sich kurz, gab aber sofort nach. Ihre Finger zitterten in seiner Hand, und er streichelte darüber. Sie griff nach ihm, ein wenig zu hastig, um ihre Nervosität zu verbergen.

»Du brauchst keine Angst zu haben«, flüsterte Lauri, sein Gesicht nah an ihrem. »Es passiert nichts, was du nicht möchtest.«

Sie blinzelte, ihre Wimpern streiften seine Wange. Ein Nicken, kaum merklich. Sie legte eine Hand an seinen Hals und küsste ihn. Lauri zögerte, dann berührte er sie, als wäre sie aus Glas, und schloss seine Augen. In diesen Sekunden waren hastige Bewegungen ebenso fehl am Platz wie laute Geräusche. Der Moment war hell und leise und so weich, dass Lauri irgendwann nicht wusste, ob er Neves Lippen überhaupt noch spürte, aber er wollte die Augen nicht öffnen. Dann, plötzlich, fuhr ihre Zunge über seine. Er zuckte zusammen. Der Wunsch, sie gleichzeitig an sich zu drücken und sie weiterhin so sanft zu berühren, wie sie es verdiente, ließ seine Hände zittern. Als er sich von Neve löste und blinzelte, hatte er das Gefühl, seit Minuten nicht mehr geatmet zu haben. Seine Lippen pochten, doch es fühlte sich gut an. Wie lange hatte dieser Kuss gedauert? Es war gleichgültig. Was war schon Zeit, wenn er diese Frau in seinen Armen halten konnte?

Neves Augen funkelten so hell wie der Winterhimmel am Morgen. Unsicherheit lag darin, doch auch ein Staunen, das viel besser zu ihr passte als die Verlorenheit, die sie mit sich herumschleppte. Es wirkte so natürlich, dass Lauri ahnte, endlich ihr echtes Gesicht hinter all der Vorsicht entdeckt zu haben. Nur hatte die Welt – oder jemand, der in ihr lebte – Neve diesen Ausdruck genommen.

Noch immer hielt er ihre Hand und fuhr mit dem Daumen über die Nägel. Sie waren an den Rändern uneben, hier und da gab es eine scharfe Kante, wo wahrscheinlich ihre Zähne kleine Stücke herausgebissen hatten.

Lauri fröstelte, dieses Mal eindeutig vor Kälte. Er warf einen Blick zum Kamin, doch das Feuer prasselte so munter wie zuvor. Wahrscheinlich fielen draußen soeben die Temperaturen.

Ein Klopfen an der Tür ließ ihn zusammenfahren, doch er

erschrak nicht so sehr wie Neve. Das Strahlen wich von ihrem Gesicht, und sie zog sich in eine Ecke des Sofas zurück. Lauri verfluchte den unerwarteten Besucher, der die wunderbare Atmosphäre zerstört hatte. Er hatte keine Idee, wer das sein konnte. Etwa eine unangemeldete Überraschung von Ben?
Bitte nicht.
Ben würde wie ein Panzer hereinplatzen und Neve durch eine Flut an Fragen vertreiben. Er war ein guter Freund, aber nicht sehr feinfühlig und somit der Letzte, den Lauri momentan gebrauchen konnte.

Es klopfte ein zweites Mal. Neve zog ihre Hand aus Lauris, sprang auf und ließ die Tür nicht aus den Augen. Dabei zupfte sie an ihrem Pullover herum. Lauri musterte die noch nicht ganz verheilten Wunden und überlegte, ob er sie einfach umarmen und das Geräusch ignorieren sollte. Doch wer auch immer da etwas von ihnen wollte, er war hartnäckig und hämmerte noch einmal gegen die Tür. Natürlich, derjenige sah den Lichtschimmer durch die Fenster und wusste, dass jemand zu Hause war. Die Vorhänge waren zwar vorgezogen, aber nicht vollkommen blickdicht.

Lauri schenkte Neve ein aufmunterndes Lächeln, doch jeglicher Glanz war aus ihren Augen verschwunden. Sie legte einen Finger auf ihre Lippen, schüttelte den Kopf und zog sich auf Zehenspitzen zur Treppe zurück.

Lauri deutete auf den Durchgang zum Schlafzimmer und wartete.

Wie ein Geist huschte Neve die Stufen hinauf und war verschwunden, ehe der ungeduldige Besucher noch einmal klopfen konnte, dieses Mal gegen das Fenster.

Lauri streckte sich und gähnte laut, so als sei er eben erst aufgewacht. Er sah sich noch einmal um, doch nichts verriet, dass er nicht allein war. Erst dann ging er zur Tür und riss sie auf.

Der Mann, der mit verschränkten Armen vor der Hütte stand, trug eine Karojacke sowie abgewetzte Jeans und hatte keine Chance, Lauri sympathisch zu sein, nachdem er den wundervollen Moment mit Neve zerstört hatte. Doch auch davon abgesehen wirkte er nicht wie jemand, mit dem Lauri gern Zeit verbracht hätte. Er strahlte etwas zu Energisches aus, ein durchschlagendes Selbstvertrauen, das Lauri nicht gefiel. Der Mann war einen halben Kopf größer als er und wohl auch ein paar Jahre älter. Sein Haar trug er millimeterkurz, und das dunkle Blau seiner Augen durchbohrte Lauri regelrecht. Er hatte sicher keine Schwierigkeiten, Frauenherzen für sich zu gewinnen, doch die Entschlossenheit in seinen Zügen befand sich an der Grenze zur Härte, was ihm einen Teil seiner Sympathie nahm.

Er verlagerte das Gewicht und ließ die Arme locker baumeln.

»Ja bitte?«, fragte Lauri. Die Ruhe in seiner Stimme klang falsch in seinen Ohren.

Der Fremde schien es nicht zu bemerken. »Hey.« Er hielt ihm eine Hand entgegen. »Ich hoffe, ich störe nicht.«

Lauri schlug ein, fühlte Schwielen und Kraft. »Was kann ich für Sie tun?«

Der Mann ließ seine Hand wieder sinken, eine sparsame Geste, rasch und zweckmäßig. »Ich suche jemanden. Meine Freundin, blond, recht zierlich.« Mit einer Hand deutete er ungefähr Neves Größe an. »Wir machen hier Urlaub. Sie ist spazieren gegangen und noch nicht wieder aufgetaucht, und langsam fange ich an, mir Sorgen zu machen. Ihr Name ist Neve, Neve Whitmore.«

Lauri nickte bei jedem dritten, vierten Wort und starrte auf eine Stelle zwischen den Augen des Mannes, riss sich zusammen und bemühte sich um einen neutralen Gesichtsausdruck.

Meine Freundin.

Ob dieser Kerl Neve geschlagen hatte? Fast hätte er aufgelacht. Sie hatte das Resort gestern Abend verlassen, und dieser Typ kam jetzt erst auf die Idee, nach ihr zu suchen? Glaubte er allen Ernstes, dass sie so lange draußen überleben konnte? Der Wunsch wuchs, auszuholen und ihm zu zeigen, wie schmerzhaft Wunden im Gesicht sein konnten.

»Tut mir leid, ich habe in den letzten Tagen niemanden gesehen«, sagte Lauri. Seine Stimme bebte nur wenig, doch das konnte er auf die Kälte schieben.

Der andere zog die geschlossenen Lippen in die Breite. Man hätte es mit einem Lächeln verwechseln können. »Schade. Aber vielen Dank. Wenn Sie doch etwas erfahren oder Neve hier auftaucht – ich bin unten im Longtree. Ich bleibe noch ein paar Tage, vielleicht höre ich von ihr.«

»Haben Sie an einen Suchtrupp gedacht?«, konnte sich Lauri nicht verkneifen zu fragen und wollte sich am liebsten für seine Idiotie ohrfeigen. Neve wollte nicht gefunden werden, und da half es wenig, wenn ihr Freund sämtliche Kräfte der Gegend mobilisierte, um sie zurückzuholen. Im Gegenteil. Und schon gar nicht brauchte sie jemanden, der Mister Energetic auf derartige Ideen brachte.

Neves Freund wischte seine Sorgen mit einer Handbewegung weg. »Sie wird schon auftauchen. Neve ist nicht so dumm, um hier verloren zu gehen – sie kennt das Wetter.« Er wollte sich abwenden, als ihm noch etwas einfiel. »Übrigens, ich bin Gideon. Also dann. Danke noch mal.« Er streckte seine Hand ein zweites Mal aus.

Lauri ergriff sie und verabschiedete sich, ohne sich selbst vorzustellen. Er ging zurück ins Haus, schloss die Tür, trat ans Fenster und beobachtete, wie Gideon den Weg zurück zum Resort einschlug, die Hände tief in den Taschen vergraben. Er besaß breite Schultern und bewegte sich so natürlich durch den Schnee, als hätte er sein Leben lang nichts anderes getan. Wahrscheinlich gehörte er zu einem der Holzfällertrupps, die in Gegenden wie dieser arbeiteten. Gideons gesamtes Verhalten und seine Statur verrieten ihn. Was hatte Neve gesagt? Sie lebte in Squamish. Ja, das würde passen. Die Region am Howe Sound hatte sich vorwiegend Forstwirtschaft und Holzindustrie auf die Fahnen geschrieben, und viele junge Männer, die nicht in die größeren Städte abwanderten, verdienten ihr Geld dort.

Er wartete, bis das Rotschwarz von Gideons Jacke verschwunden war, ließ den Vorhang fallen und drehte sich um. Am oberen Treppenabsatz stand Neve und klammerte sich am Geländer fest. Sie erinnerte ihn an ein kleines Mädchen, das erschrocken war über Dinge, die es belauscht hatte und von denen es wusste, dass sie nicht für seine Ohren bestimmt waren. Er kannte sie noch zu wenig, um ihre Reaktion zu deuten, doch auf einmal hatte er Angst, dass Gideons Auftauchen reichte. Dass sie ihm verzeihen und demnächst in Richtung Longtree aufbrechen würde.

»Das war dann wohl dein Freund«, sagte er, um die Stille zu durchbrechen.

Neve zögerte und huschte die Treppe hinab. »Mein Exfreund«, sagte sie mit Nachdruck. Es klang nicht, als hätte Gideons Auftauchen ihren Entschluss, zu bleiben, umgeworfen.

Trotzdem wusste Lauri nicht, was er sagen oder tun sollte. Sie hatten sich geküsst, und dieser besondere Moment stand ihm noch immer vor Augen, aber womöglich hatte es für Neve etwas vollkommen anderes bedeutet. Vielleicht gehörte ihr Herz noch immer Gideon, trotz allem, was er ihr angetan hatte, und sie brauchte nur eine Pause, um sich darüber klar zu werden.

Aber was genau hatte es ihm selbst bedeutet? Lauri fuhr sich durch die Haare, kam aber zu keinem Ergebnis. Wie auch immer, er konnte nichts weiter tun. Neve musste die nächste Entscheidung treffen, nicht er.

Sie trat an das Fenster, packte die Vorhänge und zog sie so energisch zu, dass kein Spalt mehr zwischen ihnen blieb. Dann ging sie zum Sofa, ließ sich darauf fallen und stützte ihren Kopf in die Hände. »Danke.«

Lauri winkte ab. »Er hat gesagt, dass er noch ein paar Tage unten in Longtree bleibt, um auf dich zu warten«, sagte er, obwohl sie alles gehört haben musste.

Es dauerte lange, bis sie antwortete. »Das macht er nicht aus Sorge, sondern weil ich weggegangen bin. Gideon kann es nicht ertragen, etwas zu verlieren, von dem er glaubt, dass es ihm gehört. Er ist gewohnt zu bestimmen, wovon er sich trennt. Und wann.« Nachdenklich zupfte sie an einer Haarsträhne herum.

»So darfst du nicht denken.« Lauri schüttelte den Kopf. »Du bist kein Besitz.«

Neve starrte auf ihre Hände. »Ja«, flüsterte sie. »Das darf ich niemals wieder glauben.« Endlich sah sie ihn an, die Augen groß und glänzend.

Mehr Aufforderung brauchte er nicht. Er setzte sich neben sie und legte einen Arm um ihre Schultern. Sie fühlte sich kühl an und kuschelte sich an ihn. Als sein Herz wieder im normalen Rhythmus schlug, war sie bereits eingeschlafen.

5

Neve wusste nicht, was sie geweckt hatte. Noch immer lag sie in Lauris Armen auf dem Sofa, ihren Kopf an seiner Schulter gebettet. Er hatte die Decke über sie beide gezogen und schlief tief und fest. Sein warmer Atem streifte ihre Stirn, seine Brust hob und senkte sich gleichmäßig unter ihren Fingern. Vorsichtig wand sie sich aus seiner Umarmung, um ihn nicht zu wecken, stand auf und betrachtete ihn nachdenklich. Er war so anders als Gideon, allein in seinem Gesicht gab es so viele Hinweise darauf. Wo sich neben Gideons Lippen und zwischen seinen Augen energische Falten eingegraben hatten, verströmte Lauri Besonnenheit und Ruhe, aber auch einen Hauch Traurigkeit, die ihr wehtat. Er hatte ihr bereitwillig von seinem Leben erzählt, doch manchmal war seine Stimme dunkler geworden, schwerer, so als würden seine Worte ihn schmerzen. Neve wusste nicht, ob er es selbst gemerkt hatte, denn seine schönen tiefbraunen Augen hatten weiterhin gefunkelt. Sie war sicher, dass es diese Trauer wirklich gab, aber womöglich war sie so sehr Teil von ihm geworden, dass er sie nicht mehr wahrnahm. Oder dass er sich ohne sie unvollständig fühlte. Vielleicht war er deshalb tagelang allein hier draußen – weil er nicht mehr er selbst war, wenn es nichts gab, das ihn auf diese spezielle Weise nachdenklich und still machte. Vielleicht war er wie sie und gehörte nirgendwo richtig dazu. Er hatte ihr erzählt, adoptiert worden zu sein, aber wenn er von seiner Familie sprach, hörte sie die Distanz. Eine liebevolle Distanz zwar, aber sie war da.

Ihr Blick blieb an seinen Wangenknochen hängen. Nein, er würde niemals wie Gideon Fäuste benutzen. In einer Auseinandersetzung war er sicher wie ein Fels, der sich erst in Bewegung setzte, wenn man mit hoher Kraft dagegen drückte – sich dann aber gegen alles behauptete, was sich ihm in den Weg stellte. Wo Gideon ein Blitz war, der jeden Moment zuschlagen konnte, war Lauri die Erde.

Eine dunkle Locke hatte sich in seinen Wimpern verfangen. Neve befreite sie und hielt den Atem an, als sich Lauri bewegte.

»Schlaf weiter«, wisperte sie und zauberte damit den Hauch eines Lächelns auf seine Lippen. Es wirkte so aufrichtig, dass sie sich einfach wohl bei ihm fühlte. Sie wollte bei ihm sein und seine Wärme spüren, die so anders war als das Feuer des Kamins, das sie nur mit Abstand ertrug. Sie mochte das Gefühl der Flammenhitze auf ihrer Haut nicht.

Behutsam setzte sie sich an den Rand des Sofas und schob ihre Hand unter Lauris. Dieses Mal bewegte er sich nicht. Neve schloss die Augen. Sie stellte sich vor, dass sie nicht mit Gideon in diese Gegend gefahren war, sondern mit Lauri. Auf ihn hätte sie nicht warten müssen, er wäre bei ihr geblieben. Hier, in der Hütte, nur sie beide. Am Abend wären die bierseligen Gesänge der Männer zu ihnen herübergeklungen, und sie hätten über die schrägen Töne gelacht. Das Warten wäre nicht mehr Teil ihres Lebens gewesen. Nie wieder.

Eine Träne rollte über ihre Wange, und erschrocken wischte sie die Feuchtigkeit fort. Alles, nur nicht weinen. Im Gegenteil, sie sollte froh sein, dass sie die Sache mit Gideon endlich abgeschlossen hatte. Aber hatten sich Gefühle jemals von Logik überstimmen lassen? Und weinte sie soeben um alles, was sie mit Gideon verloren hatte, oder um sich selbst?

Du bist kein Besitz.

Lauris Worte zogen durch ihren Kopf, doch sie sah Gideon vor sich. Ihn und ihre Wohnung in Squamish, wo sie vergeblich versucht hatte, heimisch zu werden. Sie hatte sein Besitz sein wollen, damit er ihrer wurde. Damit er bei ihr blieb und zusammen mit ihr endlich das Zuhause schuf, nach dem sie sich so lange gesehnt hatte. Damit er die Konstante in ihrem Leben bildete, die so viele Jahre über gefehlt hatte.

Damals wusste sie es nicht besser. Ihre Eltern waren kein Vorbild gewesen, was Zweisamkeit oder gar Vertrauen betraf, und das Schicksal selbst hatte hart in diese Kerbe geschlagen, als es Susan Whitmore auf einer vereisten Straße in Abbotsford in den Tod schickte. Sie hinterließ eine Lücke in Neves Leben, die wie ein Strudel alles mit sich riss, was sich in ihrer Nähe befand: Ihre Oma starb kurz darauf, da sie niemanden mehr hatte, an den sie sich anlehnen konnte. Ihr Vater suchte sich bald nach der Beerdigung eine Freundin, Isabella, nur um sie ein Jahr später wieder hinauszuwerfen. »Ich habe doch jemanden gebraucht, der sich um dich kümmert«, hatte er viele Jahre später zu Neve gesagt. »Ich hatte meine Arbeit, ich konnte nicht zu Hause bei dir bleiben.«

Die Angst, auch Gideon zu verlieren, ließ nicht lange auf sich warten. Am Anfang ihrer Beziehung konnte sie es noch verdrängen, später überspielen, doch als sie die ersten Zeichen bemerkte, versuchte sie, mit ihm darüber zu reden – nur um festzustellen, dass es zu spät war. Sie hatte den richtigen Zeitpunkt verpasst, und Gideon hatte ihre Worte ebenso wenig verstanden wie ihr Schweigen. Dabei waren es vor allem Worte gewesen, die an jenem Tag im Februar ihre Aufmerksamkeit geweckt hatten. Seine Worte.

Sie hatte das Grab ihrer Mutter besucht und befand sich auf dem Weg zurück nach Hause. Bis zu ihrer Schicht im Diner blieben ihr zwei Stunden, und sie beschloss, es sich mit einem heißen Kakao und einem Buch auf dem Sofa gemütlich zu machen. Der Winter schien sich nicht zurückziehen zu wollen, und Neve spürte die Kälte durch Jacke und Jeans hindurch. Als sie an Ricks Tankstelle vorbeilief, fiel ihr das fremde Auto auf – vielmehr der Mann, der daneben stand und tankte. Er war groß, größer als die meisten Männer, die Neve kannte, hatte kurzes Haar und die Ärmel seines Hemds bis zu den Ellenbogen aufgerollt. Seine Haut war gebräunt, so als hätte sie jeden noch so flüchtigen Sonnenstrahl gespeichert, den der Winter zu bieten hatte. Er blickte auf und lächelte, als er sie bemerkte.

»Hey Sonnenschein«, sagte er leise. Seine Augen strahlten in einem intensiven Blau. Gegen ihren Willen war Neve sofort fasziniert – von der Wärme in seiner Stimme, in seinem Blick und seiner gesamten Ausstrahlung.

Sonnenschein.

Dieser Fremde war der Sommer in der Winterwelt von Abbotsford. Gegen ihre sonstige Gewohnheit hatte sie gelächelt und sogar gezögert, war dann aber weitergegangen und ärgerte sich im Nachhinein darüber.

Im *Matsqui Diner* begegnete sie ihm kurz darauf ein zweites Mal. Er saß in ihrem Bereich und lächelte ihr entgegen. Die Menükarte in seinen Händen beachtete er nicht. »Ich glaube übrigens nicht an Zufälle.«

»Was?« Neve blinzelte, zu perplex über seine Aussage und das Wiedersehen. Sie umklammerte ihren Stift so fest, dass sie Angst hatte, er würde zerbrechen.

Der Fremde legte die Karte auf die zerkratzte Tischfläche. Er trug ein weißes Shirt, sein Hemd lag neben ihm. Über seinen linken Unterarm zog sich eine Narbe, eine helle Linie im Goldton seiner Haut. »Wir sind uns vorhin an der Tankstelle begegnet. Bitte sag mir nicht, dass du das bereits vergessen hast.« Es klang schön. Nicht machohaft-überheblich, sondern aufrichtig und echt.

Wenn er nur wüsste! »Nein, ich erinnere mich. Es kommen um diese Zeit nicht allzu viele Fremde hierher.« Kaum waren die Worte heraus, hätte sie sich am liebsten auf die Zunge gebissen. Warum spielte sie es so herunter? Er hatte sie Sonnenschein genannt und sie angeblickt, als würde er sie *sehen*. Nicht nur bemerken, sondern wirklich sehen. War er etwa derjenige, auf den sie so lange gewartet hatte? Derjenige, der sich nicht heimlich wieder aus ihrem Leben stahl und eine weitere Wunde riss?

Er nickte und schien ihr die Bemerkung nicht übel zu nehmen. »Ich komme ursprünglich aus Yorkton, Saskatchewan. Ein kleines Nest gegen das hier. Die letzten Jahre habe ich als Teil eines Holzfällertrupps in Spruce Grove verbracht, doch die Arbeit dort ist rar geworden. Also bin ich weitergezogen und hier gelandet. Ich bin übrigens Gideon.« Er hielt ihr eine Hand entgegen, die Fläche nach oben gerichtet.

Neve legte ihre hinein und bemühte sich, normal weiterzuatmen, als sich seine starken, warmen Finger darum schlossen. Der Kontrast zwischen ihrer und seiner Haut war enorm, doch der Anblick gefiel ihr. »Ich heiße Neve«, sagte sie leise und trat näher an den Tisch heran, um neugierige Blicke abzuschirmen. Doch sie hatte Glück, das Diner war derzeit nur spärlich besucht, und niemand achtete auf ihre kleine Unterhaltung oder wartete darauf, bedient zu werden.

»Neve«, wiederholte er und lachte leise. »Du gehörst nicht wirklich hierher, oder?«

Sie erschrak. Wie hatte er ... nein, er konnte nicht wissen, wie oft sie sich in ferne Länder träumte, wo es warm war und sie wirklich hingehörte. »Ich bin hier geboren.«

»Das meinte ich nicht.«

»Was hast du dann gemeint?« Ihre Blicke verfingen sich ineinander, und Neves Herz schlug schneller. Unwillkürlich lächelte sie. Gideons Gegenwart ließ einen Teil der Kälte verschwinden, die von außen gegen die Fensterscheiben des Diners drückte und Kristallblumen darauf malte. Würde er auch die Kälte in ihr vertreiben können?

Er sah sie an, als wüsste er genau, was sie gerade dachte. »Ich meine dich, Sonnenschein. Du kommst mir vor wie ein Engel, der sich nach British Columbia verirrt hat und in die Uniform dieses Diners geschlüpft ist, um nicht aufzufallen.«

Vielleicht waren es nicht die originellsten Worte, vielleicht sogar zu dick aufgetragen, aber der sanfte Tonfall berührte Neve dennoch. Und als Gideon nach ihrer Schicht draußen auf sie wartete, dachte sie nicht mehr darüber nach, ob ihre Kollegen sie womöglich beobachteten oder dass sie solche Dinge normalerweise gern langsam anging. Sie ließ sich von Gideon umarmen und zum Mill Lake führen. Dort küsste er sie zum ersten Mal und sagte ihr, wie schön sie sei.

Sonnenschein.

Er hatte sie lange Zeit so genannt, selbst als die Tage trotz des Frühlings düsterer wurden, da er keinen Job fand. Schon bald war Neve klar geworden, dass sie ohne ihn nicht mehr sein wollte. Sie musste nicht lange nachdenken, als eine Firma ihm einen Job in Squamish anbot. Natürlich folgte sie ihm, auch wenn sie niemanden dort kannte und der Ort sie deprimierte. Leider hatten weder sie noch Gideon bemerkt, dass sie einen Teil der guten Erinnerungen in Abbotsford zurückließen. Wie hatten die Gefühle zwischen ihnen nur so umschlagen können?

Neve blinzelte, um die Bilder von früher und das Brennen aus ihren Augen zu vertreiben. Es hatte eine gute Zeit mit Gideon gegeben, doch sie war vorbei. Und Neve hatte lange gebraucht, um zu begreifen, dass sie nicht wiederkommen würde. Um Trost zu finden, beugte sie sich vor und legte ihre Stirn an Lauris.

Eine Stimme ließ sie zusammenzucken. Rasch setzte sie sich aufrecht, doch Lauri schlief noch immer. Neve hielt den Atem an und lauschte. Ihr Herzschlag dröhnte in ihren Ohren, er war viel zu schnell. Sie hatte Angst. War Gideon etwa zurückgekehrt, war das seine Stimme gewesen? Sie wusste nicht, was sie tun sollte, wenn er sie wirklich fand und ihr befahl, mit ihm zu kommen. Schon immer hatte er geführt, und sie war ihm gefolgt, ohne auch nur einmal nachzufragen. Ihre Hände fingen an zu zittern. Es war eine Sache, sich vor ihm zu verstecken, aber eine andere, sich ihm zu widersetzen.

Nachdenklich sah sie zu Lauri. Sollte sie ihn wecken? Ihn noch einmal darum bitten, sie in Sicherheit zu bringen, falls es nötig war? Nein, das konnte sie wirklich nicht von ihm verlangen, nach allem, was er bereits für sie getan hatte. Neve dachte an den Kuss, daran, dass Lauri stumm um ihre Zustimmung gebeten hatte, ehe er sie berührte, und an seine Umarmung. Plötzlich konnte sie wieder leichter atmen. Gideon hatte hier keinen Platz, und genau daran musste sie denken, sollte er wieder auftauchen.

Sie hörte die Stimme ein zweites Mal, ehe sie Lauris Schulter berühren konnte. Jetzt war sie deutlicher. Es war nicht Gideon, sondern eine Frau, und sie redete nicht, sondern sang. Obwohl es so leise war, dass Neve weder die Melodie noch die Worte verstehen konnte, bezauberte das Lied sie. Es sprach von Sehnsucht und Liebe, von Freude und Lachen und Glück. Und von einem Zuhause. Es ließ Neves Herz schwer werden und zugleich wild hüpfen, sodass sie am liebsten seinem Beispiel gefolgt wäre und zu tanzen begonnen hätte. Auf einmal begriff sie, dass es diese Stimme war, die sie geweckt hatte.

Langsam zog sie ihre Hand zurück und drehte sich um. Der Gesang kam von draußen. Sie schlich zum Fenster und starrte in die Landschaft. Die Dämmerung war bereits hereingebrochen, trotzdem entdeckte Neve den Schimmer, der sich links der Hütte über den Schnee tastete. Er war tiefblau oder auch silbrig und flammte immer dann in ihrem Augenwinkel auf, wenn sie sich abwenden wollte.

Neve blinzelte. Longtrees lag in der anderen Richtung, und hier draußen war niemand außer Lauri und ihr. Oder? Vielleicht gab es eine weitere Hütte ganz in der Nähe.

Sie presste ihre Hände gegen die Fensterscheibe. Der Gesang brach ab und setzte wieder ein, fast so, als wollte er sie herauslocken. Nein, kein Gesang mehr.

Jemand dort draußen im Schnee flüsterte ihren Namen.

Neve ...

Das Schimmern breitete sich weiter aus und flutete zaghaft

über die Decke aus Weiß. Neve schüttelte den Kopf und kniff sich in den Unterarm. Sie musste noch immer schlafen und das alles nur träumen. Ja, sie träumte. Sie hatte sich überschätzt nach allem, was geschehen war, und ihr Körper verlangte energisch nach einer Auszeit. Sie sollte sich wieder hinlegen.

Aber die Musik! In diesem Moment wurde der Gesang lauter, klarer. Neve kam es vor, als würde etwas in der Melodie nach ihr greifen und sie bitten zu bleiben, wo sie war. Sie stand reglos, lauschte und merkte, wie die Gedanken an Gideon in den Hintergrund traten. Jede Silbe nahm ein Gewicht von ihren Schultern, und als sie ihren Namen ein weiteres Mal hörte, hatte sie wirklich begonnen, sich im Takt der Melodie zu wiegen.

Neve!

Sie musste wissen, wer dort draußen war, sonst würde sie keine Ruhe mehr finden. Mit einem Blick zu Lauri schlich sie zur Tür, öffnete sie und trat nach draußen. Lauri bewegte sich, als sie sich umdrehte, doch er wachte nicht auf. Sie drückte die Tür ins Schloss und lief durch den Schnee auf das silbrigblaue Leuchten zu. Auf den Gesang.

Sie hatte sich bereits ein Stück von der Hütte entfernt, als sie bemerkte, dass sie weder Schuhe noch eine Jacke übergestreift hatte – wie schon mal. Doch nun war es zu spät. Sie wollte nicht riskieren, Lauri aus dem Schlaf zu reißen, und außerdem war es nicht so kalt, wie sie befürchtet hatte. Zudem war sie heute Nacht nicht allein hier draußen, die mysteriöse Sängerin konnte nicht weit entfernt sein.

Neves Socken und Jeans waren bereits durchnässt, als sie den Weg verließ, den Lauri irgendwann freigeschaufelt haben musste. Allein dort reichte ihr der Schnee bis zu den Waden, und je weiter sie lief, desto mehr wuchs er an, bis er ihr bis zur

Hüfte reichte. Es war anstrengend, sich durch die weißen Massen zu kämpfen. Schwer atmend blieb Neve stehen und spielte mit dem Gedanken umzudrehen, doch dann wäre sie vollkommen umsonst losgezogen. Sie musste zumindest versuchen, die Frau mit der wunderschönen Stimme zu finden.

Sie strich sich die Haare aus dem Gesicht. »Hallo?«

Der Gesang setzte aus. Obwohl der blaue Schimmer blieb, verdunkelte sich der Himmel. Zog etwa ein Gewitter auf?

Neve zitterte und rieb sich mit den Händen über die Oberarme. »Hallo?«, flüsterte sie.

Neve.

Da war sie wieder, die Stimme, und sie klang so ... wissend. Neve wagte ein Lächeln, dann war die Melodie wieder da, so als hätte die Sängerin sichergehen wollen, dass Neve sie wirklich fand. Dabei war es nicht schwer, man musste sich lediglich auf das Licht konzentrieren.

Als Neve eine kleine Baumgruppe erreichte, war sie vollkommen außer Atem. Sie lehnte sich an einen Stamm und wartete, bis das Brennen in ihrer Kehle abgeklungen war. Das Restlicht des Tages verwischte die Konturen der Umgebung, so als hätte jemand ein fertiges Bild mit einem feuchten Pinsel bearbeitet. Es war friedlich und auf eine bestimmte Weise warm. Sie hätte Lauri doch wecken und mitnehmen sollen! Der Anblick hätte ihm gefallen.

Das Blau leuchtete noch immer in der Ferne, und nun entdeckte Neve Silberfäden, die sich hindurchzogen. Sie waren in stetiger Bewegung, funkelten wie die Sterne und tanzten zum Gesang der Frau.

Neve lief weiter und ließ die Bäume hinter sich. Das Gelände stieg an und wurde uneben. Ängstlich starrte sie auf ihre

Füße, denn unter der Schneedecke verbargen sich hier und dort wahre Stolperfallen. Schatten ragten vor ihr in den Himmel, und bald erkannte sie, dass es sich um Felsen handelte. Das Licht hatte seinen Ursprung irgendwo hinter ihnen.

Neve strich über das Gestein, zwängte sich durch einen Spalt in der Mitte und lief wenige Schritte später über eine weite Ebene. Womöglich war sie auch gar nicht so groß, denn die Zeit verwirbelte ebenso wie der Pulverschnee. Das blaue Leuchten nahm nicht ab, die Silberfäden darin aber zu. Irgendwann erreichte sie eine weitere Felsgruppe, die das Leuchten und den Gesang der Frau einrahmte. Die Melodie war noch immer zart, besaß aber nun eine Kraft, der sich Neve nicht mehr entziehen konnte. Sie drang in jede Pore, legte sich um jeden Ast und sickerte sogar in die Zwischenräume der Schneekristalle.

Neve lief langsamer und blieb schließlich stehen. Sie stand vor einer Höhle. Der Gesang kam aus dem Inneren, ebenfalls der Ursprung des Lichts. Sie zögerte nicht länger und zwängte sich durch den schmalen Spalt.

Wärme begrüßte sie. Es war nicht dieselbe wie in der Hütte oder von Stoff, der sich an die Haut schmiegte. Diese Wärme ging tiefer, ohne unangenehm zu sein, und umhüllte sie auf eine wunderbare Weise. Es erinnerte sie an den Moment, als Lauri seine Arme um sie gelegt und sie die Augen geschlossen hatte, um seinem Herzschlag zu lauschen.

Mit der Wärme flammte das Licht in so intensivem Blau auf, dass Neve ihre Augen mit einer Hand abschirmte. Nach und nach nahmen die Silberfunken überhand, und langsam verblassten die Farben zu einem Schimmer, der die Wände der Höhle funkeln ließ. Gleichzeitig verstummte das Lied.

Neve ließ ihre Hand sinken und sah die Frau. Im ersten Moment war sie so erschrocken über den wilden Blick, dass sie zurückweichen wollte. Dann sah sie noch einmal hin und begriff, dass sie sich getäuscht hatte – an diesem Gesicht war nichts wild oder schrecklich. Im Gegenteil, Neve hatte noch nie jemanden gesehen, der so schön war. Die Frau war hochgewachsen – nicht so groß wie Gideon, aber wie Lauri allemal – und hielt sich aufrecht, so als befände sie sich auf der Bühne oder in einem Ballettsaal. Sie war schlank, mit schmalen Händen und Schwanenhals. Die feinen Knochen ihres Brustbeins lagen frei. Ein Anhänger ruhte darauf, ein silberner Rabe. Das Gesicht darüber, ebenfalls schmal, wurde dominiert von großen Augen in der Farbe des Lichts, das auf den Höhlenwänden spielte. Fasziniert sah Neve hinein und trat näher.

Auf einer Wange der Frau zuckte es, offenbar amüsierte sie diese Neugier. Verlegen senkte Neve den Kopf, hob ihn aber sofort wieder. Obwohl sie es selbst nicht mochte, angestarrt zu werden, und es daher bei anderen vermied, kam sie sich nicht unhöflich vor. Etwas an der Haltung der Frau verriet, dass sie sich über die Aufmerksamkeit freute, ja, sie fast schon erwartete. Trotzdem schwieg sie. Vielleicht wollte sie, dass Neve das Gespräch eröffnete, sich vorstellte und ihr erklärte, wie sie hergekommen war. Und warum.

Sie lächelte. Womöglich hatte sie das bereits die ganze Zeit über getan. Neve konnte nicht anders, sie musste das Lächeln erwidern.

Das Kleid der Frau lag am Oberkörper eng an, doch ab der Taille bauschte sich der Stoff und war so lang, dass er über den Boden strich. So oft Neve auch versuchte, seine Farbe zu erkennen, es gelang ihr nicht. Sie veränderte sich permanent wie der Himmel am Morgen oder die See. Der Glanz wirkte erhaben und geheimnisvoll zugleich. Darüber trug die Fremde einen langen Wintermantel mit pelzverbrämter Kapuze.

Sie griff mit ihren schlanken Fingern danach und streifte das weiße Fell zurück. Zwei Strähnen lockten sich in ihre Stirn, der Rest ihres Haars war zu einem Zopf gebunden und mit Silberbändern umwickelt. Es war noch heller als Neves, beinahe weiß. Sie schien noch ein Stück zu wachsen, obwohl sie sich nicht bewegte. Die Höhle war erfüllt von ihrer Aura und ihrem Selbstvertrauen. Sie neigte den Kopf, und plötzlich schimmerte in ihren Augen absolute Klarheit. Sie wusste Dinge, denen Neve bisher nicht einmal in ihren Träumen begegnet war. Sie wollte sich bewegen, doch sie konnte es einfach nicht.

Endlich nickte die Frau. »Neve.« In ihrer Stimme lagen die Kristalle des Eises und das Rauschen der Bäume in der Nacht.

Neve stiegen Tränen in die Augen, und sie blinzelte sie zurück. Noch nie zuvor hatte sie sich gefühlt, als würde ihr Brustkorb vor Sehnsucht zerreißen. Hastig wischte sie die Flüssigkeit von ihren Wangen.

Ein Blick aus dunkelblauen Augen hielt ihren fest. »Ich habe auf dich gewartet«, sagte die Frau.

Neve räusperte sich. »Hast du vorhin gesungen?« Kaum waren die Worte heraus, kamen sie ihr plump und dumm vor.

Ein Lächeln war die Antwort. »Ich wollte dich sehen. Und du wolltest auch herkommen, nicht wahr? Hierher, nach Hause.« Die Frau hob eine Hand, die Geste schloss die gesamte Höhle ein.

Neve sah sich um und starrte an die Decke, von der Eiszapfen herabragten, an manchen Stellen so dick wie ihre Arme.

Plötzlich verstand sie, was der Druck auf ihrer Brust bedeutete, und dieses Kribbeln auf der Haut, das sich in ihrem Magen sammelte und dort anschwoll. Die Frau hatte recht. So musste es sich anfühlen, nach Hause zu kommen. Sie hatte es jahrelang versucht, mit Gideon, und doch niemals geschafft. Ihre Wohnung in Squamish war gemütlich eingerichtet und im Winter warm, aber irgendetwas hatte gefehlt. So sehr Neve sich bemühte, sie hatte es nie finden können. Ihr ganzes Leben lang hatte sie etwas vermisst, von dem sie nicht sagen konnte, was es war. Aber hier existierte es.

Warum hatte sie es in all den Jahren nicht gefunden? Vielleicht lag es an Gideon, vielleicht an Squamish, wo sie sich so oft nach mehr Wärme gesehnt hatte und nach langen Sonnentagen voller Schmetterlinge und Blumenduft, mit Freundinnen und einem Mann, der sie verstand, auch wenn sie schwieg.

Es klirrte leise, als die Frau einen Arm hob. »Sieh dich ruhig um. Du bist stets willkommen. Immerhin gehörst du nun auch hierher.«

Neve holte vorsichtig Luft und starrte auf ihre Finger, die vor Unsicherheit bebten. Die Worte waren schön. Sie hatte noch niemals irgendwo hingehört, und das von jemandem gesagt zu bekommen, der so besonders war wie diese Frau, machte sie zu etwas Wichtigem. Etwas Wertvollem. Allerdings hatte sie keine Ahnung, wo sie sich befand und wer die freundliche Schönheit war. Sie musste wohl wirklich träumen, eine andere Erklärung gab es nicht. Wahrscheinlich war sie neben Lauri auf dem Sofa eingeschlafen.

Der Gedanke verlieh ihr Mut. Wenn dies ein Traum war, dann konnte sie nichts falsch machen. Und falls doch, so gab es keinerlei Konsequenzen. »Warum gerade ich?« Sie reckte das Kinn empor. »Ich habe diese Höhle noch nie zuvor gesehen.« Dass dies nicht ihr Zuhause war, brachte sie nicht über die Lippen.

Die Frau sah sie so lange einfach nur an, dass Neve unruhig auf der Stelle trat. »Natürlich nicht. Aber das hat sich jetzt geändert, nicht wahr? Du kannst immer wieder zurückkehren, wenn du Stille und Ruhe suchst.« Feine Eiskristalle stoben auf, als sie auf Neve zutrat. Sie streichelte ihre Wange und küsste sie auf die Wange. »Du gehörst nun zu mir, Kind der Raunächte.«

Ihre Lippen waren zart, und die Berührung schickte einen Schauer über Neves Körper. Trotzdem runzelte sie die Stirn und kam sich dabei fast schon undankbar vor. »Ich ... verstehe nicht.«

Sie wusste, was die Raunächte waren. Seit sie nach Squamish gezogen war und bei Johnsons Snow Tours arbeitete, ertrug sie das Geplapper von Adele Mutt. Die einstige Sportfanatikerin saß seit einem Verkehrsunfall im Rollstuhl und kümmerte sich um die Buchhaltung – und um das Schicksal ihrer Kollegen. Und das im wahrsten Sinne des Wortes: Adele liebte Esoterisches, und als sie herausfand, dass Neve an einem Sonntag Anfang Januar geboren worden war, hatte sie ihr alles über diese besonderen zwölf Nächte um den Jahreswechsel erzählt, über die Geister und mythischen Gestalten, die in ihnen umgehen sollen. Für Adele stand fest, dass Neve ihr Glück nicht in Squamish, aber in der Liebe finden würde. Seitdem hatte Neve ihren Traum, die kleine Stadt eines Tages Seite an Seite mit Gideon zu verlassen, etwas intensiver geträumt. Einen Traum, der nun zersprungen war, ohne Scherben zu hinterlassen. Er war einfach weg.

Neve war zutiefst verwirrt. Woher aber kannte die Frau in der Höhle ihr Geburtsdatum? Sie waren sich noch nie zuvor begegnet. Hoffte sie auf eine Antwort, die ihr helfen würde zu verstehen, so hatte sie sich getäuscht.

Die Frau griff nach ihren Händen und strich zärtlich über ihre Finger. »Arme kleine Neve. Es wird eine Weile dauern, bis du nach Hause kommen kannst. Ich weiß, du sehnst dich danach, du konntest meiner Stimme nicht widerstehen, aber noch hält die andere Welt dich davon ab. Du bist zwischen ihr und meiner gefangen.«

Neve runzelte die Stirn, während sie versuchte, den Sinn dieser Worte zu erfassen. Andere Welt? Redete sie von Gideon?

»Ich ... da ist niemand, der mich ...«

»Da ist immer jemand.« Die Frau betrachtete Neve so eingehend, als würde sie die Wahrheit in ihren Augen finden. »Und genau so soll es auch sein.« Sie fasste Neves Hände fester und zog sie an sich.

Neve spürte den weichen Pelz des Mantels an der Wange und fand sich in einer Umarmung wieder. Zögernd erwiderte sie diese. Sie fühlte sich klein und unwichtig neben dieser Frau, dennoch konnte sie nicht anders und schmiegte den Kopf an die Stelle zwischen Hals und Schulter.

Sanfte Finger strichen über ihr Haar. »Du gehörst zu mir«, flüsterte die Frau in ihr Ohr und beseitigte den letzten Rest Zurückhaltung.

Neve schloss die Augen und genoss diese seltsame Vertrautheit. Die Liebkosungen machten sie schläfrig und erinnerten sie an die Zeit, als ihre Mutter noch lebte und ihr Geschichten erzählt hatte. In ihnen waren sie Seite an Seite durch die Welt gereist, an Orte, die so fremdartig schön waren, dass es jedes Mal schmerzte, in die Gegenwart zurückzukehren. Stets hatte Susan Whitmore ihrer Tochter anfangs über das Haar gestreichelt, doch irgendwann hatte ihre Hand sich nicht mehr bewegt, und Neve wusste, dass sie die Augen geschlossen hatte. In diesen Momenten gehörten die Geschichten ihrer Mutter allein. Neve hatte immer gewusst, dass sie nur eine geduldete Zuhörerin war, doch das akzeptierte sie für den Preis des Friedens und der Nähe. Einmal war sie selbst so schläfrig geworden, dass sie von den Knien ihrer Mutter gerutscht war und sich den Kopf an der Tischkante aufgeschlagen hatte. Ihre Mutter hatte mehrere Sekunden gebraucht, bis sie aus ihren Gedanken zurückgekehrt war und begriffen hatte, dass ihre Tochter weinte, weil ihr Blut über die Stirn rann.

»Neve.«

Neve schreckte aus ihren Erinnerungen auf, entspannte sich wieder und schmiegte sich enger an die weiche Haut der Frau. Plötzlich ließ die Berührung an ihrem Haar nach. Etwas traf hart ihre Wange.

»Neve!«

Erschrocken riss sie die Augen auf und sah in Lauris Gesicht. Er starrte sie an, als hätte sie etwas unvorstellbar Schlimmes getan. Mit einer Hand hielt er sie am Arm fest, die andere schwebte in der Luft zwischen ihnen. Ihre Wange brannte wie Feuer.

Verwirrt sah sich Neve um: Sie standen im Schnee nah des Waldes, der zum Longtree-Resort führte. Es war heller Tag. Die Höhle war verschwunden und mit ihr die Frau.

Neve schluckte und befreite mit einem Ruck ihren Arm.

Lauri hob seine Hände, als würde sie ihn mit einer Waffe bedrohen, und trat einen Schritt zurück. Mit einem Mal sah er sehr bleich und schuldbewusst aus. »Es ... es tut mir leid. Aber ich wusste nicht ... du hast nicht reagiert, obwohl ich dich geschüttelt habe.« Er starrte auf seine Stiefel, dunkle Flecken im Schnee, der sie beinahe vollständig bedeckte. Neve runzelte die Stirn. Ihre eigenen Füße waren nicht zu sehen. Probehalber wackelte sie mit den Zehen und sah eine verhaltene Bewegung im Schnee. Warum fror sie nicht?

Lauri hob den Kopf und sah sie unsicher an. »Ich wollte dich nicht schlagen, bitte glaub mir das. Aber ich wusste einfach nicht, wie ich dich sonst wach bekommen sollte. Ich habe dich angesprochen und sogar geschüttelt, aber du hast einfach nicht reagiert. Du ... du hast nicht einmal eine Jacke an.« Die letzten Worte flüsterte er, dann zog er seine aus und streckte sie ihr wie ein Friedensangebot entgegen. In seinen Haaren schmolzen weiße Flocken, es musste kurz zuvor noch geschneit haben.

Noch immer vollkommen perplex griff Neve nach dem Kleidungsstück und drehte es in den Händen, da sie zunächst nicht wusste, was sie damit anfangen sollte. Sie ahnte, was Lauri dachte: Dass sie ihn nun hasste, weil er sie geohrfeigt hatte. Er war nicht dumm und ahnte, was zwischen ihr und Gideon vorgefallen war, auch wenn sie ihm nicht erzählt hatte, wie es dazu gekommen war. Doch er irrte sich, sie war nicht sauer auf ihn, weil er sie ... ja, aus was gerissen hatte? Waren die wunderschöne Frau und die Höhle doch nur ein Traum gewesen?

Tiefe Enttäuschung machte sich in Neve breit. Sie drehte sich um und starrte in die Landschaft, als würde sie dort Antworten auf ihre Fragen finden. Eine dunkle Schneise fraß sich durch die Schneedecke und verlief sich im Nichts, gerade breit genug für eine Person. Es sah beinahe brutal aus, wie eine schwarze, verbrannte Narbe. Doch abgesehen davon war neben einigen Bäumen nichts zu sehen. Keine Felsen, keine Erhebungen und erst recht keine Höhle.

Neve runzelte die Stirn und wandte sich wieder Lauri zu. Erst jetzt bemerkte sie den Schnee auf ihren Schultern – ihre Sachen waren komplett feucht. Rasch schlüpfte sie in Lauris Jacke, zog den Reißverschluss bis zum Kinn und räusperte sich. »Ich ... habe ich geträumt?«

Lauri wirkte erleichtert, dass sie noch mit ihm redete, trotzdem vertiefte sich die Falte auf seiner Stirn. »Du bist schlafgewandelt, Neve. Komm, ich bringe dich zurück in die Hütte. Du musst komplett durchgefroren sein.« Bezeichnend deutete er auf ihre Beine. Neve hob einen Fuß an und betrachtete den Socken, der nichts weiter war als ein grauer Klumpen. Sie erinnerte sich. Sie war dem Gesang gefolgt, durch den Schnee, und dann ...

Sie hielt kurz den Atem an, als sie an die Frau dachte. Sollte alles wirklich nur ein Traum gewesen sein – die Wärme, die sie gespürt hatte, die Zufriedenheit und das Gefühl, nicht mehr nach Dingen suchen zu müssen, die sie nicht einmal benennen konnte? Neve versuchte, in sich hineinzuspüren und mehr herauszufinden, doch sie war zu unsicher und vor allem zu durcheinander. Tränen traten in ihre Augen und liefen über die Wangen, als sie eine Hand hob und wieder fallen ließ. Sie wusste nicht, was sie tun oder lassen, denken oder abstreiten sollte. Um sie verschwamm alles, und ihr wurde schwindelig.

Im nächsten Moment war Lauri bei ihr und hob sie auf seine Arme. »Ich hab dich. Ruh dich aus, ich bring dich zurück. Alles wird gut.«

Nein, das wird es nicht.

Automatisch schlang sie die Arme um seinen Hals, doch er hätte ebenso gut ein anderer Mensch sein können oder auch ein toter Gegenstand, an dem sie sich festhielt. Die Enttäuschung zerrte so stark an ihr, dass es schmerzte wie die Wunden in ihrem Gesicht am Abend zuvor. Plötzlich war ihr Kopf schwer. Ihre Augen brannten, und ihr fiel nichts anderes ein, als sie zu schließen und die Realität auszusperren.

Lauri setzte sich mit gleichmäßigen Schritten in Bewegung, sein Atem ging tief, und er hielt sie so vorsichtig, als könnte sie zerbrechen. Neve hätte gern mit ihm geredet und den Gedanken genossen, dass er für sie da war. Mehr noch als das, er hatte sie ein zweites Mal hier draußen gefunden und entwickelte sich, wenn das so weiterging, zu ihrem persönlichen Schutzengel. Trotzdem konnte sie sich nicht darüber freuen. Sie verschränkte die Finger in Lauris Nacken und riss kleine Hautfetzen von den Nagelrändern. So sehr sie es auch hoffte, die Bilder aus der Höhle kamen nicht zurück. Es war nur ein kleiner Trost zu wissen, dass sie das Gesicht der Frau niemals vergessen würde.

6

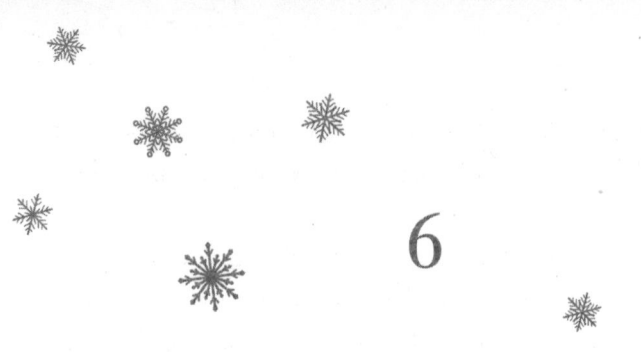

Die Kälte der Umgebung hätte keinen größeren Kontrast bilden können zu der Hitze auf Lauris Wangen, die nur langsam abkühlte. Er war froh, dass ihn niemand beobachtete, denn er schämte sich bereits genug dafür, nicht richtig nachgedacht zu haben. Ihm war nichts Besseres eingefallen, als Neve eine Ohrfeige zu verpassen. Gerade ihr.

Im selben Moment hatte er die Wunden in ihrem Gesicht überdeutlich gesehen, und obwohl sie bereits heilten, fürchtete er einen Moment lang, sie erneut aufgerissen zu haben. Erst dann hatte er wieder vernünftig denken können: Er hatte ihre Wange nicht so hart getroffen, um ihr wirklich wehzutun. Aber das war keine Entschuldigung. Ihre letzte Begegnung mit Gideon hatte deutliche Spuren in ihrem Gesicht hinterlassen, und er wollte diese Erinnerungen nicht in ihr wecken. Lauri knirschte mit den Zähnen. Wie oft hatte er sich eigentlich wie ein Idiot verhalten, seitdem Neve bei ihm war?

Sie schien es ihm nicht nachzutragen, so wie sie sich jetzt an ihn schmiegte. Ihr leises Wimmern brachte ihn dazu, schneller zu laufen, obwohl seine Muskeln protestierten. Er konnte später noch immer ausruhen, jetzt musste er an sie denken. Sie war so schmal und zart und bereits zweimal innerhalb kurzer Zeit der Eiseskälte ausgesetzt gewesen.

Endlich verstummten die Laute und machten gleichmäßigen Atemzügen Platz. Neve war eingeschlafen. Unbewusst beugte sich Lauri vor und hauchte einen Kuss auf die hellen Strähnen.

Der Rückweg zog sich endlos hin. Wieder und wieder prüfte Lauri, ob Neve noch atmete. Er wagte nicht, sie zu wecken, obwohl er sich stark zurückhalten musste, da sie absolut kein Geräusch mehr von sich gab. Selbst ihre Atemzüge waren unglaublich flach. Sogar als er durch ein Loch im Boden brach und bis zu den Knien einsackte, öffnete sie die Augen nicht.

Lauris Erleichterung darüber schlug ins Gegenteil um, während der Umriss der Hütte sich am Horizont abzeichnete. Was, wenn sie in der Nacht, als er sie gefunden hatte, etwas Ernsthaftes davongetragen hatte? Etwas, das man auf den ersten Blick nicht sehen konnte, das aber für ihren seltsamen Zustand verantwortlich war? Selbst wenn er davon ausging, dass sie regelmäßig schlafwandelte – hätte dann die Kälte sie nicht wecken müssen? Oder etwas anderes wie ein Baum oder ein Felsen? Sie musste bei ihrer Wanderung doch irgendwann auf einen Widerstand gestoßen sein. Zudem war das Gelände nicht leicht zu bewältigen, schon gar nicht für jemanden mit Neves zierlichem Körperbau.

Wie war das überhaupt mit Schlafwandlern? Abgesehen von Neve kannte er niemanden, der damit zu kämpfen hatte. Er konnte es drehen und wenden, wie er wollte, allein würde er keine Antworten finden. Also blieb ihm momentan nichts anderes übrig, als sich um das Naheliegende zu kümmern: Wärme und Essen.

Neve regte sich erst, als sie die Hütte erreicht hatten und Lauri die Tür hinter sich zutrat.

»Wir sind da«, flüsterte er. »Bist du wach?«

Sie murmelte etwas, öffnete ihre Augen jedoch nicht. Er versuchte es noch einmal. Als sie noch immer nicht reagierte, trug er sie nach oben. Wie schon einmal entledigte er sie ihrer nassen Sachen und hüllte sie in seine.

»Das wird bald zur Gewohnheit, findest du nicht auch?« Er lächelte, breitete die Decke über sie und strich ihr eine Haarsträhne aus dem Gesicht. »Schlaf gut«, flüsterte er und wollte sich abwenden.

Ihre schmalen, kühlen Finger legten sich um sein Handgelenk. Verwundert drehte er sich um. Neves Augen waren noch immer geschlossen.

»Ich war in der Höhle«, murmelte sie.

Lauri zögerte, setzte sich auf die Bettkante, löste ihre Hand vorsichtig und nahm sie in seine. »In welcher Höhle?«

Ihre Lippen kräuselten und entspannten sich. Sie wirkte glücklich, und schon allein deswegen würde er sich anhören, was sie geträumt hatte. »Blau. Und Silber. So wunderschön.« Sie seufzte voller Sehnsucht.

Obwohl Lauri sie schlafen lassen wollte, wünschte er sich plötzlich, sie würde weiterreden, einfach nur, um etwas mit ihr zu teilen. »Was war dann?«, fragte er und streichelte ihre Wange.

Im Schlaf drehte sie ihren Kopf eine Winzigkeit seiner Berührung entgegen. »Der Weg war ... lang. Ich habe ihn vergessen.« Sie seufzte noch einmal. »Ich bin dem Gesang nachgegangen. Die Frau hat gesungen. Sie hat gesagt, ich gehöre dorthin ...« Ihre Stimme wurde mit jeder Silbe leiser, bis Lauri sie nicht mehr verstand, obwohl er ein Ohr an Neves Lippen hielt. Er wartete noch eine Weile, ordnete ihre Haarsträhnen auf dem Kissen und lauschte ihren Atemzügen. Was auch immer sie geträumt hatte, es klang friedlich.

Er sah zum Fenster. Es war schon seltsam, wie mühelos Neve die Atmosphäre in der Hütte verändert hatte. Normalerweise empfand er die Gegenwart anderer als anstrengend, wenn sie mehrere Tage dauerte, vor allem, wenn er sich darauf eingestellt hatte, allein zu sein. Nach einer Auszeit wie der in Bens Hütte brauchte er immer einige Zeit, um sich warmzulaufen und wieder auf Menschen eingehen zu können. Bei Neve war das anders. Sie hatte etwas an sich, das er nicht näher beschreiben konnte, bereicherte seinen Tag, ohne dass er sich verstellen musste. Es erschien ihm einfach nur natürlich, dass sie bei ihm war. Sie hatte seine Grenzen nicht überschritten, weil er bei ihr keine brauchte.

»Träum schön«, murmelte er und beobachtete fasziniert, wie ein Mundwinkel zuckte.

»Nicht weggehen.« Ihre Worte waren noch weicher als ihre Haut.

Selbst wenn Lauri gewollt hätte, konnte er ihr diesen Wunsch nicht verwehren. Plötzlich schlug sein Herz schneller, und er wartete, bis es sich beruhigt hatte, und verdrehte über sich selbst die Augen. Er war nicht nur ein Idiot, sondern auch ein Träumer. Sie fror, sie hatte die halbe Nacht unter freiem Himmel verbracht und war erschöpft, da war es vollkommen normal, dass sie nicht allein sein wollte. Es hatte nichts mit ihm zu tun. Oder mit dem Kuss.

Trotzdem konnte er ihr die Bitte nicht abschlagen. Er verdrängte das hämische Stimmchen in seinem Hinterkopf, das ihm zuflüsterte, dass ihm Neves Aufforderung nur recht war, da sie seinen Wünschen entgegenkam. Er zog seine Schuhe aus, legte sich neben Neve und schlang behutsam einen Arm um sie. Selbst jetzt, eingehüllt in der Daunendecke, kam sie ihm zerbrechlich vor.

Neve drehte sich um, kuschelte sich an ihn und verbarg ihren Kopf an seiner Brust. Ein tiefer Atemzug, dann lag sie still. Ihre Haut war noch immer kühl, trotzdem setzte sie Lauris Nervenenden unter Feuer. Er wagte kaum sich zu bewegen, und wartete, bis das Kribbeln auf seiner Haut, das ihm gefiel und ihn zugleich quälte, schwächer wurde. Sie vertraute ihm trotz allem, was sie durchgemacht hatte.

»Danke«, flüsterte er, senkte den Kopf und legte seine Stirn an ihre. Er nahm sich fest vor, nicht einzuschlafen, um keine Sekunde zu vergeuden, doch viel zu bald schloss er die Augen und dämmerte eigenen Träumen entgegen.

Als er erwachte, war es eiskalt. Das Feuer im Wohnzimmer musste ausgegangen und die Temperaturen draußen noch weiter gefallen sein. Noch halb im Schlaf blinzelte er und überlegte. Vielleicht hätte er doch das eine oder andere Mal im Resort vorbeischauen sollen, um sich zumindest mit dem Wetterbericht einzudecken.

Seine Gelenke protestierten, als er einen Arm bewegte und den Kopf hob. Es war noch immer hell, aber seitdem er hier wohnte, hatte er beim Aufwachen noch nie so gefroren wie jetzt. Es brachte nichts, sich darüber den Kopf zu zerbrechen, er musste aufstehen und den Kamin wieder anheizen.

Neve lag noch immer neben ihm. Sie hatte sich im Schlaf auf die andere Seite gedreht und wandte ihm ihren Rücken zu. Er hielt sie im Arm, ihre Finger hatten sein Handgelenk umklammert. Auch sie waren eiskalt, obwohl sich Neve in die

Decke vergraben hatte, als wäre sie ein Kokon. So schön es auch war, hier mit ihr zu liegen und es zu genießen – wenn er nicht bald nach unten ging und sich um das Feuer kümmerte, konnte er auch gleich die Fenster aufreißen und warten, bis sie sich den Tod holten. Er gönnte sich noch einige Sekunden, in denen er lautlos sämtliche Flüche murmelte, die ihm einfielen, dann zog er behutsam seine Hand aus Neves Griff. Sie gab einen dünnen, enttäuschten Laut von sich, fast ein Fiepen. Lauri konnte nicht anders, als breit zu grinsen.

Er schwang die Beine über die Bettkante, richtete sich auf – und das Grinsen verblasste schlagartig. Seine Haut brannte und schien ihm jegliche Kraft zu stehlen. Er fasste sich an die Stirn, hielt sich mit der anderen Hand fest, biss die Zähne zusammen und blinzelte mehrmals. Das Zimmer drehte sich, und Lauri brauchte mehrere Sekunden, bis er begriff, dass diese Achterbahnfahrt nichts mit der Umgebung zu tun hatte, sondern mit ihm. Seine Stirn schmerzte, ebenso Wangen und Hals, und trotz des Brennens fror er so sehr, dass seine Zähne aufeinanderschlugen. Hinter den Schläfen und im Nacken schlug ein imaginärer Schmied mit einem Hammer auf ihn ein. Es zog sich über seinen gesamten Kopf, nur um in einer Armee von kleinen, spitzen Nadeln zu explodieren.

Wunderbar. Offenbar war der letzte Spaziergang keine gute Idee gewesen. Wie musste nur Neve sich fühlen? Zitternd tastete Lauri nach ihr, fand ihren Arm, doch nicht die erwartete Hitze. Im Gegenteil, ihre Haut war so kühl wie immer. Wenn nicht kühler. Kein Fieber.

Lauri stand auf und setzte versuchsweise einen Schritt nach vorn. Es gelang ihm, aber wohl fühlte er sich nicht dabei. In seinem Mund hatte sich ein fahler Geschmack eingenistet, so als hätte er verdorbenes Hundefutter gegessen oder sich wochenlang nicht die Zähne geputzt. Krampfhaft versuchte er zu schlucken, doch seine Zunge klebte am Gaumen fest. Noch ein Schritt, dann fühlte er sich sicher genug auf den Beinen, um sich zu Neve umzudrehen. Sie schlief noch immer. Zumindest ihr schien es gut zu gehen. Wahrscheinlich hatte er sich in der vergangenen Nacht etwas eingefangen. Er würde den Kamin anheizen, einen Tee und etwas gegen das Fieber nehmen, dann würde es ihm bald besser gehen.

Die Treppenstufen fühlten sich an, als wollten sie unter ihm nachgeben oder als hätte jemand sie durch eine Plane ersetzt, unter der Wasser wogte. Lauri verzog das Gesicht und amüsierte sich trotz allem über sich selbst. Die zarte Frau dort oben in seinem Bett steckte zwei Nächte halb bekleidet in der Kälte locker weg, während er sich bei der erstbesten Gelegenheit erkältete. Wahrscheinlich war er doch mehr Stadtmensch, als er geglaubt hatte, und die Leute aus den ländlichen Gegenden robuster als die aus Vancouver.

Er schaffte es im Großvatertempo nach unten und riss sich zusammen, um nicht augenblicklich wieder auf das Sofa zu fallen. Wobei ... der Gedanke daran war verlockend. Doch erst die Arbeit, dann das Vergnügen.

Seine Hände zitterten, als er den Kamin wieder anwarf, und er war heilfroh, bereits am Vortag ausreichend Holz daneben aufgestapelt zu haben. Schweißperlen standen ihm auf der Stirn, als er in die Küche schlurfte und in der Schublade nach Tabletten kramte, die Bens Eltern für alle Fälle dort deponiert hatten. Er fand ein Pulver gegen Fieber und Schmerzen, verzichtete darauf, das Verfallsdatum zu kontrollieren, kippte es direkt auf seine Zunge und spülte mit ein paar Schlucken Wasser nach. Der sterile Geschmack flutete seine Mundhöhle, dann linderte er das Brennen in seinem Hals.

Noch einen Tee, mehr konnte er derzeit nicht tun. Blindlings griff er in den Schrank, die Sorte war ihm egal, Hauptsache heiß. Es fiel ihm schwer zu warten, bis das Wasser kochte – mit jeder Sekunde fühlten seine Beine sich mehr wie Blei an. Endlich sank er auf das Sofa, die Tasse in der Hand, und zog die Decke bis zum Kinn. Die Flammen im Kamin stachelten seine Kopfschmerzen an, also lehnte er sich mit geschlossenen Augen zurück und nippte am Tee. Er fror noch immer, doch das würde sich hoffentlich bald ändern. Immerhin musste er sich um Neve kümmern. Nach allem, was sie durchgemacht hatte, konnte sie nicht auch noch die Krankenschwester für ihn spielen.

Das Knistern und Knacken des Holzes wirkte beruhigend und legte sich wie ein Schleier über seine Gedanken. Dichte, weiche Fäden der Gelassenheit. Lauri stellte die Tasse auf dem Tisch ab. Die Schwere in seinen Gliedern fühlte sich nun anders an, weniger anstrengend, das Pulver schlug offensichtlich an.

Dieses Mal nickte er nur kurz ein: Das Feuer tanzte noch immer energisch hinter der Glasverkleidung, als er blinzelte. Zunächst lag er still und wappnete sich für den Schwindel und dieses verdammte Hämmern in seinem Kopf, dann bewegte er sich so zögerlich, dass er froh darüber war, keine Zuschauer zu haben. Er würde Ben von diesem Moment erzählen, selbst auf die Gefahr hin, tagelang dem Spott seines Freundes zum Opfer zu fallen. Keine ganze Woche in der Wildnis, und er verwandelte sich in einen gebrechlichen alten Mann. Dabei war er sonst nicht so leicht niederzustrecken.

Immerhin schmerzte weder sein Kopf noch fühlte sich sein

Körper an, als wäre er lediglich ein Stück Fleisch, das er nicht kontrollieren konnte. Eigentlich war es, als hätte er einfach nur zu lange geschlafen. Er reckte sich vorsichtig. Keine Schmerzen. Was auch immer er vorhin geschluckt hatte, das Zeug wirkte Wunder. Er musste daran denken, sich den Namen zu notieren, auf dem Heimweg einen Zwischenstopp im Drugstore einzulegen und eine Packung davon zu kaufen.

Er stand auf und wartete auf das Schwindelgefühl, aber es blieb aus. »Hammerzeug.« Er griff nach der Teetasse und stürzte den Rest lauwarme Flüssigkeit hinunter. Auf Zehenspitzen trat er an die Treppe und lauschte, aber im Schlafzimmer regte sich nichts. Neve schlief noch, und er würde den Teufel tun und sie wecken.

Lauri reckte sich und schielte zu seiner Jacke. Ein Spaziergang war genau das Richtige, um den Kopf freizubekommen.

Kurz darauf trat er dick eingepackt mit Mütze und Schal vor die Tür. Ausnahmsweise hatte der Schnee sich in den vergangenen Stunden zurückgehalten, die Spuren, die von der Hütte wegführten, waren noch immer gut zu erkennen. Lauri nutzte sie, hielt sich in der Schneise und vergrub die Hände tief in den Hosentaschen. Die Luft war genau so, wie sie sein sollte: glasklar und schneidend kalt. Sein Atem bildete helle Wolken vor seinen Lippen, und mit jedem Schritt fühlte er sich besser. Ab und zu warf er einen Blick zurück zum Haus, doch dort regte sich nichts. Hoffentlich wachte Neve nicht auf und fürchtete sich, wenn sie feststellte, dass er nicht da war, zum Beispiel, weil ihr dämlicher Ex noch einmal vorbeikommen könnte.

Aber was, wenn Gideon wirklich wiederkam? Hatte er ihm

geglaubt, dass er allein in der Hütte war? War er überzeugend gewesen? Lügen waren nicht gerade seine Stärke.

Lauri lief schneller und schob die Fragen von sich. Es brachte nichts, sich verrückt zu machen oder sein Leben einzuschränken, aus Angst, dass jeden Moment etwas passieren könnte. Er war regelmäßig spazieren gegangen, seitdem er hier war. Es gefiel ihm, dass er niemanden sah, dass niemand ihn sah, und dass lediglich seine Arbeit auf ihn wartete, wenn er von seinen Streifzügen zurückkehrte. Fast so, als sei er losgelöst von allem, selbst von der Zeit. Als würde die Welt eine Pause machen von allen Gesprächen, Begegnungen und Terminen. Wenn es in diesen Momenten etwas gab, das Lauri dazu brachte, Dinge zu tun, dann kam es aus seinem Inneren.

Neve hatte das geändert. Seine Welt hier draußen im Nichts stand nicht mehr still, sondern wartete darauf, dass er sie wieder in Gang setzte. Schon jetzt freute er sich darauf, in die Hütte zurückzukehren und Neve womöglich in eine Decke gekuschelt im Wohnzimmer vorzufinden.

»Hey!«

Die Stimme war rau und kam so überraschend, dass Lauri fast gestolpert wäre. Ein Mann hielt auf ihn zu, doch Lauri war beinahe erstaunter darüber, dass er länger gelaufen war als ursprünglich gedacht. Die kleine Baumgruppe lag hinter ihm, und es war nicht mehr weit bis zu der Stelle, an der er Neve in der vergangenen Nacht gefunden hatte.

Der Mann hatte ihn beinahe erreicht, und etwas verspätet erwiderte Lauri seinen Gruß. »Hey.«

»Matt Grimes.« Der Fremde blieb zu nah vor ihm stehen, spuckte in den Schnee, packte seine Hand und schüttelte sie. Sein Griff war fest und schwielig. Er erinnerte an jene Männer, die beinahe ihr gesamtes Leben unter freiem Himmel verbrachten, bis ihre Haut mit den Jahren immer mehr an Leder erinnerte und sich auch in der Kälte kaum rötete. Grimes' Gesicht war braun, mit dichtem Bart. Das Haar trug er kurz, die Ärmel seiner Jacke waren hochgekrempelt. Er musste Mitte, höchstens Ende vierzig sein.

Lauri zog seine Hand zurück, da Grimes keine Anstalten machte loszulassen. »Lauri Kenneth.« Die Ruhe und das Gefühl von Stille und Freiheit schwanden mit jeder Sekunde, in der Grimes ihn zu aufmerksam musterte. Am liebsten hätte er sich wieder verabschiedet und wäre umgedreht, aber das wäre nicht nur unhöflich, sondern ... ja was, verdächtig? Unnormal? Verdammt, momentan konnte er so etwas nicht gebrauchen.

Grimes nickte und deutete zur Seite. Erst jetzt sah Lauri, dass er ein Gewehr bei sich trug. »Gänse. Und kein Glück heute. Da bleibt einem wohl nichts anderes übrig, als ein Steak auf den Grill zu werfen, was?« Er schnaubte, schien jedoch keine Antwort zu erwarten. »Du bist der Kerl in Pecks Hütte?«

Noch mehr Fragen, noch mehr Neugier fremder Menschen. Lauri trat von einem Fuß auf den anderen und nickte. »Ich bin mit ihrem Sohn befreundet«, sagte er, um überhaupt etwas zu sagen und Grimes die Chance zu nehmen, weiter in Dingen herumzustochern, die ihn nichts angingen.

»Ah«, sagte der. Es klang wie ein Grollen, und es hörte sich nicht so an, als würde es ihn interessieren. Er deutete mit einer knappen Kopfbewegung zur Seite. »Ich bin jedes Jahr ein paar Wochen in Longtree. Die meisten Jungs kennen sich schon ewig. Sind ein paar neue dabei dieses Mal.« Er kratzte sich am

Hinterkopf. »Einer hat Probleme mit seinem Mädchen. Das Übliche, sie will mehr Aufmerksamkeit, er keinen Stress. So ist's nun mal.«

So ist's nun mal?

In Lauris Wange zuckte ein Muskel. Im Schutz seiner Jacke ballte er die Hände zu Fäusten. Neve war beinahe erfroren, weil sie vor jemandem davongelaufen war, der sie verprügelt hatte, und dieser Grimes tat so, als sei das völlig normal? Nur die Erinnerung an Neves Angst und ihre Bitte, niemandem zu verraten, dass sie bei ihm war, hielten ihn von einer scharfen Entgegnung ab. Stattdessen hob er die Schultern. Trotzdem fürchtete er, dass man ihm genau ansah, wie sehr es gerade in ihm brodelte.

Grimes schulterte sein Gewehr. »Kennst wohl solche Probleme gerade nicht, was? Sei froh, Junge. Aber du hast die Kleine nicht zufällig gesehen?« Er hielt eine Hand auf Brusthöhe. »Blonde Haare und ist wohl von der zurückhaltenden Sorte. Passt nicht so recht hierher.«

Lauri wartete zwei Atemzüge ab, um den Anschein zu erwecken, dass er wirklich überlegte. Dann hob er die Schultern erneut. »Nein, ich habe niemanden gesehen, seitdem ich hier angekommen bin. Selbst beim Spazierengehen nicht.«

Grimes verengte die Augen und musterte ihn, als hätte er die Lüge durchschaut, doch er schwieg. Sekunden verstrichen, in denen sich niemand bewegte, und sie zerrten an Lauris Nerven. Zwar nahm das Brodeln in seinem Bauch ab, aber viel zu langsam. Dafür stieg die Spannung in der Luft. Er riss sich zusammen, runzelte seine Stirn und zwang sich, Grimes in die Augen zu sehen. Sollte man nicht genau das bei Hunden machen, um keine Angst zu zeigen? Oder war es genau andersherum? Lauri verhedderte sich in seinen Überlegungen und entschied, dass es richtig war, vor dem Naturburschen nicht klein beizugeben, obwohl er sich unwohl fühlte bei diesem seltsamen, stummen Duell. Er forderte solche Situationen niemals heraus, aber wenn es ein anderer tat, gab er nicht so schnell nach. Wer wusste schon, was geschah, wenn der Kerl zurück ins Resort kam und erzählte, dass er leicht einzuschüchtern wäre? Tagesgespräch zu sein war nichts, worauf er besonders scharf war.

Grimes brach die Stille. »Das ist interessant, denn wenn das deine Spuren hier sind, mein Junge, dann teilen sie sich weiter hinten auf. Da komm ich nämlich her. Und ich lebe lange genug in dieser verdammten Wildnis, um zu sagen, wer dort durch den Schnee gegangen ist. Die zweiten Abdrücke gehören auf jeden Fall einer Frau.«

Lauri zuckte nicht einmal mit der Wimper. Er spürte die Kälte plötzlich nicht mehr nur auf seiner Haut, sondern auch in seinem Inneren. »Wer sagt, dass das meine Spuren sind?«

Etwas flackerte tief in Grimes' Augen. Das Tier hatte seinen Gegner erkannt und richtete sich auf, um sein Territorium zu verteidigen. Er trat näher, sodass Lauri den kalten Rauch riechen konnte, der aus seinen Kleidern und Haaren strömte. »Ach, sind sie nicht?«

»Nein. Sind sie nicht.« Lauri betonte jede Silbe und wich nicht zurück, obwohl ihm Grimes' Nähe unangenehm war. Seine Augen begannen zu brennen, da er nicht blinzelte. Als er schluckte, rollte ein Eisklumpen seine Kehle hinab.

Sollte sein Verhalten Matt irritieren oder gar beeindrucken, so zeigte der es nicht. Lediglich die Hand auf dem Gewehr bewegte sich, und er trommelte einen Rhythmus auf den

Lauf, der zusätzlich an Lauris Nerven zerrte. »Weißt du, Kleiner«, sagte er so langsam, als würde er mit einem halsstarrigen Kind reden, »hier draußen gibt es nichts. Keine Straßen, keine Häuserblöcke, niemanden. Die Gesetze hier sind klar, und dazu zählt auch, dass die Wahrheit immer herauskommt. Immer.«

Lauris Handgelenke schmerzten vor Anspannung. »Gut. Dann sag mir doch mal, warum das Mädchen, von dem du erzählt hast, verschwunden ist? Dafür muss es ja einen Grund geben.« Er senkte seine Stimme zu einem Flüstern.

Grimes' Finger verharrten in der Luft. Seine Pupillen zitterten, mehr denn je wirkte er wie ein Tier kurz vor dem Angriff. Dann zuckte er die Schultern. »Wir sehen uns sicher noch.« Ohne ein weiteres Wort ging er stur geradeaus weiter, sodass Lauri zur Seite treten musste, um nicht gerammt zu werden. Es war besser, den Kerl nicht noch weiter zu reizen. Wie der so treffend bemerkt hatte, gab es hier draußen nichts, also auch weder Polizei noch einen Krankenwagen, und wenn sein Temperament so beschaffen war, wie Lauri vermutete, würde er sich nicht so schnell beruhigen, nachdem er einmal die Kontrolle verloren hatte. Trotz allem musste sich Lauri eingestehen, dass er selbst dann keine Chance gehabt hätte, wenn sie beide unbewaffnet gewesen wären. Er hatte sich als Kind und Jugendlicher hin und wieder geprügelt, aber Grimes sah aus, als würde er das noch immer tun. Täglich.

Er sah ihm hinterher, und tatsächlich drehte sich Grimes noch einmal um und zeigte mit dem Finger auf ihn, während der Gewehrlauf durch die Luft schwenkte. Ein stummes, aber umso eindringlicheres Versprechen.

Obwohl Lauri am liebsten direkt zur Hütte zurückgekehrt

wäre, um nach dem Rechten zu sehen, ging er weiter. Wer wusste schon, was Grimes im Sinn hatte? Vielleicht würde er ihn beobachten und misstrauisch sein, wenn er nun auf dem Absatz kehrtmachte. Neve konnte noch ein paar Minuten länger allein zurechtkommen, immerhin hatte er die Tür abgesperrt. Sie ließ sich von innen durch den Riegel, von außen aber nur mit dem Schlüssel öffnen. Sollte sich der bärtige Kanadier mit dem Gewehr entscheiden, auf seinem Kontrollgang dort vorbeizuschauen, konnte er ihr nichts anhaben.

In Lauris Kopf formte sich die Vorstellung, wie Grimes Neve aus der Hütte zerrte, über seine Schulter warf und zurück zu Gideon schleppte. Zu Hause in Vancouver hätte er darüber gegrinst, doch nun war er nicht mehr sicher, wie nah es der Wahrheit kam. Hier draußen war es einsam, oft begegneten die Menschen tagelang niemandem. Da wurden eigene Gesetze aufgestellt, eigene Regeln, und er konnte nicht nach ihnen spielen, da er sie nicht kannte.

Er wollte es auch nicht.

Plötzlich war die Winterlandschaft nur noch ein Ort ohne Farben, und Kälte kroch unangenehm unter Lauris Jacke. Grimes hatte die friedliche Stimmung vernichtet, und die Weite der Natur bekam auf einmal Grenzen und Wände. Selbst der Himmel drückte auf die Erde, grau und voller Bewegungen, die nichts Schönes versprachen. Lauri biss die Zähne zusammen und lief schneller. Er zitterte, doch es lag nur zum Teil an den Temperaturen. Nachdenklich starrte er auf die Spuren. Grimes hatte nicht gelogen, an mehreren Stellen waren deutlich unterschiedliche Fußabdrücke zu sehen. Seine und Neves. Er hätte daran denken müssen, sie zu beseitigen! Nun war es zu spät, und es brachte nichts mehr, sich darüber den Kopf zu zerbrechen. Stattdessen sollte er sich überlegen, was er in Zukunft tun wollte.

Er blinzelte in die Richtung, aus der er gekommen war. Nichts, er war allein, während Grimes mit seinem Gewehr und zu viel Testosteron durch die Gegend patrouillierte. Er drehte sich um und ging langsam zurück in Richtung Hütte. Erst als er die Baumgruppe erreichte, wagte er zu rennen.

7

Es war seltsam, dass man Dinge als sicher empfand, die nicht mehr waren als eine fragile Barriere, mühelos zu zerbrechen. Fast so, als ob die eigene Hoffnung, gepaart mit einer Portion Selbsttäuschung, den Schutz verstärkte.

Die Welt vor dem Fenster verschwamm und klärte sich wieder, wie so oft in den vergangenen Minuten. Neve presste ihre Hände gegen das Glas und fühlte trotzdem nichts. Seit der Mann, der an der Hütte herumgeschnüffelt hatte, endlich verschwunden war, starrte sie wie hypnotisiert auf den Nebel, den ihr Atem auf die Scheibe brachte. Er war so anders als der Nebel in ihren Gedanken, der letzte Nacht dick und voller seltsamer Träume gewesen war. Nach dem Aufwachen war er rasch verschwunden.

Mittlerweile wünschte sich Neve, er würde wiederkommen. Sie hatte sich wohlgefühlt in Lauris Bett, auch wenn die Daunendecke sie beinahe mit ihrer Wärme erstickt hatte.

Nein, das stimmte nicht ganz. Sie hatte sich fast wohlgefühlt. Etwas war anders gewesen als zuvor, irgendetwas hatte ihr gefehlt, und sie hatte lange überlegt, ob es Lauri war, den sie vermisste, aber keine Antwort gefunden. Sie dachte gern an ihn, an seine sanften Augen, die ruhige Stimme und die widerspenstigen Locken, und sie war ihm von ganzem Herzen dankbar, dass er Gideon nicht nur von der Tür, sondern vorübergehend auch aus ihrem Kopf vertrieben hatte. Aber das war nicht der Grund, weshalb sie sich von ihm hatte küssen lassen. Sie hatte es gewollt, hatte sich in diesem Moment so sehr nach Lauris Nähe gesehnt, dass es sie beinahe erschreckte. Er hatte ihr zugeflüstert, dass sie keine Angst haben müsse, und sie glaubte ihm. Er würde ihr niemals etwas tun. Wenn er sie berührte, dann zögerte er stets, so als würde er auf ihre Zustimmung warten. Er behandelte sie, als könnte sie unter seinen Fingern zerbrechen und wäre gleichzeitig stark genug, um ihn abzuweisen. Neve fühlte sich wie in einer der Geschichten, in denen ein Mädchen das Kostbarste auf der Welt war. Bisher hatte sie das stets für ein Märchen gehalten, für eine romantische Vorstellung, so abwegig wie der Prinz auf dem weißen Pferd, der irgendwann aus heiterem Himmel auftauchte. Aber es war Wirklichkeit.

Der Kuss war wunderschön gewesen, und sie hatte keine Sekunde an Gideon denken müssen. Im Gegenteil, er war erstaunlicherweise bereits nach dieser kurzen Zeit so weit weg und kein Teil ihres Lebens mehr. Zum ersten Mal seit Jahren spürte Neve keinen Klumpen Angst in ihrem Bauch. Sie war freier als jemals zuvor.

Doch da war noch etwas, ein anderes, tieferes Gefühl. Es ähnelte der Sehnsucht, die sie bereits ihr ganzes Leben mit sich herumtrug und von der sie gehofft hatte, dass sie verschwand, sobald sie etwas fand, das ihr wichtig genug war, um nicht mehr weiter zu suchen. Bei Gideon hatte es nicht funktioniert, aber damals hatte sie es auf den Streit geschoben und darauf, dass sie zu verschieden waren. Die Zeit hatte diesen Graben zwischen ihnen nicht schließen können. Aber was war nun? Zwischen Lauri und ihr gab es keinen Streit, und es gab auch keinen Graben.

Warum also kam dieses Gefühl gerade jetzt zurück?

Neve seufzte, hauchte die Scheibe an und malte kleine Kreise in das Weiß.

Nachdem sie aufgestanden war, amüsierte sie sich darüber, dass sie schon wieder Lauris Klamotten trug – wenn das so weiterging, hatte er selbst bald nichts mehr zum Anziehen. Sie war nach unten gegangen um festzustellen, dass er wohl spazieren oder Holz holen gegangen war und die Tür von außen versperrt haben musste. Gut.

Sie hatte sich im Bad Zeit gelassen, in Lauris Zeichnungen geblättert und die Details der einzelnen Motive bewundert, ein wenig Brot geknabbert und sich mit einem Glas Wasser an das Fenster gestellt. Seitdem starrte sie hinaus. Das Holz im Kamin brannte noch, in der Hütte war es warm und auch etwas stickig. Neve zerrte am Kragen ihres Shirts und strich sich die Haare zurück. Lauri hätte sicher nichts dagegen, wenn sie die Tür öffnete und frische Luft einließ. Sie wollte gerade das Glas abstellen, als sie eine Bewegung draußen im Schnee bemerkte. Erst lächelte sie, doch dann sanken ihre Mundwinkel herab, und ihr Herz vollführte einen Satz, der alles andere als freudig war.

Es war ein Fremder. Lauri bewegte sich nicht so ... roh und energisch, und er hatte ganz bestimmt kein Gewehr bei sich.

Neve hielt den Atem an und trat näher an das Fenster. Den Mann hatte sie schon einmal gesehen, in der Bar im Longtree-Resort, an dem Tag, als sie und Gideon angekommen waren. Sie erinnerte sich genau. Der Kerl hatte sie bis auf eine knappe Begrüßung komplett ignoriert, Gideon aber sofort gefragt, ob er gern jagen ging. Ein unangenehmer Mensch, der einem Buch über Männer aus dem vergangenen Jahrhundert entsprungen zu sein schien, sowohl von seinem Verhalten als auch von seinen Vorlieben her. Jetzt hielt er direkt auf die Hütte zu und konnte sie jeden Augenblick entdecken. Und dann? Sie zweifelte nicht daran, dass Gideon ihm erzählt hatte, dass sie verschwunden war.

Neve ließ das Glas fallen und beobachtete, wie es am Boden zerschellte. So fühlte es sich also an, wenn man den Jäger direkt auf sich zukommen sah – seltsam taub. Viel zu spät kam sie auf die Idee, den Vorhang loszulassen und zur Seite zu springen. Hastig atmend presste sie sich mit dem Rücken gegen die Wand und lauschte. Zunächst war da nichts, dann wurden schwere Schritte laut. Sie hielten geradewegs auf die Tür zu.

Lauri hatte abgesperrt, ihr konnte nichts geschehen, das sagte sie sich immer wieder. Langsam ließ sie sich zu Boden sinken und schützte den Kopf mit den Händen. Sie zitterten, und verzweifelt versuchte Neve, sich zu beruhigen. Sie konnte einfach nicht hochsehen, denn sie hatte Angst davor, dass die Tür aufsprang, der Kerl hineinstürzte und sie in seinen Augen etwas sah, das schlimmer war als sein Gewehr. Was würde er tun, wenn er sie hier fand? Wusste er, dass sie hier war, oder suchte er sie nur und kam zufällig vorbei? Womöglich hatte er auch noch gar nicht mit Gideon gesprochen und ging lediglich spazieren. Und jagen.

Neve wollte sich an diesem Gedanken festzuklammern, aber ihre Angst verdrängte die Hoffnung.

Die Schritte verstummten, nur ein leises Stöhnen war noch zu hören. Neve begriff, dass es von ihr kam, und schlug hastig eine Hand vor den Mund.

Im selben Moment bewegte sich die Tür. Der Mann versuchte, sie zu öffnen. Zunächst nur leicht, dann rüttelte er kräftig daran, fluchte laut und rüttelte noch einmal. Das Holz erzitterte unter einem lauten Knall, wahrscheinlich hatte er dagegengetreten. Neve fuhr zusammen, biss sich auf die Fingerknöchel und sah zur Treppe. Sollte er ins Haus kommen, würde sie es mit etwas Glück bis ins Schlafzimmer schaffen. Konnte man die Tür abschließen? Sie wusste es nicht, aber immerhin gab es dort ein Fenster. Sie fürchtete sich bei der Vorstellung, aus dem ersten Stock zu springen, doch noch mehr fürchtete sie sich vor Gideon und seinen neuen Freunden. Außerdem würde der Schnee sie auffangen. So schlimm konnte es nicht sein.

Das Poltern verstummte. Der Mann hustete, zog die Nase hoch und spuckte geräuschvoll aus, dann setzten die Schritte wieder ein. Es hörte sich ganz so an, als würde er um das Haus herumgehen. Neve lehnte den Kopf an die Wand und konzentrierte sich auf das Holz. Es gab hier keine Hintertür, also musste sie sich keine Gedanken machen. Es sei denn ... es sei denn, er würde ein Fenster einschlagen.

Sie presste die Augen so fest zusammen, als würde das sie retten können. Tränen quollen unter ihren Lidern hervor und rollten über ihre Wangen. Sie wusste nicht, wie lange sie noch stillbleiben konnte.

Ein Scharren direkt über ihr brachte sie dazu, die Augen aufzureißen. Der Mann stand vor dem Wohnzimmerfenster. Jetzt trennten sie nur noch Holz und Glas voneinander, einen, vielleicht zwei Fingerbreit dick.

Geh. Bitte geh weiter.

Ihre Beine begannen zu kribbeln, und panisch drückte Neve auf ihren Oberschenkeln herum, um zu verhindern, dass sie einschliefen. Wenn der Kerl das Fenster zerschlug und sie am Boden entdeckte, hatte sie nur eine Chance auf Flucht, wenn sie normal laufen konnte. Wo blieb denn bloß Lauri?

Die Tränen liefen stärker, kitzelten Neves Lippen und tropften zu Boden. Sie wagte nicht, sie wegzuwischen, wagte nicht einmal zu blinzeln. Etwas schlug gegen das Fenster, nicht laut, aber es genügte, um ihre Nerven vollständig zerspringen zu lassen. Ein Sirren schoss durch ihren Kopf, sammelte sich in ihren Ohren und blendete die Welt aus. Metallischer Geschmack spülte in ihre Mundhöhle. Neve drückte ihren Handrücken gegen die Lippen und schluckte, dann noch mal, bis sie den Speichel durch ihre Kehle pressen musste, da ihr Mund trocken war.

Die Geräusche vor der Hütte wurden leiser, und als sich die Umgebung wieder klärte, sah Neve, dass sie sich die Hand blutig gebissen hatte.

Vor dem Fenster knirschte Schnee, als der Mann sich wieder in Bewegung setzte. Neve zählte seine Schritte und hätte beinahe vor Erleichterung aufgeschrien, als sie nicht zurückkehrten. Es war vorbei. Auf einmal war sie so erschöpft, dass sie sich auf den Boden legte und den Kopf auf die Hände bettete. Sie starrte in die Leere und wartete, folgte dem Mann in Gedanken auf seinem Weg um die Hütte. Als sie eine endlose Weile nichts hörte und sicher sein konnte, dass er sich aus dem Staub gemacht hatte, stemmte sie sich behutsam auf die Füße und wartete, bis ihr Blut wieder zirkulierte. Erst dann trat sie an das Fenster und warf einen Blick hinaus. In der Ferne bewegte sich eine dunkle Silhouette durch den Schnee, nur noch fingergroß.

Neves Schultern sackten vor Erleichterung hinab. Wenn Lauri zurückkam, würde sie ihm von dem Vorfall erzählen und ihn bitten, die Vorhänge stets zugezogen zu lassen und regelmäßig einen Blick nach draußen ...

Verzweifelt schüttelte sie den Kopf. Dies war nicht ihr Zuhause, und sie konnte Lauri nicht vorschreiben, was er zu tun und zu lassen hatte. Er war so freundlich gewesen, sie aufzunehmen und sich um sie zu kümmern, aber allmählich wurde sie zur Last, indem sie ihm ihre Probleme aufdrängte. Nichts davon war seine Sache, weder Gideon noch die Kerle vom Resort, und sie wollte ihn nicht in diese Angelegenheit hineinziehen, vor allem, da sie wusste, wie schnell diese Männer aggressiv werden konnten. Das hatte niemand verdient, erst recht nicht Lauri.

Neve ging zur Küchenzeile, ließ kaltes Wasser über die roten Risse an ihren Knöcheln laufen, die ihre Zähne hinterlassen hatten, tupfte ihre Hand mit einem Papiertuch trocken und überlegte. Es gab wohl nur eine Lösung für den ganzen Schlamassel: Sie musste hier weg. Sie wollte es sogar. Ehe der Mann aufgetaucht war, hatte sie sich wohlgefühlt. Geborgen. Doch er hatte dieses Gefühl mitgenommen, und jetzt war die Hütte einfach nur noch kalt. Neve starrte auf ihre Hände, dann auf die glitzernden Wassertropfen im Becken. Sie konnte nicht so tun, als wäre alles in Ordnung, sich auf das Sofa setzen und auf Lauri warten. Nichts von alldem hier war richtig.

Dieses Mal dachte sie daran, sich Schuhe und Jacke anzuziehen, schob den Riegel mit angehaltenem Atem zurück und rechnete bereits damit, Gideons Stimme zu hören, als sie die Tür aufstieß. Doch alles blieb still, und vor Erleichterung hätte sie fast aufgeschrien. Der Schnee glitzerte verheißungsvoll, als sie nach draußen trat.

Die Fußspuren des Mannes entdeckte sie sofort. Sie waren

groß und zahlreich und verunstalteten das sonst so makellose Weiß. Beinahe wie Wunden.

Unwillkürlich tastete Neve nach den Verletzungen in ihrem Gesicht, riss sich von dem Anblick los und lief wie der Mann zuvor um die Hütte herum. Hier war die Windseite, der Schnee lag bis auf die Fußspuren unberührt und reichte ihr bis zur Hüfte. Neve musste sich regelrecht vorwärts schieben. So kam sie zwar nur langsam voran, aber die Hütte in ihrem Rücken schützte sie vor neugierigen Blicken, sollte jemand aus Richtung Longtree kommen. Es war gar nicht so schwer, wenn sie sich immer nur auf den nächsten Schritt konzentrierte.

Allmählich entspannte sie sich, und nach einer Weile atmete sie tief und gleichmäßig. Die Luft roch nach frischem Schnee. Neve legte den Kopf in den Nacken, öffnete den Mund und spürte winzige Flocken auf der Zunge – hauchzarte, kühle Berührungen, die sofort verschwanden. Sie linderten die Panik, und wirklich kamen ihre Gedanken nach und nach zur Ruhe, obwohl immer wieder die Befürchtung aufflackerte, dass der Mann – oder schlimmer noch, Gideon – zurückkommen und sie finden konnte.

Einer plötzlichen Eingebung folgend beugte sie sich hinab, grub ihre Hände in den Schnee, riss sie wieder hoch und erzeugte eine weiße, glitzernde Wolke. Langsam sanken die Flocken zu Boden und hüllten sie ein. Neve fühlte sich wie in einer Glaskugel, aus deren Innerem betrachtet die Welt fremd und voller Magie war. Als sich die Sicht klärte, bemerkte Neve die Umrisse der Bäume. Sie hatte sich bisher keine Gedanken darüber gemacht, wohin sie eigentlich gehen wollte, doch dieses Ziel war so gut wie jedes andere auch. Mittlerweile ging ihr Atem schwerer, aber noch fühlte sich die Anstrengung gut an.

Wenn sie dem unversehrten Schnee glauben wollte, war vor ihr zumindest in den vergangenen Tagen niemand hier gewesen. Niemand hatte gesehen, was sie nun sah, den Himmel und die Bäume aus exakt dieser Perspektive. Die Minuten und auch die Aussicht gehörten einzig und allein ihr.

Die Angst war vergessen. Sie lächelte, dann lachte sie und wirbelte übermütig wie ein Kind eine zweite Ladung Schnee in die Luft. Als er sich senkte, bemerkte sie die Gestalt. Sie stand zwischen den Bäumen, die noch immer lediglich dunkle Schatten waren, und wirkte klein und irgendwie verloren. Die Stämme schienen sie zu erdrücken, ihr Kopf reichte nicht einmal bis zu den untersten Ästen. Neve war zunächst verwundert, dann erschrocken. Vielleicht spielten ihr die Schneeflocken einen Streich? Sie blinzelte einige Male, doch sie hatte sich nicht geirrt. Dort drüben stand ein Kind und starrte zu ihr herüber.

»Hey!« Sie winkte. Geschmolzene Flocken liefen ihre Haut hinab und versickerten in ihrem Pullover.

Die Gestalt bewegte sich zunächst nicht, dann hob sie langsam einen Arm und erwiderte die Geste.

»Warte, ich bin sofort bei dir!« War das Kind etwa allein unterwegs? Neve versuchte, schneller zu laufen und gleichzeitig die Gegend abzusuchen. Die Bäume standen weit auseinander, und es waren nicht viele, sodass sie das Terrain gut überblicken konnte. Aber da war sonst niemand. Das Kind musste sich verlaufen haben. Hoffentlich ging es ihm gut. Sie würde es mit zurück zur Hütte nehmen und von dort seine Eltern anrufen. Aber erst einmal musste sie das arme Ding beruhigen – es war sicher vollkommen verstört, so allein hier draußen im Schnee, der ihm bis zur Brust gehen musste.

Die kleine Gestalt verschwand hinter einem Baumstamm, und Neves Herz sackte ein Stück herab. »Hallo«, rief sie noch einmal, die Stimme heiser vor Aufregung. »Bleib an dem Baum stehen und warte auf mich! Ich bin gleich da!«

Ihre Oberschenkel protestierten. Sie wusste, dass es ein Fehler war, ihre gesamte Kraft und Energie zu verbrauchen, aber sie wollte das Kleine keine Sekunde länger als nötig allein lassen. Was, wenn es sich erschreckte, vor ihr flüchtete und sich verlief? Oder wenn es zu fasziniert war von der stillen, weißen Welt und nicht mitbekam, wie diese zum Abend hin immer düsterer wurde, bis es schließlich zu spät war, um den Weg nach Hause zu finden?

»Warte«, keuchte Neve. Sie sah den hüpfenden Kopf noch einmal, dann zog helles, glasklares Lachen durch die Luft. Völlig außer Atem erreichte sie endlich die Stelle, an der das Kind zuvor gestanden hatte, doch niemand war zu sehen. Lediglich Abdrücke im Schnee verrieten ihr, dass sie sich nicht getäuscht hatte.

Sie drehte sich einmal um sich selbst, doch in der weißen Landschaft gab es nichts, geschweige denn bewegte sich etwas. Selbst Lauris Hütte war hinter einem Hügel verschwunden. Ein ungutes Gefühl kribbelte Neves Wirbelsäule hinauf. Plötzlich merkte sie, dass sie mitten in einem Niemandsland stand, das erst im Frühjahr wieder lebendig werden würde.

Sie wollte schon rufen, als sie das Lachen noch einmal hörte. Es war sehr leise, wahrscheinlich war das Kind bereits viel zu weit von ihr weg. Ob es hier Spalten im Schnee oder zugefrorene Seen gab, in die es einbrechen konnte? Neve wurde übel. Es durfte nicht weiterlaufen!

»Bleib stehen«, schrie sie.

Etwas tanzte in ihrem Augenwinkel. Das Kind musste durch den Schnee rennen. Obwohl sich Neve darüber wunderte, machte sie sich vor allem Sorgen. Wenn es sich so verausgabte, hatte es bald keine Kraft mehr und würde rasch auskühlen. Wo kam es denn nur her? Die nächsten Hütten waren die von Longtree, und das lag in der anderen Richtung. Zudem war es kein Ort für Kinder, zumindest hatte sie keines gesehen und würde auch niemandem raten, seins mitzubringen. Laut Beschreibung und Aussagen des Resortwirts gab es – bis auf Lauris – keine weiteren Hütten in Laufweite.

Das Kind lachte erneut, die Töne schwebten durch die Winterluft wie eine zarte Melodie. Neve folgte ihnen, so schnell sie konnte, und war erleichtert, als sie auf frische Spuren stieß.

Die Landschaft wellte sich zaghaft, und eine Weile ging Neve einfach blind in der Hoffnung, noch immer in die richtige Richtung zu laufen. Hin und wieder glaubte sie, einen Schemen zu sehen, aber schon in der nächsten Sekunde war da nichts mehr. Der Schnee musste ihre Sinne verwirren. Abgesehen von den Bäumen gab es keinen Orientierungspunkt, und bald wusste Neve nicht mehr, wie lange sie bereits unterwegs war. Wenn sie ihrem Körper glaubte, hatte sie eine beachtliche Strecke zurückgelegt. Ihr Atem ging schwer, und sie schleppte sich nur weiter, indem sie an den nächsten Schritt dachte und an nichts anderes. Die Fußspuren des Kindes waren direkt vor ihr verschwunden, setzten aber in der Ferne wieder ein – zumindest vermutete sie das, denn so sehr sie sich bemühte, sie kam ihnen nicht näher.

Sie blieb stehen, lockerte ihre verkrampften Muskeln und sah sich unsicher um. Sollte sie noch weiter gehen? Viel Hoffnung hatte sie nicht mehr, das Kind einzuholen. Im schlimmsten Fall fand sie nicht mehr zur Hütte zurück, und damit war weder ihr noch dem Kleinen geholfen. Es war sinnvoller, jemanden zu informieren, der sich hier draußen auskannte und das Gelände besser absuchen konnte – die Polizei oder ein Ranger.

Damit stand ihr Entschluss fest, obwohl sie sich nicht wohl dabei fühlte. Sie wollte gerade umkehren, als die Gestalt vor dem weißen Hintergrund auftauchte. Neve wagte nicht, sich zu bewegen – falls das Kind die ganze Zeit vor ihr weglief, weil es Angst hatte, musste sie nun sehr vorsichtig sein. Allerdings sah es ganz so aus, als würde es sie direkt anblicken oder sogar auf sie warten. Spielte es etwa nur ein Spiel mit ihr?

Moment mal.

Neve blinzelte. Sie hatte sich geirrt. Das dort war gar kein Kind, dafür war die Gestalt zu groß, wenn auch schlank. Vermutlich handelte es sich um eine junge Frau oder ein Mädchen.

»Hallo!« Sie winkte mit beiden Armen. »Ist alles in Ordnung?«

Zunächst reagierte die Frau nicht, doch dann winkte sie zurück. Neve schirmte ihre Augen mit einer Hand ab, es war einfach zu hell, um zu lange auf eine Stelle zu starren. Die Frau winkte noch einmal – beinahe, als wollte sie, dass sie ihr folgte.

Neve stöhnte auf. Sie musste sich irren, die Anstrengung sowie das Leuchten des Schnees spielten ihr sicher einen Streich. Aber immerhin gab es jetzt keinen Grund mehr weiterzugehen, und sie musste auch kein schlechtes Gewissen haben, wenn sie umkehrte. Dieser Frau ging es gut, wahrscheinlich war sie lediglich verwundert darüber, dass Neve ihr so penetrant folgte, und hielt sie für eine Stalkerin.

Sie hob die Hand ein weiteres Mal zum Gruß, drehte sich um und betrachtete die Schneise, die sie in den Schnee gepflügt hatte. Das konnte ja heiter werden. Sie war bereits jetzt müde und hätte am liebsten die Beine hochgelegt. Ganz zu schweigen davon, dass sie vorhin recht kopflos aus der Hütte gestürzt war und erst jetzt bemerkte, dass sie nicht wusste, wo sie hinsollte. Wenn Longtree nicht infrage kam, blieb ihr nur der Weg zum Bus, und der führte nun mal durch das Resort. Es gab nur die Möglichkeit, einen Weg drumherum zu suchen und zu hoffen, dass sie trotz allem Gideon nicht in die Arme lief.

Der Plan war besser als keiner, also machte sich Neve auf den Weg. Sie war nur wenige Schritte weit gekommen, als sie das Kinderlachen hörte. Es war so hell wie der Schnee und nicht minder unschuldig, und es klang beinahe …

Verzweifelt. Kein Lachen. Neve erstarrte, und schlagartig wurde ihr bewusst, wie kalt es hier draußen war. Beinahe hätte sie einen schlimmen Fehler begangen und sich von der Entfernung und ganz sicher auch ihrem Wunschdenken täuschen lassen. Dort vor ihr, ganz allein, war keine Frau unterwegs, sondern wirklich ein Kind, und es hatte nicht gelacht, kein einziges Mal, seit sie es zum ersten Mal gesehen hatte.

Es weinte.

Schnee wirbelte auf und legte sich auf Neves Haare und ihr Gesicht, kroch in ihre Nase und durchnässte ihre Wimpern, doch sie blinzelte ihn energisch weg, bis sie nicht mehr wusste, ob sie selbst weinte. Sie wünschte Lauri an ihre Seite. Selbst wenn er nicht mehr tun konnte als sie, so würde seine Ruhe auf sie abfärben.

»Ich bin gleich bei dir«, rief sie. »Bitte lauf nicht weg! Ich tue dir nichts!«

Sie kämpfte sich blind weiter, folgte dem Weinen, das verstummte und immer dann wieder zu hören war, wenn sie glaubte, das Kind verloren zu haben. Sie stolperte, sackte in die Knie und traf auf etwas Hartes. Felsen unter dem Schnee. Mit zusammengebissenen Zähnen wartete sie, bis der schlimmste Schmerz nachließ, und quälte sich weiter. Sie rappelte sich gerade zum dritten Mal auf, als sie merkte, nicht mehr allein zu sein.

Die Gestalt stand in einiger Entfernung vor ihr. Es war eindeutig eine Frau, ihr langes Haar reichte ihr beinahe bis zur Taille. Selbst über die Distanz konnte Neve sie lächeln sehen. Dann hob sie eine Hand, winkte, machte einen Schritt zur Seite … und verschwand.

Der Wind flaute ab, die Stille dröhnte in den Ohren. Da war kein Weinen mehr und kein Lachen, und auf einmal wusste Neve, dass dort niemals ein Kind gewesen war. Eine seltsame Unruhe befiel sie, und sie konnte gar nicht anders, als weiterzugehen, direkt auf die Stelle zu, an der die Frau gestanden hatte. Plötzlich war ihr klar, warum sie hier war. Wer auf sie wartete. Trotz allem war sie froh, froh und aufgeregt zugleich, und obwohl sie es nicht wahrhaben wollte, hatte sie Angst.

Schlagartig kehrten die Bilder in ihren Kopf zurück, die sie beinahe vergessen hatte: ihre Wanderung durch die Nacht, der Gesang, die Höhle und die Frau in Weiß und Silber. Das Gefühl, nach Hause zu kommen.

Es war kein Traum gewesen. Sie hatte diese Höhle wirklich gesehen und mit der Frau geredet, die so wunderschön gewesen war, dass sich Neve bei der bloßen Erinnerung für ihre eigene jämmerliche Erscheinung schämte. Die schöne Fremde hatte sie Kind der Raunächte genannt.

Neve lächelte mit vor Aufregung zitternden Lippen. Unwillkürlich lauschte sie auf den Gesang der Frau mit dem weißen Haar, doch sie hörte nichts. Die gesamte Situation kam ihr surreal vor, aber andererseits war alles so, wie es sein sollte. Sie sollte hier sein, es war die natürlichste Sache der Welt.

Das letzte Stück des Weges war nur ein Spaziergang im Vergleich zu dem davor, trotzdem – oder gerade deshalb? – fiel es ihr unsagbar schwer. Sie sehnte sich so sehr nach Antworten, aber ein dünnes Stimmchen tief in ihr raunte ihr Zweifel zu, denen sie nicht lauschen wollte, die sie aber auch nicht ignorieren konnte. Was, wenn ihr diese Antworten nicht gefielen? Wenn sie ihr Dinge aufzeigten, die sie insgeheim wusste, aber nicht wahrhaben wollte?

Am liebsten hätte sie sich selbst geohrfeigt. Hier war kein Platz für Enttäuschungen, alles fühlte sich so friedlich an. Der Mann, der an der Hütte herumgeschnüffelt hatte, konnte sie ebenso wenig finden wie Gideon. Dies war ihr Zuhause, ihre Welt, und wer keinen Platz in ihr hatte, war keine Gefahr.

Du gehörst zu mir, Kind der Raunächte.

Die Müdigkeit war wie von Zauberhand aus ihren Knochen verschwunden. Als sie die Stelle erreichte, an der die Frau zuvor gestanden hatte, fand sie einen Durchgang zwischen den Felsen, dahinter führte ein schmaler Weg ins Nichts. Ohne zu zögern, trat Neve durch den Stein und tauchte in eine Schwärze ein, die sie nach wenigen Schritten vollkommen umhüllte. Das Gelände fiel ab. Mit Händen und Füßen tastete sich Neve vorwärts, bis sie einen hellen Schimmer sah. Die Luft wurde wärmer, und der Geruch nach Moder und Nässe verschwand. Der Boden stieg wieder an, wenn auch nur leicht, der Weg verbreiterte sich und lief schließlich großflächig aus, während sich der Stein an den Seiten nach oben reckte, bis er einen Baldachin bildete, der sich irgendwann über ihr schloss und den Himmel aussperrte. Das Licht wurde heller und begann zu funkeln, als sich Blau unter das Silber mischte.

Sie hatte die Höhle erreicht. Wärme legte sich auf ihre Wangen, und sie musste sich nicht umsehen, um zu wissen, dass dies der Ort war, den sie schon einmal hatte besuchen dürfen. Es machte sie glücklich und traurig zugleich.

Konnte man das überhaupt sein, glücklich und traurig zugleich? War es normal, dass ihr Herz vor Freude pochte, ihr Blick sich aber gleichzeitig vor Tränen verschleierte?

Mit den Fingerspitzen berührte sie die Steinwand: Sie war trocken und warm. Das Silber sprang auf ihre Haut über, flirrte einen Atemzug lang auf, verblasste und verschwand. Neve rieb ihre Fingerspitzen aneinander, und da spürte sie, dass sie nicht allein war. Ihr Herz schlug einen Salto. Sie lauschte einen Moment lang, dann nahm sie all ihren Mut zusammen.

»Wer bist du?«, fragte sie leise und wagte nicht, sich umzudrehen.

Die Frau hinter ihr lachte vergnügt auf. »Ist das wichtig, Neve?«

Neve steckte ihre Hände in die Hosentaschen, zog sie wieder hervor und wusste nicht, wohin mit ihnen. »Ja«, antwortete sie nach kurzem Zögern. »Ja, ich glaube schon.«

Zunächst erhielt sie keine Antwort und fragte sich nervös, ob sie einen Fehler gemacht hatte. Sie würde nicht ertragen, die Höhle verlassen zu müssen, nicht jetzt. Selbst wenn sie nicht für immer bleiben durfte, so wäre es schön, sich eine Weile auszuruhen. Hier konnte sie tiefer durchatmen als jemals zuvor.

Etwas löste sich von ihren Schultern, das sie erst jetzt bemerkte. Etwas Dunkles, Schweres.

»Es ist deine Angst«, hauchte die Frau in ihr Ohr. Silberhaar fiel auf ihren Handrücken. Es kitzelte.

Neve wandte den Kopf und sah in nachthimmelblaue Augen. Sie waren von langen Wimpern umkränzt, die hell waren, sodass sie ebenso leuchteten wie die Wände der Höhle. Wie bei ihrer ersten Begegnung war Neve gebannt von der Schönheit der Frau mit ihrer schneeweißen Haut, den majestätischen Zügen und dem langen Haar, das sich bis zu ihrer Taille ringelte. Sie trug das schillernde Kleid und den pelzbesetzten Wintermantel. Kleine Eiskristalle funkelten darin, als wollten sie seine Reinheit betonen, doch gegen die Schönheit der Frau kamen selbst sie nicht an.

»Wenn du den Ort findest, an den du gehörst, wächst der letzte Teil deines Wesens endlich zu seiner vollen Größe heran«, sagte die Fremde. »Es ist, als ob du ein Bild vervollständigst und feststellst, dass das Motiv faszinierender ist, als du dir jemals vorgestellt hast. Sobald das geschieht, ist kein Platz mehr für Angst oder Zweifel. Selbst die Sehnsucht schwindet, denn sie diente einzig und allein deiner Suche, meine Kleine. Und die ist nun vorbei.« Kühle Finger strichen über ihr Gesicht.

Neve erschauerte und ließ die Worte in ihrem Kopf nachklingen. Noch immer verstand sie nicht. Wie konnte sie hierhergehören, an diesen Ort?

»Wer bist du?«, flüsterte sie noch einmal, senkte den Kopf und ließ ihr Haar vor ihr Gesicht fallen, da sie sich für ihre Hartnäckigkeit schämte.

Die Frau berührte es und ging zur Mitte der Höhle. Mit

einem feinen Sirren lösten sich bei jedem Schritt Eiskristalle aus ihrem Mantel und sanken zu Boden. Sie schmolzen nicht, sondern fügten sich nahtlos in den schimmernden Teppich ein. Der Stoff streifte als Schleppe über den Stein, doch im Gegensatz zu den Eisstücken verursachte er kein Geräusch.

»Ich höre diese Frage sehr oft«, sagte die Frau. »Und immer stelle ich ebenfalls eine: Möchtest du das wirklich wissen? Denn die Antwort wird dir auch verraten, wo du stehst.« Langsam drehte sie sich um.

Neve versuchte zu begreifen. Ein Kribbeln zog sich an ihren Waden empor und raunte ihr zu, besser einfach die Augen zu schließen und zu schweigen. Neugier war schon oft das Ende von allem gewesen, und wenn sie eines nicht wollte, dann war es, die Büchse der Pandora zu öffnen. Sie wollte diese Antwort nicht, brauchte sie nicht, denn sie vertraute der Frau voll und ganz. Hier war sie willkommen, hier durfte sie sein, wer sie war. Hier wurde sie geliebt.

Verwirrt schüttelte sie den Kopf. Das waren nicht ihre Gedanken. Sie würde sich niemals anmaßen zu glauben, dass jemand wie diese Frau jemanden wie sie lieben konnte. Zwischen ihnen lagen Welten.

Dann nickte sie. Es fühlte sich falsch und steif und wie ein Wagnis an.

Die Frau streckte ihr eine Hand entgegen. Neve zögerte, doch dann griff sie nach den eleganten Fingern und ließ sich vorwärtsziehen. Zusammen gingen sie weiter in die Höhle hinein, und Neve wurde nicht müde, das Glitzern von Blau und Silber zu bestaunen. So oft sie sich auch umsah, stets entdeckte sie etwas Neues, obwohl sie nicht einmal sagen konnte, was es war. Der Wunsch, endlich mehr zu erfahren, brannte ihr unter den Nägeln, aber trotzdem hätte sie ewig so weiterlaufen können.

Etwas durchbrach die Ruhe und spiegelte den Glanz der Höhle. Es war ein Teich, kreisrund und so groß, dass Neve selbst mit Anlauf nicht hätte darüber springen können. Er wurde von einer dicken Eisschicht bedeckt, doch man konnte hindurch und weit in die Tiefe blicken. Selbst da glänzte es, und es kam Neve vor, als würden sich dort Funken bewegen. Fasziniert trat sie näher heran, bis ihre Schuhspitzen fast die glänzende Oberfläche berührten. Ihr wurde schwindelig, als sie versuchte, auf den Grund zu blicken, und sie schluckte mehrmals. Aus unerfindlichen Gründen machte dieser Teich ihr Angst.

Die Frau lächelte dagegen zufrieden, als sie ihn betrachtete, wandte sich Neve zu, ohne ihre Hand loszulassen, und griff nach der anderen. Neve entspannte sich wieder. Wieder fiel ihr auf, wie tief diese wunderschönen Augen waren. So tief wie der Teich, nur nicht so kalt und unheimlich.

»Mein Frostmädchen«, sagte die Frau und pflückte etwas von Neves Wange. Eine Haarsträhne vielleicht oder auch eine Schneeflocke, die hier unten einfach nicht schmelzen wollte. Neve war es gleich, sie war zu glücklich über die Wärme, die von ihrer Haut – dort, wo die Frau sie berührte – direkt in ihr Herz floss.

Die schlanken Finger umfassten ihre so fest, als wollten sie nicht nur berühren, sondern auch stützen. »Du erinnerst dich an die Nacht, als du in den Schnee gelaufen bist?« Die Frau sah bezeichnend auf eine Stelle neben Neves Auge, und Neve begriff, dass sie zuvor die blauen Flecken dort berührt hatte.

An die hatte sie überhaupt nicht mehr gedacht. Abgesehen davon – woher wusste die Frau davon?

Sie wollte etwas sagen, aber die Frau kam ihr zuvor. »Du bist bis zu den Bäumen gegangen und dort zusammengebrochen. Du hast lange im Schnee gelegen, kleine Neve, und du bist so schmal. So zart.« Die Worte klangen liebevoll, doch das war nicht alles. Etwas anderes schwang in ihnen mit, eine dunkle Wolke zwischen den Silben.

Langsam zog Neve die Hände zurück. »Ich ... wer hat dir davon erzählt?« Die Worte fühlten sich fremd auf ihren Lippen an.

Die Frau hob ihre Augenbrauen. »Niemand und alles erzählt mir, was in den Nächten der Zeit vor sich geht, die etwas ganz Besonderes ist. Für uns beide.« Sie trat einen winzigen Schritt näher und legte eine Hand dicht unter Neves Brustbein. »Du hast in dieser Nacht im Schnee nicht geträumt, Liebes, und du bist auch nicht ohnmächtig geworden.«

Stumm starrte Neve die Frau an. Sie konnte sich nicht bewegen, und – was noch viel schlimmer war – sie konnte das Gehörte nicht mehr ignorieren oder gar vergessen. Stück für Stück sickerte die Erkenntnis in ihr Bewusstsein, unwiderruflich wie die Körner einer Sanduhr, und sie brachte Panik mit sich. Neve wollte die Hände gegen die Schläfen pressen und schreien, aber sie fand nicht die Kraft dazu.

Die Kälte der Nacht, nachdem sie aus Longtree geflüchtet war. Das unkontrollierte Zittern ihres Körpers und der Schmerz in ihren Füßen und Händen, der irgendwann einer gnädigen Taubheit gewichen war.

Seitdem hatte sie die Kälte nicht mehr gespürt. Mehr noch, sie empfand die Wintertemperaturen als angenehm und mied alles, was Wärme ausstrahlte, wie das Feuer im Kamin oder den Tee, den Lauri ihr hatte einflößen wollen, nachdem sie auf seinem Sofa aufgewacht war.

»Ich …« Ihre Stimme gehorchte ihr kaum, und sie versuchte es erneut. »Wenn ich nicht ohnmächtig geworden bin, was …?«

Die Frau neigte den Kopf. In den tiefblauen Seen ihrer Pupillen entdeckte Neve einen Silberfunken, der sie wieder an den zugefrorenen Teich denken ließ. Auch er machte ihr Angst.

»Du bist gestorben«, wisperte die Frau in ihr Ohr. »Du bist ein Kind der Raunächte, und damit bist du mein Kind.«

8

Sie war verschwunden. Lauri wusste es, kaum dass er die Tür aufgerissen und noch ehe er ihren Namen gerufen hatte. Die Hütte war verlassen. Es war jene Leere, die man unbewusst spürte und die eine Kälte mit sich brachte, gegen die das Feuer des Kamins nicht ankam. Dieses Gefühl konnte niemand richtig erklären. Vielleicht gehörte es zu den Fähigkeiten, über die Menschen vor mehreren Hundert oder Tausend Jahren verfügt und die sie im Laufe der Zeit vergessen hatten.

Obwohl er es besser wusste, stürmte Lauri die Treppe hinauf, nur um ein leeres Schlafzimmer vorzufinden. Er sah im Bad nach und riss sogar die Tür zu der kleinen Kammer auf, in der die Pecks Vorräte und Putzutensilien lagerten. Nichts. Neve war gegangen, und dieses Mal hatte sie Jacke und Schuhe mitgenommen. Fieberhaft grübelte Lauri, ob das nun ein gutes oder schlechtes Zeichen war. Immerhin deutete es darauf hin, dass sie nicht wieder schlafwandelte. Oder hatte es nichts zu bedeuten? Was, wenn sie im Schlaf automatisch nach ihren Sachen gegriffen hatte, so wie sie eine Tür öffnen konnte, ohne aufzuwachen? Verdammt, er wusste zu wenig über solche Dinge und hätte sofort einen Arzt rufen sollen, als das Telefon wieder funktionierte. Er hätte Neve zudem eine Notiz hinlegen sollen mit der Bitte, auf ihn zu warten. Hätte. Nun war es zu spät.

Er hatte den niedergetrampelten Schnee am Eingang gesehen sowie Fußspuren, die einmal rund um das Haus führten. Sie gehörten Matt Grimes, da war er sicher. Zum Glück waren Tür und Schloss unbeschädigt, ebenso die Fenster. Was auch immer geschehen war, niemand hatte sich gewaltsam Zutritt verschafft. Nein, Neve hatte die Hütte freiwillig verlassen. Er hoffte nur, dass sie Grimes nicht in die Arme gelaufen war.

Nachdenklich spielte er mit dem Reißverschluss seiner Jacke. Vielleicht hatte Neve es mit der Angst zu tun bekommen und war losgezogen, um ihn zu suchen, nachdem der Kerl mit dem Gewehr wieder verschwunden war. Oder aber sie war bereits vorher zu einem Spaziergang aufgebrochen. So oder so, er hoffte inständig, dass es ihr gut ging. Wenn er sichergehen wollte, blieb ihm keine Wahl: Er musste noch einmal losziehen, um sie zu suchen, und würde sie hoffentlich zum dritten Mal zurückbringen. Wenn er sich nicht so sehr um sie sorgen würde, wäre die Situation fast schon komisch.

Lauri fluchte vor sich hin, während er die Treppe noch einmal hochrannte, hastig in eine trockene Jeans und sein Paar Ersatzschuhe schlüpfte und anschließend im Erdgeschoss einen Notizblock samt Stift aus einer Küchenschublade zog. Er schrieb Neve, dass er unterwegs war, um nach ihr Ausschau zu halten, und platzierte die Nachricht gut sichtbar auf dem Tisch. Dann versuchte er herauszufinden, wie viele Fußspuren von der Hütte in Richtung Longtree führten. Es war nicht leicht. Ausnahmsweise hatte es den ganzen Tag noch nicht geschneit, und so vermischten sich Grimes' Fußabdrücke gerade auf dem ersten Stück Weg mit Lauris eigenen. Er musste der Schneise eine ganze Weile folgen, bis sich die Spuren auffächerten und schließlich nur eine abzweigte, deren Abdrücke größer waren als die anderen. Lauri atmete auf. Es sah nicht danach aus, als hätte Grimes Neve gefunden, es sei denn, er hatte sie über die Schulter geworfen und zum Resort zurückgeschleppt. Das war schon einmal gut, trotzdem brachte es ihm an dieser Stelle nichts. Er drehte um, ging zurück zur Hütte und suchte von dort aus weiter. Die Richtung, aus der er vorhin gekommen war, schloss er aus, da er Neve bemerkt hätte, oder auch jeden anderen in der Nähe.

Grimes' Spuren führten einmal um das Haus herum – der neugierige Kerl musste in jedes Fenster gestarrt haben. Am liebsten hätte Lauri ihn mit dem Gesicht tief in den Schnee gedrückt, bis seine Nase so durchgefroren war, dass er sie nicht mehr in fremde Angelegenheiten stecken konnte. Leider blieb es bei dem Wunsch, dafür fand er etwas anderes, das ihm weit mehr bedeutete: Neves Spuren. Es mussten ihre sein, denn sie waren schmal und höchstens halb so groß wie alle anderen. Sie führten von der Rückseite der Hütte weg.

Verwirrt blieb Lauri stehen und ließ den Blick so langsam über den Horizont schweifen, dass die Helligkeit in seinen Augen brannte. Was wollte sie denn nur in dieser Richtung? Dort gab es nichts außer Wildnis, zudem hatte der Wind die Schneedecke hier noch höher aufgetürmt. Lief man lange genug, würde man sicher auf ein Stück Zivilisation stoßen, doch dazu brauchte man Geduld und eine gute Kondition, um an die zehn Meilen zurückzulegen. Mindestens. Bei den Witterungsverhältnissen würde das verdammt lange dauern.

»Was hast du nur vor«, murmelte Lauri und folgte den dunklen Abdrücken im Schnee, ohne weiter darüber nachzudenken. Entweder hatte Neve Grimes bemerkt und er hatte ihr einen solchen Schock versetzt, dass sie ohne zu überlegen in diese Richtung geflohen war – oder sie schlafwandelte wirklich. Mehr Möglichkeiten fielen ihm nicht ein.

Er biss die Zähne zusammen, als sich ihre Spuren nach kurzer Zeit in einen breiten Pfad verwandelten. Der Schnee musste ihr bis zur Hüfte gereicht haben, und er konnte nur erahnen, wie viel Kraft es sie gekostet haben musste, ihn beiseite zu schieben. Konnte er das als Zeichen werten, dass sie nicht schlief, sondern wusste, was sie tat? Es war nur ein winziger Hoffnungsfunken, doch er genügte. Vorerst.

Durch den Trampelpfad kam er gut voran, dennoch wurde er unruhig, als er nach einer halben Stunde auf die Uhr sah. Es würde nicht mehr allzu lange hell sein, und wenn er Neve finden und sie rechtzeitig zurückbringen wollte, durfte er nicht mehr viel Zeit verlieren. Sein Herz machte einen Sprung, als er in einiger Entfernung einen Schatten ausmachte, wurde jedoch sofort wieder schwer. Es waren nur Bäume. Neves Spuren hielten direkt auf sie zu. Womöglich hatte sie Schutz gesucht oder sich ausruhen wollen.

Die Abdrücke führten zwischen den Stämmen hindurch, aber dann ... Lauri blieb erstaunt stehen: Neve war nicht mehr geradeaus gelaufen, sondern in einer Art Zickzack-Kurs. Warum? Es sah aus, als hätte sie etwas gesucht – oder war in Panik geraten und vor jemandem geflüchtet. Aber weit und breit gab es keine Spuren außer ihren.

Er blieb stehen und drehte sich einmal um sich selbst. Mittlerweile wurde es zaghaft dunkler. Die Dämmerung setzte ein, die Schneedecke war von einem bläulichen Schimmer überzogen, und die Landschaft schien, sofern überhaupt möglich, ruhiger als zuvor. Es gab keine harten Kanten mehr, da alle Konturen ineinanderflossen. Der Anblick riss Lauri in seinen

Bann, und er stand reglos, bis die Temperaturen ihn erneut antrieben. Mit dem abnehmenden Licht wurde es kälter, die Fingerspitzen kribbelten selbst in den Thermohandschuhen unangenehm. Lauri bewegte seine Arme und Finger, um die Blutzirkulation anzuregen, und lief energisch weiter. Es war zwar nicht gut, wenn er schwitzte, da er umso schneller wieder auskühlen würde, aber damit musste er nun leben.

Das Geräusch hinter ihm war leise, aber er bemerkte es sofort und wirbelte herum. Zunächst entdeckte er nichts, doch dann glaubte er, eine Bewegung ganz in der Nähe der Baumgruppe auszumachen.

»Neve?«

Nichts tat sich, niemand antwortete. Lauri meinte bereits, sich den Schemen nur eingebildet zu haben, sah ihn aber kurz darauf wieder. Er löste sich aus den Schatten der Bäume und kam auf ihn zu. Erleichtert atmete Lauri aus. Endlich hatte er sie gefunden! Er winkte, hielt dann aber inne und ließ den Arm sinken. Das war ganz sicher nicht Neve, wenn es überhaupt ein Mensch war. Das dort war gedrungen, viel zu klein und lief auf eine Art, die Lauri ganz und gar nicht gefiel.

Endlich begriff er seinen Irrtum. Diese Gestalt bewegte sich vollkommen natürlich – für ihre Verhältnisse. Der Fehler lag bei ihm. Er hatte einen Menschen erwartet. Erstaunen verwandelte sich in Bestürzung, dann gesellte sich Erschrecken dazu, als Lauri eine weitere Bewegung bemerkte, und dann noch eine. Sie kamen hinter den Bäumen hervor und folgten der ersten Silhouette, wobei sie Abstand zueinander hielten, so als wollten sie möglichst viel Terrain abdecken und ihm die Möglichkeit zur Flucht nehmen.

Lauri schluckte hart. Er setzte einen Schritt zurück und

überlegte fieberhaft, ob er rennen sollte oder ob gerade das der größte Fehler seines Lebens wäre. Das vor ihm waren Tiere, und zwar ein ganzes Rudel. Er zählte acht.

Wölfe.

Ihm wurde eiskalt, obwohl ihm der Schweiß ausbrach und innerhalb weniger Sekunden die Klamotten an seine Haut klebte. Er hatte gehört, dass ein Stück nördlich von hier hin und wieder einzelne Wölfe gesichtet wurden, doch sie galten als scheu und suchten das Weite, sobald sie auf einen Menschen trafen. An Longtree trauten sie sich nicht heran, und auch Ben war noch niemals welchen begegnet. Erst recht nicht einem ganzen Rudel.

O Gott, Neve.

Die Tiere hatten ihr Tempo verringert, die hinteren bewegten sich zur Seite statt nach vorn, aber das machte das Ganze noch schlimmer. Lauri war kein Experte, aber er ahnte, was es bedeutete. Sie jagten, und zwar ihn. Während er Schritt für Schritt zurücksetzte, rasten seine Gedanken. Hier gab es nichts, auf das er klettern konnte, und er wusste nicht, was sich hinter ihm befand. In all den Jahren, in denen er herkam, hatte er sich niemals dafür interessiert, wie das Terrain jenseits der Hütte aussah. Er konnte das Risiko eingehen und losrennen, aber womöglich sahen die Biester das als Startschuss, holten ihn ein und ... ja, und dann? Verdammt, was sollte er nur tun? Bei einem Tier hätte er sich zugetraut, es mit Lärm zu verscheuchen, doch bei einem ganzen Rudel wagte er nicht einmal lauter zu atmen oder eine abrupte Bewegung zu machen.

Wie in Zeitlupe wandte er den Kopf und hoffte auf ein Wunder. Jetzt hätte er Matt Grimes mit seinem Gewehr gut gebrauchen können.

Ein zweiter Wolf hatte zu dem Tier an der Spitze aufgeschlossen, senkte seinen Kopf und knurrte. Das Geräusch trieb einen heißen Schwall Panik unter Lauris Haut – dieses Geräusch hatte er vorhin gehört! Es war eine unmissverständliche Warnung, vielleicht auch ein Befehl an die anderen. Er blieb stehen. Seine Beine zitterten, und obwohl er es nicht wollte, konnte er nicht anders, als das Tier genauer zu betrachten. Es besaß einen großen, breiten Kopf und kurze Ohren. Das dunkle Fell ließ es aggressiver aussehen, als es sich ohnehin gab. Der Wolf neben ihm war heller und kleiner, hatte aber dieselbe Körperhaltung eingenommen. Keine Warnung mehr, sondern ein Versprechen. Lauri war die Beute, und er hatte keine Chance.

Das durfte nicht sein. Er war nicht hergefahren, um von Wölfen zerfleischt zu werden – er war erst dreiundzwanzig! Das war nicht fair. Aber was war schon fair? Und was war mit Neve?

Etwas bewegte sich rechts von Lauri. Voller Hoffnung sah er langsam zur Seite. Trotzdem fuhr er zusammen, als er das Tier bemerkte, das sich fast schon hinter ihm befand. Wie war es dort hingekommen?

Die Erkenntnis sickerte ebenso schnell wie grausam durch: Sie kreisten ihn ein.

Er musste sich schleunigst etwas einfallen lassen und durfte ihnen nicht bei der Jagd zusehen, sonst würde er wie ein Kaninchen hier stehen, bis sie letztlich angriffen. Lauris Nacken schmerzte vor Protest, als er den Kopf senkte und auf seine Füße starrte. Die Panik kreischte ihm zu, sofort wieder hochzuschauen und den Gegner nicht aus den Augen zu lassen, doch er konzentrierte sich auf seine Schuhe. Es war ein grausames Gefühl zu wissen, dass er jeden Augenblick die Tiere in seinem Rücken hören könnte, hechelnd, knurrend, geifernd. Nur die Schuhe. Und der Schnee.

Es funktionierte, seine Gedanken klärten sich, und er ging alle Möglichkeiten durch, die ihm blieben. Er könnte versuchen, die Baumgruppe zu erreichen, doch dafür musste er mitten durch die Tiere hindurch. Das würde selbst ein trainierter Sprinter nicht schaffen. Oder er konnte sich umdrehen und in Neves Spur weiter Richtung Osten rennen. Falls es aber dort nichts gab, brachte es ihm lediglich zusätzliche Sekunden, bis die Wölfe ihn einholen würden. Als letzte Möglichkeit bot sich das Terrain zu seiner Linken.

Lauri schielte zur Seite. Wenn er sich nicht irrte, fiel der Boden dort ab, zumindest sah es von hier so aus. Zwar würde er mühsamer vorankommen als in der Schneise, die von Neve stammte, aber dort standen immerhin keine Wölfe, sodass er nicht wie ein Lebensmüder direkt auf Krallen und Reißzähne zurannte. Womöglich ließen die Tiere ihn sogar ziehen, wenn er keine abrupten Bewegungen machte?

Lauris Nerven waren zum Zerreißen gespannt, als er den linken Fuß hob und zur Seite trat.

Knurren vernichtete die Stille und wurde aus einer anderen Richtung beantwortet. Die Geräusche vermischten sich zu einer einzigen mächtigen Drohung. Lauri hob den Kopf und sah gerade eben noch, wie das dunkle Tier vorwärts schoss. Obwohl alles so schnell ging, nahm er Einzelheiten erschreckend deutlich wahr: Das Fell im Nacken des Wolfs war gesträubt und der Nasenrücken so stark gekräuselt, dass die Zähne riesengroß wirkten. Gelbe Augen blitzten. Das zweite Tier schloss auf, dann folgten die anderen.

Damit blieb ihm nur eine Möglichkeit.

Lauri spürte, wie sich sein Mageninhalt anschickte, die Speiseröhre hinaufzukriechen. Noch nie zuvor in seinem Leben hatte er so viel Angst gehabt, und noch nie zuvor hatten seine Chancen so schlecht gestanden wie jetzt.

Er warf sich herum und rannte los. Ein greller Ton zog durch seinen Kopf und setzte sich in den Ohren fest. Trotzdem glaubte er, hinter sich Pfoten im Schnee zu hören. Die Wölfe knurrten nicht mehr, doch gerade diese Stille machte alles umso grausamer.

Lauris Beine brannten, als würde nicht nur Blut, sondern auch Säure durch seine Adern tosen. Aus dem Augenwinkel sah er einen Schatten hinter sich. Viel zu dicht. Er würde es nicht schaffen. Wider besseres Wissen verschwendete er wertvolle Sekunden damit, sich im Lauf umzudrehen.

Der Wolf mit dem schwarzen Rücken hatte ihn beinahe erreicht. Seine Augen verwandelten ihn in einen Dämon, der nicht nur hinter seinem Fleisch, sondern auch seiner Seele her war.

Dann brach der Boden unter Lauri weg. Seine Füße stießen durch ein dünnes, trügerisches Schneebrett, und er sackte nach unten. Ihm blieb nicht mal Zeit zu schreien, als er schon auf hartem Fels aufschlug – und rutschte. Noch während er begriff, wie abschüssig der Untergrund war, fiel er weiter. Verzweifelt versuchte er, sich festzuhalten, doch der allgegenwärtige Schnee machte jeden Versuch zunichte. Er war überall, unter Lauri, neben ihm und selbst in der Luft über ihm, in seiner Kleidung, seinen Haaren und in seinem Mund. Er spuckte aus, presste Augen und Lippen zusammen und versuchte, sich einzurollen und seinen Kopf mit den Händen zu schützen.

Der nächste Aufprall ließ nicht lange auf sich warten. Lauri nahm den Untergrund in letzter Sekunde wahr, zu spät, um sich zu wappnen. Mit zu hoher Geschwindigkeit schlug er mit einer Schulter gegen den Felsen. Kleine Sterne explodierten vor seinen Augen. Der Schmerz riss ihm die Luft aus den Lungen und lähmte ihn einen furchtbaren Moment lang.

Doch er fiel nicht mehr.

Mit zusammengebissenen Zähnen lauschte er seinem Atem, da es das Einzige war, was ihn von dem Reißen in seinen Gliedmaßen ablenkte. Das Bild der Wolfsaugen tanzte in seinem Kopf, aber er fand nicht die Kraft, um die Lider zu heben. Als das Pochen in Schulter und Arm abebbte und die Übelkeit nachließ, wagte Lauri aufzublicken.

Er lag irgendwo im Nichts, seine Beine baumelten in der Luft. Seine Hoffnungen hatten sich auf perfide Weise bestätigt – bei dem abschüssigen Gelände, das er von oben bemerkt hatte, hatte es sich wirklich um eine Senke gehandelt, die vom Schnee gut getarnt gewesen war. Er lag direkt neben einem Abgrund, konnte aber nicht sehen, wie breit und vor allem tief er war. Wenn die Wölfe ihm nicht gefolgt waren, lag nun ausreichend Abstand zwischen ihnen und ihm.

Lauri bewegte sich vorsichtig, um den Schnee nicht ins Rutschen zu bringen und weiter zu fallen. Sein Nacken schmerzte, aber alles funktionierte so, wie es sollte. Er konnte die Bruchkante über sich erkennen, mehrere Fuß entfernt. Die Wölfe waren verschwunden, zumindest konnte er sie weder sehen noch hören. Sie waren wohl schlau genug gewesen, ihm nicht zu folgen.

Er brauchte lange, um sich auf den Rücken zu drehen und vorsichtig aufzusetzen. Innerlich dankte er dem Schicksal, dass es seine aberwitzigen Hoffnungen wirklich in eine Chance verwandelt hatte, überlegte und dankte ihm sicherheitshalber ein zweites Mal. Er könnte nun ebenso mit gebrochenen Knochen oder eingeschlagenem Schädel weiter unten liegen. Dieser Fels, der ihm fast die Schulter ausgerenkt hatte, entpuppte sich als sein Schutzengel. Das war ziemlich viel Glück im Unglück.

Allmählich beruhigte sich sein Atem, lediglich das Adrenalin tobte weiter durch seine Adern. Stumm zählte er bis drei und beugte sich vor, um einen Blick nach unten zu werfen. Augenblicklich lösten sich unter seinen Füßen weitere Schneebrocken. Lauri fluchte, lehnte sich zurück und spürte erleichtert die Stabilität der Felswand, die hinter ihm in die Höhe ragte. Daran hochzuklettern war utopisch, da musste er sich nichts vormachen. Zum einen war es zu steil, und er war weder besonders geübt im Freeclimbing noch hatte er Hilfsmittel bei sich, die ihn vor dem Absturz bewahrten, zum anderen warteten womöglich seine vierbeinigen Freunde dort oben, bis ihre anvisierte Mahlzeit schön durchgeschwitzt und noch besser zu genießen war. Er hatte nicht vor, ihnen diesen Gefallen zu tun.

Demnach gab es nur einen Weg: nach unten. Er musste es irgendwie schaffen, einen Bogen zurück zur Hütte zu schlagen. Dort würde er sich bewaffnen – und wenn er nach Longtree marschieren und Matt Grimes anflehen musste, ihm sein Gewehr zu leihen – und sich weiter auf die Suche nach Neve machen. Nicht dass er sich mit Waffen auskannte geschweige denn etwas töten wollte, aber bei Wölfen sollte es genügen, in die Luft zu feuern.

Vielleicht war Neve auch wieder zurück in der Hütte, und er konnte sie in die Arme nehmen, die Augen schließen und diesen Tag hinter sich lassen. Er gönnte sich einige Sekunden Ruhe und vertiefte sich in dieses Bild, bis er Neves seidige Haare und ihre glatte Haut fast unter seinen Fingern spüren konnte. Gleichzeitig war ihm bewusst, dass er das Unvermeidliche nur hinauszögerte. Er konnte nicht die ganze Nacht hier sitzen, denn mit der Kälte, den Wölfen und der Gefahr, doch noch abzustürzen, da der Untergrund sein Gewicht möglicherweise nicht stundenlang trug, gab es gleich drei Gegner, die ihn mit einem Wimpernzucken überrennen würden. Er hatte nur eine Chance, und die bestand darin, die Zeit zu seiner Verbündeten zu machen. Er musste also seinen Hintern hochbekommen.

Blind tastete er nach einem Halt und stieß auf eine dünne Eisschicht über dem Felsen. Mit gleichmäßigen Bewegungen kratzte er Kerben hinein. Immer wenn er sich zu hastig bewegte, brach irgendwo unter ihm etwas weg, und er konnte nicht einmal nachsehen, wie viel Fläche ihm überhaupt noch blieb. Seine Beine kribbelten und drohten einzuschlafen, die Füße spürte er schon längst nicht mehr. Dafür brannten seine Hände. Erst als sich das Gefühl änderte, da warmes Blut an seinen Fingerspitzen entlanglief, merkte er, dass er den Fels schon längst freigelegt hatte. Er wischte es an seiner Kleidung ab und tastete nach Unebenheiten im Stein. Kurz darauf fand er einen winzigen Vorsprung, krallte die Finger hinein, spannte seine Muskeln, soweit es ging, und zog sich langsam auf die Füße. Der Boden unter ihm brach weiter weg, und plötzlich blieb ihm nur noch eine schmale Fläche.

»Verdammt, nein!« Hastig sprang Lauri auf, presste sich an die Wand und sah den weißen Brocken hinterher, die, begleitet vom Trommeln seines Herzens, lautlos in die Tiefe fielen.

Das war verdammt knapp gewesen. Wenn er doch nur wüsste,

ob er auf Felsen oder auf Schnee stand. Andererseits wollte er das lieber nicht herausfinden. Stück für Stück arbeitete er sich weiter und kletterte über die schräg abfallende Fläche nach unten. Manchmal dauerte es lange, bis er einen neuen Halt für seine Hände fand, und zwei-, dreimal musste er freihändig balancieren. Jeder Schritt fühlte sich an, als wäre er viel zu schnell, doch die Dämmerung belehrte Lauri eines Besseren: Er war zu langsam. Wenn er in der Dunkelheit noch immer hier war, konnte er gleich einen Kopfsprung nach vorn machen. Wahrscheinlicher war es aber, dass er die Nacht hier draußen verbrachte, falls er es nicht rechtzeitig nach unten schaffte und somit die Kälte den Zuschlag auf seine Seele erhalten würde.

Er hätte es wissen müssen. Die Ruhe und Abgeschiedenheit dieser Gegend konnten wunderschön sein, aber das täuschte darüber hinweg, dass sie ebenso gefährlich waren.

Eine Locke fiel Lauri ins Gesicht, und er strich sie so grob zurück, dass es an der Kopfhaut riss. Obwohl er nur selten ungeduldig wurde, kostete es ihn sämtliche Kraft, die Kontrolle zu behalten und nicht einfach loszubrüllen. Erstaunt stellte er fest, dass er wütend war, wütend auf die Umstände, die ihn hier fesselten, wütend auf die Wölfe, die ihn in diese Falle getrieben hatten, und für einen winzigen Augenblick auch wütend auf Neve. Kein gutes Gefühl. Es brauchte viel, um ihn derart aufzubringen, zudem waren seine Gefühle nicht logisch. Neve trug keine Schuld an dem, was ihm passiert war. Sie hatte ihn nicht gebeten, sie zu suchen, und sie hatte auch nichts mit dem Wolfsrudel zu tun oder der Beschaffenheit der Landschaft. Er war einfach nur mit den Nerven am Ende und vollkommen überanstrengt.

Lauri atmete durch die Nase ein und den Mund aus und

konzentrierte sich wieder auf den Weg und seine Füße. Beim nächsten Schritt brach er mit dem Linken ein und taumelte. Er sackte weiter ab, denn unter seinem Fuß befand sich nichts mehr. Lauri streckte beide Hände nach der Wand aus. Er streifte den Fels, ehe auch die letzte Schicht unter ihm wegbrach und die Welt kopfüber auf ihn einstürzte.

Er schaffte es gerade noch, sich einzurollen. Schnee stob auf und war überall. Lauri kniff die Augen zusammen und betete darum zu überleben. Er versuchte nicht mehr, sich festzuhalten, und wusste auch nicht, wie schnell er den Abhang hinunterrollte. Alles, was er spürte, waren die Schmerzen, als er wieder und wieder auf Stein schlug. Die Angst, vollends abzustürzen und ins Nichts zu fallen, wurde so groß, dass er nun doch schrie, obwohl sich sein Mund augenblicklich mit Schnee füllte.

Der nächste Aufprall war härter als die anderen. Lauri stöhnte auf, krümmte sich noch weiter zusammen – und lag still. Lange. Vielleicht auch gar nicht so lange, wie er glaubte, aber jeder Atemzug war ein Kampf, da sich sein Brustkorb dabei qualvoll zusammenzog und ihm einen kleinen Ausblick verschaffte, wie er sich am nächsten Tag fühlen würde. Völlig erschöpft schaffte er es nach einer Weile, die Augen zu öffnen. Wenn er nun weiter fiel, noch einmal auf Fels aufschlug oder sich etwas brach, würde es ihn nicht wundern. Vielleicht fiel er auch einfach endlos lange, bis er irgendwann ohnmächtig wurde, ehe der Aufprall ihn tötete.

Doch die Welt blieb ruhig, lediglich der Schnee tanzte noch immer durch die Luft. Lauri starrte die Flocken an, spürte, wie sie auf seinem Gesicht landeten und tastete danach. Gut, noch lebte er. Also weiter.

Er wollte sich aufrappeln, doch seine Beine gehorchten ihm nicht, und seine Schulter schmerzte fürchterlich. Erschöpft sank er wieder zurück und tastete seinen Körper ab. Es war nicht so schlimm, wie er befürchtet hatte: Bis auf eine zerrissene Jeans, blutige Knie, eine Platzwunde an der Stirn und sicherlich unzählige blaue Flecken war er heil davongekommen. Der Schnee hatte ihn nicht nur in die Tiefe gerissen, sondern auch seinen Fall gebremst.

Nach einer Weile versuchte er erneut aufzustehen, und dieses Mal schaffte er es mit wackeligen Beinen. Er hatte einen Großteil seiner Kraft eingebüßt, seit er von dort oben herabgekracht war.

Lauri blinzelte. *Dort oben* bedeutete sehr weit über ihm. Er war auf einer Ebene gelandet, die in sanften Kurven auslief und Richtung Norden anstieg. Wenn er Glück hatte, würde er nicht klettern müssen, um zur Hütte zurückzugelangen, sondern lediglich bergauf gehen. Das war gut so, denn er bezweifelte, dass er zu mehr in der Verfassung war. Es würde schwer genug sein, durch den Schnee zu laufen, hier, wo Neve keine Spur für ihn geschaffen hatte, der er einfach nur folgen musste.

Schon nach wenigen Schritten bereute er das am meisten.

Es war fast vollständig dunkel, als er endlich die Stelle erreichte, an der das Gelände anstieg. Am liebsten hätte er sich hingesetzt und ausgeruht, aber er gönnte sich nur eine kurze Pause und quälte sich dann weiter, wobei er das Stechen in der Schulter sowie das schmerzhafte Ziehen im gesamten Körper zu ignorieren versuchte. Bald darauf bedeckte kalter Schweiß seine Stirn, und mehr als einmal ließ Lauri sich einfach nach vorn sinken.

Den Schatten über ihm bemerkte er daher erst, als der Wolf

die Lefzen hochzog und grollte. Lauri fuhr zusammen und wich zurück. Ein zweites Tier antwortete ... hinter ihm. Er sah sich um und bemerkte die dunklen Bewegungen, die sich aus allen Richtungen näherten. Sie hatten ihn unbemerkt eingekreist und waren so nah, dass sie nur springen mussten, um ihn zu erwischen.

Panik loderte in Lauri hoch und verschwand so plötzlich wieder, als hätte der Schock sämtliche Empfindungen ausgelöscht. Er würde ihnen nicht noch einmal entkommen, erst recht nicht in seinem Zustand. Damit blieb ihm nur noch eins.

So schnell er konnte, beugte er sich hinab, packte eine Handvoll Schnee, quetschte ihn zusammen und schleuderte ihn auf den ersten Wolf. Dann fing er an zu schreien.

9

Es hieß immer, dass man keine Macht über die Zeit hätte, doch aus einer gewissen Perspektive betrachtet stimmte das nicht. Gedanken waren ungemein stark, wenn man sie nur ließ. Sie konnten Stunden zu einem winzigen Wimpernschlag zusammenschmelzen.

Neve wusste nicht, wie lange sie bereits lief, als sie aus ihren Gedanken auftauchte. Trotzdem wünschte sie sich, mehr Zeit zu haben – oder vielmehr, in einem Vakuum zu sein, in dem Zeit keine Rolle spielte und sie nirgendwo ankam, ehe sie selbst begriffen hatte, was heute geschehen war.

Falls das irgendwann der Fall sein würde, wisperte eine leise Stimme in ihrem Rücken.

Neve fuhr zusammen. Allein die Vorstellung, für immer durch die Dunkelheit zu laufen, schnürte ihr die Luft ab. Aber so sehr sie auch grübelte, sie würde keine Antworten finden. Nicht, solange sie über Dinge nachdachte, die nicht real sein konnten.

Sie war aus der Höhle gestürzt, als die Worte der Frau in den Stimmen untergingen, die durch ihren Kopf getobt waren und nicht mehr schweigen wollten. Es waren wilde Stimmen, verängstigt und wütend zugleich, und Neve wollte ihnen nicht zuhören, da sie sonst wahnsinnig geworden wäre. Falls sie das nicht bereits war.

Sie hatte den Kopf geschüttelt, erst zaghaft, dann immer energischer, nachdem die Frau behauptet hatte, sie wäre tot. Gestorben dort draußen in dem Wald. Lauri hatte sie zwar gefunden und mit in seine Hütte genommen, aber nur ihren Leichnam getragen, nicht mehr und nicht weniger.

Wie konnte sie tot sein, wenn sie lief und atmete und redete?

Die Frau hatte bei dieser Frage gelacht, ihr tief in die Augen geblickt und so sanft über ihre Wange gestrichen, dass sie sich instinktiv in die Berührung hineingeschmiegt hatte.

Mein Eismädchen, begreifst du denn noch immer nicht? Du bist in den Raunächten geboren, du bist in ihnen gestorben und somit Teil des Gefolges der Winterherrin. Meines Gefolges. Diese Nächte gehören uns, kleine Neve, und sobald du es akzeptierst, wirst du endlich nach Hause kommen.

Die Worte hatten sich so tief in Neves Seele eingegraben, dass sie keine Silbe jemals vergessen würde. Sie zogen durch ihren Kopf und brannten auf ihren Lippen. Neve schloss die Augen und lief blind weiter. Wo ihr Verstand sagte, dass dies alles unmöglich war, ahnte sie auf eine seltsame, endgültige Weise, dass es stimmte, und dass sie endlich die Ursache für jene Unruhe gefunden hatte, die sie plagte, seitdem sie bei Lauri war.

Aber da war noch mehr. Ihr kamen Einzelheiten in den Sinn, und bei jeder wurde das dumpfe Gefühl in ihrem Magen stärker.

Sie fror nicht. Es war bereits dunkel, und die Temperaturen waren deutlich gesunken, doch sie trug ihre Jacke offen und fühlte sich wohl damit. Wenn sie näher darüber nachdachte, war ihr nicht mehr kalt gewesen, seit sie in Lauris Hütte zu

Bewusstsein gekommen war. Neve öffnete die Augen, hob eine Hand und betrachtete sie. Ihre Haut war so hell wie sonst, ihre Finger von der Kälte nicht einmal gerötet. Sie beugte sich hinab und griff in den Schnee. Er schmiegte sich weich an ihre Haut und fühlte sich gut an, kühl und beruhigend. Neve starrte auf die weiße Masse, dann schleuderte sie den Schnee mit einem Aufschrei von sich. Doch sie hatte einmal damit angefangen, und nun konnte sie die Bilderflut in ihrem Kopf nicht mehr aufhalten: Sie hatte weder etwas Warmes gegessen noch getrunken, seit sie bei Lauri aufgewacht war. Mehr noch, sie hatte den Tee erst gar nicht ertragen und auch nicht die Hitze des Feuers. Einzig die Wärme, die Lauris Körper ausstrahlte, hatte ihr gefallen. Doch genügte das, um etwas zu glauben, das eigentlich unmöglich war?

Mit hängendem Kopf verließ Neve ihre Spur, der sie bisher gefolgt war, und stapfte durch den Tiefschnee.

Was war mit der Höhle? Und mit der Frau, die sich die Winterherrin nannte? Sie konnte sich das alles doch nicht eingebildet haben! Neves Schritte verloren an Kraft, wurden schleppend und schwer, während sie versuchte, die Wahrheit mit Logik auszumerzen. Es funktionierte immer weniger, wie eine Batterie, die sich leerte. Weil die Wahrheit schwerer wog als alles andere. Sie pochte in ihrem Kopf, und schließlich wagte Neve, sie zuzulassen. Sie war gestorben, in jener Nacht, als sie vor Gideon geflüchtet war. Kaum hatte sie es zu Ende gedacht, merkte sie, dass sie ruhiger wurde und das Chaos in ihrem Kopf sich auflöste. Sie kannte die Wahrheit, spürte sie, und endlich begriff sie auch, dass sie sich nicht ewig dagegen wehren konnte.

Etwas schreckte sie auf, und sie blieb wie angewurzelt stehen. Mittlerweile war es dunkel geworden. Der Weg war nur zu erkennen, da die Schneedecke jeden noch so winzigen Lichtfunken des Monds und der Sterne reflektierte. Neve runzelte die Stirn. Sie hatte sich weit vom ursprünglichen Weg entfernt, und ihr Atem ging nicht einmal schneller. Doch das war es nicht, was sie störte. Sie war nicht allein hier draußen. Konnte es Gideon sein oder der Mann mit dem Gewehr? Am liebsten wäre sie weggelaufen, doch irgendetwas hielt sie zurück.

Jemand schrie. Der Laut fuhr direkt in Neves Magen und traf sie so sehr, dass sie den Kopf einzog. Sie kannte diese Stimme, die nicht so sanft und ruhig wie sonst klang, aber dennoch unverkennbar.

»Lauri!« Sie achtete nicht mehr auf die Gegend, vergaß die Winterherrin und selbst den Schnee. Lauri war hier draußen! Irgendetwas stimmte nicht mit ihm, und Neve rannte so schnell sie konnte, um ihm zu helfen. Ihre Sorgen hatte sie vergessen, vielleicht waren sie auch gar nicht so groß, wie sie zunächst geglaubt hatte.

Sie flog nahezu durch den Schnee. Als sie den Schatten sah, wollte sie bereits erleichtert aufatmen und Lauri rufen, als sie merkte, dass es nicht er war. Es war ein Tier, und es drehte sich so langsam zu ihr um, als wollte es sie warnen, näher zu kommen.

Ein Wolf!

Neve blieb schlagartig stehen und taumelte. Der Wolf ließ sie nicht aus den Augen, duckte sich und legte die Ohren an. Seine Zähne glänzten und schienen riesig zu sein. Jetzt spürte Neve Kälte, die tief aus ihrem Bauch zu kommen schien und ihren gesamten Körper zum Zittern brachte. So sehr sie auch versuchte, sich zu entspannen, sie konnte die Bewegungen nicht mehr kontrollieren und krallte die Finger in den Stoff der Jacke.

Hinter dem Wolf bewegte sich ein zweiter Schatten – es waren mehrere! Die Erkenntnis schnürte Neve die Luft ab, doch dann dachte sie an den Schrei von vorhin. Lauri war hier irgendwo. Was, wenn die Tiere ihn verletzt hatten, womöglich sogar schwer? So sehr sie es sich auch wünschte, sie durfte nun nicht weglaufen. Sie musste sichergehen, dass es ihm gut ging, und obwohl sie fürchtete, die Tiere zu reizen, holte sie tief Luft.

»Lauri! Wo bist du?«

Der Wolf sprang zur Seite, knurrte und sah sie an, kam aber nicht näher.

Ein Keuchen antwortete. »Neve?« Lauris Stimme war heiser und schwach. »Lauf! Verschwinde von hier!«

Neve dachte nicht im Traum daran. Sie konnte ihn nicht hierlassen, allein mit zwei Wölfen – drei Wölfen, verbesserte sie sich, als ein weiterer auftauchte. Die Tiere betrachteten sie seltsam verhalten, wahrscheinlich waren sie zu scheu, um sich wirklich an einen Menschen heranzuwagen. Neve hob einen Arm und wedelte in der Luft herum. »Schsch«, rief sie. »Weg mit euch!«

Der vorderste Wolf machte einen Satz und sah sie aufmerksam an. Er knurrte noch einmal, schloss das Maul und zog seine Mundwinkel nach hinten, während sich sein Nasenrücken glättete. Beinahe hatte es den Anschein, als würde er auf unbeholfene Weise um Entschuldigung bitten. Das zweite Tier ließ sie ebenfalls nicht aus den Augen und sah aus, als überlegte es wegzulaufen.

Es funktionierte! Diese Wölfe mussten so selten einen Menschen zu sehen bekommen, dass sie vollkommen scheu waren. Neves Angst bröckelte. Sie beugte sich hinab, griff in den Schnee und schleuderte ihn den Tieren entgegen. »Los, verschwindet! Weg mit euch!« Sie klatschte in die Hände.

Die Wölfe duckten sich, zogen die Ruten zwischen die einknickenden Hinterläufe. Allerdings fletschten sie wieder die Zähne, sogar stärker als zuvor, und öffneten ihre Mäuler dabei leicht. Unsicher blieb Neve stehen, doch da die Tiere die Ohren weiterhin angelegt hielten, beugte sie sich noch einmal hinab und formte einen Schneeball.

»Ich sagte, weg mit euch!« Sie schmetterte ihn auf das erste Tier. Es jaulte und zog sich zurück. Seine Rute lag nun beinahe am Bauch an, und es riss sein Maul so weit auf, dass Neve sein Zahnfleisch sehen konnte, doch es nahm weiter Abstand. Der zweite Wolf jaulte ebenfalls, ein lang gezogener Ton. Es verlieh ihr Mut. Sie streckte sich, machte sich so groß sie konnte und setzte einen Schritt nach vorn.

Die Wölfe zogen sich zurück wie eine Mauer. Neve ließ sie nicht aus den Augen und ging weiter. Noch kontrollierte sie die Situation, und daher durfte sie nicht nachgeben oder zeigen, wie viel sie Angst hatte. Wenn sie durchhielt und stark blieb, würde weder ihr noch Lauri etwas geschehen.

Ein weiteres Tier huschte an ihr vorbei, dann noch eins, und Neve musste sich auf die Innenseite der Wange beißen, um nicht aufzuschreien.

Endlich sah sie Lauri. Der Schnee schimmerte hell und hob die Wunden in seinem Gesicht und an seinen Knien hervor, wo die Hose nur noch in Fetzen hing. Erschrocken holte sie Luft. Sie konnte nicht erkennen, ob es Bissspuren waren, doch darum durfte sie sich erst später kümmern. Mit gleichmäßigen Schritten hielt sie weiter auf ihn zu.

Die anderen Wölfe zeigten dieselbe Reaktion wie die ersten beiden: Sie knurrten und zogen sich dann in gekrümmter Haltung zurück. Der Kreis, den sie um Lauri geschlossen hatten, brach auf, das erste Tier verlor die Nerven, drehte sich um und rannte jaulend in die Nacht hinein. Die anderen folgten, als hätten sie nur auf dieses Signal gewartet. Die Dunkelheit verschluckte sie, und kurz darauf war es, als wären sie nie da gewesen.

Neve schrie vor Erleichterung leise auf, rannte auf Lauri zu … und blieb stehen, als er nicht reagierte, sondern sie nur anstarrte, als hätte er einen Geist gesehen. Er atmete schwer, der Atem rasselte durch seine Kehle.

Unsicher legte Neve die letzten Schritte zurück und wartete, doch dann konnte sie sich nicht mehr zurückhalten, stellte sich auf Zehenspitzen und schlang die Arme um seinen Nacken. »Geht es dir gut?«

Er antwortete nicht. Schließlich wurde sein Körper weicher, und Neve fand sich in seiner Umarmung wieder. Lauri vergrub sein Gesicht in ihren Haaren, sein warmer Atem streifte ihre Haut. Er war ihr so nah und doch nicht nah genug. Sie war so erleichtert, ihn unversehrt zu wissen, einfach bei ihm zu sein und zu vergessen, was noch alles dort draußen war, dass ihr auf einmal die Worte fehlten. Sie wollte jetzt nicht an Wölfe denken oder an die Höhle der Winterherrin, auch nicht an alles, was sie Lauri hatte sagen wollen und das ihr wieder und wieder durch den Kopf geschossen war, bis es sich tief in ihre Seele gegraben hatte. Stattdessen konzentrierte sie sich auf seinen Herzschlag. Er wurde schneller, als sie sich enger an Lauri schmiegte und ihre Hände auf seinen Rücken legte. Er zitterte, und flüchtig dachte Neve an die Kälte, die ihr nichts mehr ausmachte. Sie hob den Kopf und sah ihn an. Er wirkte verwundert, aber auch auf diese Weise ruhig, die sie nach der kurzen Zeit, in der sie ihn kannte, bereits so an ihm liebte. Behutsam löste sie sich eine Winzigkeit von ihm und berührte seine Lippen. Sie waren eiskalt und schimmerten bläulich.

»Geht es dir gut?«, wiederholte sie. Er griff nach ihrer Hand. Neve schmiegte sich enger an ihn und blickte zu ihm auf.

Er hauchte einen Kuss auf ihr Handgelenk und einen weiteren auf ihre Stirn. »Wie hast du das gemacht?«, flüsterte er.

»Was meinst du?« Sie hielt still, als er ihre Schläfe küsste, ihre Wange und ihren Mundwinkel. Vor ihren Lippen zögerte er, doch sie spürte seinen warmen Atem. Zu ihrer Enttäuschung zog er sich zurück, ein winziges Stück nur, doch es war dennoch viel zu groß.

»Die Wölfe.« Über seinem Nasenrücken zeichneten sich zwei senkrechte Kerben ab. »Ich kann noch immer nicht glauben, was ich da eben gesehen habe.«

»Sie waren scheu. Oder … oder zwei Menschen waren einfach zu viel für sie.« Neve lächelte zwar, fühlte aber das genaue Gegenteil. Seine Frage irritierte sie, weil sie vollkommen berechtigt war. Sie hatte wirklich geglaubt, die Tiere wären scheu, doch wenn sie noch einmal darüber nachdachte, war sie sich nicht mehr so sicher. Sie hatten Lauri eingekreist, der größer war als sie und wahrscheinlich auch einschüchternder wirken konnte. Trotzdem hatte er hier gestanden, umzingelt von einem Wolfsrudel, das er zu vertreiben versucht hatte. Sie hatte ihn schreien gehört. Und dann? War es wirklich so einfach –

hatte sie die Tiere mit nur einem Schneeball und ein wenig Gebrüll in die Flucht getrieben?

Du bist gestorben. Du bist ein Kind der Raunächte.

»Neve?« Lauri starrte sie an. »Du weinst ja beinahe. Ist alles in Ordnung?«

Sie nickte, schüttelte dann sofort den Kopf und machte sich von ihm los, was ihn noch mehr verwirrte. Aber sie konnte ihm keine Antwort geben. Wie auch? Er würde ihr nicht glauben. Sie hatte es ja selbst nicht geglaubt, obwohl sie es gespürt und im Grunde auch gewusst hatte.

Da waren die Kälte, der Schnee und nun die Wölfe, die sich von ihr hatten einschüchtern lassen. Neve konnte die Tränen nicht länger zurückhalten. Die Welt verschwand hinter einem Vorhang, der so filigran war und doch so schwer an ihren Wimpern hing. Sie zitterte wieder und hätte alles dafür gegeben, es vor Kälte zu tun, so wie früher.

Dann war Lauri da und umarmte sie. Beruhigende Worte flossen an ihr Ohr, von denen sie keins verstand, die aber dennoch ihre Wirkung nicht verfehlten: Das Zittern wurde schwächer und verschwand schließlich völlig.

»Alles wird gut«, flüsterte Lauri. »Ich bring dich zurück. Wir sperren die Tür von innen ab, ziehen die Vorhänge zu und setzen uns vor den Kamin, okay?«

Neve fand keine Energie mehr, um zu protestieren, lehnte den Kopf an seine Schulter und ließ sich von ihm vorwärtsziehen. Nach wenigen Schritten bemerkte sie die Unregelmäßigkeit seiner Bewegungen: Er hinkte.

»Du bist verletzt«, murmelte sie und pflückte eine Locke von seiner Wange, die sich in seinen langen Wimpern verfangen hatte. »Ich sollte versuchen, dich zu stützen, nicht umgekehrt.«

Er grinste und wirkte nicht sehr überzeugend. »Ich mache das hier nicht zum ersten Mal, und daher weiß ich, dass du kaum etwas wiegst. Wenn wir diskutieren, wird es nur anstrengender für mich.«

Neve schüttelte den Kopf, doch er tat bereits wieder so, als wäre alles in bester Ordnung und schlang einen Arm um ihre Taille. Er lief nicht schnell, und sie hoffte, dass er sein Bein nicht allzu sehr belastete. Ihr Gewissen nagte an ihr. Es war egoistisch, dass sie sich nicht energischer durchsetzte – immerhin war sie kräftig genug und nicht angeschlagen, so wie er. Doch hier und jetzt wollte sie sich ein paar Minuten Normalität stehlen, alles ausblenden, was nicht so war, wie es sein sollte, und sich fühlen wie das Mädchen, das sie einmal gewesen war. Wenn Lauri glaubte, dass der Schreck und die Winternacht sie geschwächt hatten, so würde sie sich diese Lüge gestatten.

Als sein Atem nach einer Weile noch immer gleichmäßig ging, wagte sie, sich zu entspannen, und kuschelte sich enger an ihn. Seine Gegenwart hüllte sie in einen Kokon, aus dem sie die Umgebung betrachtete, ohne Teil des Ganzen zu sein. Sie lauschte dem Wind und dem Knirschen des Schnees unter ihren und Lauris Füßen, und irgendwann meinte sie sogar, einen Wolf heulen zu hören, doch es war alles weit, weit weg. Sie wollte es vergessen und sich stattdessen eine ganz normale Szene vorstellen: Sie und Lauri, aneinandergekuschelt auf dem Sofa, im Hintergrund das Knacken von Holz im Kamin, leise Musik und die Gewissheit, dass sie die Hütte nicht mehr verlassen musste. Zeit, die dahinfloss. Einfach nur sein, nicht müssen.

In dieses Wunschbild schob sich das Glitzern von Blau und

Silber. Neve biss sich auf die Lippe und schmeckte Blut. Sie wollte die Höhle vergessen, zumindest vorläufig, da sie diese Sehnsucht in ihr weckte, die sie sich nicht erklären konnte. Schlimmer noch, sie öffnete ihr die Augen und verriet, wie sehr sie sich selbst belogen hatte. Sie wollte keinen ruhigen Abend auf dem Sofa, und sie hasste sich dafür. Zaghaft starrte sie über Lauris Schulter in die Nacht. Sie wollte zurückgehen, und gleichzeitig versuchte sie, etwas anderes zu fühlen. Es war, als trüge nicht sie eine Maske, sondern alles um sie herum, und als würde jedes Mal, wenn sie versuchte, diese zu lüften, ein Stromschlag durch ihren Körper ziehen. Im stummen Kampf mit sich selbst grub sie ihre Finger in Lauris Schulter und bemerkte es erst, als er durch zusammengebissene Zähne Luft holte.

»Tut mir leid«, murmelte sie.

»Schon okay. Es ist jetzt wirklich nicht mehr weit, Neve. Du musst nur noch ein wenig durchhalten.« Er schob es auf die Anstrengung. Nicht einmal er merkte, dass nichts so war, wie es sein sollte. Aber wie auch? Er kannte sie nur ... so. Ob Gideon den Unterschied bemerken würde? Neve dachte an sein Gesicht, aber es verschwamm und ließ Platz für andere Bilder wie die Sterne, Lärm aus der Bar oder den Wald. Die Kälte, die so sehr geschmerzt hatte, und direkt im Anschluss die Wärme.

Als hätte jemand einen Kanal zu ihrem Kopf geöffnet, tauchten weitere Erinnerungen auf: ihre Mutter, die ihr von den Weinbergen Italiens erzählte, der Moment, als ihre beste Freundin aus Abbotsford wegzog und Neve hinter dem Wagen ihrer Eltern hergelaufen war, der erste Kuss, nach dem sie sich heimlich über die Lippen gewischt hatte, da sie ekelhaft feucht vom Speichel gewesen waren. Jedes Bild stahl ihr Wärme und ... Leben.

Das erste Treffen mit Gideon. Der Umzug. Der Tag, an dem sie ihren Job verlor. Die Nacht, in der sie Gideon sagte, dass er nicht oft genug für sie da war. Bald war keine Wärme mehr in ihrem Leben geblieben, sie war erst mit Lauris Lächeln zurückgekommen, jedoch auf eine andere Art. Nein, nicht die Welt war eine andere gewesen, sondern sie selbst. Weil sie die Kälte nicht überlebt hatte.

»Neve? Wir sind da.«

Verwirrt hob sie den Kopf und blinzelte, als sähe sie die Hütte zum ersten Mal. Sie fühlte sich wie eine Lügnerin, die einem arglosen Menschen die Wahrheit verwehrte, weil er sie sonst womöglich nicht in seiner Nähe haben wollte.

Innerlich lachte sie bitter auf. Die Wahrheit war in ihrem Fall nichts, das sich mit Worten erklären ließ.

»Neve? Was ist los?«

»Nichts«, entgegnete sie müde. »Alles in Ordnung. Es war nur … ein langer Weg.«

»Der letzte für die kommenden Tage, wenn du willst. Das Angebot steht, wir müssen die Hütte nicht verlassen. Gut, es sind nur noch Dosen da und Frühstücksflocken, aber zur Not kommen wir damit aus.«

»Das klingt gut.«

Mehr Lügen. Sie beobachtete, wie Lauri die Tür aufschloss und sich ins Wohnzimmer schleppte. Das Deckenlicht hüllte den Raum in warmes Orange, hob dafür aber die Verletzungen auf Lauris Gesicht fast schon grausam hervor. Es hatte ihn schlimmer erwischt, als sie geglaubt hatte, doch im Gegensatz zu ihren Wunden würden seine heilen, und sie konnte dabei helfen. Vielleicht vergaß sie alles für eine Weile, indem sie sich auf ihn konzentrierte.

»Warte«, sagte sie, als er versuchte, seine Jacke zu öffnen. Seine Finger waren rot und steif. Lauri konnte nicht verbergen, wie dankbar er war, und trotzdem hielt er sie zurück, als sie den Reißverschluss öffnete und das durchnässte Ding von seinen Schultern zerrte.

»Warte. Was ist passiert, Neve? Wo warst du?«

»Du solltest schleunigst die Sachen wechseln. Und dich um deine Verletzungen kümmern.« Sie ließ sich nicht beirren und zog weiter, bis die Jacke zu Boden fiel. Lauris Schal folgte.

Er griff nach ihren umherflatternden Händen und hielt sie fest. »Rede mit mir. Du bist vollkommen durcheinander. Denkst du etwa, das merke ich nicht? Ich habe dich gesucht dort draußen, und jetzt stehst du hier, als wäre nichts passiert?«

Die Worte trafen sie stärker als jeder Schlag. Neve riss sich los. Mit erhobenen Händen stand sie Lauri gegenüber und wollte am liebsten auf der Stelle umdrehen und wegrennen, obwohl sie genau wusste, dass die Einzige, vor der sie flüchtete, sie selbst war.

Lauri bewegte sich nicht und bedachte sie mit einem dieser Blicke, die jeden dazu bringen mussten, ihm zu erzählen, was er wissen wollte. Es lag eine Bitte und gleichzeitig ein Versprechen darin, das Neve erneut die Tränen in die Augen trieb. Sie betrog ihn mit jeder Berührung und mit jeder Silbe, und auch wenn sie eben noch geglaubt hatte, dass das mit ihnen beiden funktionieren konnte – das tat es nicht. Aber es gab eine Lösung, die zumindest ihn aus der ganzen Sache heraushalten würde. Er sorgte sich um sie, doch genau das durfte er in Zukunft nicht mehr tun, da sie nun zu zwei verschiedenen Welten gehörten. Lauri musste in seiner bleiben.

Es fiel ihr schwer, doch sie bemühte sich um einen festen

Blick. »Es tut mir so leid, das musst du mir glauben. Bitte. Aber ich kann das hier alles nicht mehr.«

Sie senkte den Kopf, jetzt, da die Worte heraus waren, denn sie wusste, dass etwas in Lauris dunklen Augen sie dazu bringen konnte, ihre Entscheidung noch einmal zu überdenken. Dann drehte sie sich um und floh in Richtung Tür.

10

Lauri war bei ihr, noch ehe sie den Riegel zurückziehen konnte, den er beim Gedanken an Matt Grimes vorsorglich vorgeschoben hatte. Er wollte sie aufhalten, aber nicht erschrecken, also fasste er locker ihren Arm und ließ seine Hand daran herabgleiten, als sie versuchte, ihn abzuschütteln, bis er ihre Finger berührte. Erst dann verstärkte er seinen Griff. Neves Haut war noch immer kalt und hell, während seine bereits begonnen hatte zu prickeln. Die vormals weißen Fingerspitzen färbten sich rot und schmerzten, als würde zu viel Blut durch die Adern pumpen.

Weder rührte sich Neve noch erwiderte sie den Druck seiner Hand oder sah ihn an. Lauri wusste, dass er sie gehen lassen sollte, um nichts zu hören, das er nicht wollte. Was auch immer geschehen war, seit sie heute die Hütte verlassen hatte, sie wollte offenbar nicht darüber reden. Möglicherweise hatte es mit Gideon zu tun. Vielleicht hatte sie es sich anders überlegt und sich entschieden, zu ihm zurückzukehren. Lauri verfluchte sich dafür, sie allein gelassen zu haben – vielleicht wäre sonst alles ganz anders gekommen.

Letztlich war es ihre Entscheidung, und er hatte kein Recht, sich in Dinge einzumischen, die ihn nichts angingen. Auf der anderen Seite wollte er ihre gemeinsame Zeit nicht als etwas betrachten, das nichts bedeutet hatte. Denn das hatte es, auch wenn er nicht wagte, sich einzugestehen, wie viel. Wenn Neve nun ging, würde er sich einsam fühlen, zum ersten Mal, solange er sich erinnern konnte.

Er suchte Blickkontakt, ehe sie ihr Gesicht wie so oft wieder hinter dem Vorhang ihrer hellen Strähnen verbergen konnte. Neve erinnerte ihn an ein Tier in der Falle, doch sie versuchte nicht noch mal, sich loszureißen. Ein gutes Zeichen? Seine Finger tasteten über ihren Handrücken, sein Daumen strich über die unwahrscheinlich weiche Haut. Er trat näher und wagte schließlich, die andere Hand auf ihre Schulter zu legen.

Neve zitterte. Etwa seinetwegen?

Als sie ihn noch immer nicht von sich schob, umarmte er sie. Ihr Körper war so kühl wie ihre Finger. Neve versteifte sich, lehnte dann aber doch ihren Kopf an seine Brust.

Lauri atmete insgeheim auf und merkte, wie angespannt er selbst war. Ihre Nähe beruhigte ihn, sogar die Begegnung mit den Wölfen oder seine Wunden waren vergessen. Er war hier, mit Neve, und alles war gut. Er strich über ihr Haar, und in diesem Moment legte sie beide Hände auf seine Brust und stieß ihn von sich.

»Nein.« Ihre Augen waren weit aufgerissen, das Blau schimmerte silbrig. »Nicht.« Sie schien von ihren eigenen Worten verwirrt zu sein. »Nicht«, wiederholte sie leise. Lauri hörte die Tränen in ihrer Stimme, ehe er sie sah.

Neve blickte von ihm zur Tür, dann zu Boden, und die ganze Zeit über schien sie nicht zu wissen, wohin mit ihren Händen. Er hatte noch nie einen so verzweifelt wirkenden Menschen gesehen. Neve schluchzte und versuchte, sich die Tränen aus den Augen zu wischen, doch es quollen stets neue nach. Lauri ging zur Küchenzeile, nahm ein Taschentuch aus der Schublade und reichte es ihr.

Zaghaft nahm sie es und tupfte sich die Tränen weg. »Danke.«

»Kein Problem.« Seine Stimme klang rau.

Auf einmal griff Neve nach ihm und erschrak spürbar über sich selbst. Sie runzelte die hellen Brauen, hob die Hand und zögerte. Federleicht strichen ihre Finger über seine Wange.

Lauri war überrascht, erleichtert, verwirrt und vorsichtig, alles in rasendem Tempo und doch zur selben Zeit. Noch einmal wollte er nicht den Fehler machen und sie dadurch überrennen, dass er im Gegensatz zu ihr genau wusste, was er wollte. Er beobachtete, wie die Haut an ihrem Hals pochte, nur ein wenig schneller als sein eigener Puls. Ihre Wimpern waren lang und an den Spitzen heller.

»Ich habe … ich weiß nicht …« Sie brach ab und zuckte die Schultern. »Ich weiß einfach nicht, was ich tun soll«, sagte sie und sah ihn endlich an. Die Ablehnung war verschwunden, ebenso die Panik. Sie sah einfach nur traurig aus und verwirrt und dadurch noch zerbrechlicher als sonst. Und wunderschön.

Lauri nickte, obwohl er nicht wusste, warum. »Du allein entscheidest«, sagte er. »Niemand kann dich zwingen, etwas zu tun, das du nicht willst. Weder hier noch woanders.«

Neve zog ihre Unterlippe zwischen die Zähne – auch etwas, das er besser nicht genauer beobachtete, da es viel zu reizvoll aussah. Wusste sie eigentlich, wie sie auf ihn wirkte?

Sie hob das Kinn, als hätte sie einen Entschluss gefasst, legte beide Hände an sein Gesicht und zog es zu sich herab. Nur einen Herzschlag später lag ihr Mund auf seinem und stürzte ihn in völlige Verwirrung. Es fiel ihm ohnehin schwer, ihr den

Freiraum zu lassen, den sie benötigte, um ihm zu vertrauen, aber ihr vorsichtiger Kuss machte es beinahe unmöglich.

Neve seufzte leise, als sie sich von ihm löste, dann stellte sie sich auf Zehenspitzen und küsste ihn erneut, fester und fordernder. Sie legte ihre Arme um seinen Hals und zog ihn näher, und schließlich gab Lauri auf. Er erwiderte die Umarmung, grub eine Hand in ihre Haare und verstärkte den Druck seiner Lippen, bis sie ihre öffnete. Das Vertrauen, das sich zwischen ihnen aufbaute, war fast noch schöner als der Rausch, den Neve ausgelöst hatte.

Lauri atmete scharf ein, als ihre Hände über seinen Rücken wanderten und sich unter den Saum von Pullover und Shirt schoben. Sie war so weich, so zart, und er hätte sie am liebsten so vorsichtig wie möglich gestreichelt und gleichzeitig fest gegen die Wand gedrängt. Ihre Zunge huschte über seinen Mundwinkel, zu seinem Hals, dann küsste sie ihn dort. Lauri schloss die Augen und neigte den Kopf zur Seite. Er wollte mehr, mehr von ihr, von ihren Berührungen und dem, was sie mit ihm anstellten. Er konnte es nicht beschreiben, es war ein Gefühl irgendwo zwischen Schweben und vollkommener Atemlosigkeit, aber es war das Schönste, was er jemals erlebt hatte. Als Neve an seinem Hals zu knabbern begann, hielt er in einem halbherzigen Versuch ihre Handgelenke fest.

»Warte«, brachte er hervor und erwiderte ihren fragenden Blick mit einem Nicken in Richtung Treppe.

Sie lächelte.

Die wenigen Sekunden, bis er sich neben Neve auf das Bett sinken ließ und sie erneut küsste, kamen ihm quälend lang vor. Sie kam ihm entgegen, leckte über seine Unterlippe und biss zart hinein, und das alles mit der ihr so eigenen Unschuld. Er strich über ihren Hals, ihre Schultern und ihren Rücken, schob seine Hände unter ihren Pulli und streichelte sie erst zaghaft, dann fester.

»Deine Haut ist so kalt«, flüsterte er.

Sie sah ihm in die Augen und hob langsam ihre Arme. Lauri zog ihr den Pullover aus, dann das Shirt. Einen BH trug sie nicht, und ihre Haut darunter war noch heller als an den Armen und im Gesicht. Die Brüste waren klein und fest.

Lauri beugte sich vor und küsste Neves Hals. So langsam, dass sein Verstand irgendwann aussetzte, arbeitete er sich vor zu ihrer Schulter, ihrem Schlüsselbein, ihren Brüsten. Sie schmeckte nach Schnee und Salz.

Neve fuhr zusammen, schloss dann aber ihre Augen und wölbte sich ihm entgegen. Er ließ seine Zunge über eine Brustwarze schnellen, leicht und schnell, und wurde mit lauterem Stöhnen belohnt, das ihm noch mehr Beherrschung abverlangte. Vergessen war die Kälte, nun zählte nur noch das, was Neve in ihm entfachte. Ihre Finger krallten sich in seine Haare, ließen augenblicklich wieder los, fassten sein Oberteil und zerrten daran. Lauri wollte sie nicht loslassen, packte dann aber sein Shirt und riss es sich ungeduldig über den Kopf, ehe er nach Neve griff und sich mit ihr zusammen sinken ließ, bis er über ihr lag und seine Ellenbogen rechts und links von ihr abstützen konnte.

Sie blinzelte ihn an. Ein Schleier lag über ihren Augen, ihre Wangen hatten sich gerötet, und ihre Lippen wirkten geschwollen.

»Nicht aufhören«, hauchte sie, nahm seine Hand und führte sie zu der Stelle, die er soeben noch liebkost hatte. Lauri schob den anderen Arm unter ihren Rücken und hob sie an.

Seine Erregung wuchs weiter, als sie seinen sanften Anweisungen augenblicklich folgte. Er verwöhnte ihre Brüste und knabberte daran, während er sich durch den Rausch in seinem Kopf fragte, ob die anderen Stellen ihres Körpers ebenso wahnsinnig schmeckten.

Neve bewegte sich wimmernd, drückte ihn an sich, schob ihn wieder weg, streichelte ihn und grub ihre Fingernägel in seinen Rücken, bis er aufschrie. Der Schmerz brachte ihn zur Besinnung und riss ihn noch tiefer in den Strudel, dem er nicht mehr entkommen wollte, selbst wenn er es gekonnt hätte. Es fiel ihm so schwer, sich zu kontrollieren, aber er musste es tun. Er atmete schwer, als er eine Spur zu ihrem Bauchnabel küsste und ihre Jeans öffnete. Ungeduldig strampelte Neve den Stoff von sich, schob eine Hand zwischen ihre Körper und fuhr mit sanftem Druck über die pochende Stelle zwischen seinen Beinen.

Das war zu viel. Lauri stöhnte und keuchte zugleich, sprang auf, entledigte sich seiner restlichen Klamotten und bemerkte nur wie durch einen Nebel das Brennen an den Knien, als der zerfetzte Stoff seiner Jeans darüber schabte. Neve beobachtete ihn mit einem verträumten Ausdruck, ihre Hand lag auf ihrer Hüfte. Er hatte noch nie etwas so Schönes gesehen wie sie und gönnte sich einen Moment, um sie einfach nur zu betrachten, obwohl sein Körper ihm vollkommen andere Signale sandte und ihm zuschrie, nicht mehr länger zu warten. Endlich ließ er sich neben sie gleiten.

Neve fasste seine Schultern und zog ihn auf sich. Er hörte nicht auf, sie zu streicheln, tauchte in das Himmelblau ihrer Augen und stemmte behutsam ein Knie zwischen ihre Beine. Sie folgte jeder seiner Bewegungen. Gott, allein das verhaltene

Zucken ihres Unterleibs ließ seine Beherrschung beinahe kippen, und als sie ihre Beine um seine Hüften schlang, schloss Lauri die Augen und versuchte, sich zurückzunehmen. Ihm war heiß und kalt zugleich, und er drängte sich an Neve, an ihren kühlen, nachgiebigen Körper. Ihre Haut war wie Balsam – wie würde es sich erst anfühlen, wenn er ihr noch näher war? Lauri zitterte. Er musste vorsichtig sein.

Schwer atmend stützte er seine Hände neben ihren Kopf. Ein winziges Lächeln erschien auf ihren Lippen, und als sie kaum merklich nickte, ließ Lauri sich in sie sinken. Jede Zelle seines Körpers stand in Flammen und brüllte ihm zu, Neve in die Laken zu pressen und sich auf der Stelle zu nehmen, wonach es ihn so sehr verlangte. Doch er wollte sie noch einmal so stöhnen hören, und so bewegte er sich langsam und doch so intensiv, dass sie ihm nach kurzer Zeit entgegenkam. Ihr Atem streifte sein Ohr, als sie seinen Namen flüsterte und ihm eine Gänsehaut bescherte. Nur zu gern steigerte er das Tempo, fasste ihre Hüften, um sie noch näher an sich zu pressen. Da waren keine Gedanken mehr, auch keine Ängste, nur noch er und Neve. Er fiel in einen Rausch aus Haut und Atem, Feuer und dem Eis auf ihrer Haut, und als sie schrie, explodierte etwas in ihm und führte all seine Sinne in seidige Schwärze.

Lauri wusste nicht, ob die Kälte zuerst da war oder der Schmerz. Er hämmerte in seinem Nacken und zog in glühenden Kaskaden über Kopf und Schläfen, um sich dann hinter seiner Stirn zu sammeln. Lauri stöhnte und hob eine Hand. Sein Arm kam ihm ungewohnt schwer vor und zitterte – nicht vor Kälte, sondern vor Schwäche. Seine Muskeln protestierten, als er ihn wieder sinken ließ. Blind griff er nach der Decke und zog sie bis zum Kinn hoch. Seine Zähne klapperten, und er war sicher, noch nie in seinem Leben so gefroren zu haben. Die Kälte kam aus seinem Inneren, keine Decke konnte sie vertreiben.

Etwas regte sich neben ihm. Jemand berührte seine Schulter und streichelte ihm sanft durch die Haare. Er zuckte zusammen, weil er fürchtete, dass die Berührung nur ein wenig stärker werden musste, um ihn zu quälen.

»Lauri?« Neves Stimme war verhalten und dröhnte dennoch unangenehm in seinen Ohren. Er wollte antworten, aber seine Lippen waren beinahe so trocken wie sein Mund und klebten zusammen. Er wagte nicht mal, den Kopf zu schütteln, da es einer Folter gleichgekommen wäre. Ruhe, er brauchte einfach nur Ruhe.

Der Untergrund bewegte sich. Er hoffte, dass es bald aufhören würde – ihm wurde übel davon. Es fühlte sich an, als hätte Neve die gesamte Welt in Schwingung versetzt. Eine weitere Berührung, dieses Mal an seiner Stirn, dazu Neves vorsichtiges Flüstern. Die Kühle ihrer Haut linderte das Brennen für einen flüchtigen Moment.

»Du hast Fieber.« Sie klang besorgt. Ihre Finger wanderten zu seinen Wangen, seinem Hals. Lauri fröstelte, als sie die Bettdecke dabei verschob und ein Luftzug seine nackte Schulter traf. Das Klappern seiner Zähne wurde lauter, dann zog Neve ihm die Decke bis zum Kinn.

»Ich hole dir etwas.« Schon hörte er ihre Schritte auf der Treppe, doch sie verschwammen zu Geräuschen, die zunächst verzerrt klangen und irgendwann verschwanden. Bald darauf spürte er erneut sanften Druck an seinem Kopf. Augenblicklich setzte das Hämmern wieder ein. Lauri zuckte zusammen.

»Ruhig, ich bin es«, flüsterte Neve und führte etwas an seine Lippen. »Es ist nur ein halbes Glas. Versuch, es auszutrinken, ja?«

Jeder Schluck schmerzte. Die Flüssigkeit schmeckte bitter und nach Orange, doch das war längst nicht so grauenvoll wie der ekelhafte Geschmack, den sie aus seiner Mundhöhle spülte. Lauri tat Neve den Gefallen und trank das Zeug aus, auch wenn sich sein Magen dabei umdrehte. Er würde alles tun, um endlich wieder einschlafen zu können. Verdammte Schwäche.

Allmählich sank er in einen Dämmerschlaf, der ihn in regelmäßigen Abständen an die Oberfläche von etwas schleuderte, das er nicht bestimmen konnte und das ihm auch nicht gefiel. Vielleicht war er in diesen Sekunden wach, vielleicht fiel er aber auch stetig tiefer in einen seltsamen Traum, während er genau wusste, dass er krank im Bett lag.

Das nächste, was er bemerkte, war ein verhaltenes Schimmern im Schnee, sanftes Blau und Silber zugleich. Er blinzelte, trat darauf zu und wunderte sich über diese seltsamen Bilder, die so echt wirkten, als könnte er sie beeinflussen, als würde der Schnee unter seinen Fingern schmelzen, wenn er ihn berührte, und als würde er frieren, wenn er zu lang blieb. Aber dies war nicht die Wirklichkeit, es war nur in seinem Kopf. Oder?

Lauri sah sich um. Da war nichts bis auf eine endlose weiße Ebene, die durch das sanfte Licht belebt wurde. Nirgendwo waren Fußabdrücke zu sehen, auch nicht seine eigenen. Wie also war er hergekommen? Im Grunde war es egal.

Lauri breitete die Arme aus und lachte. Das Echo hallte von Hindernissen wieder, die er nicht entdecken konnte, und sammelte sich vor ihm, dort, wo das Licht seinen Ursprung hatte. Lauri zögerte nicht länger und lief los. Er musste sich nicht umdrehen, um zu wissen, dass er auch jetzt keine Spuren im Schnee hinterließ. Mit jedem Schritt kam es ihm natürlicher vor, hier zu sein. Flüchtig erinnerte er sich an Schmerzen, aber sie waren Teil der Vergangenheit und nicht mehr wichtig. Alles, was zählte, war das Hier und Jetzt.

Er hatte vergessen, wann er die Höhle betreten hatte – war da nicht eben noch freier Himmel über ihm gewesen? Jetzt umgab ihn Stein. Er strich über die glatten Wände und legte den Kopf in den Nacken. Das Licht war überall, wurde am anderen Ende der Höhle reflektiert, und als Lauri näher trat, sah er den Teich. Er war fast rund, in seinen Tiefen tanzten Lichter, schwebten der Oberfläche entgegen und sanken wieder herab. Sie trieben ihr Spiel mit ihm, und es faszinierte ihn so sehr, dass er nicht wegsehen wollte oder konnte. Er tauchte seine Finger in das Wasser und beobachtete, wie die Funken sie umspielten und nach ihnen griffen, sie kitzelten.

Lauri blinzelte. Er glaubte, eine Hand dort unten gesehen zu haben, länglich und weiß, aber die Lichter mussten ihm einen Streich spielen. Er richtete sich wieder auf, starrte auf die trockenen Finger sowie die Eisschicht, die den See nun bedeckte, lehnte sich an die Felswand und schloss die Augen. Hier würde er bleiben, in dieser unendlichen Ruhe, zumindest für eine Weile.

»Lauri? Hey.« Das Rütteln an seiner Schulter war so sanft wie die Stimme, und doch riss es ihn so unbarmherzig aus dem Schlaf, als hätte sie ihm mit voller Lautstärke ins Ohr gebrüllt. Er knurrte und tastete nach einem Kissen oder einer Decke, um sie sich über den Kopf zu ziehen, aber irgendetwas stimmte mit seinem Arm nicht. Als er blinzelte, sah er ein Gesicht, in dem Schönheit und Sorge miteinander verschmolzen.

Neve hatte ihr Haar zu einem Zopf gebunden, die Spitzen berührten ihren Hals. Ihre hellen Augenbrauen waren zusammengezogen und bildeten einen interessanten Kontrast; eine Gewitterwolke an einem Frühlingshimmel. »Geht es dir besser?« Sie lächelte und scheiterte bei dem Versuch, sorglos zu wirken.

Lauri setzte zu einer Antwort an, aber er konnte das Licht nicht länger ertragen. Es blendete ihn, und so ließ er sich wieder in den Zustand zwischen Schlaf und Wachsein sinken. Er war noch immer in der Hütte von Bens Eltern, oder? Warum hatte er nie bemerkt, wie warm der Winter sein konnte?

»Alles gut«, murmelte er und dachte daran, dass er eigentlich Schmerzen haben sollte. »Hatte diesen wunderschönen Traum.«

»Ja? Was hast du geträumt?«

Er hörte das Lächeln in ihren Worten. Es gefiel ihm. »Da war dieses Licht«, murmelte er. »Im Schnee. Und der Teich in der Höhle, mit all diesen Funken … die Wände haben geglitzert. Es war so warm dort.« Hier war es auch angenehm warm, vor allem, da Neve an seiner Seite war. Noch ein wenig dahindämmern, und er würde bald wieder ganz der Alte sein.

Neve sagte etwas, aber er konnte nicht mehr antworten. Der Schlaf rief nach ihm, und er folgte ihm willig und voller Hoffnung, noch einmal diese Höhle zu finden, wo er stundenlang sitzen und sich einfach nur umsehen konnte. Voller Vorfreude ließ er sich in die Dunkelheit fallen.

Als er zum zweiten Mal erwachte, schmerzten seine Schultern, seine Beine und Arme, aber ansonsten fühlte er sich gut.

Weder fror er noch war ihm zu warm, und auch diese bleierne Schwere war aus seinen Gliedern verschwunden. Lauri blinzelte und setzte sich aufrecht. Es war Nacht, die Stehlampe tauchte den Raum in fahles Licht. Es wirkte bedrückend, als hätte die Dunkelheit etwas mitgebracht, das sich in die Ecken der Hütte schlich und dort festsetzte, ohne dass man es bemerkte.

Neve saß auf dem Sessel und hatte die Beine an den Körper gezogen. Ihr Gesicht lag im Halbschatten, doch ihre Augen blitzten. Sie sah ihn schweigend an und machte auch keine Anstalten, sich zu bewegen, als er eine Hand hob.

»Ich bin wach«, bemerkte er überflüssigerweise. Sein Hals kratzte, aber davon abgesehen war er wieder der Alte.

Sie bewegte sich noch immer nicht. »Wie fühlst du dich?«

Lauri runzelte die Stirn. Neve klang so, wie die Atmosphäre in diesem Zimmer sich gab: schwer und schleppend, wie unter einem Schleier verborgen. Freute sie sich denn überhaupt nicht, dass es ihm besser ging? Er wusste nicht, wie lange er geschlafen hatte, aber durchaus, dass er sich ziemlich mies gefühlt hatte.

Es war besser, er sprach sie nicht darauf an. Beim letzten Mal, als er ihr ungewollt zu nah gekommen war, hatte ihr Fluchttrieb eingesetzt. Danach, als er sie das Tempo bestimmen ließ, hatten sie diese wundervollen Stunden miteinander verbracht. Bei der Erinnerung daran kribbelte Lauris Haut, und er wünschte sich, dass Neve sich auf die Bettkante setzen oder einfach nur näher kommen würde. Sie musste ihn nicht berühren, es genügte, wenn sie bei ihm war und er sie vielleicht mit einer kleinen Bemerkung zum Lachen bringen konnte.

»Viel besser«, sagte er. »Fast wieder normal. Was auch immer das war, es ist genauso schnell wieder verflogen, wie es gekommen ist. Wahrscheinlich einer von diesen Infekten, bei denen die Erreger von Jahr zu Jahr mutieren.« Er grinste, doch zu seiner Enttäuschung blieb Neves Gesicht starr. »Ich hoffe nur, ich habe dich nicht angesteckt.«

Sie nagte an ihrer Lippe und stand auf. Ihre Hände ballten sich zu Fäusten und lockerten sich wieder. Falls Lauri bisher ignorieren konnte, dass etwas nicht stimmte, so war das nicht länger möglich. »Neve ...«

»Ich habe meine Sachen schon zusammengesucht und wollte nur warten, bis du wach wirst. Um zu sehen, ob es dir gut geht.« Sie zögerte und redete dann so hastig weiter, dass sie über ihre eigenen Worte stolperte und sich mehrmals verhaspelte. »Wenn alles okay ist und du nichts mehr brauchst, gehe ich jetzt, wie geplant. Vielen Dank, dass ich so lange hierbleiben durfte, das war sehr lieb von dir.« Die letzten Silben wurden rauer, dann schluckte Neve hart und drehte sich um.

Sie war bereits an der Tür, ehe Lauri begriff, was sie ihm gerade mitgeteilt hatte. Mit einem Satz war er aus dem Bett. Die Welt drehte sich, und er taumelte leicht, aber zum Glück ließ der Schwindel augenblicklich nach. Seine Schulter protestierte leise, doch das war ihm nun gleichgültig. »Warte! Was ist los mit dir? Gibt es nach letzter Nacht einen bestimmten Grund, warum du plötzlich wieder verschwinden willst?« Es klang härter, als er wollte, aber verdammt, er hatte heiße Stunden mit ihr und noch heißere im Fieber hinter sich, und er verstand einfach nicht, warum sie nun so reagierte.

Neve flüchtete aus der Tür, blieb dann aber doch stehen und schlug mit einer Faust gegen die Wand. »Ich habe es dir doch gesagt. Das hier, das bin nicht ich. Ich gehöre hier nicht hin.« Sie drehte sich zu ihm um, ganz falsche Entschlossenheit und vorgespielte Stärke. Lauri durchschaute sie genau.

»Und wo bitte gehörst du dann hin?« Mehr brauchte er nicht sagen, sein bitterer Tonfall verriet genug. Falls er Neve mit der Frage getroffen hatte, so zeigte sie es nicht. Lediglich ihre Lippen wurden eine Nuance heller.

»Es tut mir leid, wenn ich dir etwas anderes vermittelt habe. Du bist ein toller Mensch, Lauri, wirklich, aber mein Platz ist nicht hier, das weiß ich jetzt. Ich wünsche dir von Herzen alles Gute.« Die Worte klangen leblos und steril, wie einstudiert oder von einem Zettel abgelesen. Neve sah ihn an, ohne ihn wirklich zu sehen, und ging die Treppe hinab.

Lauri folgte ihr, blieb aber an der obersten Stufe stehen. Er verstand nicht, was gerade passierte, oder was in den Stunden, in denen er geschlafen hatte, geschehen war. Er wollte sie festhalten und so lange umarmen, bis sie mit der Wahrheit herausrückte – dass sie ihn anlog, wusste er ebenso wie sie selbst. Doch er tat nichts davon. Er konnte weder hinter die Maske blicken, die Neve aufgesetzt hatte, noch sie zerstören, und er wollte nicht, dass er sich oder sie bei dem Versuch verletzte. Noch mehr verletzte. Er musste einen wunden Punkt bei ihr getroffen haben, ohne es zu merken, und er wünschte sich, dass sie darüber reden würde. Aber sie griff lediglich nach ihrer Jacke, öffnete die Eingangstür und blieb noch einmal stehen.

»Leb wohl«, sagte sie, ohne sich umzudrehen. Da war sie wieder, die echte Neve, die sich nicht anhörte wie eine aufgezogene Puppe. Doch es war zu spät. Dumpf fiel die Tür ins Schloss. Wie betäubt starrte Lauri auf das dunkle Holz. Er war wieder allein, doch auf jene Weise, die man erst dann kennenlernte, wenn es zu spät war, um noch etwas daran zu ändern. Er wusste nicht, wie lange er an der Treppe stand. Erst als er vor Kälte wieder zu zittern begann, ging er zurück ins Schlafzimmer, ließ sich aufs Bett fallen und starrte an die Decke. Die Nacht würde in wenigen Stunden vorbei sein, aber ihm kam es vor, als hätte sie gerade erst begonnen.

11

Ihr Plan war niemals vollständig gewesen. Oder durchdacht. Neve hastete durch den Schnee und zählte die Schritte, die sie von Lauri wegführten. Bei jedem dachte sie an die Worte, die sie ihm an den Kopf geworfen hatte, und fast wäre sie umgekehrt, um sich bei ihm zu entschuldigen. Er hatte das nicht verdient, und vor allem war nichts davon seine Schuld.

Und nichts davon war die Wahrheit. Ihr Platz konnte bei ihm sein, an seiner Seite und in seinen Armen, denn die vergangene Nacht hatte sich so richtig angefühlt. Die Vorsicht, mit der Lauri sie behandelt hatte, seine Geduld und seine Berührungen – all das war so anders gewesen als bei Gideon. Er hatte nicht genommen, sondern gewartet, bis sie bereit gewesen war zu geben. Er hatte dafür gesorgt, dass ihre Haut noch immer kribbelte, als er bereits schlief. Sie hatte sich bei ihm sicher und vollständig gefühlt.

Bis zu dem Moment, als er von ihr weggedriftet war.

Er hatte sie zu Tode erschreckt, als er im Fieberschlaf von der Höhle mit dem Teich fantasierte, von dem Ort, den er nicht kennen sollte. Nicht kennen durfte! Immerhin war er nicht gestorben, so wie sie, und durfte die Winterherrin überhaupt nicht sehen, geschweige denn sich in ihrer Nähe aufhalten. Aber er hatte auch nur von der Höhle geredet, nicht von einer Frau. Bedeutete das, er war ihr erst gar nicht begegnet?

Aber was verband ihn dann mit jenem Ort? Es musste einen Grund dafür geben.

Ihr fiel nur einer ein, und obwohl sie nie viel auf ihre Intuition gegeben hatte, spürte sie, dass es richtig war: Sein Traum war eine Botschaft an sie oder, schlimmer noch, eine Warnung. Abgesehen von den Wunden, die er sich auf der Suche nach ihr zugezogen hatte, war Lauri gesund gewesen. Es gab keine Erklärung für dieses plötzliche Fieber und die Schwäche, gegen die er stundenlang gekämpft hatte. Keinen Grund außer sie selbst.

Neve zog den Kopf zwischen die Schultern. Lauri hatte Fieber bekommen, während sie an seiner Schulter geschlafen und sich erholt, nachdem sie ihn vom Sessel aus beobachtet hatte. Nach allem, was in den letzten Tagen geschehen war, konnte das kein Zufall sein. Es sah fast so aus, als hätte sie ihm seine Lebenskraft geraubt, seine Wärme.

War so etwas möglich? Neve blinzelte Schneeflocken weg, starrte in den Himmel und versuchte, sich an wichtige Einzelheiten zu erinnern. Ihre Haut war nicht warm geworden, selbst nachdem sie miteinander geschlafen hatten. Wenn eins an ihr anders war seit ihrem Tod, dann war es ihr Verhältnis zum Winter und seinen Temperaturen, bei denen sie sich so wohlfühlte, als hätte sie nie etwas anderes gekannt.

Die Kälte musste also der Grund sein. Sie war auf Lauri übergegangen und hatte sich in ihm festgesetzt. Nur, dass es keine normale Kälte war, sondern eine, die lähmte und stahl, was nicht ihr gehörte.

Neve lachte hart auf. Gideon hatte ihr so oft vorgeworfen, sie sei melodramatisch, und sie hatte niemals verstanden, was er ihr eigentlich damit sagen wollte. Wenn er sie nun sehen könnte, würde er alle Vorwürfe zurücknehmen, denn ihre frühere Unzufriedenheit war nichts gegen die Tatsache, dass sie tot war und trotzdem durch die kanadische Wildnis lief. Oder dass sie anderen die Gesundheit stahl, allein durch ihre Gegenwart.

Sie hob die Hände und betrachtete sie. Da waren keine Anzeichen von Tod oder Verfall, sondern nur reines Weiß. Ihr Lachen verwandelte sich in ein Schluchzen, und als das Bild von Lauris dunklen Augen sich weigerte, aus ihrem Kopf zu verschwinden, weinte sie. Tränen rannen über die Wangen und gefroren, ehe sie zu Boden fallen konnten. Stattdessen lösten sich kleine glitzernde Eiskristalle von ihrer Haut.

Sie hatte nicht einmal den Ansatz eines Plans. Zurück nach Longtree konnte sie nicht, und die Höhle würde sie wahrscheinlich nicht finden. Blieb ihr Vater oder vielleicht auch Kira.

Erstaunt stellte sie fest, wie wenig ihr die Vorstellung gefiel. Sie horchte in sich hinein, während sie an ihre beste Freundin dachte oder an den kläglichen Rest, der von ihrer Familie übrig geblieben war. Nichts. Da war weder ein Funken Zuneigung noch etwas anderes. Im Gegenteil, alle Gefühle, die sie für die Menschen empfinden sollte, die sie beinahe ihr ganzes Leben lang kannte, waren wie weggewischt – so als erinnerte sie sich an einen Traum, der kurz nach dem Aufwachen noch präsent war, aber rasch verblasste. Sobald sie sich auf etwas anderes konzentrierte, bröckelten die Bilder. Sie hatte alles vergessen, was ihr einst wichtig gewesen war, und sie trauerte nicht einmal darum. Nur Lauri war noch in ihrem Kopf und in ihrem Herzen, und es tat weh. Ihn musste sie energisch beiseiteschieben, damit sie heilen konnte, wenn das überhaupt möglich war.

Was also blieb ihr? Nichts und niemand, nur die Nacht und

der Schnee und die eigenen Tränen, die so schön im Mondlicht schimmerten wie niemals zuvor. Neve pflückte einen Kristall aus ihren Wimpern und hielt ihn in die Höhe. Er zog das Licht der Sterne an, bündelte und brach es. Eine winzige Korona umgab ihre Hand. Ihre Sehnsucht wuchs. Aber es war nicht nur Lauri, den sie vermisste.

Sie blieb stehen und stellte sich auf Zehenspitzen auf der Suche nach einer Erhebung, einer Veränderung in der Landschaft, einem winzigen Strahl aus Blau und Silber. Sie fand nichts, dabei war dies definitiv der Weg, den sie bereits zuvor gegangen war. Mutlos trampelte sie ein Stück der Schneefläche platt und ließ sich darauf nieder. Wenn sie in der Nacht, als sie vor Gideon geflüchtet war, geglaubt hatte, allein gewesen zu sein, so hatte sie echte Einsamkeit nicht gekannt. Sie bedeutete, weder Wurzeln zu haben noch etwas anderes, an dem man sich festhalten konnte, und sei es auch nur für einen Augenblick.

Lauri durfte nicht zu diesem Anker werden, da sie es sich sonst womöglich anders überlegte und aus purem Egoismus zu ihm zurückkehrte. Das konnte sie ihm nicht antun. Er hatte eine Frau verdient, die ihn glücklich und nicht krank machte. Eine Frau aus Lachen, Sonne und Leben.

Neve rollte sich auf den Rücken und starrte in den Himmel. Es hatte wieder zu schneien begonnen. Sie ließ sich vom immer stärker werdenden Treiben einlullen und glaubte, in der Ferne ein Klingeln zu hören. Jemand lachte – oder spielte dort Musik? Es musste Longtree sein, wahrscheinlich stand die Tür der Bar offen und entließ einen Betrunkenen nach dem anderen in den Schnee, wo er pinkelte oder sich übergab.

Neve konzentrierte sich auf die zart über die Landschaft

schwebenden Töne und begriff, dass sie sich geirrt hatte. Da war eine Geige, vielleicht auch eine Flöte, aber spätestens bei den Trommeln im Hintergrund war sie sicher, dass es nicht aus dem Resort kam. In Longtree gab es von morgens bis abends E-Gitarren und dröhnende Bässe, und wenn der Besitzer nach wenigen Bieren die Lautstärke aufdrehte, musste man in der Bar brüllen, um sich zu verständigen. Das Wummern hatte nichts mit dieser verschlungenen Melodie gemein, die ebenso eine Botschaft war wie Lauris Träume.

Hoffnungsvoll rappelte sich Neve wieder auf und lief in die Richtung, in der sie den Ursprung der Musik vermutete. Wenn sie die Sterne richtig deutete, ging sie nach Westen und ließ Longtree sowie Lauris Hütte hinter sich. Hin und wieder blieb sie stehen, wenn die Musik verstummte, doch sie setzte stets nach wenigen bangen Atemzügen wieder ein. Manchmal war Neve nicht sicher, ob es wirklich Trommelschläge waren oder das Donnern von Pferdehufen – oder beides? –, doch das spielte keine Rolle. Solange es sie zur Winterherrin führte, würde sie auch dem Geheul eines Wolfsrudels folgen. Es musste einfach so sein. Wer sonst außer ihr sollte mitten in der Nacht so fremdartige Musik machen?

Die Schneewehen flachten ab, bis sie nur noch wenige Handbreit hoch waren. Verwundert stellte Neve fest, dass sie an einer getrampelten Wegkreuzung stand. Rechts und links der Schneisen waren Hufspuren zu sehen.

Neve stellte sich in die Mitte. Sie war allein. Die Musik war verstummt, nur der Wind flaute auf und wirbelte Flocken umher. Neve überlegte und entschied, den Hufspuren zu folgen, doch je mehr die Schneewehen wieder anwuchsen, desto schlechter konnte sie die Abdrücke erkennen, bis sie vollständig verschwunden waren. Dasselbe Bild bot sich in den anderen drei Richtungen, und schließlich ließ sich Neve, erschöpft von zu viel fehlgeleiteter Hoffnung, an der Kreuzung zu Boden fallen. Sie war unsagbar müde. Versuchsweise kauerte sie sich in eine halbwegs gemütliche Position, schloss die Augen, rutschte noch eine Weile hin und her, bis sich eine leichte Kuhle unter ihr gebildet hatte, und sank in einen Dämmerschlaf. Sie bekam mit, dass der Wind nachließ und es aufhörte zu schneien. Die Ruhe umhüllte sie wie eine Glaskugel, und sie stellte sich vor, in einer solchen zu liegen, betrachtet von fremden Menschen, die sich ihrer erbarmten und das Wunderwerk nicht schüttelten.

Urplötzlich änderte sich etwas in der Atmosphäre. Obwohl sie noch immer nichts hören konnte, wusste Neve, dass sie nicht mehr allein war. Schlagartig war sie hellwach, setzte sich auf und klopfte sich den Schnee aus den Haaren. Bis zur Morgendämmerung waren es noch einige Stunden, aber darüber zerbrach sie sich nicht den Kopf. Hatte sie es bislang nicht bemerkt, so wurde ihr jetzt bewusst, wie gut sie auf einmal trotz der Dunkelheit sehen konnte. Die Bewegung entging ihr nicht. Jemand hielt sich ganz in ihrer Nähe auf und verursachte nicht das geringste Geräusch.

»Hallo?«

Weder erhielt sie eine Antwort noch blieb derjenige stehen. Es musste ein Mann sein oder eine große Frau mit kurzem Haar. Höchstwahrscheinlich jemand aus dem Resort, der sich entweder die Beine vertrat oder – die schlimmere Option – betrunken durch die Gegend torkelte. Neve hatte wenig Lust, sich mit dem Kerl zu unterhalten oder ihn gar zurückzubringen, damit er in der Winternacht nicht erfror.

Bei der Ironie dieses Gedankens lächelte sie. Es fühlte sich schief an und kläglich, aber es half, sich zusammenzureißen. Mit einem Seufzen stand sie auf, ging der Person entgegen und änderte kurz darauf ihre Meinung. Betrunken war derjenige nicht, dafür bewegte er sich zu ruhig und gleichmäßig. Viel zu ruhig, um genau zu sein. Selbst sie machte deutlich mehr Lärm. Dann zog die Nacht ihren Schleier beiseite, und Neve blieb wie angewurzelt stehen.

Es war Lauri. Er trug seine Schneestiefel und hatte die Jacke bis zum Hals geschlossen, die Arme baumelten locker neben dem Körper. Seine Haare ringelten sich feucht in seine Stirn, und er starrte ausdruckslos auf den Weg.

Es tat weh, ihn zu sehen, und in Neves Magen begann es zu rumoren. Doch nun war es zu spät, um umzudrehen oder so zu tun, als hätte sie ihn nicht bemerkt. Er musste sich auf die Suche nach ihr gemacht haben – wieder einmal. Warum sollte er sonst mitten in der Nacht durch die Gegend laufen? Trotz allem war sie unendlich froh, ihn zu sehen und zu wissen, dass sie ihm noch immer etwas bedeutete. Sie wollte nichts lieber, als sich in seine Arme werfen, aber sie wusste, dass sie ihm damit nur schaden würde. Auf Freude folgte Verzweiflung, dann Wut. Es war ohnehin schon schwer genug, sich von ihm fernzuhalten. Warum machte er es noch komplizierter und zwang sie, ihm ein weiteres Mal sagen zu müssen, dass das mit ihnen endgültig vorbei war? Abgesehen davon, dass es nicht einmal angefangen hatte.

Lauri war nun nur wenige Schritte entfernt, und noch immer hatte er sie nicht bemerkt. Seine Haut war bleich, unter seinen Augen lagen tiefe Schatten. Er schien am Ende seiner Kräfte zu sein. Neve schluckte schwer, immerhin trug sie einen

Teil der Schuld, wenn nicht die ganze. Was auch immer die Konsequenzen waren, sie konnte Lauri nicht den Rücken zudrehen und gehen.

»Hallo«, sagte sie leise.

Er reagierte nicht. Mittlerweile hatte er die Kreuzung erreicht und lief mit gleichmäßigen Bewegungen an ihr vorbei. Neve nestelte unsicher an ihrer Kleidung herum. Sie musste ihn sehr verletzt haben, wenn er sich so verhielt. »Lauri, es tut mir so leid.«

Er drehte sich nicht einmal zu ihr um. Der Wind legte sich, und auf einmal fiel Neve die unheimliche Stille auf. Da war keine Musik mehr, kein Rauschen in der Luft, kein Atmen – und erst recht nicht Lauris Schritte oder das Knirschen des Schnees unter seinen Füßen. Die feinen Härchen in Neves Nacken stellten sich auf. Fassungslos starrte sie Lauri hinterher.

»Warte!« Sie rannte los.

Der Wind setzte wieder ein, die nächste Böe brachte eine Wand aus Schneeflocken mit sich und nahm Neve die Sicht. Als sich die Umgebung wieder klärte, war Lauri zu einem Schemen geworden, der kaum noch etwas Menschliches an sich hatte. »Hey! Bleib stehen!« Sie lief weiter, aber so sehr sie sich auch anstrengte, der Abstand zwischen ihnen wurde stetig größer, bis Lauris Umriss im dichten Treiben der Luft verschwand. Verzweifelt schrie Neve seinen Namen, aber der Wind zerrte die Silben davon, riss an ihren Haaren und ihrer Kleidung. Sie presste die Hände auf die Ohren. Der Wind war in Sekundenschnelle zu einem wahren Sturm herangewachsen, und sie stolperte blind und hilflos mitten durch. Sie spielte mit dem Gedanken aufzugeben, als sie Lauri sah. Still stand er im Unwetter, hatte eine Hand erhoben und winkte ihr zu.

Neve schaffte zwei weitere Schritte, ehe der Wind sie so heftig traf, dass sie keine Luft mehr bekam. Sie hustete und wollte sich umdrehen, um den Böen den Rücken zuzuwenden. Doch die prallten von allen Seiten auf ihren Körper, brachten Eisstücke mit sich, die schmerzhaft in ihr Gesicht schlugen, und dröhnten so laut in den Ohren, dass Neve fürchtete, ihre Trommelfelle würden platzen. Immer verzweifelter versuchte sie zu atmen, sog Schnee in ihre Kehle und hustete ihn wieder aus. Sie krümmte sich, fiel auf die Knie und barg den Kopf in den Händen.

Und dann war es plötzlich vorbei. Der Wind flaute ab, aus dem beißenden Eis in der Luft wurden weiche Flocken. Neve atmete gierig ein, würgte und atmete wieder. Unsicher stand sie auf, strich sich die verknoteten Haare aus dem Gesicht und hob den Kopf.

Sie war nicht allein. Die Gestalt war noch immer da, doch es war nicht Lauri. Zwei lange Haarsträhnen flossen über Hals und Brust, der Rest war hochgesteckt und mit Kristallschnüren benetzt.

»Du hast nicht mich erwartet«, sagte die Winterherrin weich und kam näher. Sie trug Kleid und Mantel wie in der Höhle und bewegte sich so lautlos wie Lauri zuvor, doch viel fließender. Ihre Füße unter der langen Schleppe schienen den Boden nicht zu berühren.

Neves Herz schlug bis zum Hals, und sie konnte den Blick nicht von der Frau lösen. Niemals würde sich irgendetwas in ihren Weg stellen, nicht einmal der Wind. Sie befehligte die Winternacht.

Sie lächelte auf Neve herab, pflückte Eisstücke aus ihrem Haar und ordnete es, indem sie mit ihren schlanken Fingern hindurchfuhr. »Du hast jemand anderes an der Kreuzung gesehen, mein Kind.« Sie streichelte Neves Wange und lächelte stolz, als wäre sie mit dem zufrieden, was sie sah. »Wer war es?« Die Silberfunken in ihren Augen leuchteten.

Überwältigt von ihren Gefühlen, antwortete Neve nicht sofort. Sie war durcheinander, aber glücklich. Es war jene Art von Glück, das keine Worte zuließ, weil es sie wie eine Welle überrollte und zu groß war, um es beschreiben zu können. Mit jeder Faser ihres Körpers hoffte sie, dass sie die Winterherrin begleiten und bei ihr bleiben durfte. Dann würde und konnte sie akzeptieren, was geschehen war und welche Konsequenzen es mit sich brachte. Sie würde Lauri sein Leben führen lassen und versuchen, ihn zu vergessen. Er gehörte nicht ... dorthin.

Erst jetzt fiel ihr auf, dass sie nicht antworten konnte. Sie schluckte und blickte in das Gesicht, dessen Linien so klar waren wie der Frost am Morgen. Aus Gründen, die sie selbst nicht verstand, wollte Lauris Name nicht über ihre Lippen kommen. Aber sie durfte nicht riskieren, die Winterherrin zu verärgern!

Die hob eine Augenbraue und umfasste Neves Kinn. »Ich weiß, du möchtest nach Hause kommen, aber das geht nicht. Noch nicht.« Ihre Worte drückten pures Bedauern aus. »Ich würde dich mit mir nehmen, kleine Neve, aber du musst erst etwas dafür tun.« Sie breitete die Arme aus, ihr Mantel beschrieb einen flirrenden Bogen um sie. In der Ferne setzten die Musik und das Lachen ein, unterbrochen von Hufschlägen.

Neve nickte hastig. »Ich tue es.« Die Worte waren heraus, ehe sie darüber nachdenken konnte, aber sie hatte wahnsinnige Angst, dass die Frau gehen und sie allein zurücklassen würde. Seit sie denken konnte, war das immer wieder geschehen. Ihre

Mutter war für immer gegangen, Männer hatten sie verlassen, und selbst Gideon hatte die Beziehung zu ihr insgeheim schon vor Monaten beendet. Wenn die Winterherrin ihr nun den Rücken kehrte, war sie verloren. »Ich tue es«, wiederholte sie mit mehr Nachdruck.

Die Frau wirkte zufrieden und schwenkte eine Hand durch die Luft. Der Schnee begann zu schimmern, winzige Partikel stoben in die Höhe und ließen selbst die Luft glänzen. Neve beobachtete es fasziniert. Es gab so viele Arten von Weiß, und es wurden immer mehr. Sie streckte eine Hand aus, und einige der tanzenden Funken landeten darauf. »Das ist wunderschön.«

»Und das ist noch längst nicht alles. Auf dich wartet so viel mehr.« Die Stimme der Frau war überall, an Neves Ohr und in ihrem Kopf, selbst in der Luft und in den fernen Geigentönen. »Du erinnerst dich an den Teich in meiner Höhle?«

Neve nickte stumm. Niemals würde sie auch nur ein Detail vergessen, erst recht nicht den Teich mit den Lichtern unter der zugefrorenen Oberfläche.

Die Frau nahm sie bei der Hand und lief los, und Neve ließ sich mitziehen. Wo sie bereits ohne Mühen vorangekommen war, schien der Boden jetzt nur so unter ihr hinwegzugleiten. Sie hätte stundenlang Seite an Seite laufen können.

»Aus diesem Teich beziehe ich meine Macht.« Die Herrin deutete nach vorn. Schnee wirbelte auf und stieg wie in einer umgekehrten Windrose gen Himmel. Der Anblick war verstörend, beängstigend und herrlich zugleich. »Dort landen die Seelen der Eisopfer.«

Der Wirbel breitete sich aus, erreichte sie beide und hüllte sie ein.

Neve schüttelte den Kopf und hoffte, sich verhört zu haben. »Eisopfer?«

»Es sind die Seelen von Menschen, die in den Raunächten gestorben sind.«

Neve zuckte zusammen. »Aber ... aber ich bin auch ... warum ...«

Die Winterherrin drückte ihre Hand. »Du bist etwas Besonderes. Nur Menschen, die in den magischen zwölf Nächten zur Welt gekommen sind und auch in ihnen ihr Leben gelassen haben, können mich finden. Doch nicht jeder darf so einfach bleiben, meine Kleine.« Obwohl die Flocken noch immer um sie herum tanzten, stand die Luft still, als sie über Neves Wange streichelte. »Ich schenke jedem ein Zuhause, aber dafür verlange ich auch etwas. Vertrauen. Hingabe. Und auch Treue. Daher muss jeder von euch ein Eisopfer bringen, um bei mir sein zu dürfen. Du wirst meinem Teich eine Seele hinzufügen, Neve, und es muss bald geschehen. Dann wirst du endlich alles bekommen, wonach du dich sehnst.« Die Leichtigkeit in der Stimme bildete einen scharfen Kontrast zu ihren Worten.

Neve zitterte, als sich die Finger der Winterherrin auf ihren zunehmend hart und schwer anfühlten. Sie wagte nicht, sie anzusehen, und starrte auf die groben Schuhe an ihren Füßen. Wie ungewohnt das braune Leder plötzlich wirkte. »Ich kann doch niemanden töten. Wie ... wie sollte ich das auch tun?« Sie wusste nicht, ob sie es geflüstert oder nur gedacht hatte, doch die Winterherrin antwortete ihr augenblicklich.

»Ich weiß, dass du es kannst, aber nur du weißt, ob du es willst.« Sie zog ihre Hand zurück.

Neve schüttelte den Kopf. Ein unsichtbares Gewicht drückte

auf ihre Brust. Puzzlestücke fügten sich zu einem Bild zusammen, das so unglaublich fremd und vertraut zugleich war. Sie dachte an ihre Sehnsucht, an den Schnee, die Kreuzung, und schließlich daran, wie Lauri in ihrer Gegenwart immer schwächer geworden war. Die Botschaft war unmissverständlich, und in ihr schlug ein Instinkt an, den sie zuvor nie bemerkt hatte. Sie wusste, wie sie der Winterherrin ein Eisopfer bringen musste, aber dass sie dafür nicht einmal eine Waffe brauchte, ließ es umso grausamer erscheinen.

»Aber was, wenn ich es nicht schaffe?«, suchte sie einen letzten Ausweg.

»Oh, das wirst du.« Die Antwort war so leise, dass Neve erschrocken herumwirbelte. Die Winterherrin stand weit von ihr entfernt, ihr Gesicht war kaum noch zu erkennen.

»Nein!« Neve rannte los. »Bitte warte! Ich …« Die Worte blieben ihr im Hals stecken, und sie hustete, bis es brannte. Unsicher blieb sie stehen. »Ich will es doch versuchen«, hauchte sie und hasste sich so sehr dafür, dass sie ihre Fingernägel in den Unterarm grub. Der Schmerz war zumindest eine kleine Strafe für das, was sie soeben ausgesprochen hatte.

Die Winterherrin nickte. Sie kam nicht näher, aber Neve hörte das Lächeln in ihrer Stimme. »Wen hast du an der Kreuzung gesehen, Kleines?«

Neve verstärkte den Druck auf ihrem Arm und spürte, wie das Blut über die Haut lief. »Einen Mann«, stieß sie hervor. Hoffentlich genügte das als Antwort. Egal, was geschah, Lauri durfte nicht in diese Sache hineingezogen werden. Er hatte nichts mit ihren Problemen zu tun, und solange die Chance bestand, dass es gefährlich für ihn war, würde sie sich lieber die Zunge abbeißen, als seinen Namen zu nennen. Sie erschrak, als sie kühle Finger in ihrem Nacken spürte, entspannte sich aber sofort unter der vertrauten Berührung.

»Bring mir denjenigen, den du am meisten liebst«, flüsterte die Winterherrin in ihr Ohr. »Dann hast du deine Zahlung geleistet und wirst mir für immer folgen. Wir ruhen das Jahr über und tanzen in den zwölf Nächten, die uns gehören. Du wirst die Reichtümer des Winters kennenlernen, kleine Neve, und Schnee sowie Wind befehligen. Du wirst niemals mehr allein sein.« Ein zarter Kuss auf ihr Haar besiegelte das Versprechen. »Und nun geh. Wir werden uns bald wiedersehen. Bis dahin habe ich ein Geschenk für dich. Es trägt deine Erinnerungen, und ich gebe es dir als Zeichen, dass ich für dich da sein werde, sobald du die letzte Grenze überwunden hast. Bis bald, Kind der Raunächte.«

Etwas glitt über Neves Hals und kitzelte ihre Haut auf angenehme Weise. Sie tastete danach – es war eine feine Kette, an der ein Anhänger baumelte. Lange Zeit wagte sie nicht, sich zu rühren. Als sie sich irgendwann umdrehte, war die Winterherrin verschwunden, und mit ihr die Schönheit der Nacht. Zurück blieben nur Grau und Weiß, ohne das majestätische Glitzern. Es schneite noch immer, doch die Flocken sanken matt und schwer zu Boden. Neve war allein.

Sie fasste die Kette und streifte sie sich über den Kopf, um sie betrachten zu können. Der Anhänger war länglich, am unteren Ende breiter und abgerundet. Im matten Inneren bewegte sich etwas, dünne Schlieren schienen dort zu wabern. Zu den Rändern hin wurde er mehr und mehr durchsichtig und erinnerte an einen Eiskristall. Neve hob ihn über ihren Kopf in der Hoffnung, das Sternenlicht einfangen zu können, und wirklich funkelte er, wenn auch verhalten. Ein wunderschönes

Stück. Sie hätte es gern länger betrachtet, einfach nur, weil es sich herrlich normal anfühlte, mit einem Hauch weiblicher Eitelkeit einen Kettenanhänger zu bewundern. Doch irgendetwas nagte an ihr und drängte sie, nicht herumzustehen. Dieses Etwas war düster und passte nicht in eine Welt aus Schmuck und Leichtigkeit, aber sie schleppte es mit sich herum, seit sie nicht nur Gideon, sondern auch ihr altes Leben hinter sich gelassen hatte.

Nicht nur ihr altes Leben, sondern allgemein ihr Leben. So unbegreiflich es klang, so einfach war es. Oder auch nicht. Sie war gestorben, aber nicht tot. Also ... was war sie?

Wir ruhen das Jahr über und tanzen in den zwölf Nächten, die uns gehören.

Neve dachte an das Lachen und die Musik. Ja, sie wollte Teil davon werden. Ihr blieb nichts anderes übrig, als zu tun, was die Winterherrin von ihr verlangte. Sie würde das Eisopfer bringen und anschließend versuchen, für immer zu vergessen, was sie getan hatte.

Bring mir denjenigen, den du am meisten liebst.

Bei der Erinnerung an die Worte der Winterherrin zog sich ihr Magen zusammen. Es konnte kein Zufall sein, dass sie Lauri kurz zuvor an der Kreuzung im Schnee gesehen hatte. Sollte das etwa ein Hinweis sein?

Ihre Finger schlossen sich so fest um den Kristall, dass er sich schmerzhaft in ihre Haut bohrte. Sie war bereit, eine Menge zu tun und Grenzen zu übertreten, die sie nie zuvor auch nur von Weitem betrachtet hatte. Aber welcher Preis auch auf sie wartete, sie konnte Lauri nicht schaden. Es musste eine andere Möglichkeit geben, um dem Teich in der Höhle eine Seele hinzuzufügen, die als Bezahlung genügte. Und auch, wenn sie sich fühlte wie die größte Verräterin auf dieser Erde, so hatte sie bereits einen Plan.

Sie ließ den Kristall los und machte sich auf den Weg. Der Anhänger prallte im Rhythmus ihres Herzschlags gegen ihre Brust, fast so, als wollte er sie warnen.

12

*D*er Bleistift stieß durch das Papier und bohrte ein Loch in die Brust des Wolfs, dessen Kopf viel zu massig für den Körper geworden war. Lauri fluchte und schleuderte Stift samt Zeichenblock durch den Raum. Er traf die Wasserflasche auf der Küchenzeile und riss sie zu Boden. Das Klirren tat gut, weil es der Wut erlaubte, an die Oberfläche zu kommen. Aber es brodelte zu viel in ihm, da er einen Großteil heruntergeschluckte, seitdem Neve gegangen war, und er konnte schlecht die gesamte Einrichtung zerlegen. Genau genommen wusste er nicht einmal, warum er wütend war, auf wen oder auf was. Auf Gideon, der, wie es schien, noch immer in Neves Kopf herumspukte, oder auf das Schicksal, das ihm erst diese wundervolle Frau in die Arme trieb, um sie ihm dann brutal wieder zu entreißen. In jedem Fall auf sich selbst. Die ganze Sache hätte sich besser entwickeln können, wenn er sich an irgendeinem Punkt anders verhalten hätte.

Hätte sie wirklich? Er musste dringend aufhören, darüber nachzudenken. Wenn er jetzt alles, was er gesagt und getan hatte, analysierte, würde er zunächst wahnsinnig werden und nach einer Weile sowieso akzeptieren, dass er nur spekulierte, aber niemals eine Antwort erhalten würde. Die konnte ihm nur Neve liefern.

Er sah zum Zeichenblock, der zynischerweise so gelandet

war, dass er ihm die Fee mit Neves Zügen zeigte. Es brachte ihm nichts, weiter zu zeichnen – der Verlag würde ihm das Ergebnis zusammen mit einer Kündigung an den Kopf werfen, und er selbst wurde mit jedem Strich unzufriedener. Was also blieb? Nachdenklich starrte Lauri in den Raum. Im Schrank hatte er bei seiner Ankunft eine Flasche Billigwhisky entdeckt, aber zum einen mochte er das Zeug nicht, und zum anderen würde es ihn nur depressiv machen. Flucht war in seinem Leben noch nie eine Option gewesen, und er würde auch jetzt nicht damit anfangen. Nicht, weil ihn eine Frau abservierte, die er erst seit Kurzem kannte.

Ben würde ihn auslachen, und das zu Recht. Wobei die Sache mit Neve in allen Belangen wahnsinnig intensiv gewesen war – Gefühle, Vertraulichkeit, sogar das Tempo. Er war noch nie mit einer Frau nach nur einem Tag im Bett gelandet. Sein Ruf als Einsiedler kam nicht von irgendwoher. Selbst als er und Cecile sich nach fünf Jahren getrennt hatten, war er nicht traurig gewesen – eher erleichtert, dass ihr ebenso wie ihm viel daran gelegen war, weiterhin befreundet zu sein. Sie waren es noch heute.

Möglicherweise lag hier das Problem. Neve war gegangen, ohne ihm eine Chance zu lassen, sie jemals wiederzusehen. Auf der anderen Seite war es wahrscheinlich besser so. Er könnte es nicht ertragen, sie mit Gideon oder einem anderen Mann zu sehen und selbst nur der gute Freund zu sein, dem sie von den Problemen erzählte, mit denen sie ihren Partner nicht nerven wollte.

Lauri rieb sich mit beiden Händen das Gesicht. Er hatte sich wohl die falsche Person ausgesucht, um sich Hals über Kopf zu verlieben, und entweder er fiel nun vollends in die Grube mit Selbstmitleid, oder er musste hier raus.

»Also dann.« Er sprang auf und schlüpfte in Stiefel und Jacke. Viel Lust auf einen Spaziergang hatte er nicht, noch weniger auf eine Begegnung mit Matt Grimes, einem anderen Longtree-Bewohner oder gar Gideon, aber alles war besser, als dumm herumzusitzen.

Er war bereits aus der Tür, als ihm auffiel, dass er sich nicht mehr krank fühlte. Das Fieber war ebenso abgeklungen wie die Erkältung, nicht mal ein Kratzen im Hals war zurückgeblieben. Immerhin etwas, auch wenn es ihm mehr oder weniger egal war.

Er wählte den Weg, den er bereits zuvor gegangen war, da die anderen Richtungen entweder Longtree oder Wolfsgebiet bedeutet hätten. Er versuchte, sich auf seine Sinne zu konzentrieren, um vor seinen Gedanken zu flüchten: die Kälte, der Geschmack von Schnee in der Luft, das gedämpfte Geräusch seiner Schritte, die Umrisse der Baumgruppe in der Ferne.

In der Nacht hatte es wieder geschneit, die alten Spuren waren fast verschwunden. Lauri hoffte inbrünstig, dass dieser Tag schnell vorüberging. So unkreativ war er selten zuvor in seinem Leben gewesen, zudem konnte er nicht ewig hier draußen herumlaufen. Heute war er ein Fremder, der sich selbst nicht ertrug.

Ein Lachen riss ihn aus seinen Gedanken. Es war so hell und verhalten, dass Lauri zunächst glaubte, sich getäuscht zu haben, aber dann sah er sie.

Neve. Sie hatte die Kapuze über den Kopf gezogen und lief wie ein übermütiges Kind durch den Tiefschnee. Eine Haarsträhne war dem Zopf entkommen und hüpfte auf und ab, wenn der Wind mit ihr spielte.

Lauris Herz schlug schneller, er zögerte und blieb stehen.

Es war schön und tat gleichzeitig weh, ihr zu begegnen. Ihr Gesicht strahlte vor Freude, sie wirkte gelöst und beinahe ausgelassen, ganz anders als zuvor. Sie streifte die Kapuze zurück, legte den Kopf in den Nacken und lachte. Ihre Freude hätte ansteckend sein können, wenn sie Lauri nicht so tief getroffen hätte. Er hatte es geschafft, ihr ein Lächeln zu entlocken, ja, doch es war niemals so echt und frei gewesen wie dieses. Neve war endlich den Schatten losgeworden, den sie mit sich herumgeschleppt hatte, war von Dingen befreit, die sie ihm nicht hatte erzählen wollen.

Lauri gab sich einen Ruck. Am besten, er ging weiter, ehe sie ihn bemerkte, doch plötzlich kam er sich dumm dabei vor, sie einfach zu ignorieren, hob eine Hand und winkte. Sie waren beide erwachsen, Herrgott noch mal.

Neve reagierte nicht und ging weiter, noch immer lächelnd.

Lauri schüttelte den Kopf. Was auch zwischen ihnen vorgefallen war – dieses Verhalten passte nicht zu ihr. Aber sie konnte ihn doch nicht übersehen haben?

Ihre Haare wehten im Wind, der bereits wieder zunahm. Der Himmel verdunkelte sich in rasendem Tempo und hüllte sich in hässliches Grau. Das sah gar nicht gut aus. Da wartete nicht nur erneuter Schneefall, sondern gleich eine verdammt üble Schlechtwetterfront. Und Neve lief direkt hinein.

Lauri fluchte und wünschte sich, doch die Einrichtung zerlegt zu haben. Warum zwangen die Umstände ihn ständig, ihr hinterher zu laufen? Doch dann schob er sein Ego beiseite, gab sich einen Ruck und folgte ihr. »Neve, warte!«

Noch immer reagierte sie nicht. Der Wind wurde mit jedem Schritt stärker, in der Ferne grollte es. Neve verschwand kurzzeitig hinter einer dünnen Wand aus Weiß.

Die nächste Windböe traf Lauri mit voller Wucht und ließ ihn taumeln. Er lehnte sich nach vorn und verschränkte die Arme vor seinem Körper. Entweder, er spielte noch einmal den Retter, oder er schloss diese ganze seltsame Episode nun ab und ließ Neve in einen Eissturm laufen. Aber was, wenn sie genau das wollte? Er hatte sie schon einmal aus dem Schnee geholt, und wäre er nicht gewesen, läge sie höchstwahrscheinlich noch immer dort, und man würde ihren Körper erst im kommenden Frühjahr finden. War sie etwa deshalb gegangen – weil sie noch immer vorhatte, ihrem Leben ein Ende zu setzen? Lauri lief schneller. Das hatte nun nichts mehr damit zu tun, dass er ein liebeskranker Idiot war, sondern dass er ein Mädchen kennengelernt hatte, das in gewisser Weise labil war. Sein Gewissen würde nicht mitspielen, wenn er nun umdrehte.

Er verzichtete darauf, noch einmal zu rufen – sie konnte ihn auch nicht mehr hören, da der Wind tobte und pfiff –, und zog den Kragen seiner Jacke höher, als ein Schwall Flocken seinen Weg unter den Stoff fand und unangenehm auf seiner Haut schmolz. Die Sicht war innerhalb der letzten Minuten schlecht geworden. Lauri wischte sich über das Gesicht und schützte die Augen mit einer Hand.

Neve tauchte links von ihm auf, und er stapfte los. Nach kurzer Zeit begann er zu schwitzen, wenngleich Fingerspitzen und Gesicht sich wie Eis anfühlten. Obwohl er viel Kraft in die Bewegungen legte, wurde der Abstand zu Neve nicht kleiner. Es war seltsam, immerhin war sie weit zierlicher als er und musste ebenso gegen die Böen kämpfen. Sie hatte ihre Kapuze nicht wieder aufgesetzt, aber es war auch sinnlos: Der Wind würde sie innerhalb kurzer Zeit von ihrem Kopf zerren.

Lauri stolperte, sackte auf die Knie und riss die Arme nach vorn, um sich abzufangen. Sein Atem ging schwer, und er gönnte sich eine kurze Pause, ehe er sich wieder auf die Beine quälte. Allmählich begann er, den Winter hier draußen zu hassen, obwohl er das nie für möglich gehalten hatte. Kanada war ein faszinierendes Land mit viel unberührter Natur, aber wenn er jetzt die Wahl hätte, würde er eine gut geteerte Straße vorziehen. Oder ein Schneemobil.

Er wollte weitergehen, als ihm ein Schauer über den Rücken lief und sich die feinen Haare in seinem Nacken aufrichteten. Lauri erstarrte. Jemand beobachtete ihn, und es war nicht Neve, die ihm noch immer den Rücken zuwandte.

Das Wolfsrudel kam ihm in den Sinn, aber wagten sich die Tiere wirklich bei dem Wetter raus? Andererseits: Warum nicht? Sie schienen es auf ihn abgesehen zu haben, denn kaum war Neve aufgetaucht, hatten sie das Weite gesucht. Und wenn es nicht die Wölfe waren, wer dann?

Lauri leckte sich über die Lippen und drehte sich langsam um. Er starrte auf eine tanzende Wand aus Grau und Weiß. Niemand war zu sehen.

Lauri zögerte. Er bildete sich das Gefühl nicht ein, aber jetzt und hier war er machtlos. Er hatte Neve bereits aus den Augen verloren und würde weiterlaufen, so wie bisher. Was blieb ihm auch anderes übrig? Zu warten, bis sein unheimlicher Beobachter sich zu erkennen gab?

Es fiel ihm schwer, die Präsenz in seinem Rücken zu ignorieren, und er warf regelmäßig einen Blick über die Schulter. Nichts.

Das Schneetreiben nahm weiter zu, und er konnte Neves Spuren nicht mehr erkennen. Ihm blieb nur, die Richtung zu schätzen. Er war nur wenige Schritte gelaufen, als der Wind abnahm und die Wirbel in der Luft sich klärten. Vor Lauri tanzte ein dunkler Umriss, und er atmete auf: Es war Neve. Sie hatte die Kapuze wieder über ihren Kopf gezogen und lief langsamer.

Lauri schnaubte. Diese spezielle Verfolgungsjagd gefiel ihm immer weniger. Er würde verhindern, dass Neve eine Dummheit beging, die sie das Leben kosten konnte, doch er würde ihr nicht durch das halbe Land folgen. Es war an der Zeit, das hier zu beenden.

Er legte zwei Finger an die Lippen und pfiff. Grell und aggressiv zog der Ton durch die Luft.

Neve blieb stehen.

Endlich!

Lauri wäre ihrem Beispiel am liebsten gefolgt und hätte sich ausgeruht, doch er wollte ihr keine Chance geben, ihn noch einmal abzuhängen. Momentan war sie ihm auf seltsame Art überlegen. Er schüttelte sich den Schnee aus den Haaren – ein sinnloses Unterfangen – und lief schneller.

Neve stand still wie eine Statue und drehte sich nicht zu ihm um. Er entschied, sich nicht mehr darüber zu wundern, und räusperte sich laut und vernehmlich, ehe er sie an der Schulter berührte, um sie nicht zu sehr zu erschrecken. Trotz der Jacke spürte er, wie kalt ihre Haut war.

»Neve, ich weiß, du willst nicht mit mir reden, aber was machst du hier draußen?«

Sie hob die Arme, strich die Kapuze zurück, drehte sich um und lächelte ihn an.

Lauri sah in braune Augen, die schräg in einem hellen, beinahe blassen Gesicht standen. Feine Sommersprossen sprenkelten eine Nase, die schmaler war als Neves, dafür weniger geschwungen.

»Sie müssen mich verwechseln«, sagte die Frau. Ihre Stimme war warm und melodisch, und trotzdem klang etwas darin mit, das Lauri nicht fassen konnte. Es gefiel ihm ganz und gar nicht.

Er blinzelte mehrmals und ahnte, dass er dabei nicht unbedingt intelligent wirkte, aber er konnte es einfach nicht glauben. Er war sich hundertprozentig sicher, Neve gesehen zu haben, und auch, wenn er sie zwischenzeitlich aus den Augen verloren hatte, so konnte das hier einfach nicht sein. Diese Frau trug Klamotten, die Neves zum Verwechseln ähnlich waren, und sah von hinten genauso aus wie sie – dieselbe zarte Statur, derselbe leichte Gang. Sogar ihre Haare waren von diesem Lichtblond, das selbst in der Dunkelheit von innen heraus zu leuchten schien. Das Gesicht der Frau unterschied sich jedoch deutlich von Neves, abgesehen von der extrem hellen Haut sowie dem geheimnisvollen Funkeln in den Augen. Bei dieser Frau gefiel es ihm allerdings weniger, es wirkte berechnend.

»Wer sind Sie?«

Die Frau lächelte weiter, als seien ihre Mundwinkel festgefroren. »Ich gehe nur ein wenig spazieren«, sagte sie.

»Mitten im Schneesturm.« Lauris Ton ließ keinen Zweifel daran, dass er ihr kein Wort glaubte.

Die Mundwinkel zuckten. »Ach, Sie haben ja so recht! Das muss wirklich seltsam ausgesehen haben. Aber das Wetter ist plötzlich umgeschlagen.« Sie lachte auf, ein Laut so falsch wie die Freundlichkeit auf ihren Zügen.

Sie strahlte etwas aus, das er nicht mochte. Lauri wusste, dass sie nicht die Wahrheit sagte, und er fragte sich, ob das Gefühl, beobachtet zu werden, mit ihr zu tun gehabt hatte.

Er dachte nicht daran, ihr Lächeln zu erwidern. »Selbst bei strahlendem Sonnenschein ist dies keine beliebte Wanderroute.«

Sie zuckte die Schultern. »Ich brauchte etwas Ruhe von dem ganzen Lärm der letzten Tage.« Ihre vage Geste umfasste die halbe Gegend. »So wie Sie wohl auch.«

»Ich habe eine Hütte in der Nähe und laufe ganz sicher nicht ziellos mitten durch die Wildnis, wo sich weit und breit nichts befindet.«

»Eine eigene Hütte, wie hübsch.« Sie lächelte breiter, doch ihr Gesicht bekam dadurch etwas Gefährliches. Vielleicht hatte sich auch eine Nuance in ihrer Stimme verändert, Lauri war sich nicht sicher. Er wusste nur, dass er dieses Gespräch schnell beenden sollte. »Also gut. Verlaufen Sie sich nicht, falls das Wetter sich wieder verschlechtert.« Er sah zum Himmel und riss die Augen auf, als er keine Anzeichen der Schlechtwetterfront entdeckte. Nicht nur der Sturm, sondern auch das Schicksal schüttelte ihn ordentlich durch. Oder warum stand er hier sonst mit dieser hübschen, aber zutiefst unsympathischen Frau, die er noch nie zuvor gesehen hatte, die ihn aber dazu brachte, am liebsten davonzulaufen? Lauri nickte ihr knapp zu und wandte sich um.

Schmale Finger umfassten sein Handgelenk. Sie waren kalt und erinnerten ihn schmerzlich an Neves Haut. »Warum leisten Sie mir nicht ein wenig Gesellschaft? Wir könnten zusammen ein Stück gehen.«

Er zog seine Hand zurück, ruhig, aber bestimmt. »Ich habe noch einiges zu erledigen. Ich muss arbeiten. Um ehrlich zu sein, habe ich Sie verwechselt, sonst hätte ich Sie nicht gestört.«

Funken blitzten in ihren Augen und verwandelten das Braun in Bernstein. »Das haben Sie nicht. Mich gestört, meine ich.« Sie legte den Kopf schräg und überlegte. »Sind Sie sicher, dass Sie schon zurück wollen? Ich kann Sie nicht überreden, mich noch zu begleiten und vor bösen Überraschungen zu beschützen ... wie Wegelagerern oder Wölfen?« Sie zwinkerte.

Lauris Magen zog sich zusammen, doch er ließ sich nichts anmerken. »Wenn es Ihnen hier draußen nicht geheuer ist, sollten Sie wirklich zurückgehen.« Er deutete über die Schulter. »Longtree, nicht wahr? Sie sind dort zu Besuch?«

Sie sah ihn lange an, ehe sie den Kopf schüttelte. »Nein. Bin ich nicht.« Viel zu abrupt trat sie auf ihn zu und berührte seine Wange. »Sie sind wirklich nicht leicht zu überreden«, flüsterte sie. Ihre Hand wanderte in seinen Nacken und grub sich dort in seine Haare. Ein Atemzug, und sie stand so nah bei ihm, dass sie seine Brust berührte. Ihr Mund war kalt, als er sich auf seinen legte, und verwandelte sein Blut in Eis.

Lauri keuchte und ging auf Abstand, als ihre feuchte, kühle Zunge seine Lippen zu teilen versuchte. Erst als er blinzelte, verschwand die Taubheit auf seiner Haut.

»Verdammt!« Er unterdrückte den Drang, sich über den Mund zu wischen. »Sie haben da wirklich etwas ziemlich falsch verstanden!«

»Habe ich?« Ihre Überraschung war zu gekünstelt, um echt zu sein. »Das tut mir leid.«

Das tat es nicht im Geringsten, aber Lauri ging nicht weiter darauf ein. Wenn diese Frau nicht locker ließ, musste er leider unhöflich werden. »Hören Sie«, sagte er, noch immer ruhig. »Ich habe kein Interesse, weder an einem gemeinsamen Spaziergang noch an anderen Dingen, und daher werde ich jetzt gehen. Passen Sie trotzdem auf, dass Sie sich nicht verlaufen. Einen schönen Tag noch.« Er lief so schnell los, dass es wie eine Flucht aussehen musste, doch das war ihm gleichgültig. Er hatte sich bereits ein ganzes Stück entfernt, als er ihre Stimme direkt hinter sich hörte.

»Ich bin doch schon längst angekommen.« Ein Lachen folgte.

Entgegen seiner Absichten drehte er sich bei den seltsamen Worten um und stutzte: Die Stimme hatte so nah geklungen, als wäre die Frau ihm gefolgt. Doch sie hatte das Gegenteil getan: Der Abstand zwischen ihnen war nun so groß, das er sie kaum noch erkannte. Ihr Gesicht lag im Schatten, oder vielleicht hatte der Wind auch den Schnee zwischen ihnen wieder aufgewirbelt.

Welcher Wind? Lauri sah verblüfft nach oben. Das Wetter sah freundlich aus. Kein Wind.

Er rieb sich die Augen. Es musste doch noch das Fieber sein. Er war zu voreilig gewesen und hätte noch liegen bleiben und sich ausruhen sollen, stattdessen rannte er auf der Suche nach Neve durch die Gegend und traf auf einsame Frauen, die sich ihm an den Hals warfen. Wenn er das Ben erzählte, würde der es entweder nicht glauben oder davon überzeugt sein, dass Lauri sich zu sehr abkapselte und an einer Art Einödekoller litt. Womit er recht haben konnte. Schöne Frauen liefen hier draußen nicht fröhlich durch den Schnee und warteten auf ihn, bereit für ein schnelles Abenteuer.

Er schnaubte und ging energisch weiter. Hin und wieder

glaubte er, die fremde Frau lachen zu hören, und zweimal sah er einen Schemen im Augenwinkel. Doch immer, wenn er stehen blieb und sich umdrehte, war er allein. Dafür kehrte die Kälte zurück, und er fror wieder so sehr, dass seine Finger weiß und gefühllos wurden. Es war höchste Zeit, zurück zur Hütte zu gehen. Für heute war er eindeutig zu lange Gespenstern hinterhergejagt.

13

Manchmal war man erst dann eins mit einer Sache, wenn man sich vollständig von ihr abkapseln konnte und sich noch immer wohlfühlte. Neve spürte den nahenden Sturm in ihrem Rücken, roch den Schnee in der Luft und ahnte die grauen Wolken, die sich über ihr zusammenballten. Sie liebte jedes Detail mit einer Inbrunst, die neu war, aber sie wusste, dass nichts ihr etwas antun konnte. Sie wanderte nun über ihre eigenen, verborgenen Pfade, und wenn sie alles richtig machte, würde sie darauf bald nach Hause finden.

Der Gedanke allein genügte, um die Sehnsucht zu verstärken. Sie konnte ziehen, reißen, nagen oder auch sanft im Magen zupfen, aber jetzt tobte sie in wilden Kaskaden durch Neves Körper und trieb sie an. Wie von Sinnen stürmte sie vorwärts, blind für alles, was außerhalb des Sturms in ihrem Kopf existierte. Erst als die Lichter der Longtree-Siedlung durch die aufkommende Dämmerung schimmerten, schreckte sie aus ihrer Trance auf und blieb stehen. Die kleine Häuseransammlung sah aus der Entfernung verlassen aus, wie Spielzeug, das ein Kind hier draußen vergessen hatte, oder wie ein Geschwür inmitten des makellosen Weiß. Der Schnee zwischen den Hütten war niedergetrampelt, ein Stück weiter bildeten die Fahrzeugspuren verschlungene Muster. Der Geruch nach Rauch und Alkohol lag in der Luft.

Neves Finger trommelten einen hektischen Rhythmus auf ihren Oberschenkel, als sie die Hütte betrachtete, in der sie vor Kurzem gewohnt hatte. Gideon war noch immer dort, sein alter Geländewagen parkte schräg hinter dem Gebäude. Es hatte nicht den Anschein, als würde er sich große Mühe geben, sie zu finden. Womöglich war er froh, dass er seine freien Tage nun so verbringen konnte, wie er wollte: ohne jemanden, nach dem er sich richten musste und der sich etwas anderes wünschte als Party, Bier und Sex, und zwar genau in dieser Reihenfolge. Gideon machte niemals etwas halbherzig. Wenn er arbeitete, ließ er sich durch nichts ablenken, und wenn er freihatte, wollte er seinen Spaß. Probleme passten in keine dieser beiden Welten.

Die Hütte verschwamm vor Neves Augen. Plötzlich wurde ihr bewusst, wie allein und verloren sie hier draußen stand und wie erschreckend vertraut dieses Gefühl war. In Squamish hatte sie oft auf Gideon gewartet, bis die Dämmerung hereinbrach, draußen vor dem Haus, in dem sich ihre Wohnung befand. Jedes Mal hatte sie Minute um Minute herausgezögert, den Blick auf die Straße gerichtet, in der Hoffnung, dass er endlich nach Hause kommen würde. Sie wusste nicht mehr, wie oft, sie hatte weder mitgezählt noch bemerkt, wann es so schlimm geworden war, dass er sie nur noch knapp begrüßte und an ihr vorbeiging.

An den ersten Streit dazu erinnerte sie sich allerdings genau. Es war im Juli gewesen, einer der wärmsten Tage des Jahres lag hinter ihnen, und Gideon küsste sie weder auf die Stirn noch nannte er sie Sonnenschein. Das Leben liebt Zynismus, dachte Neve und versuchte, ihre Enttäuschung zu verdrängen, während ein dunkelgoldener Schimmer den Ort in eine karge Märchenlandschaft verwandelte. Doch selbst das Licht machte Squamish nicht attraktiver. Neve gefiel es hier nicht. Nach all den Monaten hatte sie noch immer das Gefühl, auf der Durchreise zu sein. Alles kam ihr falsch und fremd vor, selbst ihre Wohnung, die sie versucht hatte, möglichst liebevoll einzurichten. Wenn sie die Tür hinter sich schloss, fühlte sie sich entweder wohl, wenn Gideon bei ihr war, oder allein. Sie kannte nur wenige Leute und hatte noch keine Freunde gefunden – geschweige denn eine Freundin wie Kira. Ihr Job in der Bäckerei würde bald beendet sein, da sie lediglich als Schwangerschaftsvertretung eingesprungen war. Was blieb, waren lange Tage allein und noch längere Nächte, wenn Gideon im Camp wohnte und nur an den Wochenenden nach Hause kam. So wie jetzt. Warum freute er sich nicht, sie zu sehen?

Gideon musterte sie mit einem Gesichtsausdruck, den sie bislang allerhöchstens flüchtig bei ihm bemerkt hatte, während er aus dem Wagen stieg. Dieses Mal blieben die zusammengezogenen Augenbrauen, und auch die Stirn glättete sich nicht. Er schulterte seine Tasche, schlug die Wagentür zu und lief ihr mit energischen Schritten entgegen. »Warum stehst du hier draußen?«

»Ich warte auf dich«, sagte sie, stellte sich auf die Zehenspitzen und schlang beide Arme um seinen Hals. »Ich habe dich vermisst.« Er roch nach Rauch, Pfefferminz und ein wenig nach Schweiß. Unwillkürlich zählte sie die Sekunden. Es dauerte ganze zehn, bis er die Umarmung erwiderte und sich dann an ihr vorbeidrückte. Kurz darauf verschwand er im Haus, sein »Los, gehen wir hoch« wehte ihr entgegen wie die Überreste einer Nähe, die sie sich nur eingebildet hatte. Was blieb ihr anderes übrig, als ihm zu folgen? Schließlich wartete hier draußen nichts auf sie. Neve musterte den Goldschimmer auf den Dächern und fragte sich, ob er wirklich schön oder nur düster war, und machte sich auf den Weg.

Gideon saß am Küchentisch, als sie eintrat, einen Arm aufgestützt und ein Bier in der Hand. Er spielte am Drehverschluss, ohne ihn zu öffnen. Seine Tasche lag neben ihm, und sein Shirt klebte ihm am Rücken.

»Willst du dich nicht erst einmal umziehen?« Neve trat zu ihm und legte eine Hand auf seine Schulter. »Ich habe …« Sie verstummte, als er nach ihren Fingern griff und sie von seiner Schulter zog.

»Das geht so nicht weiter, Neve.« Er ließ sie los und öffnete das Bier so energisch, als würde zu viel Energie durch seine Adern pumpen. Dann stellte er die Flasche ab und schob sie von sich.

Verwirrt starrte sie auf seinen Hinterkopf. Ein Kribbeln schien ihren Körper lähmen zu wollen. Ihre Gliedmaßen fühlten sich schwer an. »Wovon redest du?«

Seine Schultern hoben und senkten sich, während er tiefer als gewöhnlich atmete. Erst als die Stille so lange dauerte, dass Neve beinahe noch einmal nachgefragt hätte, antwortete er. »Von alldem hier.« Seine Hand beschrieb einen Bogen. »Von dir. Davon, dass du auf der Straße auf mich wartest. Hölle, Neve, du bist meine Freundin und kein Hund! Aber egal, wann ich nach Hause komme, du bist immer da. Und in den letzten paar Wochen stehst du draußen, egal, wie warm oder kalt oder nass es ist!« Seine Stimme war stetig lauter geworden, und bei den letzten Silben zuckte Neve zusammen. Trotzdem hatte sie

Mühe, seinen Worten zu folgen, da sie noch entsetzter darüber war, dass sie soeben in einen handfesten Streit zu schlittern schienen.

»Natürlich bin ich hier. Wo sollte ich denn sonst sein?«, fragte sie leise.

Gideon stand auf und starrte sie an, als wunderte er sich darüber, was sie in seiner Küche zu suchen hatte. »Ich weiß es nicht. Irgendwo! Geh mit Freunden aus oder mach einen Kurs. Oder feiere in der Bar. Meinetwegen besuch jemanden, um einen Film zu gucken. Du machst nichts davon. Nichts! Entweder du stehst die paar Stunden pro Woche im Backshop oder hockst in der Wohnung und wartest darauf, dass ich nach Hause komme. Hast du überhaupt eine Ahnung, wie sich das anfühlt? Zu wissen, dass du kein eigenes Leben hast und dich an mich hängst, sobald ich in der Nähe bin? Kannst du dir vorstellen, was das für eine Verantwortung ist? Ich musste auf meine Schwester aufpassen, als ich klein war. Mit Freunden spielen war nicht drin, weil ich bei Emma bleiben musste. Und wenn ich dich nun ansehe, muss ich an meine verdammte Schwester denken!« Er atmete energisch durch, griff nach dem Bier, fluchte und nahm einen so tiefen Zug, dass er die Flasche zur Hälfte leerte.

Neve runzelte die Stirn. Seine Worte klangen in ihrem Kopf nach, schwer wie etwas, das sie nicht von sich schieben konnte, egal, wie sehr sie sich anstrengte. Über seine Schwester hatte er noch nie geredet, doch jetzt war der falsche Zeitpunkt, um daran anzuknüpfen. Er hatte recht, sie konzentrierte sich auf ihn, und das aus gutem Grund. Was blieb ihr momentan anderes übrig? »Das ist ungerecht, Gideon.« Ihre Stimme war nicht lauter geworden, ein starker Kontrast zu seiner wütenden Energie. »Du weißt, dass ich hier keinen Job finde, so sehr ich auch suche. Oder dass ich mich bemüht habe, Freunde zu finden, die ...« Sie brach ab.

Die mich verstehen und nicht nur über Kinder, Wäsche und das aktuelle Fernsehprogramm reden wollen.

Er schnaubte. »Was nicht funktioniert hat.«

Allmählich mischte sich Fassungslosigkeit in den Schrecken über seinen Ausbruch. Neve hob ihr Kinn. »Ich wollte nicht herkommen, Gideon. Das wolltest einzig und allein du, weil du hier Arbeit gefunden hast. Ich habe meine übrigens dafür aufgegeben. Für dich. Ich bin dir in diesen Ort gefolgt, obwohl ich ... obwohl es hier ...« Sie brach ab, zu überwältigt von der Enttäuschung, die sie soeben spürte. Gideon wusste von ihren Wünschen und Zielen, wusste, dass Squamish genau das Gegenteil verkörperte. Und doch erwartete er nun, dass sie alles begrub, wovon sie jemals geträumt hatte, um sich ihr Leben hier einzurichten? »Du hast gesagt, es sei nur vorübergehend«, schloss sie. »Vorübergehend dauert nun aber schon eine ganze Weile.«

Er schüttelte den Kopf. »Mir gefällt es hier. Und das könnte es dir auch. Himmel, Neve, streng dich ein bisschen an und hör endlich auf zu träumen. Ich lebe mein Leben, nicht auch noch deines. Das musst du schon selbst tun!« Mit diesen Worten drehte er sich um, schnappte sich seine Tasche und verließ die Wohnung. Erst viel später kam er zurück und roch nach Alkohol. Es war die erste von vielen Nächten gewesen, die er in der Bar verbracht hatte.

Auch das war heutzutage noch immer so. Neve ließ den Blick über die Longtree-Hütten schweifen, strich die Haare zurück und drehte sich zur Tür um. Sicherlich schlief Gideon dort drinnen eine durchgefeierte Nacht aus, quer über dem Bett auf dem Bauch liegend und die Arme weit ausgebreitet.

Wollte sie wirklich dorthin zurückkehren?

Sie kannte die Antwort bereits. Noch zögerte sie, aber ihre Meinung ändern würde sie nicht. Sie musste Lauri beschützen.

Neve hob energisch das Kinn und horchte auf den Nachhall seines Namens. Sie vermisste ihn. Ihn und die wundervollen Stunden, in denen er sie geküsst und gestreichelt hatte, bis sie glaubte, zerspringen zu müssen. Ihn und das zarte Knistern, das zwischen ihnen entstanden und das aufregend und beruhigend zugleich gewesen war. Sie spürte es noch immer, selbst jetzt, und hielt es wie eine Kostbarkeit in ihrem Herzen. War das Liebe? Wenn ja, warum hatte sie so lange gebraucht, um herauszufinden, wie sich das wirklich anfühlte? Warum hatte sie sich all die Jahre selbst getäuscht und sich mit etwas zufriedengegeben, das nur lauwarm und kein echtes Feuer war?

Neve atmete tief durch, kämmte ihre Haare mit den Fingern, zupfte an ihrer Kleidung und kniff in ihre Wangen, um sie ein wenig zu röten. Mehr konnte sie ohne einen Spiegel und wahrscheinlich auch eine Dusche nicht ausrichten, aber es musste genügen. Der Wind wisperte ihr geheime Worte ins Ohr, als sie auf die Siedlung zulief. Je näher sie kam, desto mehr Zeugen der vergangenen Nacht fand sie: Zigarettenstummel, leere Bierdosen, sogar abgenagte Knochen und die Reste einer Brottüte waren zu sehen. Es war totenstill, nicht einmal ein Vogel wagte sich hervor. Gelbe Flecken rund um Löcher im Schnee verrieten, dass sich für Gideon und die anderen Urlauber nichts verändert hatte, während ihre Welt längst nicht mehr die alte war.

Vor Gideons Hütte standen zwei leere Flaschen. Offenbar hatte er sich mit jemandem unterhalten, ehe er ins Bett gegangen war. Neve blinzelte in den Himmel, der sich soeben erhellte. Gideon würde noch tief und fest schlafen, wie jeder andere hier auch, aber darauf konnte sie nun keine Rücksicht nehmen. Sie hatte nicht vor zu warten, bis er von allein aufwachte. Diese Zeiten waren vorbei.

Sie probierte den Türriegel, wie immer hatte Gideon nicht abgesperrt. Der erste Wortwechsel direkt nach ihrer Ankunft in der Siedlung kam ihr in den Sinn. Sie hatte sich gefragt, wie sicher diese alten Schlösser waren, und Gideon hatte sie ausgelacht und gemeint, dass man hier draußen nicht abschließen müsste. Sie hatte ihm seinen Willen gelassen, sich aber mit zunehmender Dunkelheit immer unwohler gefühlt. In der Nacht war sie sogar aufgewacht und hatte geglaubt, ein Schaben an der Tür zu hören. Lange hatte sie reglos dagelegen und gelauscht, bis die Erschöpfung sie zurück in den Schlaf zerrte.

Jetzt gab der Riegel genau das Geräusch von sich, vor dem sie sich in jener Nacht gefürchtet hatte: ein rostiges Scharren. Die Tür schwang dagegen lautlos auf, und dann stand Neve in dem kleinen Vorraum. Gideons Stiefel lagen in der Ecke, seine Jacke hing schief an einem Wandhaken. Neve zog die Tür hinter sich zu und sperrte die Freiheit aus. Sie lauschte, hörte aber nichts und schlich weiter.

Im Wohnzimmer herrschte ein Chaos aus Bierdosen, Wasserflaschen, leeren Lebensmittelverpackungen, einer zerfledderten Zeitung und Wäsche. Die Fernbedienung lag auf dem Boden neben einem Teller, auf dem Ketchup und Kartoffelsalatreste getrocknet waren. Die Luft roch abgestanden, und Neve hätte am liebsten die Fenster aufgerissen, um Sauerstoff hereinzulassen. Hatte es bereits so gerochen, als sie noch hier gewohnt hatte?

Anders als Lauris Hütte gab es kein Obergeschoss, der Schlafbereich war durch eine dünne Wand und eine schief in den Angeln hängende Tür abgetrennt. Sie schwang stets auf, egal, wie fest man sie ins Schloss zog. Durch den offenen Spalt sah Neve Gideon auf dem Bett. Er hatte die Vorhänge nicht zugezogen, was bedeutete, dass er wirklich getrunken haben musste. Normalerweise gehörte er nicht zu den Menschen, die sich zulaufen ließen und dann durch die Gegend torkelten, aber es brauchte auch nicht viel, um ihn dorthin zu bringen, wo ihm alles egal war. Wie seine Privatsphäre.

Jetzt, da sie hier stand und den Mann betrachtete, mit dem sie fast zwei Jahre zusammengelebt hatte, spürte sie die alte Unsicherheit zurückkehren. Sie wollte sich nicht sofort mit den Fragen auseinandersetzen, die unweigerlich auf sie einprasseln würden, wenn sie ihn weckte. Also ging sie am Schlafzimmer vorbei ins Bad, verriegelte die Tür und stellte die Dusche an. Sie zog sich aus, griff nach Shampoo und Duschgel und stieg unter den lauwarmen Wasserstrahl. Nach kurzer Zeit drehte sie den Heißwasserknauf komplett zu, wusch sich ausgiebig und spülte ihre Haare zweimal durch. Insgeheim hoffte sie, dass Gideon durch die Geräusche aufwachen würde, sodass sie die Konfrontation und vor allem die Erklärungen schleunigst hinter sich bringen konnte, ohne es direkt anzugehen. Doch als sie in ein dickes Badetuch gehüllt aus dem Zimmer trat, war noch immer alles still. Das war dann wohl der letzte Beweis, dass Gideon nicht nüchtern zu Bett gegangen war. Neve blieb auf der Türschwelle stehen, wippte von den Fußballen auf die Fersen und wieder zurück und ärgerte sich über ihr Zögern. Sie war kein Eindringling, sondern hatte für diese Unterkunft ebenso bezahlt wie er.

Sogar noch mehr. Sie hatte mit Schmerz bezahlt und mit Angst. Aber wäre das alles nicht geschehen, hätte sie Lauri nicht kennengelernt. Alles hatte seine dunklen und hellen Seiten, und oftmals war man so geblendet, dass man nicht erkannte, welche nun wirklich die dunkle war.

Neve fasste sich ein Herz und huschte ins Schlafzimmer, um sich frische Sachen zu holen. Wie erwartet hatte Gideon das gesamte Bett in Beschlag genommen, so als freute er sich insgeheim darüber, dass sie nicht da war, um ihm den Platz streitig zu machen. Vorsichtig öffnete sie die Schublade der großen Kommode und kramte Unterwäsche sowie ein Shirt hervor. Sie schlüpfte soeben in ihre Ersatzjeans, als sich Gideon regte und umdrehte. Seine Finger zuckten, er gähnte verschlafen und blinzelte. »Neve?«

In der nächsten Sekunde saß er aufrecht im Bett und starrte sie mit einem Ausdruck an, der irgendwo zwischen überrascht und ungehalten anzusiedeln war. Das Blau seiner Augen blitzte und erinnerte an Stahl, der Bartschatten an Wangen und Kinn meißelte die Kanten seines Gesichts heraus. Die Muskeln seiner Oberarme spielten unter seiner Haut, als er die Decke von sich schob.

»Ich fasse es nicht. Wo warst du? Ich habe mir Sorgen gemacht, verdammt noch mal!«

Wut, Erstaunen, Unverständnis. Als Neve genau hinhörte, fand sie zudem Sorge, gut verborgen zwischen und verdeckt von all den anderen Gefühlen, die zwar nicht stärker waren, aber sich so anfühlten. Sie presste die Wäsche an sich und wusste plötzlich nicht mehr, was sie sagen oder tun sollte. Die

Stelle in ihrem Gesicht, an der Gideons Hand sie getroffen hatte, pulsierte, und sie rechnete damit, dass er aufsprang und sie noch einmal packte, so wie in jener Nacht. Sollte er das versuchen, würde sie sich wehren, kratzen und beißen, bis er sie losließ, und dann würde sie so lange laufen, bis sie ihn abgehängt hatte. Sie würde zurück zu Lauri gehen und ihn ein letztes Mal um Hilfe bitten.

Ihr Blick flackerte über Gideons nackte Brust und blieb an seinen Armen hängen.

Gideon seufzte und hob eine Hand. Neve wich zurück, doch er streckte sie ihr lediglich entgegen. »Kleines.« Er starrte sie an, musterte die Blessuren in ihrem Gesicht und sah dann zu Boden. »Es tut mir leid, was passiert ist.«

Lange Zeit regte sich nichts. Neve knibbelte an ihren Fingern, verborgen durch den Stoff in ihren Händen, riss winzige Krusten ab und fuhr mit ihren Nägeln Rillen und Unebenheiten entlang. Der Schmerz sorgte für mehr Klarheit in ihrem Kopf. Es war alles so anders. Nicht nur die Tatsache, dass Gideon sich entschuldigte, sondern auch, was es bei ihr auslöste und was nicht.

Schließlich stand er auf, langsam, so als wüsste er genau, dass sie kurz davor war, zu flüchten statt zu reden. Er trug nur eine Shorts. Neve spürte die Wärme, die sein Körper ausstrahlte, und atmete seinen Geruch ein, diese Mischung aus Schlaf und Holz mit einem Hauch von Citrus. Sie hob den Kopf, und dieses Mal hielt sie seinem Blick stand.

Gideon blinzelte. Etwas an ihr verwirrte ihn offenbar, doch wie immer, wenn das der Fall war, ging er zum Angriff über. »Was ist los, willst du nur dort herumstehen und schweigen? Was soll ich tun, Neve? Mich noch einmal entschuldigen?

Dich auf Knien darum bitten zu vergessen, dass ich neulich ausgerastet bin? Dir noch einmal erklären, warum das passiert ist – weil du angefangen hast, mir Vorschriften zu machen und dich an mich zu klammern, sodass ich keine Minute allein verbringen konnte? Wenn ja, dann mache ich das. Aber dazu musst du schon irgendetwas sagen.«

Ein Angriff mit einem Friedensangebot zum Schluss, das war ebenfalls neu. Dennoch konnte Gideons Befehlston nicht über seine Unsicherheit hinwegtäuschen. Er hatte vor ihr noch nie eine Frau geschlagen und wusste nicht, wie er sich nun verhalten sollte, aber das war keine Entschuldigung für den Schmerz und die Angst, die sie viel länger verfolgt hatte als alles andere.

Gideons Ausrutscher hatte sie getötet. Auf eine spezielle Art, mit der keiner von ihnen hätte rechnen können, aber er hatte es getan. Es war bizarr, aber gerade das riss sie endlich aus ihrer Starre. »Ich war unterwegs. Draußen«, sagte sie schlicht.

Gideon schüttelte den Kopf. »Die ganze Zeit über? Das kann nicht sein. Wo bist du untergekommen?« Er hatte die Überraschung bereits verdaut und fiel in seine gewohnten Verhaltensmuster zurück: die Situation sachlich betrachten und alles Komplizierte ignorieren. Gideon mochte es, wenn die Welt strukturiert und übersichtlich war und Abläufen folgte, die nicht hinterfragt werden mussten.

Neve hob die Sachen, die sie noch immer an sich gepresst hielt. »Ich ziehe mich an.« Schnell schlüpfte sie ins Badezimmer und schloss so energisch ab, dass Gideon es hören musste. Sie ließ sich Zeit, kämmte ihre Haare ausgiebig, bis sie glänzten und Wangen sowie Hals kitzelten. Sie beugte sich nah an den Spiegel, um ihre Augen zu betrachten, und wie schon einmal bemerkte sie dieses sonderbare Funkeln darin, wie winzigste Lichtexplosionen. Sie schluckte und kehrte dem Spiegel den Rücken zu.

Als sie aus der Tür trat, lehnte Gideon an der Wand. Er hatte sich ein altes Shirt, seine Jeans und dicke Socken übergezogen – die Hütte war besonders am Morgen recht kühl. Neve bemerkte mit Genugtuung die Gänsehaut auf Gideons Armen. Er stieß sich ab und streckte eine Hand nach ihr aus. Früher hatte sie es gemocht, dass er sie um mehr als einen Kopf überragte, aber nun war es ihr gleichgültig, ob er groß oder ein Zwerg war. Sie biss die Zähne zusammen und blieb stehen. Gideon berührte ihr Gesicht, wie er es so oft getan hatte, fasste es am Kinn und drehte es so, dass das Morgenlicht auf Neves Wange fiel. Sie wusste, dass er die Verfärbungen an ihrem Auge studierte, die mittlerweile gelbgrün schimmerten.

»Ich hätte das nicht tun sollen«, murmelte er.

Neve drückte seine Hand weg. »Richtig. Das hättest du nicht.« Ihre Worte waren leise, aber entschlossen. Seine Augen weiteten sich kaum merklich.

Sie ging an ihm vorbei zur Sitzecke, die im dunkelsten Teil des Raumes stand, ließ sich auf einen der Sessel sinken und zog die Beine an. Unschlüssig starrte sie auf ihre nackten Füße, dann auf die Brandlöcher im Polster daneben. Neve erinnerte sich an ihre Enttäuschung, als sie die Hütte zum ersten Mal betreten hatte. Diese Woche hatte etwas Besonderes werden sollen, und jeder noch so kleine Makel hatte ihre Hoffnung gedämpft.

Und nun? Sie wusste nicht, was sie nun tun sollte, und gleichzeitig wusste sie es ganz genau. Sie wartete, die Hände reglos auf den Oberschenkeln. Schon bald hörte sie Gideons leise Schritte. Sie riss sich sehr zusammen, um nicht aufzuspringen.

Er blieb hinter ihr stehen und legte seine Hände auf ihre Schultern. Sie blickte starr auf die Wand und sah Lauri. Seine dunklen Augen baten sie, ihn nicht zu vergessen, und die sonst so vollen Lippen waren schmal und weiß vor Sorge. Ob er sich fragte, wo sie war? Es war schön, sich vorzustellen, dass er noch immer an sie dachte, so wie sie an ihn. Dabei war es besser, wenn er sie vergaß. Es gab keine Zukunft für sie beide.

Gideons Finger bewegten sich und kreisten quälend langsam zwischen ihren Schulterblättern. Neve zuckte zusammen, und er gab einen beruhigenden Laut von sich. Seine Daumen fuhren an ihrem Nacken hoch und runter, dann massierte er die Stelle eine Handbreit tiefer. Gegen ihren Willen entspannte sich Neve, sank ein Stück in sich zusammen und beschimpfte ihren Körper stumm als Verräter, der auf Gideons kräftige Hände wie ein Verhungernder reagierte. Sie schloss die Augen und seufzte leise. Eine kurze Pause, die Finger verschwanden und etwas raschelte, dann begann Gideon, an ihrem Hals zu knabbern. Es war seltsam, die vertraute Berührung zu spüren und gleichzeitig zu wissen, dass weder so viel Herz dahintersteckte, wie sie sich wünschte, noch dass sie jemals wieder so viel Herz für Gideon in die Waagschale werfen konnte. Neve fühlte sich, als würde sie zwei Seelen in ihrem Körper beherbergen, und beide betrachteten Gideon auf eine andere Weise.

»Nimmst du meine Entschuldigung an?«, flüsterte er in ihr Ohr. Sein warmer Atem erzeugte eine Gänsehaut. Neve drehte den Kopf nur leicht, doch genau damit hatte er gerechnet. Seine Lippen berührten ihre, kurz fragend, dann fordernd. Er ließ sich neben sie gleiten. Seine Hände wanderten von ihren Schultern tiefer, legten sich auf ihren Rücken und zogen sie an sich. Er löste sich nur von ihr, um Luft zu holen, dann küsste er sie noch mal. Hart. Wie immer gaben ihre Lippen seinen nach. Allein das reichte aus, um seine Erregung deutlich zu steigern. Seine Bewegungen wurden hektischer, seine Haut wärmer.

Zunächst reagierte Neve nicht. Teilnahmslos ließ sie zu, dass er sie küsste, bis ihre Lippen brannten, und seine Hände hastig über ihren Körper gleiten ließ, so als wollte er sich vergewissern, dass sie noch immer die Frau war, die er kannte.

Als ob er etwas ahnte.

Unsinn. Es war Gideon, und sie wusste, dass derartige Zweifel kein Teil von ihm waren. Er wollte einfach spüren, was er hatte, und sichergehen, dass sie ihm gehörte. Obwohl ihr nicht wirklich gefiel, was gerade passierte, reagierte ihr Körper auf seine Berührungen, wurde geschmeidiger und biegsamer. Als sie sich an Gideon drängte, unterbrach er seinen Kuss.

»Siehst du«, flüsterte er gegen ihre Lippen. »Du willst es auch.« Er drehte ihren Kopf zur Seite und fuhr mit der Zungenspitze ihre Ohrmuschel entlang. Seine Hand wanderte über ihren Bauch, schob sich zwischen ihre Beine und drückte sie auseinander. Neve keuchte leise, als ein Kribbeln durch ihren Körper lief und sich in ihrem Unterleib sammelte. Unruhig bewegte sie ihr Becken, als Gideon den Druck seiner Finger verstärkte. Ehe sie es verhindern konnte, klammerte sie sich an seinen Oberarmen fest.

»Du willst es auch«, wiederholte er, dieses Mal an ihrem Ohr. Seine raue Stimme wischte einen weiteren Teil ihres Widerstands fort, und sie ließ sich von ihm gegen die Rückenlehne des Sessels drücken. Er öffnete ihre Jeans und zog sie zusammen mit ihrem Slip herunter, ehe er sich hinkniete.

Neve startete einen schwachen Versuch, ihn zu stoppen, und setzte sich auf. »Warte, ich ...«

Er hörte nicht hin, schob seine Arme unter ihre Kniekehlen und hob ihre Beine an. Als Neve seine Zunge spürte, verwandelte sich das Kribbeln in ihrem Unterleib in einen gleißenden Blitz. Sie atmete scharf ein, und da sie Gideon nicht zu fassen bekam, krallte sie sich in die Lehnen des Sessels und schloss die Augen. Ihr Körper spannte sich an und entspannte sich, immer schneller, während Gideon ihre Hüften wie ein Schraubstock umklammert hielt und sie unbeirrt reizte. Neve geriet in einen Taumel aus Erregung, Scham und Unsicherheit, genoss es, dass er sie auf diese Art verwöhnte und verachtete sich gleichzeitig dafür.

Das Chaos wurde erst schmerzhaft, als sie an Lauri denken musste und sich wünschte, ihn zu spüren. Sie ballte ihre Hände, schüttelte die Bilder ab und hob Gideon ihr Becken entgegen. Er stand auf und zerrte ungeduldig die Shorts von seinem Körper. Wortlos kniete er sich zwischen ihre Beine und drang in sie ein. Neve konzentrierte sich auf die Schwärze hinter ihren Lidern und schaffte es beinahe, alles zu vergessen.

Sie wusste nicht, was sie weckte. Wahrscheinlich waren es ihre Träume, an die sie sich nicht richtig erinnern konnte, außer dass sie zutiefst verstörend gewesen waren. Jetzt, da sie wach war, waberte ihr Echo wie ein Nebelfetzen umher, bis es immer dünner wurde und schließlich verging. Zurück blieben Momentaufnahmen, zu kurz und zusammenhangslos, um etwas in ihr hervorzurufen.

Lautlos setzte sie sich auf. Sie lag im Bett, neben ihr atmete Gideon flach. Er hatte sie hergetragen, nachdem er sie im Wohnzimmer genommen hatte und knurrend gekommen war, und dann noch einmal mit ihr geschlafen. Danach hatte er geschwiegen, aber sie noch lange geküsst – etwas, das er noch nie zuvor getan hatte. Er tat das nicht für sie, sondern sorgte dafür, dass sie nicht noch einmal verschwand und ihm somit die Kontrolle entriss. Irgendwann hatte er von ihr abgelassen und war eingeschlafen. Er hatte nichts gesagt, aber Neve kannte ihn gut und las in seinen Augen, was er niemals zugeben würde: Schwäche. Gideon fühlte sich nicht gut, und er war weit erschöpfter als sonst, nachdem er sich im Bett verausgabt hatte.

Neve zögerte, doch dann zog sie die Decke ein Stück zur Seite und legte eine Hand auf Gideons Arm. Die Haut dort glühte, ebenso auf der Schulter und vor allem auf seiner Stirn. Er rührte sich nicht, selbst als sie sich stärker bewegte. Er hatte Fieber, so wie Lauri, nachdem er mit ihr zusammen gewesen war. Sie hatte also richtig vermutet.

Ihre Nähe war schuld daran.

Neve stand auf, huschte aus dem Zimmer und duschte zum zweiten Mal an diesem Tag. Danach zog sie sich an, trat an das Fenster und starrte hinaus. Sie spielte mit dem Kristall, der zwischen ihren Brüsten baumelte, während sie an die Winterherrin dachte. Der Zauber der Höhle aus Kristallschimmer hielt sie gefangen, seit sie ihn zum ersten Mal gesehen hatte, und sie glaubte nicht, dass sie jemals woanders Ruhe finden würde.

Ihre Finger verkrampften sich um den Anhänger. Es machte sie nicht nur traurig, so weit weg von allem zu sein, das sie sich wünschte – sie verzweifelte daran. Die Hütte kam ihr plötzlich wie ein Gefängnis vor, wie ein stickiger, viel zu enger Raum ohne Fenster. Neve ließ den Anhänger los und presste die Hände gegen die Fensterscheibe. Die Kälte beruhigte sie. Neve wartete, bis auch ihr Atem sich wieder normalisiert hatte, dann warf sie einen letzten, wehmütigen Blick nach draußen und drehte sich um. Sie fand ihre Tasche und zog das zerfledderte Buch heraus, in dem sie an ihrem ersten Tag in Longtree gelesen hatte. Das Motiv auf dem Cover, eine Landschaft irgendwo in Australien, fesselte sie nicht so wie zuvor, aber es gab kaum Alternativen, um sich die Zeit zu vertreiben. Sie ging zurück ins Schlafzimmer, schlüpfte unter die Decke und kuschelte sich eng an Gideon. Erst dann schlug sie das Buch auf und begann zu lesen.

Gideon bewegte sich, wachte aber nicht auf. Lediglich seine Atemzüge klangen angestrengter, als Neve die Seite umblätterte. Sie streckte eine Hand aus und streichelte mit gleichmäßigen Bewegungen über seinen Nacken. Es dauerte nicht lange, bis sein Atem zu rasseln begann.

14

Lauri stopfte das letzte Shirt in seine Reisetasche, zog den Reißverschluss zu und sah sich um. Er hatte nicht mal eine halbe Stunde gebraucht, um seine Sachen zusammenzupacken und die Hütte wieder in den Zustand zu versetzen, in dem er sie vorgefunden hatte. Den Kamin hatte er bereits ausgeräumt, obwohl die Asche noch nicht kalt gewesen war, alle Fenster waren verschlossen und die Vorhänge zugezogen. Sobald er Vancouver erreichte, würde er Bens Eltern einen Schein in die Hände drücken, um die Dinge zu bezahlen, die er benutzt oder aufgebraucht hatte. Sie würden ihm das Geld empört zurückgeben und eine endlose Diskussion folgen lassen, in der Ben sich den Schein schnappte und zusammen mit ihm in seiner Lieblingsbar auf den Kopf haute. So war es schon immer gewesen, und Lauri freute sich insgeheim schon auf diese kleine Szene. Manchmal taten Rituale gut, besonders, wenn man das Gefühl hatte, mehr Halt zu brauchen als sonst. Momentan gab es nicht viel, auf das er sich freute, und er ahnte, dass es noch eine Weile so bleiben würde.

Bereits auf dem Rückweg zur Hütte hatte er entschieden, nach Hause zu fahren. Die seltsame Begegnung mit der Fremden war nur ein Tropfen gewesen, um das Fass zum Überlaufen zu bringen. Nachdem die Tür hinter ihm ins Schloss gefallen war und die plötzlich so feindselige Welt ausgesperrt hatte, wollte er aufatmen, aber es funktionierte nicht. Er gehörte ebenso wenig in diese Hütte wie in die Wildnis, die ihm bei seiner Ankunft noch so entspannend erschienen war wie in den Jahren zuvor. Alles hier drin war auf einmal unnötig groß und leer, und Lauri wusste, dass er die Kälte selbst dann nicht vertreiben konnte, wenn er den Kamin anzündete. Neve hatte viel mehr mitgenommen, als er geahnt hatte.

Er packte den nächstbesten Gegenstand, um seine Finger zu beschäftigen – das Buch, in dem Neve gelesen hatte. Eine Welle der Wut schwappte über ihn hinweg, und er knallte es fester als nötig auf den Tisch. Wenn er sich selbst bemitleiden wollte, könnte er vielleicht noch ein wenig durch die Gegend starren! Allerdings war es ratsamer, schleunigst zu verschwinden.

Ein letzter Blick in die Runde, dann schulterte er die Tasche und trat nach draußen. Das Geräusch des Schlüssels klang auf einmal rostig. Lauri stopfte ihn tief in die Tasche, um nicht noch einmal daran zu denken, was er alles zurückließ.

Seit seinem letzten Spaziergang hatte sich die Sonne durch die Wolkenschichten gebrannt und präsentierte sich an einem mit grauen Flecken gesprenkelten Himmel. Er würde den Bus nehmen. Der wagte sich zwar nur an drei Tagen pro Woche hier heraus, aber laut Plan war heute einer davon. Leider gab es keinen Weg um das Resort herum, wenn er sich nicht gerade durch knietiefen Schnee kämpfen wollte – nach der Begegnung mit den Wölfen war jegliche Abenteuerlust in ihm erloschen. Die Idee, durch Longtree zu marschieren, gefiel ihm allerdings fast ebenso wenig, wie sich von Wölfen jagen zu lassen. Was, wenn er auf Neve traf, am besten noch Hand in Hand mit ihrem Holzfäller? Allerdings wäre es lächerlich, deswegen noch länger hier oben zu bleiben. Er konnte momentan sowieso nicht zeichnen und wusste auch sonst nichts mit sich anzufangen. In Vancouver würde er sich immerhin ablenken können, indem er in Bars hockte und sich von Ben ein Ohr abkauen ließ.

Er wandte sich noch einmal zur Hütte um ... und zögerte. Außer ihm war niemand hier draußen, und trotzdem war da wieder dieses Gefühl, ähnlich dem zuvor, als er die seltsame Frau getroffen hatte. Lauri zuckte die Schultern. Was sollte schon passieren, falls sie es wirklich war? Mehr als ihm noch einmal zu nahe kommen, konnte sie nicht. Er würde sie wieder zurückweisen, und damit wäre die Sache erledigt.

Der Wind wisperte in seinem Rücken. Es war windstill gewesen, als er losgelaufen war, und das war noch keine fünf Minuten her. Die Sonne schien noch immer, und die kalte Böe wirkte so fehl am Platz, als hätte ein Filmteam eine Windmaschine angeworfen. Lauri rieb sich den Schnee aus den Augen und starrte in den Himmel. Die blauen Flächen dort oben waren kleiner geworden, doch die Helligkeit erschien diffus, die Umgebung fremd. Ein Schatten huschte auf die Hütte zu und verschwand.

Lauri erstarrte. Das war definitiv nicht Neve gewesen. Wer auch immer dort unterwegs war, konnte zwar nicht in die Hütte, da er alles geschlossen hatte, aber es fühlte sich dennoch nicht gut an, einen Fremden dort herumschnüffeln zu wissen. Vielleicht war es Matt Grimes. Lauri wünschte sich sogar, dass es sich um den neugierigen Kerl mit dem Gewehr handelte, denn dann wusste er wenigstens, mit wem er es zu tun hatte.

Er wartete eine Weile, aber der Schatten tauchte nicht wieder auf. Nun, es würde schon nichts passieren, und er konnte nicht hierbleiben und die Hütte bewachen, bis Longtree vereinsamt war. Es gab sicherlich immer neugierige Menschen, die sich hier umsahen, wenn niemand in der Nähe war. Obwohl er sich unwohl dabei fühlte, die Hütte hinter sich zu lassen, ging er weiter. Dabei spürte er nur zu deutlich die Blicke, die sich in seinen Rücken brannten, und er ärgerte sich darüber, wie sehr sie ihm zusetzten. Doch das Kapitel Winteraufenthalt war zumindest für dieses Jahr abgeschlossen, und er würde es nicht wegen irgendwelcher Spanner verlängern.

Er wurde noch nervöser, als er in der Ferne die Umrisse der Longtree-Siedlung erkannte. Wo er zuvor befürchtet hatte, Neve zu begegnen, hoffte er es nun beinahe. Immerhin konnte er sich nun weniger Gedanken um den unsichtbaren Verfolger in seinem Rücken machen. Er zwang sich, gleichmäßig weiterzulaufen, da er befürchtete, sonst stehen zu bleiben. Der Anblick der Bäume am Horizont weckte Erinnerungen an die Nacht, als er Neve im Schnee gefunden hatte, und genau die konnte er jetzt nicht gebrauchen. Verdammt, es gab genügend Dinge, an die er denken konnte – den Verlag, die letzte Kneipentour mit Ben oder daran, dass die Pflanzen in seiner Wohnung mittlerweile sicher eingegangen waren. Leider interessierte ihn gerade nichts davon. Seine Schultern schmerzten, und in seinem Nacken knackte es, als er versuchte, sie zu lockern. Er war selten in seinem Leben so angespannt gewesen.

Aus dem Gebäude in der Mitte der Siedlung traten zwei Menschen, einer lachte brüllend. Lauri zog eine Grimasse. Ben hatte wahrscheinlich gar nicht mal so unrecht damit gehabt, ihn Eremit zu nennen. Nach all der Zeit hier oben kam er sich mehr denn je als Außenseiter vor, den nichts mit den Menschen in der Siedlung verband. Er atmete tief durch, wappnete sich für ein paar markige Sprüche und lief schneller. Nun hörte er auch Musik, die aus der Bar kommen musste, und dass jemand sich geräuschvoll und ohne Taschentuch schnäuzte.

Er erreichte die ersten Hütten. Die Luft roch nach Essen, nicht unangenehm, aber dennoch zu plötzlich und aufdringlich. Lauri hielt den Kopf gesenkt und beschleunigte. Die Frau in der Tür rechts von ihm sah er zu spät. Er glaubte aus dem Tritt zu kommen und zu stolpern, doch es war nur ein Streich, den ihm sein Hirn spielte. In Wirklichkeit lief er lediglich etwas langsamer.

Neve starrte ihn so entsetzt an, dass er sich fragte, was er ihr getan hatte. Sie war barfuß, ihre Zehen berührten den Schnee vor der Türschwelle. In dem viel zu großen T-Shirt über der Jeans sah sie aus wie ein Kind, das auf jemanden wartete, der ihm sagte, was es als Nächstes tun sollte. Ihre weit aufgerissenen Augen passten perfekt dazu. Etwas glitzerte auf ihrer Wange wie ein Eiskristall. Sie hielt sich mit einer Hand am Türrahmen fest, während die andere neben ihrem Körper baumelte. Ihre Finger krümmten und streckten sich abwechselnd, und Lauri fragte sich, ob sie es überhaupt bemerkte. Was dagegen er bemerkte, war, wie schwer seine Beine wurden, und er riss sich zusammen, um nicht auf der Stelle umzukehren oder, noch schlimmer, zu Neve zu gehen und ... ja, was? Sie zu bitten, zu ihm zurückzukehren? Das war lächerlich. Sie war nie bei ihm gewesen im Sinn eines Versprechens, das mehr als ein kurzes Zusammensein in Aussicht gestellt hatte. Also konnte sie ihn auch nicht verlassen. So einfach war die Sache.

Lauri schnaubte, entdeckte ein Loch im Dach der Hütte nebenan, eine leere Bierdose im Schnee und hörte ein Husten irgendwo hinter ihm, das klang, als würde derjenige seinen halben Mageninhalt hochwürgen. Bemüht beiläufig nickte er Neve zu und ging weiter. Sie bewegte sich noch immer nicht und starrte ihm hinterher. Es tat weh, sie auf diese Weise zurückzulassen, aber sie hatte eine Entscheidung getroffen, und er respektierte sie zu sehr, um sie anzuzweifeln.

Er hatte es fast geschafft, als die Tür hinter Neve aufgerissen wurde und ein Mann heraustrat.

Gideon.

Er hielt den Kopf gesenkt, aber Lauri erkannte ihn trotzdem. Ein bitterer Geschmack breitete sich in seiner Mundhöhle aus.

Neve wirbelte herum und wirkte dabei so erschrocken, dass Lauri nun doch langsamer lief. Was, wenn Gideon sie wieder schlug? Es kam so oft vor, dass sich Menschen nicht von ihrem Partner trennen konnten, selbst wenn sie misshandelt wurden. Aber war auch das nicht Neves Angelegenheit? Hatte er ein Recht, sich einzumischen, wenn sie sich für diesen Kerl entschieden hatte?

Doch Gideon zog Neve lediglich in eine Umarmung, die sich wie ein Boxhieb in den Magen anfühlte, Lauri aber endlich dazu brachte, sich loszureißen. Er wollte nicht sehen, wie sie sich an ihn lehnte oder die Umarmung erwiderte. Er hörte, wie die Tür zuschlug, und als er sich mit klopfendem Herzen umdrehte, fand er die Schwelle verlassen. Hinter dem Fenster erkannte er Bewegungen.

Neben der letzten Hütte des Komplexes blieb er stehen und verabschiedete sich mit einem weiteren Blick – von Neve, der Einsamkeit und der Gegend an sich. Er glaubte nicht, dass er in diesem Winter noch einmal wiederkommen würde, und wenn die Großstadt ihn noch so sehr stresste. Er streckte die Finger, bis sie knackten. Seine Hände waren rot und nicht so beweglich wie sonst, die Haut an den Knöcheln war aufgerissen. Immerhin machte ihm seine Schulter keine Probleme mehr, und auch die Platzwunde an der Stirn verheilte bereits.

Über ihm wurde ein Fenster aufgestoßen, und eine Frau streckte den Kopf heraus. Ihr graues Haar war so kurz geschnitten, dass man die rötliche Haut darunter sehen konnte. »Geht es Ihnen gut?« Sie starrte mit einer Mischung aus Neugier und Misstrauen auf ihn herab. Wahrscheinlich hatte sie ihn schon länger beobachtet.

Lauri beeilte sich zu nicken. »Ja, alles in Ordnung, ich habe nur eine kurze Pause gemacht.«

»Wollen Sie eine Hütte mieten? Mein Mann sagt, die sind alle voll.«

Ihre Stimme hatte einen schrillen Unterton. Lauris Nicken verwandelte sich in hastiges Kopfschütteln. Besser, er beruhigte sie, ehe sie besagten Mann herbeirief. Die Chancen waren hoch, dass der ebenso wie Matt Grimes mit einer Waffe durch die Gegend lief – immerhin bot ein Urlaub hier draußen die perfekte Ausrede dafür. Vielleicht war Matt Grimes sogar ihr Mann.

»Nein, ich bin auf dem Weg zum Bus. Ich fahre zurück in die Stadt.« Um seine Worte zu bekräftigen und eine längere Unterhaltung zu vermeiden, schulterte er seine Tasche und wollte sich verabschieden, als die Frau ein trockenes Lachen hören ließ. Die Überlegenheit, etwas zu wissen, was ihm bislang entgangen war, schwang darin mit. Für die einen war es ein solider Gewehrlauf, für die anderen der Triumph, Menschen belehren zu können.

»Na, da könnten Sie länger warten. Haben Sie den Aushang an der Rezeption nicht gesehen?«

Sie kannte die Antwort genau, wollte sich aber die Chance nicht nehmen lassen, ihm die Information noch ein paar Sekunden vorzuenthalten. Lauri mochte diese Art von Spielchen nicht, aber er verneinte und verschwieg, dass er nicht im Resort gewohnt hatte. Es tat nichts zur Sache, und es ging sie auch nichts an.

»Tja.« Ihr Ton erinnerte an einen Jäger, der sich an seine Beute heranpirschte. »Auf der Strecke gab es einen Unfall, irgend so ein Idiot hat sich mit seinem Lieferwagen lang gemacht. Die Strecke ist voll von Zeug, das ausgelaufen ist. Was, haben sie nicht gesagt, aber genau deswegen bin ich ziemlich sicher, dass es giftig sein muss! Die karren doch sowieso alles Mögliche hier hoch in der Hoffnung, es im Schnee verbuddeln und ungestraft davonkommen zu können.«

Natürlich, dachte Lauri. Alles andere hätte auch nicht für ausreichend Gesprächsstoff gesorgt. »Also wurde die Strecke gesperrt und ist für heute stillgelegt?«, kürzte er die Sache ab.

Ihr war die Verstimmung darüber, dass er ihr die große Schlussfolgerung gestohlen hatte, deutlich anzusehen. »Zumindest haben sie durchgefunkt, dass wir heute selbst fahren müssen, wenn wir hier weg wollen. Zum Glück haben wir uns ausreichend eingedeckt. Die gesamte Rückbank war voll, und den Kuchen musste ich in den Fußraum stellen, weil Ralph seinen Krempel in den Kofferraum gestopft hat.«

Besagter Ralph erlöste Lauri: Durch die Hütte schallte eine verschlafene Stimme. »Lorna? Mit wem redest du?«

Lorna hielt sich nicht mit einer Antwort auf, bedachte Lauri ein letztes Mal mit strengem Blick und verschwand. Laut knallte das Fenster in den Rahmen.

Lauri ging ein Stück weiter, falls Lorna und Ralph ihn nun Seite an Seite beobachteten, und lehnte sich gegen die fensterlose Rückwand der Hütte. Damit hatte sich sein Plan zerschlagen. Die Chancen, per Anhalter in den nächsten Ort zu gelangen, waren zu gering, um sie überhaupt abzuwägen. Er hatte keine andere Wahl, als zurückzugehen und zu bleiben, bis der nächste reguläre Bus fuhr. Das bedeutete weitere Zeit in Neves Nähe und doch so weit von ihr entfernt.

Der Ausblick darauf, bei jedem Geräusch vor der Tür zu hoffen, dass sie es war, förderte seine Begeisterung nicht gerade. Aber es gab keine andere Möglichkeit, die nicht mit lebensbedrohlichen Aktionen zusammenhing. Am besten war es, er verschwand erst einmal von hier und überlegte sich in der Hütte der Pecks, wie er die kommende Zeit überbrücken wollte.

»Vielen Dank auch«, murmelte er, ohne selbst zu wissen, wen er meinte – am ehesten wohl das Schicksal. Die Tasche war schwer geworden, als er sie hochnahm und sich auf den Rückweg machte. Dieses Mal blickte er fest nach vorn und hoffte, dass Neve nicht zufällig aus dem Fenster sah.

Als er die Siedlung hinter sich gelassen hatte und sich an den Schatten erinnerte, den er bei seinem Aufbruch gesehen hatte, kam ihm die seltsame Frau in den Sinn. Bei ihrer Begegnung hatte sie ihn verwirrt, aber wenn er jetzt an sie dachte, fühlte es sich beklemmend an. Etwas stimmte nicht mit ihr, obwohl er keinen blassen Schimmer hatte, was es war. Es war wie eine Ahnung, die tief aus dem Bauch kam und die er nicht ignorieren konnte.

»Ganz wunderbar«, murmelte Lauri und lief schneller. Er war noch nicht einmal eine Woche hier, hatte über die Hälfte der Zeit im Haus verbracht, und schon gab es Menschen, denen er nicht begegnen wollte – von den Tieren ganz abgesehen. Dieser Urlaub stellte sich immer mehr als Bewährungsprobe heraus, wobei er nicht wusste, worauf er von wem geprüft wurde. Sollte er noch einmal eine Auszeit brauchen, würde er sich in seinem Apartment einschließen und nur dem Postboten oder Pizzadienst öffnen.

Er ging an dem kleinen Wald vorbei, in dem er Neve gefunden hatte, und hörte, wie ein Ast unter der Schneelast nachgab und zu Boden polterte. Genau das machte der Winter hier draußen auch mit den Menschen: In gewisser Weise brach er nach einer Weile jeden.

15

Kleine Eisstücke lösten sich von ihren Fingerkuppen und fielen zu Boden, nachdem Neve über ihre Wangen gewischt hatte. Gideon nahm eine heiße Dusche, um die Kälte aus seinen Knochen zu vertreiben, und sie stand schon so lange am Fenster, dass ihre Tränen versiegt waren und die Welt sich wieder geklärt hatte. Lauris Gestalt war zu einem dunklen Fleck geworden, der stetig kleiner wurde. Noch konnte sie ihn sehen und bildete sich ein, nicht allein zu sein. Das würde sich in den nächsten Sekunden ändern.

Neve verkrampfte sich. Sie wollte nicht weiter aus dem Fenster starren und sich fühlen, als hätte man sie zurückgelassen. Schon wieder. Doch sie konnte sich auch nicht losreißen. Hatte sie zuvor geglaubt, dass der einzige Platz in der Welt, an dem sie sein wollte, an der Seite der Winterherrin war, so zweifelte sie nun daran.

Ihre Knie hatten fast nachgegeben, als Lauri in Longtree aufgetaucht war. Einen quälenden Atemzug lang glaubte sie, er wollte zu ihr, und fast wäre sie ihm entgegengelaufen. Doch dann hatte sie den Anhänger auf ihrer Brust gespürt, schwer und plötzlich so kalt wie noch nie. Es hatte sie wachgerüttelt. Sie durfte nicht bei Lauri sein. Sie durfte ihn nicht küssen, ihn nicht umarmen, ihn nicht einmal berühren. Ihm durfte nichts geschehen, und solange sie dafür sorgen konnte, würde sie es tun.

Trotzdem wünschte sie sich, dass sie ihm sagen könnte, wie sehr sie ihn vermisste. Er musste glauben, dass sie zu Gideon zurückgekehrt war, dass ihr die Nacht mit ihm nichts bedeutet hatte. Sah er denn die Wahrheit nicht? Verstand er nicht, dass sie keine andere Wahl hatte, als so zu handeln?

Bitte versteh mich irgendwo, Lauri. Ich würde alles tun, um bei dir zu sein, wenn ich noch am Leben wäre. Jetzt aber muss ich alles tun, um nicht bei dir zu sein.

Ein heller Schmerz ließ sie zusammenzucken. Der Anhänger hatte ihre Handfläche geritzt, Blut trat aus dem schmalen Riss. Sie leckte es ab und starrte zur Badezimmertür, hinter der das Wasserrauschen gerade verstummte. Ihr blieb nicht mehr viel Zeit. Ihre Angst vor dem, was geschehen konnte, war gewachsen, seitdem sie Lauri gesehen hatte.

Sie staunte über sich selbst, über ihre klaren und vor allem kalten Gedanken. Es waren ihre, und doch gehörten sie zu einer anderen Neve. Diese Neve war zielgerichteter und egoistischer, ihr Zuhause war die Welt dort draußen, in der es nur darum ging zu überleben. Egal, mit welchen Mitteln. Das Herz dieser Neve bestand aus Schnee und Eis.

Kind der Raunächte.

Sie hob den Kristall in die Höhe und betrachtete den rot schimmernden Blutstropfen an der Spitze. Blut und Schnee, Leben und Tod. Sie hatte stets gewusst, dass die Schwelle, die beide Seiten voneinander trennte, äußerst dünn war, aber sie hatte nicht geahnt, dass es mehr als eine gab.

Im Badezimmer polterte es, dann sprang der Föhn an. Neve rieb sich über das Gesicht und machte es sich mit ihrem Buch auf dem Sofa bequem. Als Gideon ins Wohnzimmer trat, blickte sie wie beiläufig auf und schenkte ihm ein Lächeln. Nicht zu strahlend, aber so offen, dass er es für Freude halten konnte. Oder Ergebenheit. Was auch immer er wollte. »Wie geht es dir?«

Seine dichten Augenbrauen zogen sich kurz zusammen. »Besser, aber ich bin noch immer nicht ganz fit.« Er wirkte verärgert. Neve konnte ihn verstehen. Gideon besaß ein robustes Naturell, und die wenigen Momente in seinem Leben, in denen er nicht gesund gewesen war, konnte er an einer Hand abzählen. Für ihn kamen Krankheiten schnell und gingen noch schneller. Dass sich eine anschlich, aber einfach nicht ausbrach, war für ihn eine völlig neue Erfahrung.

Neve legte das Buch auf den Tisch, ging zu ihm und lehnte sich an seine Brust. »Lass uns ein wenig spazieren gehen. Vielleicht ist es die Luft hier in der Hütte. Wer weiß, wie alt das Holz ist oder womit man es gestrichen hat.«

Er brummte als Zeichen dafür, dass sie in seinen Augen Unsinn redete, und reagierte auch sonst nicht auf ihre Anhänglichkeit. Auch das war normal. Gideon war kein Typ für Dauerkuscheleien.

Neve nahm seine Hände und zog sie auf ihren Rücken. »Oder willst du dich lieber noch mal hinlegen?«

Wie erwartet funktionierte die Anspielung auf seine Schwäche. Gideon grinste, spannte seine Armmuskeln an und ließ Neve damit keinen Raum mehr, um sich zu bewegen. »Rausgehen ist keine schlechte Idee.« Er küsste sie hart, wie um sie von seiner Stärke zu überzeugen.

Neve stellte sich auf die Zehenspitzen und erwiderte seinen Kuss so intensiv, dass er einen Schritt zur Seite setzen musste, um nicht zu taumeln. Sie war es, die seine Lippen öffnete, die mit ihrer Zunge seine Mundhöhle erkundete und die sich an ihm festklammerte, um ihn nicht sofort wieder gehen zu lassen. Dann ließ sie abrupt von ihm ab und strich mit dem Zeigefinger seinen Hals entlang.

Wenn Gideon verwirrt war über ihre plötzliche Initiative, so verlor er kein Wort darüber. »Bist du sicher, dass du wirklich nach draußen willst? Oder ...« Er deutete mit dem Kopf in Richtung Schlafzimmer.

Neve lächelte. »Ja, lass uns erst noch ein wenig unterwegs sein. Hinterher können wir uns dann aufwärmen.« Sie horchte der Anspielung in ihren Worten nach, die so wenig nach ihr klang, und fürchtete, Gideon könnte sie durchschauen. Doch er nickte nur, ließ sie los und schnappte sich seine Jacke, aber auch Schal und Mütze.

Neve hob eine Augenbraue. Es musste ihm schlechter gehen, als er zugab, wenn er sich dazu herabließ. Sie hatte ihre Sachen für den Trip hierher gepackt, während Gideon die Hälfte der warmen Stücke für übertrieben hielt. Um den Schein zu wahren, griff auch sie nach einem Rundschal und schlang ihn sich um Kopf und Hals. Die Wolle kratzte auf ihrer Haut und war geradezu abstoßend warm, doch sie würde es schon ertragen.

Als sie aus der Tür traten, sprang die Nervosität Neve an wie eine Raubkatze. Sie wusste nicht, was nun geschehen würde oder was sie genau tun musste. Sie hatte lediglich einen groben Plan und hoffte, dass er sich nicht als so schrecklich herausstellen würde wie in ihren schlimmsten Befürchtungen. Sie wartete, bis Gideon zu ihr aufgeholt hatte, und schmiegte sich an ihn. Er legte einen Arm um ihre Schultern, und sie spürte, wie er unter der dicken Jacke zitterte. Sie fasste nach oben und schob ihre Finger in seinen Handschuh, sodass sie seine Haut berührten.

Gideon zuckte zusammen. »Du hast verdammt kalte Hände.«

Sie blinzelte zu ihm hoch. »Es ist auch verdammt kalt. Aber uns wird schon noch warm, wenn wir eine Weile gelaufen sind.«

Er erwiderte nichts.

Neve lenkte ihn vorsichtig auf das Waldstück zu. Dabei ging es ihr nicht um eine besondere Form der Rache, sondern sie hoffte einfach auf den Schutz der Bäume vor neugierigen Blicken. Zudem konnte man sich wunderbar an die Stämme lehnen.

Der Kristall, den sie unter der Kleidung verborgen hatte, schien sich in ihre Haut zu brennen und brachte die Erinnerungen an jene Nacht zurück. Neve wusste genau, wo sie hergelaufen war und an welcher Stelle sie sich noch einmal umgedreht hatte. Weitere Kleinigkeiten folgten, wie die Form der Mondsichel oder die plötzliche Kälte an ihrem Bauch, als sie in ein Erdloch sackte. Der Anhänger der Winterherrin zerrte sie alle aus dem Verborgenen ans Licht. Jetzt zitterte Neve wirklich, als sie daran dachte, wie sehr sie gefroren hatte, und plötzlich verabscheute sie Gideon so sehr, dass sie ihn am liebsten von sich gestoßen hätte. Er war ihr damals nicht einmal gefolgt, obwohl er wusste, dass sie der Kälte nicht lange standhalten konnte. Auch nach ihrer Rückkehr hatte er sie nicht einmal gefragt, wie es ihr ging, sondern lediglich, wo sie gewesen war. Er hatte den verblassenden Fleck in ihrem Gesicht betrachtet, aber weiterhin nichts getan. Für ihn war alles wieder in Ordnung, nachdem sie zusammen geschlafen hatten.

Je weiter sie ging, desto mehr war sie bereit, Gideon für das zu hassen, was er ihr angetan hatte. Mit der freien Hand tastete sie nach dem Anhänger. Er kam ihr schwerer vor als sonst. Ein Versprechen, das gehalten werden wollte.

Gideon stolperte und stützte sich auf sie. »Heute ist wirklich nicht mein Tag«, sagte er ärgerlich. »Wir sollten lieber zurückgehen.«

Neve deutete nach vorn. »Bis zum Wald und wieder zurück? Oder schaffst du das nicht mehr?« Sie sah ihn an und legte eine Hand auf seine Stirn.

Gideon schob sie beiseite. »Unsinn, natürlich schaffe ich das. Es macht nur keinen Spaß, sich hier herumzuschleppen, wenn man ebenso gut im Bett liegen könnte.« Er schritt jetzt energischer aus und versuchte, sein angestrengtes Atmen zu unterdrücken.

Neve hörte es doch. Er erinnerte sie daran, dass sie normalerweise ebenfalls erschöpft sein würde, also bemühte sie sich, so zu wirken. Als sie die Ausläufer des Waldes erreichten, blieb sie stehen und lehnte sich an einen Baumstamm. »Ich brauche eine Pause«, keuchte sie.

Gideon verschränkte die Arme und sah sich um, bemüht, ihr nicht zu zeigen, wie schwach er wirklich war.

Neve sah zur Seite. An diesen Bäumen war sie vorbeigelaufen und dort, ein Stück weiter, zusammengebrochen. Dann hatte sich die Kälte in Wärme verwandelt, die eine Welt in die andere. Ihre Finger krallten sich in die Baumrinde. Gideon hatte es nicht anders verdient. Er sollte wie sie diese Wärme spüren als letztes Zeichen des Lebens, das er sechsundzwanzig Jahre lang geführt hatte. Und es war ihre Aufgabe, ihn dorthin zu bringen.

»Mir ist kalt«, sagte sie und rieb sich die Arme.

Er hob die Augenbrauen zu einem ›Ich habe es dir doch

gesagt‹. Neve überlegte und entschied, sich nicht so wie sonst zu verhalten. Ihr jetziges Dasein brachte eine Abgeklärtheit mit sich, die sie nutzen musste. Es würde Gideon überrumpeln, vielleicht misstrauisch machen, aber es war einen Versuch wert.

»Wärmst du mich?« Ihre Stimme war leise und süß, sodass er sie erstaunt musterte. Sie legte so viel Zweideutigkeit in ihren Blick, wie sie konnte, und hob einen Mundwinkel. »Hier im Schnee?« Nur noch ein Flüstern.

Gideon blinzelte. Neve sah ihm in die Augen und begann, ihre Jacke aufzuknöpfen. »Ein anderer Körper ist immer noch wärmer als diese verflixte Jacke.«

Er öffnete den Mund, um etwas zu sagen, überlegte es sich aber anders, als Neves Hand zwischen ihre Beine glitt. Schweigend beobachtete er sie, viel zu lange, und sie hoffte, dass er ihr nicht einfach nur zusehen wollte. Sie winkelte ein Bein an, wodurch sich ihr Oberkörper etwas wölbte. »Gideon?« Sie streckte eine Hand nach ihm aus.

Endlich gab er sich einen Ruck, kam auf sie zu und blieb so dicht vor ihr stehen, dass sie nicht nur die dicken Daunen seiner Jacke spürte, sondern auch die Erregung in seiner Jeans. Er legte seine Hände neben ihren Kopf auf den Baumstamm, und Neve begann augenblicklich, an seinen Klamotten zu nesteln.

Er ließ sie gewähren. »Was ist mit dir los?«, fragte er leise. »Das bist doch nicht du.«

Sie leckte sich über die Lippe, ließ sich aber nicht stören. »Ich habe nachgedacht«, raunte sie, schob ihre Hände unter seine Kleidung und fuhr mit den Fingerspitzen den Saum seiner Hose entlang. Er erschauerte. »Unser Streit hat mir nicht gefallen, aber er hatte einen Grund. Zwischen uns ist einiges schiefgelaufen in letzter Zeit, und das möchte ich ändern.«

Er zuckte zusammen. Gänsehaut bildete sich an seinem Bauch und Rücken, doch er schob ihre Hände nicht weg. Dann sah er sich um, und sie wusste, dass sie ihn dort hatte, wo sie ihn haben wollte.

»Du willst es wirklich hier?« Er drückte sie mit seinem Körper so fest gegen den Baumstamm, dass sie das Muster der Rinde durch ihre Kleidung spürte. »Jetzt?«

»Ja, ich will es hier. Ich will dich hier. Aber ich will auch, dass es etwas Schönes ist, etwas Einmaliges«, sagte sie.

»Und damit meinst du was?« Langsam bewegte er seine Hüften vor und zurück.

Neve verbarg den Kopf an seiner Schulter und stöhnte leise.

»Dass wir uns Zeit lassen.« Sie drückte ihn zurück, streifte ihre Jacke ab und schlüpfte aus Pullover und Top. Aufmerksam und ungläubig von Gideon beobachtet, löste sie die Ösen ihres BHs und ließ auch ihn zu Boden gleiten.

Gideon murmelte etwas, streifte seine Handschuhe ab und ließ sie fallen. Er umfasste Neves Brüste mit beiden Händen und ließ seinen Daumen über die aufgerichteten Warzen schnellen. »Du überraschst mich«, sagte er heiser. »Aber es gefällt mir.« Er beugte sich vor und ersetzte seine Daumen durch seine Zunge. Neve keuchte und wand sich, doch Gideon drückte ihre Schultern gegen den Baum und hielt sie fest. Es fühlte sich gut an, und mehr als das – es erregte sie innerhalb kürzester Zeit so sehr, dass sie mit dem Gedanken spielte, mehrmals mit ihm zu schlafen, hier draußen, nur um ihre Lust zu stillen. Mit aller Kraft riss sie sich zusammen. Was auch immer Gideon gerade mit ihr anstellte, es war nicht ihr eigentliches Ziel. Hier ging es nicht um ihren Körper, sondern um seinen.

Sie zerrte seine Jacke von seinen Schultern, dann zupfte sie an seinem Pullover. Gideon zögerte, doch nach einem Blick auf Neve zog er ihn sich mitsamt dem Shirt über den Kopf. Sie konnte sehen, wie sehr er fror, und breitete die Arme aus. Gideon presste sich an sie, stemmte ein Knie zwischen ihre Beine, packte ihr Becken und hob es an. Neve legte ein Bein um seine Hüfte und zog ihn so noch enger an sich. Sein Oberkörper war noch warm, wenngleich er auch von Schauern geschüttelt wurde.

»Wenn wir so weitermachen, wird uns gleich wärmer«, hauchte sie und wimmerte, als er ein letztes Mal mit seinen Nägeln über ihre Brüste fuhr, um sich dann ihrer Hose zuzuwenden. Sie biss sich auf die Lippe und hielt seine Hände fest.

»Nicht so hastig. Erst bist du dran.« Sie musste es herauszögern, wo immer sie konnte. Sie fasste ihn und drehte ihn um, bis er mit dem Rücken am Baumstamm lehnte. Stück für Stück bearbeitete sie seine Haut an Hals, Brust und Bauch, küsste sie, knabberte daran und leckte darüber. Gideon hielt die Augen geschlossen und entspannte sich, doch er versuchte immer wieder, sie zur Eile zu drängen oder ihren Kopf nach unten zu drücken. Die Wärme verließ seine Haut schnell, seine Fingerspitzen wurden bereits weiß. Neve ließ sich Zeit, achtete aber auf jede Regung. Als er ungeduldig wurde, strich sie mit zwei Fingern über den straff gespannten Reißverschluss seiner Hose. Minutenlang reizte sie ihn, ehe sie weitermachte und den Zipper nach unten zog.

Alles langsam. Sie hatte alle Zeit der Welt und er nicht mehr allzu viel davon. Doch als sie sich vor ihn kniete und er die Zähne zusammenbiss und sich unter ihren Berührungen wand, wusste sie, dass er tun würde, was sie wollte. Das Blut pumpte bereits langsamer durch seinen Körper, selbst die Erregung in seiner Hose war nicht mehr so hart wie zu Anfang. Dafür glänzten seine Augen in einem Fieber, das ihm die Sinne vernebelte und den Willen nahm.

Schneeflocken trafen Neves Haut, als Gideon schließlich nackt auf sie sank. Seine Bewegungen hatten an Geschmeidigkeit eingebüßt, und sie schob seine Ellenbogen zur Seite, die sich schmerzhaft in ihren Brustkorb bohrten. Er gehorchte ihrem sanften Druck mittlerweile wie in Trance, langsam und schleppend, selbst das Funkeln seiner Augen war erloschen. Seine Kraft schwand mit jeder Sekunde, und alles, was ihn noch antrieb, war der Instinkt. Neve flüsterte ihm belanglose, heisere Worte ins Ohr. Er reagierte auf ihren Klang, auf das Versprechen darin, nicht aber auf ihre Bedeutung, und starrte dabei vor sich hin, als überlegte er, was zu tun war. Neve fasste mit einer Hand zwischen ihre Beine und dirigierte ihn an die richtige Stelle, sodass er sich lediglich vorwärts schieben musste. Es kostete ihn Mühe, in sie einzudringen. Kaum hatte er es geschafft, begann er sich zu bewegen, überraschend kraftvoll und brutal, so als bäumte sich seine Energie ein letztes Mal gegen einen viel zu starken Gegner auf. Neve schloss die Augen und ergab sich seinen Stößen, ließ sich von Gideon in den Schnee pressen und hob ihm ihre Hüften entgegen. Er keuchte und murmelte Worte, die sie nicht verstand, sie aber auch nicht interessierten. Als er in ihr wieder härter wurde, zog sie sich ein winziges Stück zurück und machte es ihm schwerer. Er brummte unwillig und versuchte, ihr Becken festzuhalten, doch seine Hände rutschten ab. Er stieß weiter zu, immer unkontrollierter, und nachdem sie dieses Spiel lange genug gespielt hatte, erschlaffte er in ihr, ohne gekommen zu sein. Neve wartete eine Weile, entzog sich ihm und schlüpfte unter ihm weg. Sie drehte ihn auf den Rücken und küsste ihn so lange, bis ihr selbst die Luft wegblieb, dann noch einmal. Er reagierte noch immer auf ihre Berührungen, öffnete jedoch die Augen nicht mehr. Bleich lag sein Körper im Schnee, lediglich seine Zehen, Finger und Lippen schimmerten bläulich. Die Augenpartie dunkelte bereits nach und verwandelte seinen Kopf in einen Skelettschädel. Seine gesamte Kraft war auf einmal verschwunden, und Neve staunte, wie zerbrechlich er wirkte, so, als läge nicht Gideon vor ihr, sondern ein Mann, der sich sein Aussehen geliehen hatte. Behutsam tastete sie nach seiner Stirn und seinen Wangen. Sie glühten.

Er bewegte sich nicht, als sie aufstand und ihre Sachen zusammensuchte. Nur seine dunklen Lippen zitterten so verhalten, dass Neve zunächst glaubte, es sich eingebildet zu haben. Mit klopfendem Herzen stand sie still, ihre Sachen an die Brust gepresst, und starrte auf den Mann hinab, mit dem sie über zwei Jahre ihres Lebens verbracht hatte.

Gideon starb. Er litt unter hohem Fieber, dem sein unterkühlter Körper nichts mehr entgegenzusetzen hatte, und selbst wenn sie ihn jetzt noch zurückbrachte, würde er wahrscheinlich nicht überleben. Er war zu lange in ihrer Nähe gewesen, und nun, hier draußen im Schnee, hatte sie alles getan, um den Körperkontakt nicht abbrechen zu lassen. Sie glaubte nicht, dass er Schmerzen litt – das wünschte sie ihm trotz allem nicht – und hoffte, dass er ebenso wie sie einschlief und sich dabei warm und sicher fühlte. Vielleicht dachte er an sie und an das letzte Mal, als sie sich geküsst hatten. Sie grübelte kurz und kam zu dem Schluss, dass es ihr gleichgültig war. Es waren seine Gedanken, seine letzten Momente auf dieser Erde. Was danach kam ...

Gideons Bein zuckte, und mit einem Mal musste Neve würgen. Sie drehte den Kopf zur Seite, sank auf die Knie und erbrach sich in den Schnee. Sie hustete und spuckte so lange, bis nur noch heiße, brennende Flüssigkeit von ihren Lippen tropfte. Ihr Körper und vor allem ihr Hals schmerzten, Tränen liefen über ihr Gesicht und erstarrten auf ihren Wangen. Neve nahm eine Handvoll Schnee und spülte sich damit den Mund aus, schlüpfte hastig in ihre Sachen und lehnte sich an den nächsten Baumstamm. Sie vermied es, in Gideons Richtung zu blicken. Ihr war noch immer übel, und sie glaubte, sich wieder übergeben zu müssen, wenn sie nun seinen sterbenden Körper betrachtete.

»Es ist alles gut«, murmelte sie, ohne zu wissen, wen sie wirklich beruhigen wollte. »Wenn dir noch nicht warm ist, dann wird es das bald, und danach ist alles ganz schnell vorbei.« Die Tränen liefen weiter, und Neve konnte sie nicht aufhalten. Sie weinte aus Angst vor dem, was unweigerlich geschehen würde, ein wenig auch um Gideon, aber vor allem um sich selbst und die Tatsache, dass sie ab heute kein reines Gewissen mehr kannte. Ab sofort trug sie eine Last mit sich herum, die von ihr Stärke und Durchhaltevermögen verlangte, und zwar für den Rest ihres Daseins. Sie durfte sie mit niemandem teilen, sich niemals jemandem anvertrauen – bis auf die Winterherrin selbst. Die junge, unschuldige Neve hatte aufgehört zu existieren, als sie und Gideon aus der Hütte getreten waren. In wenigen Minuten, allerhöchstens einer halben Stunde, hatte sie sein Leben auf dem Gewissen.

Sie schloss die Augen und versuchte, sich auf etwas anderes

zu konzentrieren. Auf die Stille und feine Geräusche wie das Sirren von Eis oder den Ruf eines Vogels in der Ferne. Die Zeit verschwamm und nahm Neve mit sich, riss sie in ein Stadium zwischen Schlaf und Wachsein, betäubte sie. Sie glaubte zu schweben oder zu tanzen, nur um dann wieder den Boden unter sich zu spüren und die Schneeflocken auf dem Gesicht. Es war so real und doch nur eine Fantasie wie das Leben zwischen den Welten, das sie führte.

Die Schneeflocken wurden schwerer, und als Neve in die Gegenwart zurückkehrte, sah sie, dass sie dicht und wild durch die Luft wirbelten. Noch war es kein Sturm, aber der Wind pfiff bereits so laut, dass es nicht mehr lange dauern würde. Neve stand auf und blinzelte zu Gideon hinüber. Er war noch als Umriss zu erkennen, und Neve kämpfte gegen den Impuls, zu ihm zu gehen und seinen Körper vom Schnee zu befreien. Unschlüssig lief sie auf und ab, bis sie die Musik hörte – und das Lachen. Es sank mit dem Schnee von oben auf sie herab. Nein, es kam von überall, wurde lauter und hüllte sie ein. Neve versuchte, etwas zu erkennen, doch die Sicht war schlechter geworden und gaukelte ihr Schemen vor, wo keine waren. Sie lief los, nahezu blind mit von sich gestreckten Armen. Ihre Hände trafen auf einen Baum, dann auf den nächsten, und bald schon wusste sie nicht mehr, in welche Richtung sie gegangen war und wo sie Gideon zurückgelassen hatte.

Als Hufschläge den Boden erschütterten, hatte sich die Luft in eine weiße, tobende Wand verwandelt. Lachen und Musik schwollen an. Neve hörte mehrere Stimmen durcheinanderrufen, doch sie verstand die Worte nicht, obwohl sie sich so sehr wünschte, Teil des Ganzen zu sein.

Sie legte die Hände an den Mund. »Wo seid ihr?« Ihre Stimme klang dünn im Brausen des Sturms, wie die eines Kindes.

Die Antwort bestand in einem wilden Tanz aus Tönen und Geräuschen, aus Rufen in seltsamen Sprachen und dem Wiehern der Pferde, Freude und Grausamkeit zugleich.

Und dann sah Neve sie: hochgewachsene Gestalten, die sich so elegant bewegten, als würde ihnen der Wind nichts ausmachen. Sie schimmerten in denselben Farben wie die Wände der Höhle.

Neve blieb stehen, obwohl sie weiterrennen wollte, um sich ihnen anzuschließen. Doch ihre Füße weigerten sich. Die Gestalten bewegten sich langsamer und wandten sich um, als hätten sie bemerkt, dass sie nicht allein waren. Neve winkte ihnen zu und rief etwas, an das sie sich schon im nächsten Moment nicht mehr erinnerte. Der Wind riss ihr die Worte von den Lippen und schleuderte sie in die Wolken. Sie versuchte es weiter, schrie und schrie, bis ihre Kehle sich anfühlte, als hätte sich Säure hindurchgebrannt. Die Schemen beugten sich herab und hoben etwas auf ihre Arme. Es bewegte sich nicht, schien aber von innen heraus zu leuchten, mehr noch als die Gestalten selbst.

Gideon.

Dann zogen sie sich zurück, wurden kleiner und verschwanden hinter den tobenden, weißen Flocken. Der Wind flaute ab, die Wirbel in der Luft beruhigten sich. Als sich Neve wieder bewegen konnte, hatte es fast aufgehört zu schneien.

»Nein! Wartet! Ich bin eine von euch!«

Sie rannte los, stolperte über eine Wurzel und streckte beide Arme aus, um ihren Sturz abzufangen. Doch sie fiel nicht, ihr Körper balancierte ihr Gleichgewicht ohne Probleme aus. Als sie die Stelle erreichte, an der sie die Gestalten gesehen hatte, fand sie Gideons Körper, aber weder Fußspuren noch Hufabdrücke oder andere Hinweise darauf, dass jemand hier gewesen war. Lediglich die Schneeschicht, die Gideon bedeckt hatte, war verschwunden, so als hätte man ihn gerade erst hier abgelegt. Aber was hatten sie dann mitgenommen? Neve wusste die Antwort, noch ehe die Frage in ihrem Kopf verklungen war.

Lange Zeit starrte sie in das Gesicht des Mannes, mit dem sie so viel Zeit verbracht hatte. Sie musste ihn nicht berühren, um zu wissen, dass er tot war. Doch anders als zuvor bereitete es ihr weder Schmerzen noch Übelkeit, im Gegenteil. Sie war erleichtert, mehr noch, sie fühlte sich leicht. Das Lachen und die Musik waren nun auch ein Teil von ihr, und sie flüsterten ihr Dinge zu, die ihr zuvor verborgen geblieben waren.

Neve sah auf ihre Hände hinab und zog die Ärmel des Pullovers nach oben. Ihre Haut war noch heller als zuvor und schimmerte, als wäre sie von winzigen Eiskristallen überzogen.

Selten hatte sich ein Lächeln so echt angefühlt wie dieses. Es war endlich vorbei. Sie hatte der Winterherrin ein Eisopfer gebracht, so wie sie es verlangt hatte. Die Gestalten hatten Gideons Seele geholt, und damit war Lauri in Sicherheit.

Sie konnte endlich nach Hause finden.

16

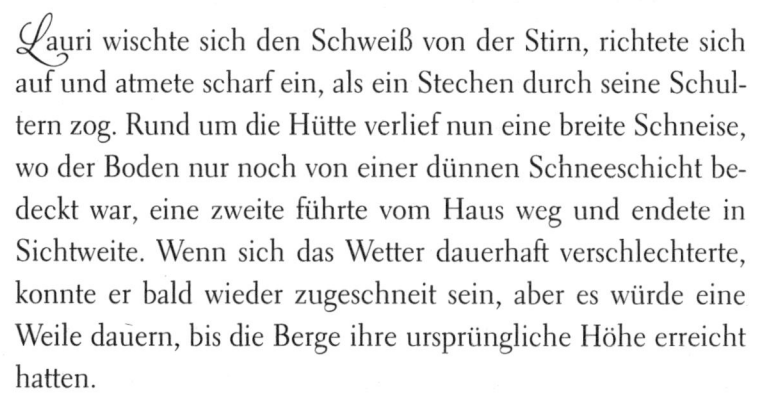

Lauri wischte sich den Schweiß von der Stirn, richtete sich auf und atmete scharf ein, als ein Stechen durch seine Schultern zog. Rund um die Hütte verlief nun eine breite Schneise, wo der Boden nur noch von einer dünnen Schneeschicht bedeckt war, eine zweite führte vom Haus weg und endete in Sichtweite. Wenn sich das Wetter dauerhaft verschlechterte, konnte er bald wieder zugeschneit sein, aber es würde eine Weile dauern, bis die Berge ihre ursprüngliche Höhe erreicht hatten.

Er lehnte die Schaufel an die Wand und rieb sich den Nacken. Er wusste nicht, wie lange er gearbeitet hatte, aber es interessierte ihn auch nicht. Zeit hatte er im Überfluss. Es ging ihm nur in zweiter Hinsicht darum, Wege anzulegen, vorrangig wollte er sich ablenken – und was war dazu besser geeignet als körperliche Arbeit? Er hatte es mit schlafen, lesen und zeichnen versucht, doch nichts davon hatte funktioniert. Nachdem er sich dabei erwischte, über eine halbe Stunde vor sich hinzustarren, beschloss er, die Außenwände der Hütte zu kontrollieren. Wer wusste schon, warum die Gestalt, die er zuvor gesehen hatte, hier herumgeschlichen war. Möglicherweise gab es eine undichte Stelle. Erst einmal vor der Tür, musste er feststellen, dass er in den Schneemassen nichts finden würde und hatte kurz entschlossen die Schaufel hervorgekramt.

Er konnte sich nicht erinnern, wann er sich zum letzten Mal derart körperlich verausgabt hatte. In Vancouver gab es keinen Schnee, in dem man zur Hälfte versank, und abgesehen von gelegentlicher Hilfe bei Umzügen gab es dort wenig, das auf diese Weise forderte. Zwar joggte er gern oder kompensierte zu langes Sitzen nach einer Zeichensession mit Sport, aber jetzt fühlte er sich auf eine andere Weise ausgepowert, und er freute sich auf die Müdigkeit, die sich nach einer Dusche einstellen würde.

Er warf einen Blick auf die Uhr. Wenn er noch ein wenig Zeit totschlug, konnte er nach dem Duschen ins Bett fallen und hatte einen weiteren Tag hinter sich gebracht. Es gefiel ihm nicht, hier festzusitzen, egal ob er den Ort zuvor gemocht hatte oder nicht. Seit er denken konnte, wurde er unruhig, sobald ihn äußere Umstände zum Stillstand zwangen. An manchen Tagen ging das so weit, dass er es nicht ertrug, an einer roten Ampel zu warten. Manchmal glaubte er, es sei einfach Teil seines Wesens und ihm mit in die Wiege gelegt worden, an anderen Tagen machte er die Jahre im Goodlord Childrens Hospital dafür verantwortlich. Immerhin hatte er fünf Jahre darauf gewartet, dass seine Mutter zurückkehrte und sein Waisendasein beendete. Aber Sanna hatte mit anderen Problemen zu kämpfen, die Namen wie Alkohol und Drogen trugen. Sie hatte als Mutter zu oft versagt, und die Behörden hatten letztlich entschieden, dass ihre Abwesenheit Lauri mehr half als schadete. Fünf Jahre waren eine lange Zeit. Als die Kenneths aufgetaucht waren, hatte er das Warten bereits als düsteren Teil seines Lebens anerkannt, jedoch niemals akzeptiert. Er war damals acht Jahre alt gewesen und sehr skeptisch, was eine neue Familie betraf. Neue Menschen bedeuteten Bindungen, die benötigten Arbeit, und er war nicht mehr bereit dazu. Gerettet hatte ihn die Größe der Kennethschen Familie, die neben den Eltern und drei leiblichen Kindern drei weitere Adoptivgeschwister umfasste. Lauri konnte sich in dieser Masse zurückziehen, wann immer er wollte. Nach und nach hatte er begriffen, dass das Leben nicht aus Warten bestand, und nach Jahren hatte er sich geschworen, nie wieder so lange auf jemanden zu hoffen.

Jetzt saß er fest, bis dieser verdammte Bus wieder fuhr. Er fluchte kurz auf den Fahrer, der für die gesperrte Straße verantwortlich war, dann auf das Wetter und sogar auf die neugierige Lorna als Unglücksrabe. An Gideon und Neve wollte er nicht denken.

Er schloss die Hütte ab, lockerte seine Muskeln und lief mit schnellen Schritten los. Wenn er dieses Tempo hielt, würde er nicht auskühlen, und die Verspannungen konnten sich mit etwas Glück lösen, sodass der Muskelkater morgen nicht so schlimm sein würde.

Er ging Richtung Osten, schlug vor Longtree einen Bogen und hielt auf das Gebiet zu, in dem er Neve gefunden hatte. Es war nicht die beste Idee, aber er hoffte, dass er den Wald als das sehen konnte, was er war: eine Ansammlung von Bäumen, nicht mehr und nicht weniger.

Er war stets auf's Neue fasziniert davon, wie schnell sich die Geräusche hier draußen ändern konnten. Die Bäume standen in einigem Abstand zueinander und waren nicht so zahlreich, dass sie dem kanadischen Wald Ehre machten, aber sie schafften es, einen ähnlichen Schleier über die Kulisse zu legen wie der Schnee. Geräusche klangen nicht nur gedämpft, sondern wanderten in den Hintergrund. Genau das war es, was Lauri brauchte. Seine Gedanken wurden leiser und kamen schließlich zur Ruhe. Was blieb, war er selbst: sein Körper, sein Atem, sein Herzschlag, dazu die kühle Luft auf seiner Haut.

Die Erhebung zu seiner Linken sah er erst, als er sich auf gleicher Höhe befand. Sie stach so deutlich hervor, dass es sich nicht um eine Unebenheit des Bodens handeln konnte. Mehr erkannte Lauri nicht, da der allgegenwärtige Schnee auch hier alles bedeckte, doch der Anblick rief Bilder in ihm wach, die er so mühsam verdrängt hatte.

Die Kälte nahm mit einem Schlag zu. Er hatte es geschafft, nicht an Neve zu denken, doch nun fühlte er sich in die Nacht zurückversetzt, in der er sie gefunden hatte. Einen schrecklichen Moment lang glaubte er, dass sie es war, die dort lag, dass sie ihren Entschluss, zu Gideon zurückzukehren, bereut hatte oder, schlimmer noch, dass sie sich entschieden hatte, ihrem Leben endgültig ein Ende zu setzen. Die Welt stand still, doch dann drehte sie sich plötzlich so schnell weiter, dass nichts mehr eine Rolle spielte. Lauri schluckte, aber nichts konnte den Eisklumpen in seiner Kehle zum Schmelzen bringen. Er rannte los, doch die Entfernung war zu weit und er viel, viel zu langsam.

Trotzdem stoppte ihn die Stimme mitten in der Bewegung. »Lauri.«

Es war kein Ruf, nicht einmal eine Frage. Er drehte sich um, und da war sie. Neve. Vollkommen unversehrt und wunderschön. Sie stand zwischen den Bäumen, als hätte sie ihn beobachtet, und während Lauri die Fußspuren hinter ihr sah, fragte er sich, warum er sie nicht gehört hatte. Aber das spielte nun keine Rolle mehr. Er wollte etwas sagen, ihr sagen, wie erleichtert er war, doch er brachte keinen Ton heraus.

Neve lächelte und kam langsam auf ihn zu. Ihre Augen funkelten, und die dunklen Verfärbungen in ihrem Gesicht waren verschwunden.

»Was machst du hier?«, flüsterte sie. Es klang unsicher.

Lauri antwortete nicht sofort. Etwas an ihr war anders, aber er konnte nicht sagen, was es war. Es hatte nichts mit ihrem Äußeren zu tun, obwohl es ihn so sehr fesselte, dass er sie mehr als einmal von oben bis unten betrachtete. Oder vielleicht doch? Neve hatte schon immer zu dieser Gegend gepasst mit ihrer reinen Haut und den glänzenden Haaren, aber jetzt erschien sie ihm noch leuchtender und zarter – eine Frau so schön wie Schneeflocken und Eiskristalle zugleich.

Nur das war es nicht, was ihm zuerst aufgefallen war. Sie ... bewegte sich anders, selbstsicherer als zuvor, hielt ihren Kopf nicht mehr gesenkt oder starrte zu Boden wie so oft am ersten Tag, als sie in der Hütte aufgewacht war. Doch die alte Traurigkeit, die er so gern vertrieben hätte, war noch immer da und blitzte in ihren Augen auf.

Er riss sich zusammen. »Ich wollte nach Hause fahren«, hörte er sich indirekt auf ihre Frage antworten. »Aber der Bus ist ausgefallen.«

Sie sah ihn so lange stumm an, dass er bereits glaubte, sie hätte ihn nicht gehört. Dann gab sie sich einen Ruck und kam näher. »Wie lange bleibst du noch hier?«

Ein Schritt nur, und er würde sie in seine Arme schließen können. Sie war angespannt, die Hände zu Fäusten geballt. Sollte er versuchen, sie zu berühren, würde sie sich definitiv umdrehen und Abstand nehmen. Davon abgesehen hatte sie ihm bereits deutlich gemacht, dass sie diese Nähe nicht mehr wünschte.

»Bis zur nächsten Fahrgelegenheit. Das sind noch zwei Tage.«

Ihr Blick irrlichterte zu ihm und wieder weg. Sie schaffte es nicht, ihn anzusehen, und das verriet im Grunde genug. Was hatte er auch erwartet? Wahrscheinlich war sie froh, dass er die Gegend verließ und sie ihren Ausrutscher endlich vergessen konnte. Es war an der Zeit, das Gespräch zu beenden, und dieses Mal musste er es sein, der ging, wenn er nicht auch noch dieses letzte Aufeinandertreffen zerstören wollte.

»Ich gehe dann besser zurück, ehe ich komplett auskühle«, sagte er und nickte ihr zu. »Alles Gute, Neve.« Er wollte es ihr nicht schwer machen, und trotz allem konnte er sie weder hassen noch sauer auf sie sein. Er würde vielleicht niemals erfahren, welche Gründe sie für ihr Handeln hatte, aber er wünschte ihr dennoch das Beste.

Jetzt sah sie ihn an, unruhig und bestürzt zugleich. Lauri schaffte ein Lächeln, dann wandte er sich ab und machte sich auf den Rückweg. Er konzentrierte sich auf seine Fußspuren und versuchte, in ihnen zu laufen – das erleichterte es zwar nicht unbedingt, lenkte ihn aber ab.

Er hatte den Waldrand erreicht, als er ihre Stimme hörte.

»Lauri, warte!«

Er blieb stehen und wartete zwei, drei Herzschläge, ehe er sich umdrehte. Sie stand nun vor den Bäumen und hatte eine Hand erhoben, als wollte sie ihn aufhalten, traute sich aber nicht. Von einem Ast fiel Schnee zu Boden und stob eine Fontäne in die Luft. Ein silberner Schauer umrahmte Neve, doch sie reagierte nicht einmal darauf. Zögernd setzte sie einen Schritt nach vorn, blieb kurz stehen und lief dann weiter, immer schneller, bis sie direkt vor Lauri stand. »Es tut mir leid«, sagte sie. »Alles, was geschehen ist.« Dann warf sie beide Arme um seinen Hals.

Es war seltsam, wie viele kostbare Momente Menschen damit verschwendeten, zu staunen und zu grübeln, wenn das, was sie sich mit aller Kraft gewünscht hatten, sich endlich erfüllte. Auch Lauri reagierte zunächst nicht und starrte nur verwirrt auf Neves Haarschopf und ihre schmalen, hellen Finger, die von seinem Nacken über seine Schultern rutschten und sich vertrauensvoll auf seine Brust legten. Erst als er spürte, wie ihr Herz schlug, legte er vorsichtig eine Hand auf ihren Rücken, mit der anderen bedeckte er ihre. Neve rührte sich nicht, doch dann bewegte sie ihre Finger und umklammerte seine. Ihre Haut war so kalt, dass er unwillkürlich mit dem Daumen darüber rieb, um sie zu wärmen.

Sein Herz legte einen wahren Marathon in seinem Brustkorb hin. Er wünschte sich nichts mehr, als diesen Augenblick so lange wie möglich hinauszuzögern, Neves Atemzügen zu lauschen und den Duft ihrer Haare einzuatmen. Doch es wäre gestohlene Zeit einer Illusion, die unweigerlich zusammenbrechen würde, früher oder später. Und dann wäre er es, der versuchen würde, die Scherben aufzusammeln, selbst wenn er sich dabei die Hände blutig schnitt.

Es kostete ihn enorme Kraft, Neve an den Schultern zu fassen und von sich zu schieben. Sie sah ihn an, und die Enttäuschung in ihren Augen drängte die Trauer beiseite.

»Neve«, begann Lauri und wusste nicht, was er sagen wollte – geschweige denn, wie. »Ich kann nicht ...« Er brach ab und ließ die Hände von ihren Armen gleiten. So hilflos wie in diesem Moment hatte er sich selten gefühlt. Er wusste, dass es nicht gut für ihn war, wenn er noch länger blieb, aber er konnte sich nicht überwinden zu gehen. Da war die winzige Hoffnung, dass alles doch noch gut werden würde.

Neve sah aus, als wüsste sie genau, was in ihm vorging. »Ich wollte nicht so einfach gehen«, sagte sie und holte tief Luft. »Und es hat auch nichts mit Gideon zu tun, das glaub mir bitte. Ich bin nicht zu ihm zurückgekehrt, aber ich habe meine Gründe, warum ich nicht länger bei dir bleiben kann.« Die Worte sprudelten so hastig von ihren Lippen, als fürchtete sie sich vor Konsequenzen. Sie senkte den Kopf und fuhr sich mit dem Handrücken über die Augen. Etwas Helles fiel zu Boden. »Ich kann nicht länger bei dir bleiben«, wiederholte sie. »Obwohl ich es so gern würde.«

Ihre Worte stürzten Lauri in ein Wechselbad aus Hoffnung und Enttäuschung. Es gab nichts Sinnvolles, das er entgegnen konnte, denn sie hielt an ihrer Entscheidung fest und machte ihm soeben deutlich, dass sie diese ebenso wenig ändern würde wie über ihre Gründe reden. »Dann muss einer von uns jetzt loslassen«, sagte er und versuchte, unbeschwert zu klingen. Es hätte funktioniert, wenn seine Stimme nicht so kratzen würde. Vorsichtig zog er seine Hände zurück und hielt inne, als sich nur noch ihre Fingerspitzen berührten.

Neve bewegte sich nicht, und nach einer Weile begann ihre Hand vor Anspannung zu zittern. Doch sie ließ sie nicht sinken.

Es war eine seltsame Hoffnung, die sich in Lauris Brust sammelte. Er blinzelte zu Neve und hatte Schwierigkeiten, wieder wegzusehen. Sie sah so verändert aus, als wüsste sie um ihren Schmerz und war besser als jemals zuvor in der Lage, mit ihm umzugehen. Bald zitterte Lauris Hand mehr als ihre, und die Spannung riss an seinen Muskeln.

Mit einer winzigen Bewegung schob Neve ihre Finger über seinen Handrücken, stellte sich auf Zehenspitzen und drückte ihm einen Kuss auf den Mund. So schnell, wie sie ihn berührt hatte, ließ sie ihn auch wieder los. Sie presste ihre Lippen aufeinander, so als wollte sie testen, wie er schmeckte.

Lauri runzelte die Stirn. Wenn sie so weitermachte, war er das sprichwörtliche Wachs in ihren Händen, und obwohl er fast alles für sie getan hätte, wisperte ein leises Stimmchen in seinem Hinterkopf ihm eine Warnung zu.

Er räusperte sich und beglückwünschte sich insgeheim zu seiner Beherrschung. Ein wenig schüttelte er aber auch genau deswegen den Kopf über sich. »Wir müssen uns entscheiden, was wir tun wollen«, sagte er lauter als nötig und meinte im Grunde nur sie. Was er wollte, wusste er nur zu gut, aber hier ging es um sie beide. »Ich mag dich. Sogar sehr, und ich glaube, du weißt das nur zu gut. Aber wenn du dich entschieden hast, dich von mir fernzuhalten, dann solltest du genau das tun. Alles andere ...« Er brach ab. Seine Worte wurden stetig leiser, die letzten hörte er selbst kaum noch, und dennoch klangen sie so falsch und hart in seinen Ohren, dass er sich am liebsten auf der Stelle bei ihr entschuldigt hätte.

Neve sah ihn an, die Lippen geöffnet, ihre unglaublich schönen Augen groß und rund. Sie murmelte seinen Namen, und dann küsste sie ihn noch einmal. Dieses Mal ließ sie ihn nicht los.

17

Neves Geist rebellierte. Hier stand sie in Lauris Armen und tat, wonach sie sich die ganze Zeit insgeheim gesehnt hatte. Es war falsch, so falsch, dass es ihr die Kehle zuschnürte. Aber wie konnte es sich dann so richtig anfühlen? Sie wollte die Kraft finden, es zu beenden, doch ihre Sehnsucht war stärker als ihre Vernunft – die flatternden Bewegungen in ihrem Magen, das Prickeln auf der Haut und vor allem auf den Lippen. Jeder Moment war sämtliche Traurigkeit wert, die sie zuvor erlebt hatte. Jeder Moment fachte ihre Angst um Lauri erneut an.

Er ließ ihren Kuss nur kurz zu, dann versteifte er sich und versuchte, sie sanft von sich schieben.

Bitte tu das nicht. Bleib.

Er gab seinen Widerstand schnell auf. Eine letzte Hürde, die verschwand und den Blick auf eine Dunkelheit freigab, vor der Neve sich fürchtete. Allein die Tatsache, dass sie zweimal den ersten Schritt getan und ihn daran gehindert hatte zu gehen, war so untypisch für sie, dass ihre Gedanken wieder und wieder um ihr Problem kreisten: Die alte Neve Whitmore war gestorben. Nicht nur ihr Körper, sondern auch ihr Charakter, ihr Wesen. Sie veränderte sich und fürchtete sich davor, da sie nicht wusste, wo es enden würde. Ob es enden würde.

Sie konnte Lauri wehtun, ihn schwächen, so wie sie es bereits getan hatte. Mehr noch, sie konnte ihm gefährlich werden. Gideon hatte sie sogar getötet, indem sie mit ihm geschlafen hatte, voller Berechnung. Sie konnte versuchen, sich einzureden, nichts dabei gefühlt zu haben, doch das wäre nicht wahr. Sie hatte Lust empfunden, sowohl am Sex als auch an der Vorstellung, eins zu sein mit allem, was sie umgab und was dem Winter gehörte. Ja, Gideon hatte ihr leidgetan, und sie hatte sich mehr als einmal weit weggewünscht, aber trotzdem hatte die Erleichterung überhandgenommen, nachdem er zu schwach geworden war, um zu reagieren. Sie war *erleichtert* gewesen, als er endlich starb! Was, wenn sie in naher Zukunft an einen Punkt gelangte, wo sie nichts mehr empfand, für niemanden? Wenn sie Lauri ohne mit der Wimper zu zucken an die Kälte und den Tod auslieferte, nachdem sie sich genommen hatte, was sie zu brauchen glaubte? Ein fahler Geschmack bildete sich in Neves Kehle. War etwa ein Monster aus ihr geworden? Aber wie konnte das sein, wenn die Welt der Winterherrin aus Schönheit, Lachen und Musik bestand?

Ihr blieb nichts anderes übrig: Solange sie nicht sicher war, war es am wichtigsten, dass Lauri lebte. Sie würde darauf achten, dass es ihm gut ging, und dass sie ihm nicht zu viel Wärme oder Leben stahl.

Sanft legte sie einen Zeigefinger auf seine Lippen, als er den Kuss unterbrach, um Atem zu holen. Seine Augen funkelten dicht vor ihren, noch dunkler, als sie es ohnehin waren. Schneeflocken hatten sich auf seine langen Wimpern gelegt. Wie beiläufig berührte Neve seine Stirn und war erleichtert, dass sie noch kühl war.

»Ich weiß nicht mehr, was ich tun soll«, sagte sie. »Es ist so viel passiert, und ich wünschte, ich könnte es dir erzählen. Aber das darf ich nicht.« Sie überlegte und horchte ihren Worten nach, die das Gewicht auf ihren Schultern nur verstärkten.

»Ich weiß nicht weiter, Lauri.«

Er lehnte seine Stirn an ihre, und sie spürte die sanfte Berührung seiner Wimpern auf ihrer Wange, als er blinzelte. »Ich kann nichts tun, um dir zu helfen, wenn ich nicht weiß, was genau los ist.« Er strich mit den Fingern so zart über ihr Kinn, dass sie erschauerte. »Ich kann dir nicht versprechen, dass ich es überhaupt kann. Dir helfen, meine ich. Und glaub mir, ich weiß, wie es ist, wenn man sich zurückzieht. Wenn man überzeugt ist, mit seinen Problemen allein sein zu müssen, weil alle anderen nicht verstehen, wie kompliziert sie sind oder wie tief sie wirklich gehen. Ich bin da genau wie du. Oder ... ähnlich.« Er versuchte ein Lächeln. »Es ist jedes Mal eine riesige Überwindung, sich doch jemandem anzuvertrauen. Viele würden es mit einem Sprung ins kalte Wasser vergleichen, aber das ist es nicht. Es ist vielmehr wie ein Sprung in Eiswasser und Feuer zugleich, und man weiß nicht, ob dieses Etwas in dir, das mit den dunklen Gedanken kämpft und so unglaublich lebendig ist, erfrieren oder verbrennen wird.«

Ein Schauer kribbelte Neves Wirbelsäule hinab, und sie wusste nicht, ob sie sich an Lauri schmiegen oder sich von ihm losreißen sollte. »Vor dem Verbrennen habe ich keine Angst«, flüsterte sie.

Niemals hätte sie geglaubt, dass sie erleben würde, wie die Zeit stillstand. So oft hatte sie sich einen solchen Moment vorgestellt, und doch hatte sie stets gewusst, dass er nur in ihren Träumen vorkam. Doch jetzt war er da, dieser Augenblick, und Neve wagte nicht einmal zu atmen. Es war anders und doch viel intensiver, als sie geglaubt hatte. Sie stand vor Lauri und starrte ihn an, während ihre Finger irgendwo in der Luft schwebten.

Da war so viel Sehnsucht, gleichzeitig nach ihm und nach dem Zuhause, das sie noch kennenlernen musste. Sie wagte nicht, sich zu bewegen, vor Unsicherheit, das Falsche zu wählen, und spürte diesen Sog, der sie von den Füßen zu reißen drohte. Eine winzige Bewegung nur, und er würde sie mitnehmen und all ihre Schutzwälle zerstören, bis nur noch die Neve übrig blieb, die sich fürchtete. Vor sich selbst. Um Lauri.

Sie sah zu Boden, spürte Lauris Wärme und atmete seinen Duft nach Holz, Frische und schwachem Rauch ein. Es verstärkte den Sog, und als sie nur den Bruchteil einer Sekunde nicht aufpasste, war es auch schon zu spät: Sie schob Furcht und Bedenken in die hinterste Ecke ihres Bewusstseins. Es schmerzte, und die Angst wallte auf wie eine Mahnung, doch Neve ignorierte sie. Lauri war bei ihr und würde auf sie aufpassen. Sie war nicht allein.

Er blickte sie an, schweigend, und gab ihr Zeit. Wie er es immer tat. Sie wusste, dass er ihre Entscheidung akzeptieren würde, wie auch immer sie ausfiel. Neve strich den Schnee von seinen Locken.

»Aber ich habe Angst«, sagte sie und staunte selbst darüber, wie deutlich sie klang. Ja, sie fürchtete sich, aber sie wagte zu glauben, dass Lauri und sie durchstehen konnten, was auch immer auf sie wartete.

Er pflückte eine Haarsträhne von ihrer Wange. »Ich auch. Aber das weißt du bereits.«

Mehr nicht. Mit der ihm so eigenen Ruhe sah plötzlich alles so einfach aus, und genau dafür liebte sie ihn umso mehr.

Ja, genau das war es – all die Freude, der Schmerz, die Angst und das Gefühl, plötzlich das Zerbrechlichste auf der Welt zu besitzen. Sie liebte ihn.

Neves Wangen waren feucht, als sie ihn küsste, wieder und wieder. Zwischendurch löste sie sich von ihm, um das Flackern im Braun seiner Augen zu betrachten, seine Wangenknochen entlangzufahren oder ihn zu berühren. Dann wurden ihre Küsse länger, intensiver, und Neve vergaß, ob sie Atem holen musste oder nicht. Ihr Körper glühte ebenso wie seiner, aber dieses Mal fühlte es sich richtig an. Nicht krank. Nicht gefährlich.

Wind kam auf und versetzte die Schneeflocken um sie herum in kleine Wirbel, wie in einem Wasserglas, das sie vor allen Einflüssen schützte. Sie stand so dicht bei Lauri, dass sie ihren Kopf in den Nacken legen musste, doch das war ihr egal. Wenn sie gekonnt hätte, würde sie sich noch enger an ihn schmiegen. Ihre Finger hatten sich mit seinen verschlungen. Sie wollte ihn nicht loslassen, zumindest nicht mehr an diesem Tag. Ein glückliches Lachen kribbelte in ihrem Bauch.

Es verwandelte sich in einen Eisklumpen, als sie einen Herzschlag lang die Augen öffnete und die Gestalten bemerkte. Neve starrte über Lauris Schulter in den Schnee, der die Landschaft verwischte, so als ob ein Maler wütend über die Leinwand gefahren war. Trotzdem sah sie die Umrisse und wusste, dass es keine Menschen waren, die dort in ihrer Nähe standen. Es waren dieselben Wesen, die zuvor erschienen waren, um Gideons Seele fortzutragen.

Der Wind nahm an Kraft zu, fast so, als wäre er der Verbündete jener, die sie umkreisten. Beobachteten.

Lauerten?

Sie gehörten zum Gefolge der Winterherrin, so viel war sicher. Nur was wollten sie von ihr? Neve hatte ihr Eisopfer gebracht, so wie es ihr befohlen worden war. Sie hatte ihren Teil der Abmachung erfüllt.

Lauri runzelte die Stirn, als er merkte, wie abgelenkt sie war. »Hey«, sagte er und tupfte einen Kuss auf ihre Wange. »Was ist los?«

Er wollte sich umdrehen, doch Neve fasste seine Schultern und hielt ihn davon ab. »Alles in Ordnung«, stieß sie hervor und bemühte sich um einen unbeschwerten Gesichtsausdruck. Es fühlte sich an wie eine Grimasse. Verzweifelt umarmte sie Lauri und drückte ihn so fest sie konnte an sich. Sollte er erstaunt sein, so ließ er sich nichts anmerken und streichelte sanft ihr Haar. »Sollen wir zurückgehen?«

Sie schüttelte den Kopf, dann nickte sie. »Vielleicht ist das keine schlechte Idee«, murmelte sie an sein Ohr und griff nach seiner Hand. Sie wollte gerade loslaufen, als der Wind stärker wurde. Mit ihm kam die Musik. Zunächst war sie so leise, dass Neve hoffte, sich zu irren, oder dass sie von Longtree kam. Gelächter setzte ein und verhöhnte sie, kaum dass sie den Gedanken zu Ende geführt hatte. Es war so nah und zugleich so weit weg, dass sie es nicht näher identifizieren konnte. Mal klang es wie ein einzelner Mann, dann wie ein Chor von hellen Frauenstimmen, die sich über Dinge amüsierten, die sie nicht mit anderen teilen wollten. Aber sie waren nicht harmlos, diese Dinge, und zum ersten Mal glaubte Neve, einen Unterton auszumachen, der ihr nicht gefiel. Sie hielt nach den Schemen Ausschau, doch sie waren kaum noch zu erkennen. Mittlerweile war aus dem Wind ein regelrechter Sturm geworden, der an ihren Jacken und Haaren riss.

Lauri schützte seine Augen mit einer Hand, legte die andere um Neves Schulter und zog sie zu sich heran, um sie abzuschirmen. »Was zur Hölle ist das?«, rief er.

Neve zerrte ihn zur Seite, weg von den Gestalten, die lauerten, um möglicherweise eine weitere Seele für den Teich der Winterherrin zu stehlen.

»Lass uns gehen!«, brüllte sie gegen das Kreischen und Dröhnen in der Luft an. »Ich weiß nicht, wo das Unwetter so plötzlich hergekommen ist, aber wenn es noch stärker wird, möchte ich nicht hier draußen sein!«

Zu ihrem Erstaunen blieb Lauri stehen. »Hörst du das nicht?« Er hielt den Kopf schräg und lauschte in das Toben des Winds hinein.

Neve wurde heiß und kalt zugleich. Er meinte die Musik und das Gelächter. Er konnte es ebenfalls hören! Panik schlug in ihr hoch, und sie zerrte an seiner Jacke. »Da ist nichts! Los, lass uns zur Hütte, ehe das hier noch schlimmer wird.« Schneeflocken peitschten in ihre Augen. Jedes Mal spürte sie ein winziges Stechen, das augenblicklich wieder verschwand, aber sie blinzelte kein einziges Mal.

Lauri rührte sich nicht, starrte aber noch immer über die Schulter. Der unsichtbare Griff um Neves Kehle wurde fester. »Bitte Lauri, glaub mir. Wir sollten hier verschwinden.«

Er versuchte, sie anzusehen, doch der Wind und die hartnäckigen Flocken machten es unmöglich. Stattdessen drehte er sich um und sah nun direkt in die Richtung, wo die Gestalten aus dem Gefolge der Winterherrin nur wenige Schritte entfernt standen und sie beobachteten. Das Wetter war zu schlecht, als dass er sie erkennen konnte. Neve dagegen sah die Wesen ganz genau. Innerhalb eines Atemzugs könnten sie bei ihnen sein, aber sie hielten Abstand, tanzten und spielten mit ihnen. Oder drohten, falls es da einen Unterschied gab. Unruhig knibbelte sie am Nagelbett ihrer Finger und riss kleine Hautfetzen ab.

Als sich Lauri wieder umdrehte, tränten seine Augen, gereizt von der Nässe und Kälte in der Luft. Er musterte Neve und setzte einen Schritt zurück. »Warum macht es dir nichts aus?« Er schüttelte sich den Schnee aus den Haaren. »Der Sturm und die Temperaturen ... du zitterst nicht. Du blinzelst nicht mal.«

Neve hob die Hände, wie um ihn abzuwehren. Damit hatte sie nicht gerechnet, und insgeheim ohrfeigte sie sich dafür, nicht an solche Kleinigkeiten gedacht zu haben. Natürlich musste es ihm früher oder später auffallen, aber ... nicht jetzt und hier! Nicht, wenn das Gefolge des Winters sie umzingelte wie der Jäger seine Beute. Nicht, wenn Lauri die anderen hören konnte!

Sie griff nach seiner Hand. »Ich erkläre es dir später, nur ...« Ein Schemen huschte so nah hinter Lauri an ihnen vorbei, dass sie aufschrie und erschrocken die Hand vor ihren Mund presste.

Lauri wirbelte herum. »Was war das?«

Der Wind heulte zur Antwort auf. Neve bemühte sich, gleichzeitig Lauri anzusehen und den Schatten im Auge zu behalten, der sie umkreiste und dabei immer näher kam. »Was ... was meinst du?«

»Verdammt, da ist etwas im Sturm, Neve!«

»O Gott, glaubst du, es ist das Wolfsrudel?« Sie versuchte, ebenso alarmiert zu klingen wie er und bat ihn insgeheim um Entschuldigung. Sie wollte ihn nicht daran erinnern und erst recht nicht damit spielen, aber wenn sie ihn so dazu bringen konnte, von hier zu verschwinden, nahm sie es in Kauf.

Es funktionierte. Lauri drückte ihre Finger. »Okay, weg hier. Los!« Er stapfte los, den Kopf gesenkt und die freie Hand am Kragen seiner Jacke. Er lief, so schnell er konnte, und doch viel zu langsam für Neve. Bei jedem Schritt quälte sie die Angst, dass eine der Gestalten vor ihnen auftauchen könnte und Lauris Leben forderte. Das durfte sie nicht zulassen, aber sie hatte keine Ahnung, wie sie es verhindern konnte. Und welche Konsequenzen es für sie haben konnte, sollte sie es versuchen.

Der Sturm änderte die Richtung. Der Schnee flog ihnen fast waagrecht entgegen, und selbst Neve senkte das Kinn auf die Brust. Sie lief einen halben Schritt vor Lauri und zerrte ihn immer dann weiter, wenn sie bemerkte, dass seine Kräfte nachzulassen drohten. Die Musik schwoll an und ab, sie kam von überall und wurde von Gelächter und dem Klingen feiner Glocken durchzogen. Die Trommeln setzten ein, als sie die Bäume hinter sich ließen.

»Nicht stehen bleiben!«, brüllte Neve und hustete, da sie eine ganze Ladung Schnee abbekam.

Lauri reagierte nicht, aber er fragte zum Glück auch nicht nach. Hinter ihnen zerriss ein Knall die Luft, dann stürzte ein Baum krachend zu Boden und wirbelte weiße Fontänen in die Höhe. Neve drehte sich um und lief rückwärts. Noch immer konnte sie die Umrisse sehen, die unbeschwert im Sturm tanzten.

Sie folgten ihnen. Das Lachen hatte sich verändert und versprach viel mehr als nur Spaß. Eine Gestalt schoss so plötzlich auf sie zu, dass Neve aufschrie.

»Schneller!«, rief sie Lauri zu, riss ihn weiter und hob eine Hand, obwohl sie nicht glaubte, dass die Schemen sich davon aufhalten lassen würden. »Wir müssen zum Resort. Deine Hütte ist zu weit entfernt!«

Die Gestalt folgte ihnen noch immer, hielt aber stets so viel Abstand, dass Neve keine Einzelheiten erkennen konnte. Trotzdem bemerkte sie das Glitzern, blau und silbrig wie die Wände der Höhle. Lauri zitterte mittlerweile stark und versuchte, schneller zu laufen, doch er war eindeutig am Ende seiner Kräfte. Neve legte einen Arm um ihn, murmelte aufmunternde Worte, die der Wind von ihren Lippen riss, zog, schrie und bettelte. Mittlerweile konnte selbst sie nicht einmal mehr die Hand vor Augen erkennen. Nur die Wintergestalten, die sie umkreisten, schimmerten ihr durch die Schneewand entgegen. Plötzlich war sie nicht mehr sicher, ob sie in die richtige Richtung liefen. Die Musik schwoll noch einmal an, dann setzten die Hufschläge ein.

Lauri blieb stehen und brachte seine Lippen dicht an Neves Ohr. Seine Zähne klapperten so sehr, dass sie ihn erst beim zweiten Mal verstand. »Da ist jemand! Ein Reiter.«

Sie gestikulierte und versuchte ihm klarzumachen, dass sie trotzdem weitergehen mussten. Seine Erschöpfung spielte ihr in die Hände, da er widerspruchslos gehorchte und nicht darüber nachdachte, warum er die Hufschläge bei diesem Sturm und der dichten Schneedecke überhaupt hören konnte. Der unsichtbare Reiter kam näher und entfernte sich wieder, und in Neves Fantasie umkreiste er sie als letzter Vorbote der Winterherrin. War sie ihnen auf den Fersen? Hatte sie Neve durchschaut und war verärgert, dass sie ihr Gideon als Opfer gebracht hatte?

Bring mir denjenigen, den du am meisten liebst.

Sie hatte Gideon schon lange nicht mehr geliebt. Aber konnte die Frau mit den Haaren wie Silber und Gold das wirklich wissen? Spielte es überhaupt eine Rolle? Gideon war der letzte Mann gewesen, mit dem sie eine Beziehung geführt hatte. Ihre Liebe für ihn hatte existiert, irgendwann.

Die Zeit wurde zu einer zähen Masse und ging in den Schneewehen unter. Die Hufschläge entfernten sich und mit ihnen das Lachen, dafür wurde das Trommeln stetig lauter. Neve verstand Lauri nicht mehr, selbst wenn er ihr direkt ins Ohr brüllte. Sie versuchte, sich zu orientieren, doch rund um sie war nur Weiß. Tränen schossen in ihre Augen. Sie hatte nicht nur die Orientierung verloren, sondern auch ihre Hoffnung.

»Nur nicht stehen bleiben«, rief sie, obwohl sie wusste, dass es sinnlos war. Er konnte sie nicht hören, aber im Grunde meinte sie auch nicht ihn. Sie wirbelte ein weiteres Mal herum, stets auf der Suche nach einem Umriss oder einem Licht. Als sie wieder in die Richtung sah, wo sie Longtree vermutete, kam die Fratze direkt aus dem Weiß auf sie zu.

Sie bestand nur aus Schnee und Eis. Ihre Züge waren verzerrt, die Augen zu klein für die riesige Nase und den weit aufgerissenen Mund. Die lidlosen Pupillen glühten hell, der Unterkiefer bewegte sich weiter und weiter herab.

Neve schrie, packte Lauri und riss ihn mit sich zu Boden. Die Fratze erstarrte, schwebte einen Moment lang in der Luft und löste sich dann auf. Wieder wurden die Stimmen lauter, doch dieses Mal war etwas anders. Etwas stach aus dem Gelächter heraus: Worte, langsam und deutlich, und doch verstand Neve keine einzige Silbe der so fremdartig klingenden Sprache.

Sie rappelte sich auf und half Lauri. Mittlerweile fror er so sehr, dass er nicht einmal nachfragte, warum sie das soeben getan hatte. Neve versuchte, vor lauter Sorge und Angst klar zu denken. Raubte sie ihm zusätzlich einen Teil seiner Kraft? Aber sie konnte ihn jetzt nicht allein lassen! »Weiter«, murmelte sie, als er sie anblickte, und hoffte, dass er die Bedeutung von ihren Lippen lesen konnte. »Wir schaffen das.«

Ein Schatten huschte auf sie zu. Sie sah nicht mehr hin und starrte wie Lauri zu Boden. Sie blendete sogar das Geräusch der Trommeln aus und rieb über Lauris Rücken, um ihn warm zu halten. Er reagierte nicht. Sein dunkles Haar war vor lauter Schnee kaum noch zu sehen, und er hatte die Zähne so fest zusammengepresst, dass seine Wangenknochen hervorstanden.

»Achte nicht darauf«, sagte Neve. »Geh einfach weiter.«

Endlich nickte er, auch wenn es ihn unendlich viel Mühe zu kosten schien. Erleichtert atmete Neve auf. Sie würde ihn durch diese Hölle führen und nicht aufgeben. Niemals. Sobald sie Longtree erreicht hatten, würde sie sich so um ihn kümmern wie er zuvor um sie. Danach konnten sie zusammen verschwinden und nie wieder zurückkommen.

Ihre Schritte passten sich unwillkürlich dem Rhythmus der Trommelschläge an, die sie mittlerweile aus allen Richtungen einkesselten. Das Dröhnen zog sich enger um sie zusammen. Auf einmal fiel Neve das Atmen schwerer. Der Gesang in der Ferne war schriller geworden und hatte sich in ein Kreischen verwandelt, das sich nahtlos mit dem Heulen des Sturms verband. Es gellte in Neves Ohren, und auch Lauri verzog das Gesicht. Er hob die Hände, wohl um sie auf seine Ohren zu pressen ... und brach nach unten weg.

Neve starrte in seine weit aufgerissenen Augen, sprang auf ihn zu und streckte eine Hand aus, doch sie war zu langsam. Lauri sackte weiter, und voller Entsetzen bemerkte Neve, wie

Wasser in die Höhe spritzte. Kleine, schimmernde Brocken schossen in die Luft und fielen augenblicklich wieder herab. Eisstücke.

Ein See. Sie mussten wirklich vom Weg abgekommen sein. In unmittelbarer Nähe des Resorts gab es keine Wasserlöcher. Dieses war zudem so sehr von Schnee bedeckt gewesen, dass ihnen die Senke nicht aufgefallen war.

Sie fiel auf die Knie und brüllte Lauris Namen. Er war verschwunden, und die Oberfläche des Wassers tanzte wild vor sich hin. Feine Blasen perlten empor, Neve konnte Lauris Gesicht und Hände als helle Flecken erkennen. Für einen schrecklichen Moment dachte sie, er wäre tot oder durch die Kälte bewusstlos, doch dann schoss er keuchend und hustend nach oben.

Neve griff blind zu, krallte ihre Finger in Stoff und weigerte sich, noch einmal loszulassen. Zunächst glaubte sie, ihn nicht halten zu können, schrie und weinte zugleich. Endlich reagierte er und bewegte seine Beine, wenn auch schwach. Aber es reichte aus, und Neve schaffte es, ihn zum Rand des Wasserlochs zu ziehen, damit er sich festhalten konnte. Seine Augen waren weit aufgerissen und seine Bewegungen langsam, fast träge. Er war schon vorher ausgekühlt gewesen; der Einbruch in den See hatte ihm fast all seine Wärme- und Kraftreserven genommen.

Etwas schwebte auf sie zu. Neve nahm das Leuchten im Augenwinkel war, und endlich wurde ihre Wut so groß, dass sie jegliche Angst vertrieb.

»Verschwindet endlich«, brüllte sie. »Ihr habt keinen Anspruch auf ihn! Ihr habt schon Gideon genommen, jetzt gebt euch damit zufrieden!« Sie schrie weiter, schöpfte Kraft aus ihrem Zorn und blendete nach und nach die Umgebung aus. Wichtig war nur noch Lauri, und bald hatte er es mit ihrer Hilfe aus dem Wasser geschafft und stand auf wackeligen Beinen neben ihr. Seine Lippen waren dunkel, und unter seinen Augen lagen violette Schatten. Neve griff nach seinen Händen, die so sehr zitterten, dass sie ihr zunächst entglitten. Sie waren schneeweiß, die Finger gekrümmt, und als Lauri versuchte, sie zu strecken, gab er mit schmerzverzerrtem Gesicht auf.

»Ich weiß, wo wir sind«, sagte Neve, um sich einen winzigen Rest Normalität vorzugaukeln. Selbst wenn Lauri sie durch den Sturm nicht hören konnte, so erreichte ihn vielleicht ihr Tonfall. Sie musste ihn beruhigen und ihm Hoffnung machen. Sie würden es schaffen und bald in der Hütte in Longtree sitzen. »Bei unserer Ankunft hat man uns gewarnt, dass es in der Gegend Wasserlöcher gibt, und uns erklärt, in welche Richtung wir nicht laufen sollen. Es ist nicht mehr weit, hörst du? Bald kannst du aus den nassen Sachen raus, aber bitte, halt noch ein Stück durch.«

Dankbarkeit flackerte in ihre Richtung, als Lauri den Kopf hob. Er nickte schwach. Auf einmal begriff Neve, dass er sie gehört haben musste ... und stutzte.

Der Sturm war abgeflaut. Zwar trieben noch so viele Schneeflocken durch die Luft, dass man lediglich wenige Schritt weit sehen konnte, aber die Welt kehrte allmählich zurück – die Welt, wie Lauri sie kannte. Die Trommeln waren verschwunden, ebenso das Lachen und die Musik.

Neve nahm Lauris Arm, zog ihn vorsichtig um ihren Hals, schlang ihren um seine Taille und setzte sich behutsam in Bewegung. Lauri passte sich dem Tempo an. Immer wieder wurde er von Kälteschauern durchgeschüttelt, aber er gab nicht auf. Neve streichelte über seinen Rücken und hielt die Umgebung im Auge, doch sie waren allein, die Gestalten und Fratzen waren verschwunden. Die Winterherrin hatte ihr Gefolge zurückgerufen.

Neve biss die Zähne zusammen und starrte so lange auf einen Punkt in der Ferne, bis ihre Augen zu tränen begannen. Irgendetwas wisperte ihr zu, dass diese Barmherzigkeit einen Gegengefallen erforderte.

Lauri brach dreimal in die Knie, ehe sie Longtree erreichten, und jedes Mal redete Neve so lange auf ihn ein und zerrte ihn zurück auf die Beine, bis er weiterlief. Kein einziges Mal weigerte er sich, es noch einmal zu versuchen, und diese Stärke beeindruckte sie.

Es dämmerte, als die Hütten endlich vor ihnen auftauchten. Neves Herz schlug schneller, sie atmete flach und versuchte, alle Ecken des Komplexes zugleich im Auge zu behalten. Nicht auszudenken, wenn sie nun jemandem in die Arme liefen! Es würde zu viele Fragen aufwerfen, und sie konnte keine davon beantworten. Die meisten Bewohner hatten sie mit Gideon gesehen und würden es mehr als seltsam finden, wenn sie plötzlich einen Fremden in ihre Hütte schaffte. Vor allem, da Gideon beim abendlichen Kneipenbesuch durch Abwesenheit glänzte.

Doch ihre Sorgen waren unbegründet, der Komplex lag still inmitten der hereinbrechenden Winternacht. Hinter manchen Fenstern brannte Licht und schimmerte mit der Außenbeleuchtung der Bar um die Wette.

»Wir haben es geschafft«, sagte Neve und drückte Lauris Hand. »Nur noch ein paar Minuten. Bald geht es dir besser.«

»Kann ich mir momentan kaum vorstellen«, kam es kaum hörbar zurück.

Trotz allem brachte er sie zum Lächeln. Allein die Tatsache, dass er selbst jetzt noch zu Ironie fähig war, machte ihr Mut. So schlecht es ihm ging, er würde zumindest überleben. Vorhin im Schnee war sie dessen nicht ganz so sicher gewesen. »Du wirst schon sehen«, antwortete sie. »Glaub mir, ich habe das alles schon durchgemacht. Nun bist du dran.« Sie sagte es leichthin und erntete einen schrägen Blick von Lauri. Nach dem Sturm wirkte die Atmosphäre nahezu idyllisch. Neve roch Rauch und den Duft von Essen, und ihr Magen begann zu knurren. Was auch immer sie nun war, anscheinend hatte sie nach wie vor Hunger und konnte nicht von Schnee und Eis leben. Je mehr sie sich der Hütte näherten, desto unruhiger wurde sie und versuchte, das Tempo zu beschleunigen. Lauri gab einen unwilligen Laut von sich. »Langsam«, murmelte er.

Neve biss sich auf die Lippe. »Entschuldige. Ich will ...«

»Niemandem begegnen. Ich weiß.« Er blieb stehen und schloss vor Erschöpfung die Augen. Seine Lippen waren weiß. »Gideon«, murmelte er.

Zunächst verstand Neve nicht, doch dann dämmerte ihr, was er meinte. In seinem Verständnis der Welt lebte Gideon noch und wartete vielleicht in der Hütte auf sie. Es war logisch, dass er keine Lust hatte, ihm zu begegnen, und beinahe hätte sie ihm gesagt, dass Gideon fort war. Doch irgendwie brachte sie es nicht über ihre Lippen. »Mach dir keine Sorgen wegen Gideon«, sagte sie daher nur. »Komm, gehen wir weiter.«

Mittlerweile erkannte sie ihre Hütte – die einzige, an der die Außenbeleuchtung nicht eingeschaltet war. Das Schlimmste, was ihnen nun geschehen konnte, war, einem Urlaubsgast in die Arme zu laufen und sich bohrende Fragen nach Gideon anhören zu müssen.

Wie falsch sie mit dieser Annahme lag, erkannte sie, als die Hufschläge hinter ihnen einsetzten. Neve fuhr herum, doch da war nichts. Im Gegenteil, die Landschaft lag friedlich da mit den Lichtern und dem Rauch, der aus manchen Schornsteinen in den Himmel stieg. Die Sterne waren bereits deutlich zu sehen. Eine perfekte Idylle, gäbe es nicht den Verfolger in ihrem Nacken.

»Was ist los?«, flüsterte Lauri.

Neve keuchte und starrte ihn entgeistert an. Er hörte es nicht. Zuvor, dort draußen, hatte er sie auch bemerkt, aber nun sah und hörte er nur die normale Welt. Seine Welt.

»Nichts. Du wirst nur langsam ein wenig schwer«, stieß sie hervor. »Kannst du allein weiterlaufen?«

Er nickte verwirrt. Sie ließ ihn vorsichtig los, rannte die letzten Schritte und stieß die Tür zur Hütte auf. Der Hufschlag war inzwischen lauter geworden und erschütterte den Boden. Neves Herz pochte ihr bis zum Hals. Jeden Augenblick erwartete sie, einen der Schemen vor sich auftauchen zu sehen. Sie drehte sich um, streckte Lauri ungeduldig eine Hand entgegen und half ihm hinein. Nun war sie es, die unkontrolliert zitterte, denn das Wiehern des unsichtbaren Pferds traf sie wie ein Schlag. Sie durften sie nicht bekommen, nicht so kurz vor dem Ziel!

Neves Bewegungen wurden hektischer und kamen doch nicht gegen ihre Angst an. Ihr Herz trommelte schneller als der Hufschlag, und als sie endlich die Tür hinter sich zuwarf, schluchzte sie vor Erleichterung auf. Mit fliegenden Fingern verriegelte sie, obwohl sie ahnte, dass so banale Schutzmechanismen ihr nicht helfen würden.

»Das darf einfach nicht sein«, murmelte sie, ignorierte Lauris fragenden Blick, stürzte zum Fenster und schob den Vorhang beiseite. Draußen lag alles still da. Das Pferd wieherte noch einmal, dann wurden die Geräusche leiser, bis sie ganz verstummten.

Neve ballte eine Hand zur Faust und legte sie an die kühle Scheibe. Endlich begriff sie. Es ging nicht mehr darum, sie einzuschüchtern oder ihr zu drohen. Sie waren ihr gefolgt, und sie würden ganz in der Nähe auf sie warten, um sie mit nach Hause zu nehmen.

18

$\mathcal{D}$as Licht drang nur schwach durch die Vorhänge. Trotzdem traf es Lauri wie ein Hammerschlag, als er die Augen öffnete. Es war kein sanftes Erwachen, sondern kam so abrupt, als hätte der Schlaf ihn nicht mehr haben wollen und energisch von sich geschoben.

Lauri stöhnte, hob einen Arm und legte ihn sich auf die Stirn. Er wusste, wo er war, und auch, wie er hergekommen war. Abgesehen davon, dass er Neves Hütte bei Einbruch der Nacht betreten hatte, es nun bereits wieder helllichter Tag war und er sich halbwegs ausgeruht und vor allem warm fühlte, kam es ihm vor, als hätte er seine Augen gerade erst geschlossen. Er musste geschlafen haben wie ein Stein, und sein Körper hatte alles an Ruhe aufgesogen, was er hatte bekommen können.

Vorsichtig bewegte Lauri seine Finger, einen nach dem anderen, und atmete auf, als alles funktionierte. Das machte Hoffnung. Er ließ den Arm sinken und starrte auf seine Hand. Sie sah normal aus, die Haut war rötlich durchblutet und wies nicht die befürchteten Erfrierungen auf. Auch die andere war okay. Lauri gönnte sich noch einige Sekunden, in denen er an die Decke starrte und der Stille lauschte. Er hörte nichts, nicht einmal fremde Atemzüge oder ein Flüstern. In Zeitlupe stützte er sich ab und setzte sich aufrecht. Sofort protestierte sein Körper mit Schwindel und stechenden Schmerzen. Besonders im Nacken und in den Schultern spürte er jede noch so kleine Veränderung, aber er riss sich zusammen und ignorierte das Stechen, bis es schwächer wurde. Lauri schluckte – auch das funktionierte nicht ohne Probleme – und erinnerte sich an vergangene Nacht. Er hatte niemals zuvor einen solchen Sturm erlebt. Kein Wunder, dass er sich soeben mit dem größten Muskelkater seines Lebens herumschlug, immerhin hatte er sich gegen den Wind stemmen müssen wie gegen einen Gegner aus Fleisch und Blut.

Er schlug die Decke zurück und sah, dass er ein weißes Shirt und eine dunkle Sporthose trug. Beides gehörte nicht ihm, und er erinnerte sich schwach daran, dass Neve ihm geholfen hatte, in warme und vor allem trockene Sachen zu schlüpfen. Er grübelte nur kurz darüber nach, denn seine Hauptsorge galt nun seinen Zehen. An nichts erinnerte er sich so intensiv wie an die Kälte. Sie hatte von seinem Körper Besitz ergriffen und ihm schleichend die Kontrolle entrissen. Zunächst hatte er seine Finger nicht mehr bewegen können, und nachdem er in den verdammten Teich eingebrochen war, hatte er nicht einmal mehr gemerkt, ob er sich überhaupt bewegte. Wäre Neve nicht gewesen, hätte er sich einfach fallen lassen und der Taubheit nachgegeben, die ihn bereits in ihren Klauen gehalten hatte. Aber er war weitergegangen. Für sie.

Auch seine Zehen sahen normal und gesund aus. Mit einem Laut der Erleichterung ließ Lauri sich wieder sinken und starrte erneut an die Decke aus Holzbrettern.

Neve hatte ihn nach Longtree gebracht, in die Hütte, die sie zusammen mit Gideon bewohnte, und demzufolge trug er die

Sachen ihres Exfreunds. Oder Freunds? Lauris Schläfen begannen zu pochen. Er fühlte sich zwar nicht krank, aber ziemlich unwohl bei dem Gedanken daran, dass Gideon im nächsten Moment durch die Tür kommen und ihm einen Blick zuwerfen konnte, der verriet, dass er genau wusste, was zwischen Lauri und Neve passiert war. Wenn es denn bei einem Blick blieb und Gideon sich nicht vorgenommen hatte, ihm die Seele aus dem Leib zu prügeln.

Abgesehen davon – wo war Neve?

Lauri verdrehte die Augen. Warum passierte ausgerechnet ihm das alles?

»Ein paar ruhige Tage außerhalb der Stadt«, murmelte er und schwang die Beine über den Rand des Sofas. Es war still in der Hütte, und zwar auf jene Weise, die ihm verriet, dass er wirklich allein war. Vielleicht hatte Neve Gideon weggelotst, damit er sich erholen konnte. Obwohl sie ihm damit eindeutig helfen würde, hasste er die Vorstellung der beiden zusammen, egal wo. Er fragte sich, ob es Neve gut ging, und plötzlich sah er sie wieder vor sich, inmitten des Schneesturms und doch völlig unberührt davon. Das Bild war real und kein Produkt der Schwäche. Er erinnerte sich klar und deutlich daran, wie wenig das Wetter ihr ausgemacht hatte. Weder hatte sie gefroren, obwohl ihre Haut wie immer kalt gewesen war, noch hatte der Schnee sie gestört. Selbst als ihr die Flocken direkt in die Augen geflogen waren – bei der Windstärke hatten sie sich wie Eis angefühlt –, hatte sie nicht einmal geblinzelt. Und noch etwas war anders an ihr gewesen, aber er konnte es nicht in Worte fassen.

Lauri schob die Gedanken von sich, ebenso wie die an die unheimliche Musik, die er plötzlich gehört hatte, und die Bewegungen, die immer näher gekommen waren. Wahrscheinlich wirklich die Wölfe. Verdammte Biester. Lauri hoffte, dass der Schneesturm ihnen für die kommenden Tage jeden Jagdtrieb genommen hatte. Ihm selbst blieb nur, sich Gedanken darüber zu machen, was er als Nächstes tun sollte. Er musste hier weg, so viel stand schon einmal fest, doch er wollte nicht ohne Neve gehen, oder nicht, ohne sie noch einmal gesehen zu haben.

Er zählte in Gedanken bis drei, stand auf und setzte zögernd ein paar Schritte vorwärts. Bei jeder Bewegung spürte er seine Muskeln, doch immerhin verrieten sie ihm, dass er lebendig war und nicht im Sturm oder – schlimmer noch – dem Eisloch draufgegangen. Die Erinnerung an die Sekunden unter Wasser waren die schlimmsten. Er hatte nicht gedacht, dass es eine solch extreme Steigerung von »kalt« gab. Als das Wasser über ihm zusammengeschlagen war, hatte er sich schon halb von der Welt verabschiedet. Der Druck auf seinen Lungen war augenblicklich eingetreten und so stark, dass er schon nachgeben wollte. Doch dann hatte er Neves Hand gesehen, die durch die Wasseroberfläche gebrochen war, und ein letztes Mal gekämpft.

Gegen das Erlebnis waren die Schmerzen, die er jetzt spürte, ein Witz. Obwohl er bereits wusste, dass er allein war, lief er durch alle Zimmer und fühlte sich dabei wie ein alter Mann. Im Badezimmer fand er seine Sachen, doch sie waren noch feucht. Lauri verzog das Gesicht bei der Vorstellung, sich den klammen Stoff überzuziehen. Unschlüssig lief er zurück in das Wohnzimmer und entdeckte auf einem Stuhl einen frischen Wäschestapel und auf dem Boden daneben ein Paar Wanderstiefel. Ein Zettel lag daneben, jemand hatte mit Kugelschreiber und sehr kleiner, ordentlicher Schrift seinen Namen darauf geschrieben.

Eine andere Möglichkeit blieb ihm nicht, also begann er, sich anzuziehen. Die Sachen passten, lediglich die Hose war ein wenig lang und die Stiefel mindestens eine Nummer zu groß, aber es würde schon gehen. Als er fertig war, sah Lauri an sich hinab und verzog das Gesicht. Nun wollte er Gideon erst recht nicht begegnen, denn die Klamotten gehörten eindeutig ihm. Generell wollte er niemandem begegnen, solange er hier war. Er trat an das Fenster und spähte nach draußen. Zwei Männer standen ein paar Hütten weiter und unterhielten sich, dampfende Becher in den Händen. Bei dem Anblick sehnte sich Lauri nach einer Tasse Kaffee, aber er wollte keinen unnötigen Lärm veranstalten und noch jemanden auf die Idee bringen, nachschauen zu müssen.

Er ging zurück zum Sofa und grübelte. Er hatte weder Lust, die Fragen dieser Männer zu beantworten noch neugierige Blicke in seinem Rücken zu spüren, also blieb ihm erst einmal nichts anderes übrig, als hierzubleiben.

»Verdammter Mist!« Er fluchte noch ein wenig vor sich hin und lauschte auf das Kratzen in seiner Stimme. Alles in allem hätte es schlechter für ihn ausgehen können. Er konnte sich normal bewegen, hatte sich nicht erkältet und kein Fieber, lediglich das Pochen wollte nicht aus seinen Schläfen verschwinden. Sein Hals brannte, und er klang, als hätte er die Nacht durchgemacht. Das nannte man wohl mit einem blauen Auge davonkommen.

Vor der Hütte wurden Stimmen laut. Lauri sprang auf und wappnete sich schon insgeheim für das Aufeinandertreffen mit Gideon, doch die Geräusche wurden wieder leiser, und als er aus dem Fenster blickte, bemerkte er, dass die beiden Männer verschwunden waren. Irgendetwas schien sich am Rezeptionsgebäude zu tun. Das Heck eines Autos war zu sehen, und wenn er sich nicht irrte, handelte es sich um einen Polizeiwagen.

Ein Hieb in seine Magengrube hätte nicht effektiver sein können. Lauri spürte, wie das Blut aus seinen Wangen wich. Was, wenn Neve etwas geschehen war? Schwach erinnerte er sich daran, wie sie ihm etwas Heißes zu trinken gemacht und die Decke über ihn gezogen hatte. Kaum war die Wärme ansatzweise zu ihm zurückgekehrt, hatte er nach ihrer Hand gegriffen und war so schnell eingeschlafen, dass er nur noch verschwommene Bilder im Kopf hatte. Das Letzte, woran er sich erinnerte, war Neves Lächeln. Sie hatte sich nicht einmal die Mühe gemacht, ihre nassen Sachen auszuziehen, aber es war ihm vorgekommen, als wäre sie niemals draußen im Schnee gewesen. Selbst ihre Haare hatten trocken ausgesehen und seine Wange gekitzelt, als sie sich über ihn gebeugt hatte, um ihm einen Kuss auf die Stirn zu hauchen. Was sie danach getan hatte, außer ihm neue Sachen herauszusuchen, wusste er nicht. Oder hatte er geträumt? War sie doch nicht so kälteresistent, wie er dachte, und nach dieser schrecklichen Nacht ernsthaft krank? Er musste herausfinden, ob die Polizei ihretwegen da war, Gerede hin oder her. Anschließend konnte er zu Pecks Hütte zurückkehren. Wenn es Neve doch gut ging, würde sie wissen, wo sie ihn fand.

Hastig schnürte er die Schuhe zu und ignorierte den Druck in seinem Magen. Eigentlich war dies die ideale Gelegenheit, um das Haus zu verlassen. In Longtree war nicht viel los, und alle würden sich für die Anwesenheit der Polizei interessieren und weniger für ihn. Eilig sammelte er seine Sachen zusammen, fand einen Stoffbeutel und stopfte sie hinein. Die Schnürsenkel seiner Schuhe verknotete er miteinander und hängte sie sich über die Schulter, dann trat er aus der Wärme der Hütte in den Schnee.

Sein Atem bildete eine Wolke in der Luft, und ein Kälteschauer fuhr durch seinen Körper. An der Laterne zur Linken hatten sich schmale Eiszapfen gebildet und glänzten in der Sonne, die nicht mehr war als eine diffuse Scheibe. Etwas sirrte, und neben Lauri fiel ein Zapfen vom Überhangdach der Hütte in den Schnee.

Augenblicklich stürzten die Erinnerungen an den vorherigen Abend auf ihn ein. Er wollte nicht an die Stimmen im Sturm oder die seltsamen Gestalten denken, sondern herausfinden, ob mit Neve alles in Ordnung war.

An der Rezeption schienen sich alle Bewohner versammelt zu haben, die derzeit in Longtree logierten. Lorna mit dem kurzen Haar stand in eine Strickjacke gehüllt neben einem Mann, der fast doppelt so groß war wie sie. Sein Gesicht war gerötet, und hin und wieder zischten sie sich etwas zu, um dann weiter zu beobachten. Das musste Ralph sein. Außer den beiden standen fünf Männer und eine junge Frau mit runden Augen und zu viel Make-up für diese Gegend vor der Rezeption. Grimes war nicht zu sehen, womöglich war er mit seinem Gewehr unterwegs. Niemand bemühte sich, seine Neugier zu verbergen, und hin und wieder flüsterten sie miteinander. Die Stimmung war ruhig, fast schon gedrückt, was besonders angesichts der vielen Männer ein ungutes Gefühl erzeugte. Der Polizeiwagen, ein Chevrolet Tahoe, parkte schräg neben der Hütte, die blauen, gelben und roten Streifen auf der Karosserie wirkten fröhlich und somit fehl am Platz. Aus dem Inneren der

Haupthütte drangen tiefe Stimmen, und stets verstummte das Gemurmel der Wartenden.

Alle Köpfe wandten sich Lauri zu, als er die Gruppe erreichte. Er bereute seine Entscheidung, sich nicht davongeschlichen zu haben, als die Blicke unter seine Haut krochen und über seine Muskelstränge schabten. Er musste diese Neugier an sich abprallen lassen. Immerhin wollte er sichergehen, dass es Neve gut ging, da konnte er locker ertragen, für wenige Minuten im Mittelpunkt zu stehen.

»Morgen«, grüßte er und nickte zunächst in die Runde, dann in Lornas Richtung. Es schien ihm eine gute Idee zu sein, einen Anknüpfpunkt zu finden, selbst wenn es diese geschwätzige Frau war. Sie verzog jedoch lediglich den Mund zu einem Strich. Wahrscheinlich wollte sie abwarten, bis sich die Gruppe eine Meinung über ihn und seine Anwesenheit gebildet hatte, ehe sie sich mit ihm verbrüderte. Oder das Gegenteil tat. Lauri konnte ihr nicht wirklich böse sein. Unsicher blieb er stehen, da er nicht in die Unterhaltung der Polizei mit dem Resortleiter platzen wollte, aber die beiden schienen gerade fertig zu sein. Der Sergeant der Canadian Police trat vor die Hütte und ignorierte gekonnt die Neugier der umstehenden Leute, die sich bemühten, unauffällig Abstand zu nehmen. Er trug normale Streifenuniform, hatte seine Dienstmütze unter den Arm geklemmt und wirkte mit seiner Glatze bullig. Lauri konnte sich nicht entscheiden, ob Gutmütigkeit oder Strenge in seinem Gesicht die Oberhand behielt.

Hinter ihm trat der Verwalter aus der Tür. Im Gegensatz zu dem Officer in Uniform sah er mit seinem Holzfällerhemd, den ausgeblichenen Jeans und den bis über die Ohren gewucherten, dichten Haaren wie ein großer Junge aus. »Vielen

Dank«, sagte er lauter als nötig. »Ich werde mich um alles Weitere hier kümmern.« Er bedachte die wartenden Gäste mit einem raschen Seitenblick, und sein erhobenes Kinn verriet, wie wichtig es ihm war zu zeigen, dass er ihr Leitwolf war und über mehr Informationen verfügte als der Rest. Seine Aufmerksamkeit flackerte, als er Lauri entdeckte, dann nickte er in seine Richtung.

Der Polizist verstand augenblicklich, drehte sich um und bedachte Lauri mit einem undurchdringlichen Blick, der alles bedeuten konnte. Dieses Mal überwog eindeutig die Strenge. Er fasste in seine Hemdtasche und zückte einen Block.

»Junger Mann«, sagte er, gab Lauri einen Wink und trat wieder in die Hütte.

Gemurmel breitete sich aus. Obwohl Lauri wusste, dass er sich nichts zu Schulden hatte kommen lassen, gefiel es ihm nicht, der Aufforderung Folge leisten zu müssen. Er bemühte sich um einen neutralen Gesichtsausdruck und trat zwischen die Leute, die nur ungern Platz machten. Der Polizist wartete an der Tür, warf ihm einen bezeichnenden Blick zu und zog sie ins Schloss, als er eingetreten war. Lauri bemerkte noch die Enttäuschung auf den Gesichtern, dann stand er dem Beamten allein gegenüber. Der Longtree-Verwalter hatte sich wieder auf seinen Hocker an der Rezeption fallen lassen, kaute auf einem Stift herum und machte sich nicht die Mühe, seine Neugier zu verbergen.

»Kein Gast hier«, bemerkte er in Richtung des Polizisten.

Der nickte, sah aber weiterhin Lauri an. »Gorman von der RCMP«, stellte er sich knapp vor. »Harte Zeit gehabt?«

Zunächst war Lauri verwundert, doch dann begriff er, dass Gorman auf die langsam verheilende Wunde auf seiner Stirn starrte. Fast hätte er die Hand gehoben und danach getastet. »Ich bin gestürzt«, sagte er stattdessen und bemühte sich, ruhig zu bleiben.

Ein kurzes Heben der Augenbrauen war die Antwort. »Ich benötige Ihren Namen sowie den Grund Ihres Aufenthalts im Longtree Holiday Resort. Sie wohnen in keiner dieser Hütten, korrekt?«

Lauri nickte und ließ Tasche und Schuhe zu Boden gleiten. Ein Fehler, wie er sofort feststellte, denn nun wusste er nicht mehr, wohin mit seinen Händen. Er war noch nie verhört worden und fühlte sich nach den Erlebnissen vom Vortag nicht bereit für eine Befragung. Aber da musste er nun durch. »Mein Name ist Lauri Kenneth. Ich komme aus Vancouver und mache ein paar Tage Urlaub in der Ferienhütte der Familie Peck, ein Stück weiter außerhalb.«

Gorman kritzelte auf seinen Block, sah aber nicht hoch. »Weiß die Familie Peck, dass Sie ihre Hütte nutzen.« Der Tonfall war monoton, selbst am Satzende, so als würde der Mann lediglich eine Fragenliste abarbeiten und sich nicht für die Antworten interessieren.

»Ja, ich bin mit Benjamin Peck befreundet und komme öfter her. Zum Arbeiten.«

»Was arbeiten Sie.«

»Ich bin Illustrator. Für Bücher.«

»Und was führt Sie an diesem Morgen hierher.«

Lauri sah von einem Mann zum anderen. Allmählich hätte er wirklich gern gewusst, was eigentlich los war. Die Unsicherheit bohrte sich in seinen Magen und verwandelte sich dort in Furcht vor einer Nachricht, die er nicht hören wollte. »Ich bin gestern in den Sturm geraten und in ein Wasserloch eingebrochen. Neve Whitmore hat mich hergebracht, mich auf ihrem Sofa schlafen lassen und mir trockene Sachen gegeben. Ich war ziemlich durchgefroren.« Er musste sich zwingen, um nicht nachzufragen, ob Gorman wegen Neve hier war. Das Schweigen, sonst ein gewollter Verbündeter, fiel ihm unheimlich schwer.

Der Stift auf dem Block von Sergeant Gorman verharrte kurz in der Luft und kritzelte dann weiter. »Und woher kennen Sie Miss Whitmore?«

Hitze stieg Lauris Wirbelsäule hinauf. Er dachte an die Nacht, in der er Neve gefunden hatte und an ihre Bitte, niemandem zu verraten, dass sie bei ihm war. Schloss das auch ein, die Polizei zu belügen? Und wenn ja, behinderte er Ermittlungen, die sich … ja, um was drehten?

Neve, wenn ich nur wüsste, dass es dir gut geht.

»Ich habe sie gestern getroffen. Wir haben uns kurz unterhalten.« Immerhin ließ seine Stimme ihn nicht im Stich, er klang so ruhig wie immer.

Zum ersten Mal sah Gorman auf. Seine Augen waren grau, und ihr Blick fühlte sich wie Metall an. »Wissen Sie, dass Miss Whitmore verschwunden war?«

Lauri nickte. »Ja, ihr Freund ist auf der Suche nach ihr auch bei mir vorbeigekommen. Gideon. Seinen Nachnamen kenne ich nicht.«

»Noris«, brummte Gorman. »Sie haben also Miss Whitmore gestern zum ersten Mal getroffen?«

»Ja«, sagte Lauri und zuckte zusammen, da seine Zunge ihm nur widerstrebend gehorchte. Unauffällig beobachtete er die beiden Männer, aber keinem schien es aufgefallen zu sein. »Darf ich fragen, was passiert ist?«

Gorman überlegte, dann nickte er. Offenbar war er zu dem Entschluss gekommen, dass er hier draußen kaum etwas geheim halten konnte. Die Leute hatten nicht viel Abwechslung, und jede Information würde sich so schnell wie eine Lawine voranwalzen.

»Gideon Noris ist in einem Waldstück nicht weit von hier tot aufgefunden worden. Sie haben ihn also nicht gesehen, als Miss Whitmore Sie herbrachte?«

Die Worte schmolzen sich wie heißes Eisen durch Lauris Haut. Zum ersten Mal an diesem Tag war er dankbar dafür, dass er schon den ganzen Morgen Gedanken und Erinnerungen verdrängte. So fiel es ihm leichter, noch eine weitere dazuzupacken: die Erhebung, die er entdeckt hatte, ehe er auf Neve getroffen war. All die Angst, dass sie dort unter der Schneedecke lag …

Er spürte Gormans Stahlblick auf sich ruhen. »Nein, die Hütte war leer, zumindest glaube ich das. Ich weiß noch, dass ich kurz im Bad war und Neve mich dann mit Decken auf das Sofa geschickt hat. Als ich heute Morgen aufgewacht bin, war ich allein. Ich habe mich angezogen und Ihren Wagen gesehen.«

»Und es kam Ihnen nicht seltsam vor, dass Miss Whitmore einen Fremden in ihrem Feriendomizil allein gelassen hat? Sie hat nicht erwähnt, wo sie hinwollte?«

Lauri nickte, zumindest hier konnte er wieder ehrlich sein. »Doch, es kam mir seltsam vor, genau deswegen bin ich ja hier. Ich habe mir Sorgen gemacht, dass ihr etwas zugestoßen ist, als ich den Polizeiwagen gesehen habe.«

Sergeant Gorman nickte und überflog noch einmal seine Notizen. »Wie lange sind Sie noch vor Ort, Mister Kenneth?«

»Ich wollte den nächsten Bus nehmen, morgen Mittag.«

»Gut. Ich muss Sie bitten, so lange in Ihrer Ferienhütte zu bleiben und für weitere Fragen zur Verfügung zu stehen. Bitte melden Sie sich hier im Resort, wenn sich Miss Whitmore mit Ihnen in Verbindung setzen sollte.« Er nickte in Richtung des Verwalters, der ein Stück auf seinem Hocker wuchs.

Lauri zögerte. »Heißt das ... heißt das, Sie können Neve nicht finden?«

Der Sergeant klappte seinen Block zu und schob ihn wieder in die Hemdtasche. Für ihn war diese Unterhaltung beendet. »Das heißt, wir werden Sie aufsuchen, wenn wir weitere Fragen haben.« Er trat an Lauri vorbei und öffnete die Tür. Gemurmel wurde laut und brach auf der Stelle ab. Die Leute standen noch immer direkt vor dem Eingang und bildeten eine Gasse, sobald Gorman hinaustrat. Lauri sah ihm nach, wie er in sein Auto stieg, den Motor anließ und wendete. Schnee stob auf, und kurz darauf war der Wagen verschwunden.

»Tja«, ertönte es hinter ihm. Er drehte sich um und blickte in das wissende und zugleich anzügliche Lächeln des Mannes mit dem Karohemd und der schlechten Frisur. »Da haste dir wohl die falsche Frau ausgesucht«, sagte er und leckte sich über die Lippen. »Kannst froh sein, dass es Gideon erwischt hat, ehe er dir das Hirn aus dem Schädel prügeln konnte.« Es klang ganz und gar nicht freundlich.

Lauri verzichtete auf eine Erwiderung, nahm seine Sachen vom Boden und machte sich auf den Weg. Die Männer und beiden Frauen draußen hatten die Gasse wieder geschlossen und öffneten sie auch nicht mehr. Lauri murmelte eine Entschuldigung und schob sich an Ellenbogen, Hüften und Bäuchen vorbei. Jede Berührung war ihm unangenehm, und noch mehr machte ihm zu schaffen, dass er wertvolle Sekunden verlor. Er musste Neve finden, und eine Hoffnung war, dass sie in seiner Hütte auf ihn wartete.

Norma stand eng neben ihrem Mann und rieb sich die Finger, als wollte sie etwas Ekelerregendes loswerden. Dieses Mal hatte sie offenbar entschieden, ihn nicht zu ignorieren. »Na Junge, steckste mittendrin?«

Lauri erwiderte nichts und ging weiter, den Blick auf den Schnee gerichtet. Hier, wo viele Füße darauf herumtrampelten, war er grau und unscheinbar geworden – kein Vergleich mehr zu der glitzernden Naturgewalt, die ihn beinahe in den Tod gerissen hätte.

Kaum hatte er die Ansammlung an Hütten und Menschen hinter sich gelassen, lief er schneller. Es war ihm egal, ob sie ihn beobachteten oder sich über ihn die Mäuler zerrissen. Sogar ob der Sergeant irgendwo parkte und ihn beobachtete. Er musste Neve finden.

Die Hütte der Pecks lag verlassen da, und noch ehe Lauri sie erreicht hatte, wusste er, dass seine Hoffnung umsonst gewesen war: Neve war nicht hier. Er brauchte mehrere Anläufe, um den Schlüssel in das Schloss zu bekommen, und als er endlich in das Innere stürzte, ließ er die Tür offen stehen.

»Neve?« Er rannte ins Badezimmer, dann die Treppe hinauf. Überall herrschte gähnende Leere, und Lauri ertappte sich bei dem Gedanken, den Kopf gegen die Wand rammen zu wollen. Was hatte er auch geglaubt? Die Tür war nach wie vor abgesperrt gewesen, die Fensterläden alle verriegelt. Selbst wenn sie hergekommen war, hatte sie nicht hereinkommen können.

Vollkommen ausgelaugt ließ sich Lauri auf das Sofa fallen und starrte durch die geöffnete Tür nach draußen. Einzelne Schneeflocken waren hereingeweht und sprenkelten die Schwelle. Sie schmolzen rasch, doch es kamen stets neue nach. Lauri starrte auf dieses Spiel aus Kommen und Gehen, aus Vergänglichkeit und der Gegenwart des Lebendigen. Es war ein perfektes Abbild seines Zustands: Kaum erhielt er Einblick in etwas, das er zu begreifen versuchte, schon verschwand es hinter einer Wand, die er nicht zu durchbrechen vermochte. Er wusste nicht, wo Neve war, was mit ihr geschehen war, was am vergangenen Abend mit *ihnen* geschehen war. Er wusste nicht einmal, ob es sich bei dem Umriss im Schnee, den er gesehen und zunächst für Neve gehalten hatte, wirklich um Gideon gehandelt hatte. Aber die Polizei hatte ihn tot gefunden, und ob er nun dort oder an einer anderen Stelle ums Leben gekommen war, spielte keine Rolle. Die Frage war, wie er gestorben war.

Lauri fuhr sich mit beiden Händen durchs Gesicht. Wenn er von allen Antworten eine wählen konnte, wollte er trotz allem wissen, wie es Neve ging. Sie war irgendwann am Abend oder in der Nacht verschwunden, vielleicht auch erst am Morgen, kurz bevor er selbst aufgewacht war. Warum hatte sie nicht gewartet? Hatte es etwas mit Gideon zu tun, mit seinem Tod? Sie war so verzweifelt gewesen, so unsicher und doch zugleich so stark. Er hatte ihr geglaubt, als sie sagte, dass ihre Entscheidungen nichts mit ihrem Ex zu tun hatten.

»Was verbirgst du vor mir?«, flüsterte Lauri, hielt den Atem an und lauschte. Fast glaubte er, dass er eine Antwort hören würde, draußen im Schnee, verborgen zwischen Windrauschen und dem Klirren von Eis.

Großartig, nun wurde er komplett wahnsinnig. Er stand auf, ging zur Tür und starrte hinaus. Irgendwo dort draußen warteten Antworten auf ihn. Etwas hatte sie gestern Abend verfolgt, und auch wenn er sich nicht erklären konnte, was wirklich geschehen war, so glaubte er, dass Neve es konnte. Dass sie genau wusste, womit sie es zu tun gehabt hatten. War sie deshalb verschwunden?

Er sah in die Richtung, wo Longtree lag, und hoffte, dass die Polizei ihre Ermittlungen schnell zu Ende bringen und ihm noch einmal einen Besuch abstatten würde. Um ihn zu informieren oder erneut so zu behandeln, als sei er der Schuldige – es war ihm gleich. Alles war besser, als nichts zu erfahren und abgekapselt in dieser Einöde aus Weiß zu hocken.

Vor ihm ballte sich der Schnee in der Luft zusammen und bildete einen Umriss. Lauri hielt den Atem an, setzte einen Schritt vor und versuchte, sich nicht allzu sehr der Hoffnung hinzugeben. Mittlerweile wusste er, wie rasch seine Sinne hier draußen getäuscht werden konnten, oder vielleicht hatte Gorman von der RCMP entschieden, ihm doch noch einen Kontrollbesuch abzustatten und nachzusehen, ob Neve bei ihm war. Als die Konturen zweifelsohne menschliche Form annahmen, konnte er sich nicht länger zurückhalten und lief darauf zu. Langsam nur und ohne die Umgebung aus den Augen zu lassen, aber dennoch beschleunigte sich sein Puls vor Aufregung.

Bitte lass es Neve sein. Lass es ihr gut gehen.

Er wischte sich den Schnee aus dem Gesicht und blinzelte. Hatte die Person ihm etwa soeben gewunken? Lauri fluchte und schob den Gedanken an Gorman beiseite. »Neve? Bist du das?« Er blieb stehen und lauschte. Eine Antwort bekam er nicht, dafür hörte er etwas anderes. Sang dort jemand? Er drehte sich, damit der Wind nicht so sehr in seinen Ohren dröhnte. Er hatte sich getäuscht, da war nichts.

Doch! Entweder sang dort wirklich jemand – eine Frau – oder hatte sie ihn gerufen? Wieder setzte er sich in Bewegung ... und blieb abrupt stehen, als ihm klar wurde, dass er sich getäuscht hatte. Das Geräusch kam nicht von vorn, sondern aus der Hütte. Seine Sinne hatten ihm einen Streich gespielt, hier draußen war niemand. Der Wind trieb die Flocken lediglich zusammen und wieder auseinander, und seine Hoffnung, dass Neve auftauchen würde, hatte die Illusion vervollständigt. Als er sich das eingestand, erkannte er auch, was er soeben wirklich hörte: sein Telefon. Ein letzter Blick durch die Gegend, dann fuhr Lauri herum und rannte zur Hütte zurück. Er befürchtete, zu langsam zu sein und den Anruf zu verpassen. Höchstwahrscheinlich war es eh nur Ben, doch das war nun gleichgültig. Nach allem, was geschehen war, konnte er ein Gespräch gut gebrauchen. Zwar würde er seinem Freund nichts von den Ereignissen oder gar Neve erzählen – Bens Eltern würden einen halben Herzinfarkt bekommen, sollten sie erfahren, dass es in der Nähe ihrer Hütte einen Toten gegeben hatte –, aber es würde ihm das Gefühl von Normalität schenken, nur einige Sekunden lang. Ihn für kurze Zeit von seiner Sorge um Neve ablenken.

Das Geräusch wurde lauter, als er die Hütte betrat. Es kam von oben, aus dem Schlafzimmer. Eindeutig sein Klingelton. Wie hatte er das nicht erkennen können? Lauri lief schneller, nahm zwei Stufen auf einmal und öffnete die Tür. Stille empfing ihn, das Klingeln hatte aufgehört. Er war zu langsam gewesen.

»Verdammt!« Er zog die Schublade auf, in der er sein Handy verstaut hatte, und runzelte die Stirn. Das Display war nicht nur dunkel, sondern zeigte auch keinen verpassten Anruf an. Lauri nahm es und rief das Verzeichnis auf. Auch hier: nichts. »Das kann doch nicht sein.« Er hatte es genau gehört! Noch während er darauf starrte, erlosch die Anzeige und blieb schwarz, so sehr er auch auf den Tasten herumdrückte. Das Ding hatte sich soeben verabschiedet, dabei war Lauri sicher, volle Balkenzahl bei der Akkuanzeige gesehen zu haben. Er versuchte es noch einmal. Ohne Erfolg. Die Situation erinnerte ihn an den Tag, an dem er Neve gefunden hatte, und ein ungutes Gefühl breitete sich in seinem Magen aus. Er lauschte dem stärker gewordenen Wind und den sanften Geräuschen, mit denen der Schnee auf die Fensterscheibe traf, dann legte er das Handy zurück.

In der unteren Etage klirrte es. Verdammt, er hatte die Tür aufgelassen. »Hallo?« Lauri knallte die Schublade zu, stürmte aus dem Zimmer … und blieb wie angewurzelt an der Treppe stehen. Schneeflocken trieben ins Innere der Hütte und ballten sich am Boden bereits zu einer weißen Schicht zusammen. Eine makellose Schicht ohne Fußspuren, und trotzdem stand dort jemand neben dem Sofa. »Neve, bist …?« Die Worte blieben Lauri im Hals stecken, als er genauer hinsah. Es war nicht Neve, sondern ein Mann. Er trug einen Mantel und hatte das Haar zu einem Zopf gebunden. Mehr erkannte Lauri nicht, denn in diesem Augenblick trieb eine neue Welle Schneeflocken hinein und trübte die Sicht. Lauri atmete aus. Das erklärte zumindest, warum er den Kerl nicht richtig erkennen konnte. Er trug helle Klamotten, und auch sein Haar war hell. Wer auch immer er war und was er hier draußen verloren hatte:

Lauri schätzte es wenig, einen Fremden in der Hütte vorzufinden, selbst bei offen stehender Tür.

»Hey. Kann ich Ihnen helfen?«, fragte er nicht besonders freundlich.

Der Fremde antwortete weder, noch bewegte er sich. Das flaue Gefühl in Lauris Magen nahm zu, und er ärgerte sich darüber, nichts zur Verteidigung bei sich zu haben. Womöglich hatte er es mit einem von Gideons Kumpanen aus dem Resort zu tun, und dann konnte es sein, dass diese Begegnung nicht sehr freundlich endete. »Hören Sie, dies ist Privatbesitz, also würde ich Sie bitten, die Hütte wieder zu verlassen.« Er trat auf die oberste Treppenstufe – und stutzte. Verwundert starrte er auf seine Hand am Geländer. Er hatte sich nicht geirrt: Es war mit einer dünnen Eisschicht überzogen. Lauri keuchte und sah zu Boden. Auch die Stufen schimmerten, ebenso wie das gesamte Wohnzimmer. Auf jedem Möbelstück glitzerten Eiskristalle und erzeugten einen fahlen Schleier, der sämtliche Farben abschwächte bis auf Weiß und sehr helles Blau. »Was …« Er zog die Hand zurück und betrachtete die geröteten Fingerspitzen. Jetzt bemerkte er auch, wie kalt es geworden war. Ja, er hatte die Tür nicht zugezogen, aber das war doch alles nicht möglich! Ein leises Stimmchen setzte in seinem Hinterkopf ein. Lauri dachte an das, was er mit Neve im Schnee erlebt hatte, an alles, was ihm in der letzten Zeit seltsam vorgekommen war. Er hob den Kopf und konzentrierte sich wieder auf den Fremden. »Wer sind Sie?«

Noch immer keine Antwort, aber damit hatte er auch nicht gerechnet. Lauri entschied, dass es keinen Sinn hatte, länger zu zögern. »Verschwinden Sie. Sofort.« Er erkannte seine Stimme selbst kaum noch, so drohend klang sie. Gleichzeitig setzte er sich wieder in Bewegung. Mit jedem Schritt nahm die Kälte zu, und als er die unterste Stufe erreicht hatte, knirschte es unter seinen Füßen. »Ich sagte, raus hier!« Kaum hatte er die Treppe hinter sich gelassen, schlug ihm Schnee ins Gesicht … und der Fremde lief los. Er hielt geradewegs auf Lauri zu, umwirbelt von weißen Flocken, die sich wie ein Tarnnetz um ihn legten. Zu spät erkannte Lauri, dass er nicht das Geringste hörte: keine Atemzüge, keine Schritte, nichts. Nur den Wind. Er wollte ausweichen, doch da hatte der Fremde ihn auch schon erreicht. Im selben Moment wurde der Schnee stärker, der Wind lauter, und dann fuhr aus dem Inneren der Wirbel eine Fratze auf Lauri zu. Er brüllte vor Überraschung auf und hob beide Arme. Es war ein menschliches Gesicht und doch wieder nicht, bleich und ohne Leben, Augen und Mund weit aufgerissen. Lange, helle Haare wehten hinter ihr her, und sie wuchs weiter an. Eis biss sich in Lauris Haut und ließ ihn zittern.

Es verschwand von einer Sekunde auf die andere, ebenso wie der Sturm, der den Schnee – und die Fratze? – auf ihn zugetrieben hatte. Langsam ließ Lauri die Arme sinken. Da war nichts. Kein Fremder, keine Fratze in der Luft, kein Eis auf den Oberflächen, nicht einmal Schnee. Lediglich einige unschuldig wirkende Flocken hatten sich auf die Türschwelle verirrt. Lauri sah sich um, während sich sein Atem nach und nach beruhigte. Alles sah vollkommen normal aus. Also was war gerade geschehen? Wurde er allmählich wahnsinnig? Waren das Nachwirkungen von gestern? Schließlich war er beinahe in diesem See erfroren. Doch so sehr er auch sein Hirn zermarterte, er fand keine Antworten.

Langsam ging er zum Eingang und sah hinaus. Es schneite

nicht mehr, und die Welt war erfüllt vom Grau der Wolken am Himmel.

Lauri runzelte die Stirn und schob die Tür vorsichtig ins Schloss. Dieses Mal drehte er den Schlüssel und fühlte sich erst halbwegs sicher, als die letzten Schneeflocken zu seinen Füßen geschmolzen waren.

19

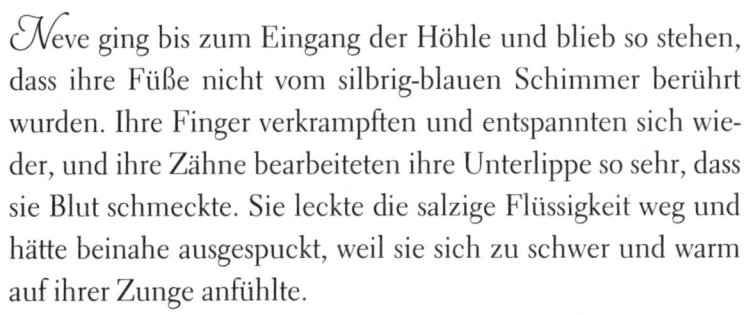

Neve ging bis zum Eingang der Höhle und blieb so stehen, dass ihre Füße nicht vom silbrig-blauen Schimmer berührt wurden. Ihre Finger verkrampften und entspannten sich wieder, und ihre Zähne bearbeiteten ihre Unterlippe so sehr, dass sie Blut schmeckte. Sie leckte die salzige Flüssigkeit weg und hätte beinahe ausgespuckt, weil sie sich zu schwer und warm auf ihrer Zunge anfühlte.

Es war nichts zu hören, so sehr sie auch lauschte. Trotzdem blieb sie, wo sie war, und suchte nach weiteren Ausreden, um es weiter hinauszuzögern.

Sie wusste genau, wie albern sie sich verhielt. In den vergangenen Tagen hatte sie sich nichts sehnlicher gewünscht, als hier zu stehen und endlich in dem Wissen eintreten zu dürfen, dass sie nicht wieder gehen musste. Sie konnte den Sog spüren, der ihre Füße umspülte und sie zwingen wollte weiterzulaufen. Es waren ihre Gedanken, die sie davon abhielten und in ihrem Kopf eine Mauer hochzogen. Zuvor hatte sie sich gefragt, was sie war. Wenn sie diese Schwelle übertrat, die Mauer mit bloßen Händen einriss, würde sich noch mehr verändern als zuvor. Sie wünschte es sich von ganzem Herzen, doch gerade dieses Herz schlug zaghaft einen vollkommen anderen Rhythmus. Neve blickte auf ihre Schuhe, wippte vor und wieder zurück. Sie fürchtete sich vor dem Gedanken, Lauri niemals wiedersehen zu können. Wenn sie sich dem Gefolge der Winterherrin anschloss, würde sie ihn dann noch treffen dürfen? Bei ihm bleiben, über ihn wachen, so wie in der vergangenen Nacht? Sie wusste es nicht, und es gab nur eine Person, die ihr die Antworten liefern konnte. Neve hatte ihre Aufgabe erfüllt, aber sie war nicht sicher, ob sie noch mit der Belohnung leben konnte.

Wenn sie Lauri nicht getroffen hätte, wäre sie jetzt einfach nur glücklich. So aber riss es sie entzwei, in viele winzige Stücke, und sie versuchte verzweifelt, sie alle im Auge zu behalten, um sie später aufzusammeln und wieder zusammenfügen zu können.

Neve sah sich um. Jetzt hätte sie sich die Schemen herbeigewünscht, die sie zuvor im Sturm umkreist hatten und immer näher gerückt waren. Sie hätten ihr keine Angst gemacht, wäre sie allein gewesen, aber so hatte sie sich immer wieder gefragt, ob sie stark genug war, um sie von Lauri fernzuhalten. Er schlief nun sicher in der Hütte in Longtree, und sie war bereit, mehr herauszukriegen. Selbst die grauenvolle Fratze im Schnee wäre ihr nun willkommen, würde sie doch endlich den Impuls liefern, die Höhle zu betreten.

»Stell dich nicht so an«, murmelte Neve und kickte ärgerlich einen Stein nach vorn. Niemand würde kommen und ihr sagen, was sie zu tun hatte. Es war auch nicht nötig.

Sie atmete tief aus. Dann, endlich, trat sie ein.

Im Inneren sah es genauso aus, wie sie erwartet hatte, und doch vollkommen anders. Die Wände schimmerten und glänzten wie in ihren Erinnerungen, doch außer ihr war niemand zu sehen. Sie lief zur Mitte der Höhle, drehte sich einmal im Kreis, legte den Kopf in den Nacken und starrte an die Decke.

Sie wirkte so nah, dass Neve eine Hand ausstreckte, um die gefrorenen Tropfen anzufassen. Doch selbst als sie sich auf die Zehenspitzen stellte, berührten ihre Finger nichts.

Sie strich sich die Haare aus dem Gesicht. Ob sie einfach warten sollte, bis die Winterherrin zurückkehrte? Sie schlenderte langsam bis zur hinteren Wand und legte ihre Fingerspitzen darauf. Fasziniert betrachtete sie, wie ihre Haut den Hauch eines Augenblicks ebenso schimmerte wie der Stein. Wärme durchflutete sie. Überrascht hielt sie die Luft an und konzentrierte sich auf das Gefühl. Sie wusste, dass sie keine Kälte mehr empfand, aber darüber hinaus hatte sie bis jetzt nicht daran gedacht, dass es mit der Wärme ebenso war – nur hatte sie diese vermisst, ohne es zu merken. Eine Melodie, die sie bislang nicht gekannt hatte, zog durch ihren Kopf, und sie summte leise mit, während sie weiterschlenderte.

Vor dem Teich ging sie in die Hocke. Wieder war er von Schnee bedeckt. Neve wischte ihn mit vorsichtigen Bewegungen weg und betrachtete die Luftblasen im Eis. Das Licht der Höhle erweckte sie zum Leben und ließ sie tanzen. Neve schlug mit einem Fingernagel auf das Eis und schreckte zurück, als etwas aus den Tiefen darunter zur Oberfläche schwamm. Obwohl der Teich versiegelt war, begann ihr Herz zu klopfen, dieses Mal vor Angst, nicht vor Aufregung. Sie stand auf und trat zurück, ohne den Blick abzuwenden. Die Bewegung wurde deutlicher, dann bildeten sich Konturen unter dem Eis: ein länglicher Körper, Hände. Ein Gesicht.

Lauri.

Neve keuchte, fiel auf die Knie und hämmerte mit beiden Fäusten auf das Eis ein. Es vergrößerte seine ohnehin vor Schreck geweiteten Augen und schien Neve zu verhöhnen, die wie eine Wahnsinnige darauf einschlug. Die Haut an ihren Knöcheln platzte auf und zog feine Spuren Rot über das Eis; eine frische Narbe auf Lauris heller Haut. Doch die Oberfläche des Teichs brach nicht, sie zeigte nicht einmal einen Riss. Lauri öffnete den Mund, doch es war Neve, die schrie. Perlenschnüre lösten sich von seinen Lippen. Noch bewegten sie sich, so wie er, doch bald würde alles Leben in diesem Teich so starr und vom Eis umschlossen sein wie die Oberfläche.

»Nein!« Neve schrie und flehte. Ihre Fingernägel fuhren über das nun rosa gefärbte Eis und ritzten nicht einmal die Oberfläche. Lauri hob den Kopf und sah ihr direkt in die Augen. Es kam ihr vor, als würde er sie anflehen, etwas zu tun. Ihn zu retten.

»Aber das habe ich doch«, schluchzte Neve. Kleine Kristalle fielen auf das Eis. »Ich habe dich von ihnen weggebracht, in die Hütte. Du warst dort sicher! Wie kommst du hierher, Lauri!«

Im Teich veränderte sich etwas. Neve wischte sich über die Augen, blinzelte und wischte noch einmal. Unglauben, Erleichterung und Erschrecken trafen aufeinander, verkeilten sich zu einem Klumpen und sackten bis in ihren Magen. Das war nicht Lauri, der auf der anderen Seite des Eises gefangen war und langsam ertrank. Es war Gideon. Seine Augen funkelten so blau wie selten zuvor, und die Stirn darüber war so glatt und entspannt, als hätte er sich schon längst mit seinem Schicksal abgefunden. Er wandte seinen Blick nicht ab. Es lag weder Vorwurf noch Wut darin, und gerade das machte alles so viel schlimmer.

Neve hustete, als sie versuchte Luft zu holen, und sie dachte, das Gewicht würde nie wieder von ihrer Brust verschwinden. Ihre Augen tränten, als sie endlich wieder normal atmen konnte. Mit jeder Sekunde, die verstrich, glaubte sie, nicht mehr länger hinsehen zu können, doch es fiel ihr noch schwerer, sich abzuwenden.

Gideon hob seine Hände, langsam, als ob er gegen den Wasserwiderstand kämpfte, und legte sie flach von unten an das Eis. Dann, ohne eine weitere sichtbare Bewegung, lösten sie sich wieder. Gideon ließ die Arme sinken, dann sackte er herab, immer tiefer, bis die Dunkelheit ihn umhüllte und schließlich vollkommen verschluckte.

Jetzt erst konnte Neve seine Geste erwidern und beide Hände auf das Eis pressen. Sie schloss die Augen und stellte sich vor, ihn zu berühren, ein allerletztes Mal, ehe er sein Schicksal annahm. Das Blau seiner Augen sowie das Leuchten darin gingen ihr nicht mehr aus dem Kopf. Er hatte ihr verziehen. Wenn sie die Wahl gehabt hätte, würde sie seine Vergebung gegen Schläge tauschen, so fest und so viele, dass ihr Blut den gefrorenen Teich so gleichmäßig bedecken würde wie der Schnee zuvor.

»Du hast mich betrogen.«

Die Stimme war sanft und direkt hinter ihr. Was der Winter nicht geschafft hatte, brachte sie augenblicklich zustande: Neve erstarrte, die Hände noch immer auf das Eis gepresst, als könnte sie damit verschmelzen und sich davon einschließen lassen, bis sie unangreifbar war wie die Luftbläschen. Es kostete sie enorme Kraft, ihre Hände zu lösen und aufzustehen. Füße und Beine waren taub geworden, und Neve bemühte sich, nicht zu taumeln. Ganz im Gegensatz zu ihren Gedanken, die zu ihr zurückkamen, kaum dass sie sich umdrehte. Sie prallten in ihrem Kopf mit so hoher Geschwindigkeit aufeinander, dass Neve leise aufstöhnte.

Auf dem Gesicht der Winterherrin lag kein Vorwurf. Kerzengerade stand sie vor ihr und zwang sie so, das Kinn zu heben. Wieder trug sie ihr Kleid und den Wintermantel. Die Kapuze ruhte auf ihren Schultern, in dem Pelz am Rand funkelte es. Die Lichter der Höhle spiegelten sich in ihren Augen und fingen sich auf dem Rabenanhänger, der wie lebendiges Quecksilber auf ihrer Haut schimmerte. Die Reflexion blendete Neve so sehr, dass sie die Augen schloss. Als sie nach einer Weile wagte, sie wieder zu öffnen, stand die Frau so nah, dass Neve Schnee, Nebel und Eis einatmete. Die Mischung toste durch ihren Körper, füllte ihre Lungen und schenkte ihr das Gefühl, frei zu sein. Trotzdem holte sie vorsichtig Luft, da sie mittlerweile wusste, dass diese Freiheit mit einem Preis kommen konnte, den sie nicht bereit war zu zahlen.

»Ich habe …«

Ich habe niemanden betrogen. Niemanden außer Gideon.

Lange Wimpern senkten sich und schnellten augenblicklich wieder in die Höhe. »Du hast mir das falsche Opfer gebracht, Liebes.«

Es war das Verständnis in diesen Worten, das Neve am meisten erschreckte. Sie wischte sich so energisch über das Gesicht, dass ihre Nägel brennende Spuren hinterließen. »Gideon war mein Freund. Wir sind zusammen hergekommen«, flüsterte sie und konnte nicht sagen, ob ein Windhauch über ihre Wange strich oder die Winterherrin sie berührte.

»Mein Frostmädchen.« Die Lippen unter dem kerzengeraden Nasenrücken spannten sich kurz an. »Das hatten wir nicht ausgemacht. Du hast diesen Mann nicht mehr geliebt.« Sie ging an Neve vorbei und starrte durch das Eis in den Teich, als würde sie Gideon betrachten und abwägen, ob er als Opfer überhaupt willkommen war. Neve vermied es, ihrem Blick zu folgen. Noch einmal wollte sie nicht sehen, wie Gideons Seele in den Tiefen versank und sich mit ihrem Schicksal abgefunden hatte. Sie wollte protestieren, doch dann überlegte sie es sich anders. Es stimmte, sie hatte Gideon nicht mehr geliebt, und sie wusste, dass es keinen Sinn hatte, es zu leugnen. Die Winterherrin war nicht nur so schön, sondern auch so kalt wie die Jahreszeit, über die sie herrschte, und sie würde sich weder von Tränen noch von Worten erweichen lassen. Nervös rieb Neve ihre Handflächen aneinander. Sie hatte so sehr gehofft, einen Ausweg gefunden zu haben, der Lauri ein sicheres Leben ermöglichte. Wie sehr sie sich geirrt hatte! Ihre Haut brannte, und als sie ihre Hände betrachtete, sah sie frisches Blut auf der Haut.

»Ich wollte niemanden täuschen«, murmelte sie und zuckte zusammen, als ein roter Tropfen zu Boden fiel. Er versickerte im Schnee und ließ diesen ausnahmslos weiß zurück. Sie starrte noch immer auf ihre Finger, als die Winterherrin sie sanft mit ihren umschloss. Neves Blut klebte an ihrer Haut, doch im nächsten Augenblick war es ebenso verschwunden wie der Tropfen im Schnee.

»Und genau deshalb gebe ich dir eine zweite Chance«, sagte die Frau so sanft, dass Neve am liebsten geschrien hätte. Wie konnte sie nur so ruhig von Dingen reden, die so schrecklich waren? Die zwei Strähnen, die dem dichten Silberzopf entkommen waren, fielen der Frau in die Stirn und ließen sie wie eine gute Freundin wirken, die sich mit einer Sofahälfte zufriedengab, um sich gemeinsam einen Film anzuschauen. Aber Neve wusste mittlerweile, dass es in diesem Zuhause kein Sofa gab und auch kein gemeinsames Kichern. Aber es gab Tanz und Gesang und Gelächter und so vieles, das sie nicht kannte. Also nickte sie, vor allem, da ihre Kehle wie ausgetrocknet zu sein schien.

Die Silberfunken in den tiefblauen Augen der Winterherrin gleißten auf. »Ich gewähre dir ein zweites Opfer, kleine Neve. Ich werde meine Leute so lange hierhalten. Sie sind ungeduldig, weißt du.« Sie fuhr durch Neves Haare. »Sie wollen weiter, wollen dem Sog des Nordwinds folgen und die Geschwindigkeit spüren, wenn wir über das Land reiten. Aber für dich werden sie eine Ausnahme machen.«

Obwohl Neve endlich mehr erfuhr über die Welt, die auf sie wartete, blieb sie an den ersten Worten hängen, stolperte einmal und auch ein zweites Mal über sie.

»Aber ich habe doch schon ein Opfer …« Sie dachte an Gideons Körper auf ihrem.

Die Winterherrin fasste ihren Kopf mit beiden Händen und sah sie an. Lange Zeit schwieg sie, und Neves Herz klopfte so heftig vor Angst, nun alles zerstört zu haben, als würde es sich aus seinem Gefängnis befreien wollen. Dann beugte sich die Frau vor und hauchte Neve einen Kuss auf die Stirn, so zart, dass kaum mehr als ein Luftzug spürbar war.

»Solange deine Liebe zu einem lebendigen Mann existiert, wird sie dich an das Leben hier fesseln. Du kannst niemals mit uns kommen, weil diese Gefühle dich noch immer wärmen. Aber sie sind nur schön und golden und glänzend, wenn du den Moment betrachtest und von der übrigen Welt abschneidest. Hebst du aber den Kopf und blickst weiter, wirst du merken, dass diese törichte Wärme dich mehr fesselt als alles, was du dir vorstellen kannst.«

Neves Wangen prickelten, wo die Winterherrin sie berührte.

Es kühlte sie und erweckte sie zu neuem Leben. Am liebsten hätte sie sich bewegt, konnte aber nicht mal einen Zeh krümmen geschweige denn schlucken oder auch nur den Kopf wenden. Jede Faser ihres Körpers wartete, gierte nach einer weiteren Berührung. Sie wollte etwas sagen, aber ihr war entfallen, wie man Wörter formte. Schon oft hatte sie gehört, dass jemand mit dem Kopf in den Wolken steckte, und nun wusste sie, was damit gemeint war. Ihre Wolken waren die schönsten, die es gab, silbrig und geheimnisvoll funkelnd, aufregend und voller verheißungsvoller Versprechen.

Neve leckte sich über die Lippen und formte sie probeweise zu einem kleinen Kreis. »Aber«, begann sie und räusperte sich. »Aber kann ich nicht hierbleiben und ab und zu ... zurückgehen?« Sie scheute sich, genauer zu werden oder gar Lauris Namen zu erwähnen.

Das Bedauern auf den Zügen der Winterherrin ließ sie fast noch schöner wirken, als sie ohnehin war. »Nein, meine Kleine.« Sie betrachtete Neve, als würde sie ihr gern eine Lösung anbieten, wusste aber, dass es keine gab. »Wir bleiben nicht lange an einem Ort. Mein Gefolge zieht es weiter, über das Land. Ich halte es zusammen, so wie ich es schon immer getan habe. Wenn du ein Teil davon sein und bei mir bleiben willst, dann musst du diese eine Brücke hinter dir abbrechen. Du kannst nicht zwischen zwei Welten tanzen, Kind der Raunächte. Es würde dich irgendwann zerreißen, wenn du dich mitten in der Luft befindest. Und dann wirst du fallen und fallen, ohne je wieder einen Halt zu finden.« Mitleid schimmerte so hell in ihren Augen, dass Neve wegschauen musste. Sie schämte sich und war zugleich abgrundtief verzweifelt. Doch sie konnte nichts tun. Dies waren die Gesetze der Winterherrin und ihrer Welt, und sie, Neve, konnte sie weder ändern noch verbiegen, nicht einmal um eine Winzigkeit. Alles, was sie zu tun hatte, war, ein Opfer zu bringen.

Lauri oder sich selbst.

Sie starrte auf ihre Finger mit den abgekauten Nägeln. Lange musste sie nicht nachdenken, denn das hatte sie wieder und wieder getan. »Ich kann das nicht.« Ihre Stimme zitterte so sehr, dass sich die Silben ineinander verhedderten. Aber als sie einmal heraus waren, spürte Neve, wie das Gewicht auf ihrer Brust leichter wurde und zähflüssig an ihr herabfloss, um im Boden zu versickern. Längst nicht alles, aber dennoch genug, um sich besser zu fühlen.

Das Band im Haar der Winterherrin funkelte, als sie sich abrupt umwandte. »Natürlich kannst du. Jeder in meinem Gefolge hat es geschafft. Es ist leichter, als du glaubst, solange du dich überwindest, den ersten Schritt zu tun. Der Sprung ist schwer, aber der Fall federleicht.« Die Worte wurden leiser, die Silben durchsichtig. »Du kannst nicht zurückbleiben. Wenn du es doch tust, wird dein Leben eins sein, das du dir niemals gewünscht hättest. Du würdest durch den Schnee wandeln und versuchen, im Verborgenen zu bleiben. Aber du wärst allein. Mit dem Frühling wird deine Sehnsucht stärker werden, und die Schmerzen werden dich finden. Dann wirst du dir einen Unterschlupf suchen, eine Höhle tief unter der Erde, um dort zu warten, bis wir alle zurückkehren. Aber vielleicht hältst du nicht so lange durch, und dann würdest du an die Oberfläche zurückkehren, wild und ausgehungert nach Wärme und Leben, und du würdest es dir nehmen. Einfach so, ohne Zweifel und vor allem ohne Erbarmen.« Sie legte eine schlanke Hand auf Neves Arm und fachte diese besondere Vertrautheit zwischen ihnen weiter an. »Du kannst das verhindern, indem du das Dasein wählst, das dir nun bestimmt ist. Es wird dich glücklich machen. Und die Menschen der Umgebung sicher.«

Nicht alle Menschen.

Neve wollte ihr glauben, und endlose Sekunden lang versuchte sie es. Bilder schwebten durch ihren Kopf und verschwanden nach und nach hinter einer Wand aus Rauch und Sehnsucht: Lauris Lächeln, das niemals ausreichte, um den letzten Funken Einsamkeit aus seinen Augen zu vertreiben. Seine dunklen Haare, die jede Möglichkeit nutzten, um sich noch mehr zu kringeln. Seine Lippen.

Neve wimmerte leise. Es war so leicht gewesen bei Gideon. Als das Leben ihn verließ, hatte sie vor allem Mitleid gespürt, doch es reichte nicht aus, um einen Teil der Kälte in ihrem Herzen zum Schmelzen zu bringen geschweige denn, sie ganz zu vertreiben. Bei Lauri war es anders. In ihr flackerte ein kostbares Feuer, wenn sie an ihn dachte, und sie würde alles in ihrer Macht Stehende tun, um diese Flammen zu bewahren. Selbst wenn sie dafür die Einsamkeit wählen musste. Immerhin war sie noch immer im Besitz ihrer Erinnerungen, um das zu überstehen, vor dem die Winterherrin sie gewarnt hatte.

Sie spürte, wie der Atem ihren Brustkorb dehnte. »Ich kann das nicht«, wiederholte sie, dieses Mal fest und deutlich. »Ihm darf nichts geschehen.« Stille antwortete ihr und bestrafte sie mehr, als Worte es hätten tun können. Sie wartete, bis sie es nicht mehr ertrug, dann drehte sie sich um.

Sie hatte sich geirrt. Es war kein Mitleid, das sie unter diesen langen Wimpern gesehen hatte, sondern Gier, in die sich nun

Ärger mischte sowie Entschlossenheit. Sie verriet, dass die Winterherrin nicht nur etwas wollte, sondern auch genau wusste, wie sie es bekam.

Neves Schultern sackten herab, die Luft schien urplötzlich aus ihren Lungen verschwunden zu sein.

Die Winterherrin hob eine Hand. Ein Wirbel aus feinen Schneeflocken stob auf und umhüllte ihren Arm. Sie beachtete ihn nicht, sondern hielt nur Neve im Auge, und allmählich glättete sich ihre Stirn. Die feinen Augenbrauen hoben sich nur leicht, und als sie den Kopf neigte, schien ihr Ärger bereits wieder verraucht zu sein. Dann legte sie eine Hand an Neves Wange, und diese schmiegte sich instinktiv hinein.

»Ich habe die anderen losgeschickt.«

Neve erstarrte, kaum dass die Worte verklungen waren. Sie wollte protestieren, sie umstimmen, noch lieber sich losreißen und keine Sekunde länger wie ein Lamm auf der Schlachtbank an das Gute glauben, doch sie konnte nicht. Verzweifelt wartete sie auf weitere Worte, die ihr verrieten, dass sie sich verhört oder falsche Schlussfolgerungen gezogen hatte.

Die Winterherrin drückte Neves Kopf an ihre Schulter und streichelte ihr über den Rücken. »Du bist noch schwach und nicht in der Lage zu tun, was du tun musst. Sie werden dir helfen. Ihn herbringen.«

Alarm schrillte in Neves Kopf, so laut, dass sie zusammenzuckte. Das durfte nicht sein! Konnte es überhaupt sein? Wusste die Frau – wussten die anderen! –, dass es Lauri war, den sie liebte? Sie hatte es sich selbst doch erst vor Kurzem eingestanden! Verzweifelt erinnerte sie sich an den vergangenen Abend, an die Gestalten im Schneesturm und daran, wie sie Lauri umarmt und nach Longtree gebracht hatte.

Natürlich wussten sie es, sie hatten es die ganze Zeit über getan.

»Nein«, hauchte Neve, riss sich los und wich bis zur Wand zurück. »Nein, bitte nicht. Nicht er. Ich habe dir doch schon Gideon gebracht.« Die Worte brachen nur so aus ihr hervor. Ihr Blick fiel auf den Teich. »Es war niemals die Rede von zweien. Niemals. Bitte, nicht er.« Hastig hob sie ihre Hände.

Niemand griff danach. Verzweiflung wurde zu Panik, Panik zu Fluchtinstinkt. Neve ließ die Arme sinken. Die Winterherrin stand noch immer vor ihr und sah sie mit ihrem unergründlichen Blick an. Sie würde sich nicht erweichen lassen. Wie auch? Sie gehörte dem Winter und er ihr, und ihr Herz war nicht geschaffen, um Mitleid zu empfinden.

Diskussionen und Worte würden nichts bringen. Neve wusste, was sie zu tun hatte: Sie musste Lauri warnen. Vielleicht war es noch nicht zu spät, er war noch immer in der Hütte, und die Reiter der weißen Jagd würden ihn nicht finden. Sie konnte es schaffen.

Langsam trat sie an der Frau vorbei, die nicht versuchte, sie aufzuhalten, dann fuhr sie herum und lief auf den Ausgang der Höhle zu. Dort blieb sie stehen und starrte hinaus, um sich zu orientieren. Das Schneetreiben war so dicht, dass sie nicht einmal sagen konnte, ob es Tag oder Nacht war. Doch das war es nicht, was sie zögern ließ.

Sie konnte nicht weitergehen. Jeder Schritt, der sie von der Winterherrin weggeführt hatte, war ihr körperlich schwerer gefallen. Jetzt, da sie den Wind auf ihren Wangen spürte, war es, als würde er ihr gleichzeitig den Atem nehmen. Sie bekam keine Luft mehr.

Neve griff an ihre Kehle, riss den Mund auf und schlug mit

der Faust auf ihre Brust. Sie hob und senkte sich schnell, und trotzdem glaubte sie, ersticken zu müssen. Da war ein Druck, der stetig zunahm und ihre Lunge zusammenpresste. Neves Hände fuhren zu ihrer Kehle, über ihre Haut, tasteten und suchten, als könnten sie einen Weg finden, um diese Qual zu beenden. Sie glaubte, jeden Moment ersticken zu müssen, dann krümmte sie sich und hustete.

Luft floss in ihre Lunge, und trotzdem war dort noch immer eine Barriere. So sehr sich Neve auch bemühte, sie konnte mit dem kostbaren Gut nichts anfangen. Ihr Inneres begehrte gegen etwas auf, das sie nicht finden konnte. Sie wollte weiterlaufen, um irgendeine Veränderung zu bewirken, doch sie konnte ihre Füße nicht bewegen. Sie taumelte und fiel hart auf die Knie, und der Druck in ihrer Brust verwandelte sich in einen Sog, der sie stetig weiter hinabzerrte. Sie röchelte. Immer wenn sie Luft zu holen versuchte, drang ein Pfeifen aus ihrer Kehle. Wieder schlug sie gegen ihren Brustkorb, dieses Mal so fest, dass es zusätzlich wehtat. Mit der Handkante traf sie auf einen Widerstand, der sich beißend in ihre Haut drückte.

Der Anhänger. Sie packte den Kristall und schloss ihre Finger darum. Augenblicklich kehrte ein wenig Luft zurück. Noch immer konnte sie nicht richtig durchatmen, aber sie hatte nicht mehr das Gefühl zu ersticken.

Es war der Anhänger! Er hinderte sie daran zu gehen, auf eine seltsame Weise, die sie nicht verstand! Aber es hatte in den letzten Tagen so vieles gegeben, das sie sich nicht erklären konnte, sodass sie nicht mehr versuchte, darüber nachzudenken. Stattdessen musste sie dieses Ding loswerden.

Eine Hand legte sich auf ihre Schulter, als sie den Arm hob, um die feine Kette von ihrem Hals zu reißen.

»Überleg dir das gut. Wenn du sie hier zurücklässt, verlierst du deine Erinnerungen. Und damit auch dich.«

Neve hörte die Worte genau, weigerte sich aber, darüber nachzudenken. Sie hatte schon über zu viel nachgedacht, zu lange gewartet. Sie musste Lauri retten und würde sich nicht mehr davon abhalten lassen. Sie biss die Zähne zusammen, schüttelte die Hand ab, riss die Kette von ihrem Hals und ließ sie los. Der Kristall beschrieb einen schimmernden Bogen in der Luft und landete in dem Moment auf dem Boden, als Neve endlich wieder tief durchatmen konnte.

Im nächsten stürzte sie nach draußen und ließ die Winterherrin und ihre Höhle zurück. Sie war darüber nicht erleichtert, im Gegenteil. Es fühlte sich an wie damals, als sie klein gewesen war und sich tagelang auf das Wochenende mit ihrer Mutter gefreut hatte. Nur sie beide ganz allein. Das bedeutete zwei Tage voller Märchen, Träume und Abende im Kerzenschein. Doch Termine hatten Susan Whitmore einen Strich durch die Rechnung gemacht. Neve hatte damals bereits gewusst, dass es wichtig war, Geld zu verdienen, aber dennoch geschrien und getobt. Sie hatte sich verletzt gefühlt und ihre Mutter auch verletzen wollen, und sie hatte es geschafft. Das schlechte Gewissen war nicht ausgeblieben. Sie hatte ihre Mutter geliebt, selbst im schlimmsten Tobsuchtsanfall, und als sie sich in ihrem Bett verkrochen und geweigert hatte, mit irgendwem zu reden, hatte sie gehofft, dass ihre Mutter dennoch kommen und sie trösten würde.

Jetzt hoffte sie, dass die Winterherrin ihr nicht folgte, und trotzdem konnte sie die Frau nicht hassen. Etwas verband sie beide, das tiefer ging, als Neve es sich erklären konnte.

Schnee traf hart ihre Haut, als sie aus dem Windschatten der

Höhle trat. Es schmerzte überraschend stark, und sie begriff, dass es sich um Hagel handelte. Daumennagelgroße Eisstücke prasselten auf sie ein und schlugen Löcher in die Schneedecke. Neve zog den Kopf zwischen die Schultern, verschränkte die Arme vor der Brust und lief schneller. In ihren Ohren rauschte es, und ganz in der Nähe krachte etwas, wohl ein brechender Ast. Die Luft roch metallisch und seltsamerweise nach Erde.

Neve konzentrierte sich auf den Weg zum Resort und erlaubte sich nicht mal die winzigste Pause. Das Wetter machte es ihr schwer und zwang sie schließlich, ihr Tempo zu drosseln. Immer öfter musste sie stehen bleiben, um ihr Gesicht mit beiden Händen abzuschirmen und sich neu zu orientieren. Der Schnee war in den letzten Tagen unbarmherzig gewesen, doch der Hagel war gehässig. Von allen Seiten schlug er auf sie ein und trieb sie immer wieder seitwärts, so als wollte er sie vom Weg abbringen. Bald hatte Neve die Orientierung verloren. Sie verdrängte ihre Unsicherheit und konzentrierte sich auf ihren Körper. Nur der nächste Schritt war wichtig. Immer wenn der Hagel kurz nachließ, atmete sie zusammen mit der Natur auf und fuhr sich über ihre Wangen, die sich anfühlten, als hätte jemand sie blutig geschlagen. Doch da war nichts außer Kälte. Die Muskeln an ihrem Hals waren dafür so verspannt, als wären sie aus Stein.

Die nächste Windböe trieb Neve in eine Senke. Sie kauerte sich zusammen, presste die Hände auf die Ohren und zählte langsam bis zehn. Erst dann lauschte sie wieder. Bei der nächsten Pause, die ihr das Wetter gönnte, rannte sie los. Sie wusste nur noch eins: dass sie hier weg musste, um Schutz zu finden. Die Hütte. Sie musste zur Hütte.

Und dann, für einen viel zu langen Moment, grübelte sie, warum sie so verbohrt war. Es musste gar keine Hütte sein, eine Höhle oder eine Ausbuchtung an einem Abhang würde ihr ebenso viel Schutz bieten. Dort konnte sie warten, bis der Sturm und dieser grauenvolle Hagel abgeflaut waren. Immerhin würde sie in dieser Einöde sicher keine Hütte finden. Oder?

Krampfhaft dachte Neve nach und rieb sich die schmerzende Stirn. Das Pochen dort kam nicht von den Eiskörnern, sondern aus ihrem Kopf. Es fühlte sich an, als hätte sie etwas Wichtiges vergessen, als läge ihr etwas auf der Zunge, das ihr wieder einfallen würde, wenn sie nur ein wenig länger nachdachte. Aber hatte sie überhaupt noch so viel Zeit? Sie musste weiter, es war wichtig. Weil sie jemandem helfen wollte. Nur wem? Und warum?

Sie rieb stärker, und endlich fand sie eine Erinnerung, die ihr richtig erschien. Das Bild eines dunkelhaarigen Mannes schob sich vor die Kulisse aus Grau und Weiß. Sein Name wollte ihr nicht einfallen, und fast schon wütend darüber konzentrierte sie sich stärker. Sie wusste, sie kannte diesen Namen. Sie hatte ihn in den vergangenen Tagen öfter als einmal benutzt.

Lauri.

Endlich. Ja, Lauri kam ihr bekannt vor, und er füllte ihren Körper mit Wärme. Es fühlte sich gut an, doch dann biss die Kälte umso intensiver zu. Neve zitterte, bis der letzte Rest Wärme verflogen war.

Sie kannte Lauri ... irgendwoher. Hatte ihn einmal gekannt. Doch warum und wie gut, konnte sie nicht sagen.

20

Es war dämlich, die Hütte zu verlassen, als der Hagelsturm einsetzte, und noch viel dämlicher, da Gorman ihn darauf hingewiesen hatte, dort zu bleiben. Lauri war sicher, dass er ihn zumindest verdächtigte, etwas zu wissen, und nun machte er sich noch verdächtiger, indem er gegen direkte Anweisungen verstieß. Dabei hatte er gute Gründe. Nur konnte er dem Sergeant nicht davon erzählen.

Er musste Neve finden. Mittlerweile war er hundertprozentig sicher, dass sie noch lebte und ihm sagen konnte, was mit Gideon geschehen war. Oder mit ihr. Lauri hatte es zunächst nicht wahrhaben wollen, aber sie hatte sich verändert, seit er sie zum ersten Mal in den Armen gehalten hatte. Auf eine Art, die er nicht verstand, trug der Winter die Schuld daran, mit all seinem Schnee und seinen Stürmen, die es schafften, die bekannte Welt vorübergehend auszuradieren und durch eine neue zu ersetzen, die fantasievoller, mystischer und schrecklicher war. Sie bestand lange genug, um mit den Menschen zu spielen, und dann schmolz sie und verging. Zurück blieben die Wunden und Narben, die sie geschlagen hatte.

Er wusste nicht, was mit Neve geschehen war, aber allein der Gedanke, dass sie etwas allein durchlitt, egal, was es war, gefiel ihm nicht. Er musste ihr helfen, da er sich sonst sein Leben lang verfluchen würde.

Noch vor wenigen Tagen hätte er sich selbst einen Vogel gezeigt und alle wirren Gedanken darauf geschoben, dass seine Fantasie verrücktspielte. Er hätte sich gesagt, dass dies keine Geschichte aus einem Film oder Buch war und er zu viel in Dinge hineininterpretierte. Vor allem zu viel Unsinn. Zu viel ... Magie? Der Winter war nichts weiter als ein Wetterphänomen, und jedes Detail ließ sich wissenschaftlich erklären.

Ja, genau so hätte er noch vor Kurzem argumentiert. Aber da hatte er auch Neve noch nicht gekannt und nicht gespürt, dass mehr hinter einer Wand aus Sturm und Schnee lauern konnte als vermutet. Das waren keine Wölfe gewesen in der vergangenen Nacht, da war er mittlerweile sicher. Sein Bauchgefühl stand in so krassem Gegensatz zu den vernünftigen Erklärungen, die sein Kopf ausarbeitete, dass er es nicht mehr ignorieren konnte. Er war bereit, Dinge hinzunehmen und zu glauben, die er vorher niemals für möglich gehalten hatte. Einfach, weil er sie fühlen konnte.

Der Weg verschwand aus seinem Sichtfeld, als er die Kapuze tief ins Gesicht und seinen Schal über die Lippen fast bis zur Nase zerrte. Nun war nur noch ein handbreiter Streifen Haut den Hagelkörnern ausgesetzt, doch das allein genügte, um Lauri innerlich fluchen zu lassen. Die Eisstücke fühlten sich größer an, als sie aussahen, und bei jedem, das ihn besonders hart traf, fragte er sich, ob nicht ein Stein darin eingeschlossen war. Nach nur wenigen Schritten wurde sein Gesicht taub, nur der Schmerz kam noch durch. Doch Lauri ging weiter. Vielleicht war das hier nur eine besonders heftige Unwetterfront und würde über ihn hinwegziehen. Leider tat sie ihm den Gefallen nicht, im Gegenteil. Jedes Mal, wenn er stehen blieb, dem Wind den Rücken zuwandte und wagte, aus dem Schutz der Kapuze heraus nach dem Weg zu blinzeln, schien sich die Windrichtung zu ändern und peitschte ihm tausend Klingen in die Augen. Er hatte keine Chance, dieses boshafte Spiel zu gewinnen, er konnte sich lediglich nach den Regeln richten, die sich mehr wie eine Bedingung anfühlten: Wenn er weiter nach Neve suchen wollte, musste er dies alles über sich ergehen lassen. Wieder etwas, das er vor einigen Tagen noch als Unsinn abgetan hatte.

Soweit er es beurteilen konnte, bewegte er sich von Longtree weg. Gut. Neve hielt sich sicherlich nicht mehr in der Nähe des Resorts auf, sonst hätte die Polizei sie aufgespürt oder sie hätte sich bei ihm gemeldet – zumindest hoffte er das. Langsam dämmerte es ihm, dass er sich zwar um sie sorgte, aber nicht, weil die Welt hier draußen soeben unterging. Neve würde den Wind und den Eisschauer ebenso ignorieren wie die Temperaturen. Auch das hatte er sich nicht eingebildet, und es war ganz sicher nicht normal. Ihm fiel nicht eine Situation ein, in der sie gefroren hatte. Im Gegenteil, sie hatte die Kälte geliebt, nie etwas Warmes getrunken, sich nicht beklagt, wenn das Feuer im Kamin niedergebrannt war. Selbst als sie ihn nach Longtree und in ihre Ferienhütte gelotst hatte, waren ihre Worte sanft und gleichförmig gewesen und ihre Lippen so hell wie immer. Nicht bläulich.

Lauris Gedanken saugten sich an der Farbe fest, dieser Mischung aus Apricot und sehr hellen Rosenblättern, und wärmten ihn für eine Weile. Er schöpfte genügend Kraft und Atem, um die Hände an den Mund zu legen und nach ihr zu rufen. Seine Stimme war ein lächerlicher David gegen den Goliath des Winters, doch er gab nicht auf. Er lief, blieb stehen und brüllte ihren Namen, nur um weiterzulaufen, bis er wieder zu Atem gekommen war.

Sein Herz stolperte, als er eine Antwort erhielt. Zunächst fürchtete er, dass es nichts weiter war als eine der vielen Stimmen des Winds, doch dann erkannte er Worte, die sich stets wiederholten. Jemand rief um Hilfe. Eine Frau.

»Neve!« Er schrie nicht mehr, er krächzte jetzt. Er musste sich zusammenreißen, um nicht einfach blindlings drauflos zu rennen, doch er wusste, wie gefährlich derartige Hals-über-Kopf-Aktionen hier draußen sein konnten. Der Sturm gaukelte ihm Dinge vor, die nicht waren, und zog vor andere einen Schleier, um sie vor ihm zu verbergen. Er durfte jetzt nicht den Kopf verlieren. Der Wind drehte sich so oft, wie Lauri es niemals zuvor erlebt hatte. Die Rufe konnten von überall kommen.

Sie verstummten jedoch nicht, selbst als er schwieg. Er presste die Augen fest zusammen und versuchte, ihren Ursprung auszumachen. »Neve! Bist du das? Bleib, wo du bist!«

Mit schweren Schritten stolperte er vorwärts, aber die Hoffnung schlug Funken und flackerte verhalten auf. Es musste einfach Neve sein. Dieses Mal würde er sie nicht ziehen lassen. Er würde ihr folgen, wohin sie auch ging, und das süße Kribbeln genießen, das bereits wieder bis zu seinen Fingerspitzen vorgedrungen war.

Es verwandelte sich in Bleigewichte, als er die Silhouette der Frau sah, die vor ihm am Boden hockte. Der Hagel körnte das Bild, dennoch wusste Lauri sofort, dass es nicht Neve war. Es fühlte sich nicht an wie sie. Es fesselte ihn nicht wie sie. Und es schenkte ihm nicht die Ruhe inmitten dieses Infernos, so wie sie es getan hätte.

Er blieb stehen. Die Frau hob den Kopf, dann einen Arm und winkte ihm zu. Lauri kämpfte gegen die Enttäuschung, was ihm weit schwerer fiel als der Weg durch das Unwetter, und setzte sich wieder in Bewegung. Er musste der Frau helfen oder zumindest nachsehen, ob alles in Ordnung war. Warum war sie überhaupt bei diesem Wetter hier draußen? Nun, er konnte sich dasselbe fragen. Jeder hatte einen Grund für das, was er tat.

Sie ließ den Arm sinken, und allein diese Geste zeugte von so viel Kraftlosigkeit, dass sich Lauri fragte, wie sie ihn so hartnäckig hatte rufen können. Wahrscheinlich waren dabei ihre letzten Kraftreserven verbraucht worden. Sein schlechtes Gewissen regte sich. Er legte an Tempo zu und ließ sich vorsichtig neben ihr auf die Knie nieder. Der Wind prallte mit voller Wucht gegen seinen Rücken und drückte ihn nach vorn. Lauri konnte sich gerade noch mit einer Hand am Boden abfangen. Dabei kam er der Frau so nah, dass er ihr tief in die Augen sehen konnte. Blau und Silber funkelten dort um die Wette.

»Was ist passiert?«, schrie er gegen den Wind an. Erst jetzt bemerkte er, dass sie mit einer Hand ihren linken Fußknöchel umklammert hielt.

Ihr Gesicht verzerrte sich vor Schmerz. Es war schmal, was sie auf den ersten Blick jünger hatte erscheinen lassen. Jetzt, aus der Nähe, schätzte Lauri sie auf Mitte dreißig. Sie war klein, doch nicht ganz so zierlich wie Neve, und trug einen Wollmantel sowie eine dunkle Hose und Winterschuhe. Eis hatte sich in ihren dunklen Haaren festgesetzt und sie zu dicken Strähnen verklebt, die ihr bis zur Taille gingen. Ihre Haut war hell, und sie musste unter Schock stehen – anders konnte er sich den entrückten Ausdruck in ihren Augen nicht erklären.

»Sind Sie gestolpert?«, versuchte er es noch einmal, als sie nicht antwortete. Endlich nickte sie und gestikulierte zunächst zu ihrem Fuß und dann über Lauris Schulter hinweg. Sie musste Longtree meinen. Wahrscheinlich wohnte sie dort, obwohl er sie nicht gesehen hatte, als der Sergeant vor Ort gewesen war. Vielleicht war sie erst vor Kurzem angekommen, war auf einen Spaziergang in die unberührte Natur aufgebrochen und hatte schlicht das Wetter unterschätzt.

Er deutete nach oben. »Ich helfe Ihnen beim Aufstehen!« Er hielt ihr eine Hand hin und stützte sie, während sie sich aufrichtete. Sie kam ihm leicht wie eine Feder vor, daher war er umso überraschter, als sie sich mit einem Schrei wieder auf den Boden sinken ließ. Er folgte ihr und sah Tränen auf ihren Wangen glitzern.

»Es tut so weh«, rief sie. Er erahnte die Worte mehr, als dass er sie hörte. Ihre Finger flatterten zwischen ihrem Knöchel und Lauri hin und her, unentschlossen, ob sie den Schmerz unterdrücken oder sich an ihm festhalten sollte.

Lauri hatte es nicht für möglich gehalten, aber der Sturm wurde noch stärker. Irgendwo krachte etwas Großes zu Boden, und die Tränen der Frau wurden von ihren Wangen gefegt und durch Hagelkörner ersetzt. Sie schrie auf und hob die Hände, als könnte sie das Eis abhalten. Es war ein so mitleidserregender Anblick, dass Lauri nicht mehr länger überlegte, sich vorbeugte und sie hochhob. Sie gab einen überraschten Laut von sich, schlang dann aber beide Arme um seinen Hals und legte den Kopf an seine Schulter. Es erinnerte ihn auf schmerzliche Art an Neve, doch zum Glück fehlten die Vertrautheit und das tiefe Gefühl, mit ihr verbunden zu sein, und so konnte sich Lauri in die Gegenwart zurückreißen.

»Wohnen Sie dort? Longtree?«

»Ja«, stieß sie hervor. Sie zitterte am ganzen Körper.

Lauri drehte sich, als eine neue Windböe eine ganze Wand aus Eis herantrieb, und schirmte die Frau mit seinem Körper ab. Erst dann lief er weiter – und stolperte. Er hatte unterschätzt, wie schwierig es bei diesem Wetter war, jemanden zu tragen und sich gleichzeitig zu orientieren. Jeder Schritt war unsicher, so als lief er nicht durch Schnee, sondern auf Eis. Die Frau klammerte sich fest an seinen Hals und blickte über seine Schulter zurück. Zuerst wollte er sich umdrehen, da er glaubte, dass sich jemand hinter ihnen befand, doch das war Unsinn. Sie war einfach erschöpft. Er stolperte weiter, und mit jedem schwankenden Schritt verfestigte sich ihr Griff. Sie klammerte sich an ihn, als hätte sie Angst, dass er sie fallen ließ. Verständlich, aber anstrengend. Ein Daumen lag direkt auf seinem Adamsapfel und übte einen unangenehmen Druck aus. Er drehte den Kopf und versuchte, ihr zu signalisieren, dass sie ihre Hand zur Seite bewegen sollte. Sie reagierte nicht, wahrscheinlich hatte sie es nicht einmal bemerkt. Er hustete, zog eine Schulter in die Höhe und drückte so ihren Arm ein Stück nach unten. Ihre Hand rutschte herab, und der Druck des Daumens verschwand, dafür krallten sich ihre Finger sofort in seinen Hals. Sie musste wirklich sehr verängstigt sein. Vermutlich hatte sie dort draußen geglaubt, in diesem schrecklichen Sturm sterben zu müssen.

Er verzichtete darauf, sie noch mal darauf hinzuweisen, dass es sinnvoll war, ihren Retter nicht zu erwürgen, und ging weiter. Er war sicher, dass er die richtige Richtung gewählt hatte, auch wenn er den Kopf oft senken und blind weiterlaufen musste.

Der Hagel hatte mittlerweile den Weg unter seine Kleidung gefunden und durchnässte ihn auf unangenehme Weise. Weitere Nässe tropfte von den Haaren der Frau in seinen Kragen. In der Ferne vermischte sich ein Geräusch mit dem Wind: das Heulen eines Wolfs.

Nein, nicht das auch noch.

Das Blut in Lauris Adern verwandelte sich in Eis. Die Frau musste das Tier ebenfalls gehört haben, denn ihre Umarmung wurde noch fester, und sie schmiegte sich eng an Lauri.

Er hustete. »Sie müssen mir schon ein wenig Luft lassen, wenn wir beide lebendig ankommen wollen«, krächzte er.

Sie reagierte nicht, lediglich der Druck wurde stärker. Ihre Hände bildeten einen Ring um seinen Hals, der sich mit jedem Schritt weiter zusammenzog. Lauri lockerte seinen Griff, sodass sie ein gutes Stück herabrutschte. »Hallo? Hören Sie mich?«

Noch immer sah sie ihn nicht an. Mittlerweile bohrten sich ihre Nägel in seine Haut, die zuvor noch gefühllos gewesen war. Der Schraubstock um seine Kehle schloss sich weiter und nahm ihm die Luft. Lauri runzelte die Stirn und ließ die Frau los. Sie fiel, landete sicher auf ihren Füßen und blieb vor ihm stehen. Ihre Hände aber lösten sich keinen Millimeter von ihm, und noch immer weigerte sie sich, ihn anzublicken.

»Hey!« Allmählich wurde er wütend. Energisch griff er nach ihren Handgelenken und wollte sie von sich wegdrücken. Es gelang ihm nicht. Ungläubig versuchte er es noch einmal, doch er hätte ebenso gut darüber nachdenken können, einen Baum mit reiner Körperkraft zu entwurzeln. Die Frau stand regungslos und gab keinen Laut von sich, dafür drückte sie ihm immer mehr die Luft ab.

Panik stieg in Lauri hoch. Er fror stärker, die Kälte kroch von allen Seiten auf ihn zu und hüllte ihn ein: Sie stieg vom Boden auf, sank vom Himmel auf ihn herab und sickerte aus den Händen der Frau direkt in die Poren seiner Haut. Lediglich in seiner Kehle flackerte ein Feuer, das zu heiß war, um noch atmen zu können. Die Gegend verschwamm, dann formten sich grüne Kreise und schwebten einen Tanz, der zu viele Drohungen beinhaltete.

Mit letzter Kraft ließ Lauri los, ballte seine Rechte zur Faust und traf die Frau im Gesicht. Es tat weh, und er war sicher, ihr zumindest die Nase gebrochen zu haben. Aber sie zuckte nicht einmal.

Die Luft wurde allmählich knapp. Die Hitze in Lauris Hals schlug Funken, und er hustete. Seine Beine trugen ihn nicht mehr, oder der Boden unter ihm taumelte, er konnte es nicht genau sagen. Er sackte weg, doch die Hände der Fremden blieben, wo sie waren, und versprachen ihm, dass er seinen Leichtsinn mit dem Leben bezahlen würde. Er hätte niemals losziehen dürfen, nicht nachdem er begriffen hatte, dass hier oben mehr lauerte als Dinge, die er erklären konnte. Ihr Blick war ausdruckslos und ihr Gesicht so weiß, dass es unnatürlich wirkte. Oder? Lauri war nicht mehr sicher, was er sah. Ob er überhaupt etwas sah. Er krümmte sich und blieb doch aufrecht stehen, hustete und schrie und bekam doch keinen Ton heraus. Die Welt tanzte, wie zum Abschied, und er war kein Teil mehr davon.

»Nein! Lass ihn los!«

Plötzlich waren die Worte in seinem Kopf. Wahrscheinlich war er bereits auf dem besten Weg ins Delirium. Halluzinierte man kurz vor dem Tod? Die Stimme kam ihm bekannt vor, ein roter Faden inmitten der zunehmenden Taubheit. Lauri schaffte es, danach zu greifen, und dann ertönte sie noch einmal, sehr ruhig und eindeutig wütend.

»Ich habe gesagt, du sollst ihn loslassen.«

Neve!

Ein Lachen antwortete ihr, dann verschwand der Druck an seiner Kehle und damit sein einziger Halt. Lauri fiel und blieb erst einmal liegen, da er weder Arme noch Beine spürte. Viel wichtiger war die Luft! Er riss den Mund auf und atmete gierig ein. Kälte flutete seinen Hals, brannte und kratzte und ließ ihn husten, so heftig, dass er sich zur Seite drehte und würgte, bis bittere Flüssigkeit von seinen Lippen tropfte. Schläge trafen seinen Hinterkopf, und er begriff, dass die Kapuze herabgerutscht sein musste und er dem Hagel ausgesetzt war. Es war ihm egal, das einzig Wichtige war nun, dass er nicht erstickte. Eine qualvolle Ewigkeit später fand er endlich den Rhythmus zwischen Schlucken und Atmen und tastete nach dem Stoff auf seinem Rücken, um ihn über den Kopf zu ziehen. Ein letztes Mal spuckte er Magensäure in den Schnee. Erst dann wagte er es aufzublicken.

Sie war es wirklich.

Neve stand keine fünf Schritte von ihm entfernt. Der Hagel und selbst der Wind schienen ihr nichts anhaben zu können. Zwar wirbelten ihre Haare durcheinander und legten sich nur auf ihre Schultern, um augenblicklich wieder loszutanzen, doch sie waren weder so durchnässt wie seine noch mit Eis bedeckt wie die der Frau zuvor.

Bei der Erinnerung an die Fremde erschauerte er. Sie stand in seiner Nähe und ließ Neve nicht aus den Augen, fixierte sie wie eine Schlange ihre Beute.

Lauri quälte sich auf die Beine. Er brauchte mehrere Anläufe und fühlte sich, als hätte er ein ganzes Wochenende durchgefeiert, doch schließlich stand er zwar wackelig, aber aufrecht. Die Welt war zu ihm zurückgekehrt, aber seine Knie schlotterten noch immer und seine Zähne schlugen vor Kälte aufeinander. Trotz allem war er einfach nur froh, Neve unversehrt zu sehen, ganz abgesehen von der Tatsache, dass sie ihn vor der Irren gerettet hatte.

Neve blinzelte kurz in seine Richtung und trat auf die Frau zu. »Und jetzt verschwinde«, zischte sie. Es klang ungewohnt bedrohlich für ihre Verhältnisse, doch es funktionierte. Die Frau würdigte weder Neve noch Lauri eines weiteren Blickes, machte auf dem Absatz kehrt und lief los – nein, vielmehr glitt sie durch das Unwetter, als würde sie tanzen. Nach wenigen Schritten drehte sie sich noch einmal um, sah aber nur Lauri an. Selbst über die Entfernung glänzte der Silberschein ihrer Pupillen. Plötzlich wirkte die Fremde nicht mehr so allein und verfroren wie zuvor. Ihr Haar bauschte sich, frei von Schnee und Eis, und bewegte sich viel zu langsam für den scharfen Wind. Es sah vielmehr aus, als würden die Strähnen träge in Wasser schwimmen. Dann zog sie ihre Lippen zurück und öffnete den Mund. Fast glaubte Lauri, scharfe Zähne zu sehen oder etwas anderes, das ihm verriet, es nicht mit einem Menschen zu tun zu haben. Seine Finger fuhren über seinen Hals und berührten die Wunden dort, Mahnmale seiner Gutgläubigkeit.

Die Frau verwandelte sich nicht, sondern lachte. Die Töne hallten trotz des Sturms durch die Luft. Sie klangen nach Vergnügen, aber auch nach Triumph, und etwas schwang in ihnen mit, das Lauri lähmte. Es war ein dunkler Ton, so alt und brutal, dass Lauri wusste, gegen die Frau keine Chance gehabt zu haben. Wäre Neve nicht aufgetaucht, hätte sie ihm die Luft abgedrückt, bis er zusammengebrochen und schließlich gestorben wäre, hier draußen im Schnee, so wie Gideon.

Die Frau verstummte, winkte ihm zu und lief weiter. Sie wurde zu einer Gestalt aus Weiß und Silber und ausgewaschenem Blau, kaum sichtbar im Hagelschauer. Dann war da nichts mehr bis auf eine kaum merkliche Bewegung. Kurz darauf war selbst diese verschwunden und die Frau nur noch eine böse Erinnerung. Lediglich das Lachen hallte noch einmal aus der Ferne auf, wie eine Mahnung, die Lauri nicht verstand und auch nicht verstehen wollte.

Er senkte den Kopf und pflückte sich das Eis aus Haaren und Wimpern. Seine Augen brannten, aber das musste warten.

»Neve.« Zunächst flüsterte er, dann rief er ihren Namen. Er zitterte am ganzen Leib, aber trotzdem war es unglaublich leicht zu lächeln. Es ging ihr gut. Er hatte sie gefunden, und sie hatte diese Frau vertrieben, die kein Mensch gewesen war.

Wenn er gehofft hatte, dieselbe Freude in Neves Gesicht zu finden, so vergeblich. Sie starrte ihn stumm und mit weit aufgerissenen Augen an, als er zu ihr trat und ihre Hände in seine nahm. Dieses Mal versuchte er nicht, ihre Finger zu wärmen. Zwar begriff er nicht, warum ihr die Kälte nichts anhaben konnte, aber er begann, es zu akzeptieren. Er betrachtete das Blau ihrer Augen, ihren Mund, der fast schon ein wenig schmollte vor Verwunderung, und die Runzeln auf ihrer Stirn. Er strich darüber, versuchte sie zu glätten.

»Neve«, murmelte er noch einmal und zog sie in seine Arme. Plötzlich sprudelten die Worte aus ihm hervor. »Ich habe mir Sorgen um dich gemacht. Die Polizei war in Longtree und hat dich gesucht. Man hat Gideon gefunden, tot im Schnee. Ich hatte Angst um dich und davor, dass du auch ... Ich habe dich gesucht.« Seine Stimme wurde leiser, die Worte zu einem Murmeln, das irgendwann keinen Sinn mehr ergab und ihr trotzdem so viel erzählte. Lauri war hellwach und todmüde zugleich – und dankbar. Neve war bei ihm, und es ging ihr gut. Egal, was nun geschah und auf wen oder was sie hier draußen noch trafen, er war bereit. Kurz huschte die Frage durch seinen Kopf, ob Neve die Frau, oder was auch immer es gewesen war, gekannt hatte, doch dann verschwand dieser Gedanke wie ein Feuerfunken, der hier draußen keine Überlebenschancen besaß.

Neve zögerte, dann schlang sie die Arme um seinen Hals und verbarg das Gesicht an seiner Schulter. Er strich ihr über das Haar und stellte fest, dass der Hagel nachgelassen hatte. Selbst das war ihm nun gleichgültig.

»Geht es dir gut?«, fragte er, legte eine Hand an ihre Wange und schon sie behutsam von sich. Ihre Augen glänzten feucht. Er fand Verwunderung und Wachsamkeit darin, doch auch eine Distanz, die er sich nicht erklären konnte. »Neve?« Er hauchte einen Kuss auf ihre Nasenspitze, einen weiteren auf ihre Oberlippe, und sie zuckte zurück.

Lauri runzelte die Stirn. »Was ist los mit dir?«

Sie schüttelte den Kopf und betrachtete ihn von oben bis unten wie einen Fremden.

Lauri ließ die Hände sinken und griff nach ihren Fingern. Sie ließ es geschehen, doch er hätte ebenso gut eine Marionette in seinen Armen halten können.

Dann kam die Erkenntnis so plötzlich, dass er sich am liebsten geohrfeigt hätte. Sie hatte womöglich gar nicht mitbekommen, dass die Polizei ihren Exfreund tot aus dem Schnee gezogen hatte. Er war wirklich der größte Idiot nördlich von Vancouver.

»Du hast davon noch nichts gehört, oder? Von der Sache mit Gideon.« Er starrte auf seine Füße, auf seine Hände, die gegen Neves grob und fast schon brutal aussahen, dann wieder in ihr Gesicht. Noch immer sagte sie nichts. Vielleicht stand sie unter Schock.

»Neve? Es tut mir leid, ich hätte es dir anders beibringen sollen, aber ich war so froh, dich zu finden.« Er beugte sich vor, bis seine Augen auf einer Höhe mit ihren waren. »Sag doch was«, flüsterte er. »Bitte.«

Da war es wieder, dieses Blinzeln, so schnell und hastig, als würde sie nach einer Narkose aufwachen. Kolibriflügel konnten sich nicht schneller bewegen. Lauri berührte behutsam eine helle Augenbraue und zog sie mit der Fingerspitze nach. Dieses Mal blinzelte sie nicht.

»Sie wollte dir etwas tun«, sagte sie und legte ihren Kopf schräg. »Das konnte ich nicht zulassen.«

Lauri ließ ihr keine Zeit, um vor ihm zurückzuweichen, und küsste sie. All seine Liebe lag in der Berührung, doch auch Dankbarkeit, Trost, Erleichterung. Neve leistete kurz Widerstand, doch dann wurde sie weich in seinen Armen und öffnete die Lippen. Die Welt drehte sich einen Wimpernschlag lang so schnell wie niemals zuvor und stand dann still.

21

Seine Lippen, seine Hände, sein heißer Atem auf ihrer Haut – das alles fühlte sich so vertraut an, dass sich Neve in dieses Gefühl hineinschmiegte wie in eine Decke, die sie gegen die Kälte schützte oder sie aufwärmte, nachdem sie von einem langen Spaziergang zurückgekehrt war.

Doch der Kuss, die Wärme ... all diese Bilder waren Erinnerungen, die zwar existierten, die sie aber nicht richtig greifen konnte. Neve wusste, dass sie irgendwann mal nach Hause gekommen war und sich in eine Decke gehüllt hatte, aber an mehr konnte sie sich nicht erinnern. Weder wusste sie, wie besagte Decke ausgesehen hatte, noch wie alt sie damals gewesen war. Selbst an ihr früheres Zuhause konnte sie sich nicht erinnern, und so sehr sie auch grübelte, sie hatte lediglich das Bild eines kleinen Hauses mit einem sehr schiefen Dach vor Augen. Wahrscheinlich stand es in Kanada, denn sie glaubte nicht, dass sie schon einmal über die Landesgrenzen hinaus gereist war. Oder vielleicht doch?

Dasselbe spürte sie, wenn sie an den Mann dachte, der sie gerade so küsste, dass sie am liebsten für immer mit ihm hier stehen geblieben wäre. Er setzte ihre Lippen in Brand und zog eine weitere Flammenspur über ihren Rücken und ihre Schultern, überall dort, wo er sie berührte. Während ihr Geist ihn nicht erkannte, reagierte ihr Körper voll und ganz auf ihn. Ihre

Brüste schmerzten, und das Kribbeln in ihrem Bauch breitete sich in den Unterleib aus. Verzweifelt griff sie in seine dunklen Locken, holte hektisch Luft und küsste ihn erneut.

Sie kannte ihn. Musste ihn kennen, denn er sprach etwas in ihr an, das sie glaubte, verloren zu haben. Sie vertraute ihm voll und ganz, und liebend gern hätte sie seinen Namen gewusst. Es machte sie ein wenig traurig, dass sie sich nicht daran erinnern konnte, denn er bedeutete ihr ... mehr als alles andere. Das, was sie beide verband, war geprägt von Ehrlichkeit und ... Liebe.

Erstaunt atmete Neve auf. Ja, sie liebte diesen Mann mit dem ernsten Blick und den schönsten Lippen, die sie jemals geküsst hatte. Lippen, die nun so nah an ihren bebten, dass es ihr schwerfiel, sie nicht augenblicklich wieder zu berühren. Aber sie wollte sich durch diese Schwärze pflügen, die in ihrem Kopf waberte. Sie musste sich erinnern. Um seinetwillen.

»Was ist los?« Seine Stimme war rau, doch gerade das ließ ihr Herz noch schneller schlagen. Sie spürte, wie sich sein Brustkorb hob und senkte und legte eine Hand darauf. Obwohl sie viele Lagen Stoff von ihm trennten, glaubte sie zu wissen, wie sich seine Haut anfühlte. Sie hätte alles dafür gegeben, die störende Kleidung loszuwerden und ihn ganz spüren zu können, jede noch so verhaltene Regung seines Körpers. Sie wollte ihn streicheln, seine Brust küssen und sich an ihn schmiegen, bis sie nicht mehr wusste, wo seine Haut aufhörte und ihre begann. Doch es war nicht möglich. Er war anders als sie und konnte der Kälte nicht dauerhaft standhalten, denn er gehörte nicht zum Gefolge der Winterherrin. So hartnäckig der Nebel sich in ihrem Kopf festgesetzt hatte – das wusste sie, ebenso wie sie die Höhle kannte, zu der sie zurückkehrten musste.

Neve keuchte, als diese eine Erinnerung sie einer Lawine gleich überrollte. Glasklar. Neve wusste genau, wohin sie gehörte.

Und wer sie war.

Unsicher griff sie nach seinen dunklen Locken und spielte damit. Er runzelte die Stirn, nahm ihre Hand und drückte sie herab, doch nicht, ohne einen Kuss auf ihren Puls zu hauchen. »Warum willst du nicht reden? Hat es etwas mit mir zu tun?«

Nein, das hatte es nicht. Neve kaute auf ihrer Unterlippe und überlegte. Er hatte die Wahrheit verdient, wer auch immer er war. Sie liebte ihn, und das war alles, was zählte.

Sie straffte die Schultern. »Ich bin gestorben«, sagte sie klar und deutlich. Damit war alles gesagt und zwischen ihnen geklärt. Nun würde er nicht mehr versuchen, sie festzuhalten – er musste doch verstehen, dass sie nicht zusammenbleiben konnten? Immerhin gab es niemanden, der sich den Wünschen ihrer Herrin entgegenstellen konnte.

Seine Reaktion überraschte sie. Er sah sie an, lange, und suchte etwas in ihren Augen, von dem sie nicht ahnte, was es war. Unsicher erwiderte sie seinen Blick, versuchte es zumindest, aber schließlich senkte sie den Kopf. Irgendetwas stimmte nicht. In der Luft lag eine Spannung, die zuvor nicht da gewesen war und die sie auch nicht zuordnen konnte. Zunächst glaubte sie, dass es an ihm lag, aber das war es nicht. Sie kam von außen, hatte ihren Ursprung rund um sie herum, und nahm mit jedem weiteren Herzschlag zu. Neve sah sich um, doch sie konnte nichts erkennen. Außer ihnen war niemand hier, und die einzigen Bewegungen waren Schneeflocken.

Eine sanfte Berührung an ihrer Hand riss ihre Aufmerksamkeit von der Umgebung los.

»Ich bringe dich zurück nach Longtree«, sagte der Dunkelhaarige und sah sie an, als wüsste er nicht, was er von der ganzen Sache halten sollte. Oder von ihr. »Wir können auch zu meiner Hütte gehen, wenn es dir lieber ist. Ich verstehe, wenn du deine Ruhe möchtest. Oder Abstand brauchst. Du kannst so lange bleiben, wie du willst.« Er zögerte. »Ich verstehe auch, wenn du allein sein möchtest, und ich werde versuchen, dir Zeit für dich zu lassen. Um nachzudenken. Aber wenn du reden willst, bin ich da.«

Neve nickte wegen der Freundlichkeit in seiner Stimme, dann schüttelte sie den Kopf. Sie wollte zu keiner Hütte, und sie wusste auch nicht, warum er ihr anbot, allein zu sein. Sie wollte nur hier weg. Das Kribbeln in ihrem Nacken war unangenehm und wurde immer stärker. Es versetzte ihren Körper in Aufruhr. Sie spannte ihre Muskeln, bereit loszurennen.

Er wirkte dagegen nicht im Geringsten beunruhigt. Hatte er denn nicht begriffen? Bemerkte er denn nicht, was vor sich ging?

»Etwas ... etwas stimmt nicht«, murmelte sie. »Wir sollten gehen.«

Quälend lang rührte er sich nicht, dann legte er einen Arm um ihre Schulter, zog sie eng an sich und setzte sich in Bewegung. So schön. Neve kuschelte sich in seine Berührung und genoss seine Wärme, die sie seltsamerweise nicht abstieß. Erleichtert atmete sie auf und drängte ihn, schneller zu laufen. Er passte sich ihrem Tempo an, doch schon bald spürte Neve, dass er langsamer wurde. Sie sah sich um, dann wieder ihn an. Es fiel ihr schwer, sich nicht von ihm loszureißen und allein weiterzulaufen – aber dafür war sie nicht hier. Sie wollte ihn retten und vor der Herrin schützen, die keinen Sinn hatte für diese zarten Gefühle und die Unsicherheit, die so viel schöner war als der feinste Eiskristall. Sie interessierte sich nur für sein warmes Leben. Seine Seele, um sie den anderen in ihrem Teich hinzuzufügen.

Plötzlich spürte Neve wieder die Anwesenheit der Frau, die ihn zuvor hatte mit sich nehmen wollen, doch da waren auch noch andere. Sie beobachteten, und Neve wusste nicht, ob sie lediglich Bericht erstatteten oder eingreifen würden. Sie durfte kein Risiko eingehen, also packte sie die Hände des Mannes und zog.

Er rührte sich nicht, war aber eindeutig verwirrt. Plötzlich sah er traurig aus, und Neve ahnte, dass sie der Grund dafür war.

»Bitte rede mit mir«, sagte er leise. »Du kannst mir die Wahrheit sagen, Neve. Ich werde es niemandem verraten.« Ein warmer Hauch kitzelte ihre Wange, und plötzlich traten ihr Tränen in die Augen. Warum weinte sie? Es gab keinen Grund, außerdem hatten sie für so etwas keine Zeit.

»Aber das mache ich doch«, sagte sie in einer Mischung aus Unverständnis und Hoffnungslosigkeit.

Er zögerte. »Ich will dir ja glauben.«

Aber ich kann nicht.

Er musste es nicht sagen, sie hörte es deutlich heraus. Aber warum nicht? Verzweifelt versuchte sie, sich an mehr zu erinnern als an ihr Zuhause, die Höhle. Sie kannte diesen Mann, liebte ihn, obwohl er zu der anderen Welt gehörte, zu der Welt der Lebenden. Wie das möglich war, wusste sie nicht, aber sie dachte auch nicht weiter darüber nach, denn der Nebel in ihrem Kopf machte sie bereits wahnsinnig genug. Vielleicht hätte sie ihm nichts erzählen dürfen, aber sie wünschte sich so sehr, dass nichts zwischen ihnen stand. Sie wollte, dass er ihr glaubte und begriff, woher sie kam und wohin sie gehen würde, nachdem die Gefahr vorbei war. Wie sonst sollte sie ihn retten vor den Wesen, die bereits einen Kreis um sie zogen?

Dieses Mal packte sie seine Hände so fest, dass es ihm wehtun musste, und wünschte sich, sein Name würde ihr einfallen. »Spürst du es nicht? Meine Haut ist viel kälter als deine. Ich gehöre hierher, dies ist meine Welt.« Sie deutete in das Nichts aus Weiß, sah ihn aber weiterhin an. »Aber du ... du gehörst in die andere.«

Als er blinzelte, wusste sie, dass sie die richtigen Worte gewählt hatte. Aber noch sträubte er sich dagegen zu verstehen. Hinter ihm trieb der Wind Schneeflocken zu einer Säule zusammen, die sich zu einer Gestalt formte. Arme hoben sich, die lange Schleppe eines Kleids wehte.

Es war fast zu spät. Neve keuchte auf und lief los, zog den Dunkelhaarigen mit sich. »Schnell! Wir müssen weiter.«

»Neve, sag mir bitte, was los ist.«

»Später!« Nun schrie sie, und ihre Panik gab den Ausschlag: Er wehrte sich nicht mehr, sondern folgte ihr. Zusammen stolperten sie durch den Schnee, und Neve versuchte, ihn dabei zu stützen. Er lebte noch, sein Körper folgte den alten Gesetzmäßigkeiten und war viel unbeholfener als sie.

Aber so sehr er sich auch bemühte, so schnell sie auch vorankamen, die Zeit überholte sie mühelos. Sie hatten die nächste Schneewehe erreicht, als Neve Hufschläge hörte. Im Schnee klangen sie dumpf und wurden zugleich hervorgehoben, da es sonst kaum Geräusche gab.

»Schneller«, stieß sie hervor, ließ ihn los und lief vor ihm, um eine Schneise im Schnee zu erschaffen, der er folgen konnte. Der Reiter kam näher, und nach weiteren Schritten konnte Neve die feinen Glöckchen am Zaumzeug hören.

»Da ist jemand«, stieß der Dunkelhaarige hervor und versuchte, sie an der Schulter festzuhalten.

Lauri. Das war sein Name. Neve wäre fast stehen geblieben, als der Gedanke plötzlich wie ein Sonnenstrahl auftauchte. Aber sie mussten weiterlaufen, und sie klammerte sich an den Buchstaben fest, als hinge ihr Leben davon ab.

Lauri. Lauri und Neve.

Die Hufschläge änderten ihre Richtung – nein, sie kamen nun von vor und hinter ihnen. Sie kreisten sie ein. Neve gab Lauri ein Zeichen und schlug einen Haken nach links, wo es steiler bergab ging, aber der Weg noch frei war. Der Schnee gab nach, auf eine sanfte, behutsame Weise, und half ihnen auf diesem Teilstück ihrer Flucht. Lachen begleitete sie, während sie auf kleinen Lawinen nach unten schlitterten. Es trieb in jeder Schneeflocke heran und brach sich in den abertausend Eisstücken um sie herum, war überall und hatte doch kein Zentrum.

»Was ist das?«, stieß Lauri hervor, als der Boden unter ihren Füßen zum Stillstand kam. Nun versuchte er nicht mehr, stehen zu bleiben. Seine Haare hingen ihm nass in die Augen, fahrig strich er sie zurück.

Neves Lippen zitterten. Sie ahnte die Antwort lediglich, sträubte sich aber, sie auszusprechen, denn damit hätte sie sich zur Verräterin gestempelt. Dies waren ihre Leute, das Gefolge der Winterherrin, und sie waren der wunderschönen Frau treu ergeben. Ihre Belohnung war Freude und Tanz. Neve wollte ein Teil des Ganzen sein, wollte tun, was die Königin über den Winter von ihr verlangte, aber der Wunsch, Lauri in Sicherheit zu wissen, ging tiefer. Es war absurd: Sie musste erst ihre neue Familie betrügen, ehe ihr Herz Ruhe geben würde und sie einen Platz inmitten ihrer Leute finden konnte.

Sie legte einen Finger an die Lippen und lief weiter, weg von den Pferden, dem Gesang und der Musik. Die Trommeln setzten ein und waren viel zu nah. Jeder Schlag trieb Neves Herz in einen schnelleren Rhythmus, bis sie die Schläge nicht mehr voneinander unterscheiden konnte. Bäume zogen an ihnen vorbei, der Himmel wurde grauer und grauer. Neve kam es vor, als liefen sie seit Stunden und wären doch nicht von der Stelle gekommen.

Sie sah die Gestalt erst, als sie zwischen zwei Baumstämmen hervortrat. Es war ein Mann mit kurzem Haar und hohen Stiefeln, sein Umhang flatterte im Wind. Weitere Einzelheiten konnte sie nicht erkennen. Seine Gestalt schimmerte in denselben Farben wie die Umgebung, und als er einen Arm ausstreckte, schickte er einen Wirbelsturm aus Weiß in die Welt. Die Trommelschläge wurden lauter, ebenso die Musik.

Hinter ihnen lachte jemand. Neve fuhr zusammen und wirbelte herum – gerade noch rechtzeitig, um zu sehen, wie eine Frau auf Lauri zuging. Sie war bleich und in ein weißes Kleid gehüllt, ihr langes Haar hing trotz des Winds gerade und still herab. Ihr Gesicht mit den schmalen Lippen war stets nur für einen Augenblick zu erkennen, um dann wieder vom Schnee verhüllt zu werden.

Lauri starrte sie an und rührte sich nicht. Erst, als sie einen Arm hob, wich er zurück. Kein Wunder, wahrscheinlich erinnerte er sich an die andere Frau, die zuvor versucht hatte, ihn umzubringen. Es war gut, dass er misstrauisch war. Er durfte ihnen nicht mehr glauben.

»Lauri!« Er reagierte auf Neves Stimme und schüttelte den Kopf, als wäre er soeben aus einer Art Trance erwacht, wandte sich ihr aber nicht zu. Die Frau lachte noch immer, doch Neve sah für einen flüchtigen Moment den Hass in ihren Augen. Er galt ihr. Sie hatte der Frau soeben die Beute entrissen.

»Ihr bekommt ihn nicht«, murmelte sie und hob den Kopf. Die Musik verstummte, nur um dann umso lauter wieder einzusetzen. Sie kam von überall und zog sich wie ein Eisenband um Neve zusammen. Jeder Ton kroch unter ihre Haut und wisperte ihr zu, dass sie diesen Kampf nicht gewinnen konnte. Die Flöten klangen zu schrill, der Gesang zu bedrohlich und die Trommeln erzählten von einer Jagd, die Lauri nicht überleben würde.

Sie trat neben ihn, und endlich streifte er sie mit einem flüchtigen Blick. Zwei weitere Gestalten tauchten hinter der Frau auf, als Lauris Fingerspitzen ihre berührten. Sie tanzten miteinander, drehten sich zum Takt der Musik im Kreis, ließen Lauri aber nicht aus den Augen. Ihre Gier flackerte heller als alles andere.

»Glaubst du mir jetzt?«, flüsterte Neve, als er neben ihr stand. Sie spürte deutlich, wie nervös er war. Sein Kinn bildete eine harte Linie, während er versuchte, alle Gestalten im Auge zu behalten, die sich ihnen näherten. Für ihn musste das Ganze noch bedrohlicher wirken, denn ihre Haut war noch um vieles bleicher als Neves und beinahe so hell wie ihre Kleidung. In ihren Adern floss kein warmes Blut mehr.

Lauris Atem ging stoßweise. Seine Stirn legte sich in Falten und entspannte sich wieder, und er suchte nach Worten, während die Ader an seiner Schläfe wild pochte. Erst, als Neve über seine Hand strich, floss sein Atem langsamer, doch noch immer so schnell, als hätte er einen Dauerlauf hinter sich.

»Ich weiß es nicht. Ich weiß gar nichts mehr, Neve. Was sind das für Leute? Was wollen sie von uns?«

Seine Zweifel taten ihr weh, und am liebsten hätte sie die Sorgen weggeküsst. Doch ihnen blieb kaum noch Zeit.

»Sie wollen dich. Deine Seele. Sie sind Teil meiner Welt.«

Es schmerzte viel mehr als alles andere, als er seine Hand zurückzog. Neve versuchte nicht, sie wieder einzufangen. Die anderen waren noch näher gekommen. Hundegebell mischte sich in das Hufgetrappel.

Neve sah Lauri so lange an, bis er reagierte. »Bitte glaub mir, dass ich nicht so bin wie sie. Ich will dir helfen. Und deshalb müssen wir los, Lauri. Jetzt sofort!«

Vielleicht war es sein Name, der ihn dazu brachte, ihr letztlich zu vertrauen, vielleicht setzte schlicht sein Fluchtinstinkt ein. Die Gestalten hatten sie nahezu eingekreist. Neve zählte neun, und sie brachten eine Kälte mit sich, der Lauri nicht lange standhalten konnte. Die Schneeflocken in der Luft ballten sich zusammen und schufen eine Mauer zwischen Neve und Lauri, versuchten, sie zu trennen.

Dann schwiegen die Trommeln.

»Lauf!« Neve fasste blind nach seiner Hand. Der Gesang wurde schriller und gellte in ihren Ohren. Sie verzog das Gesicht und rannte. Sie würde Lauri nicht loslassen, um keinen Preis in der Welt.

Der Gesang wurde lauter, und die Mauer aus Schnee zersprang. Ein weißer Wirbel bildete sich rund um Neve und Lauri, so dicht, dass alles andere verschwand. Neve hörte Lauri husten – dann wurde seine Hand aus ihrer gerissen.

»Nein!« Sie drehte sich um und griff blind zu, fasste Schnee, Eis und Leere. »Lauri!«

Sie hörte ihn rufen, aber der Wind verfälschte die Silben, zerrte sie von ihr weg, nur um sie dann aus allen Richtungen auf sie zuzutreiben.

Die nächste Böe riss sie von den Füßen. Ein Knurren ertönte so dicht neben ihr, dass sie erschrocken zur Seite sprang. »Lasst ihn in Ruhe! Er gehört nicht euch, ihr habt kein Anrecht auf ihn!« Blind lief sie weiter. Obwohl sie kaum noch Hoffnung hatte, durfte sie jetzt nicht aufgeben. Ein Schatten tauchte vor ihr auf, und als sie danach griff, schloss sich eine Hand fest um ihre und zog sie in einen Tanz, der zu wild war, um ausbrechen zu können. Neve keuchte und versuchte, sich zu befreien, doch der Mann lachte ihr nur ausgelassen ins Gesicht. Er trug altertümliche Kleidung, seine Rockschöße blähten sich bei jedem neuen Schwung. Sein bleiches Gesicht funkelte vor Vergnügen, und die weißen Haare wehten um seine Schultern.

Neve schrie, schlug und trat auf ihn ein und riss sich schließlich los. Endlich hörte sie ihn. Er rief ihren Namen, aber er klang schwach, viel zu schwach.

Nein! Bitte ...

Sie folgte seiner Stimme und beschwor ihn insgeheim durchzuhalten. Ein Schemen schälte sich vor ihr aus dem Chaos, groß und schwerfällig, dann ging er zu Boden. Neve trat näher und erkannte dunkle Farben in den Wirbeln aus Weiß und Grau.

»Lauri!« Sie stürzte vorwärts und ließ sich neben ihn fallen. Mühsam hob er den Kopf. Ein langer Kratzer zog sich quer über seine Wange, Blut lief in wilden Mustern über seine Haut. Die Lippen waren dunkler als jemals zuvor, und er zitterte.

»Sie sind zu stark«, keuchte er. Sein Atem ging pfeifend. »Wer auch immer das ist, wir haben keine Chance.«

»Nein, das ist nicht wahr.« Neve stand auf und zerrte ihn auf die Beine. Er taumelte, doch mit ihrer Hilfe fand er das Gleichgewicht wieder. »Es gibt immer eine Chance«, sagte sie energischer, als ihr zumute war. »Du darfst nur nicht aufgeben. Sie werden merken, wenn du das tust, und mit mehr Nachdruck angreifen. Wir müssen es nur zurückschaffen, dorthin, wo andere Menschen sind. In ein Haus. Sie werden uns nicht folgen.« Hatte er nicht vorhin Hütten erwähnt?

Hinter ihnen schälten sich zwei Frauen aus dem Inferno.

»Lauri!« Neve reagierte blitzschnell und trat vor sie. »Denk nach! Ich weiß nicht, wo wir langmüssen!«

Er schwieg und starrte die Frauen an, und Neve glaubte zunächst, dass er aufgegeben hatte. Sie hätte ihn beinahe am Kragen gepackt und geschüttelt, doch dann fasste er sie an der Taille und zog sie mit sich. »Hier entlang!«

Seite an Seite kämpften sie sich ihren Weg durch den Sturm und schlugen immer wieder Haken, wenn eine Gestalt vor ihnen auftauchte. Musik und Gesang hatten jede Fröhlichkeit verloren und drohten ihnen. Neve klammerte sich an Lauri fest und stützte ihn zugleich, doch trotzdem wurde er noch einmal aus ihren Armen gerissen. Dieses Mal waren es eine Frau und ein Mann, die so schnell vor ihnen auftauchten, dass Neve nicht mal mehr ans Ausweichen denken konnte. Der Wind änderte seine Richtung und fuhr ihnen abrupt in den Rücken. Lauri stolperte, direkt auf den Mann zu. Zwei dürre Hände, die an Krallen erinnerten, nahmen ihn in Empfang. Der Mann fasste Lauris Schultern und zog.

Neve fluchte und wollte sich zwischen sie werfen, doch der Fremde war zu stark und drückte sie ohne Mühen von sich weg. Das Lächeln auf seinen Lippen war steif und falsch, und das Eisblau seiner Augen flackerte wie ein Versprechen voller Täuschung. Selbst sie spürte die Kälte, die aus seinen Fingerspitzen floss. Obwohl er nur ein dünnes Hemd und eine Leinenhose trug, erschien er ihr gefährlich und unangreifbar. Dann war auf einmal die Frau hinter ihr, umarmte sie und legte in einer kranken Parodie von Freundschaft ihre Wange an Neves Hals.

Lauri röchelte. Seine Augen waren weit aufgerissen, die Lippen zitterten. Neve versuchte, seine Aufmerksamkeit auf sich zu lenken, doch sie wusste nicht, ob er sie noch sah oder ob die Kälte ihn schon zu sehr in ihren Krallen hielt.

Sie griff nach hinten, packte das Haar der Frau und zerrte daran. Die knurrte und wehrte sich, doch Neve ließ nicht los. Schnell drehte sie sich zur Seite und entkam so den bläulich-weißen Fingern. Das Knurren verwandelte sich in ein Kreischen, und dann war Neve auch schon bei dem Mann. Er wandte sich mit einer Verbeugung zu ihr um, als hätte er sie erwartet, und grinste breit. Sie packte seine Hand, und als sie merkte, wie stark er war, senkte sie ihren Kopf und biss hinein. Sie schmeckte nichts, doch eine kühle Flüssigkeit rann in ihre Mundhöhle. Sie bewegte ihren Kopf zur Seite, riss ein Stück Fleisch aus der Hand und spuckte aus.

Der Mann zog sich zurück, lautlos, und hastig beugte sich Neve zu Lauri hinab. Er kniete auf dem Boden. Das Blut auf seiner Wange war gefroren, weiteres klebte an seiner Lippe. Er hatte sie sich blutig gebissen, als er seinen Körper ob der Kälte nicht mehr kontrollieren konnte. Neve konnte nicht anders und stahl sich die Zeit für eine Umarmung. Sie drückte ihre Stirn an Lauris und wäre am liebsten nicht mehr aufgestanden, doch damit hätte sie seinen Tod besiegelt.

»Schnell«, wisperte sie, streichelte zärtlich über seine Wange, sprang dann auf und half ihm auf die Beine. Sie knickten unter ihm weg. Neve schob ihn dennoch vorwärts und nahm in Kauf, dass er bei jedem zweiten Schritt hart auf ihrer Schulter landete, mit der sie ihn stützte. »Bitte«, flüsterte sie. »Bitte geh weiter. Wir müssen uns beeilen.«

Er murmelte etwas, doch Neve konnte ihn nicht verstehen. Es dauerte viel zu lange, bis die Bewegungen sein Blut wieder beschleunigten und seine Schritte geschmeidiger wurden. Neve beobachtete die Gestalten hinter ihnen, ohne Lauri aus den Augen zu lassen. Der Abstand zu ihnen hatte sich nicht verringert. Sie kamen zu langsam voran, ihre Chancen standen schlecht. Lauri hielt den Kopf gesenkt und schien kaum noch etwas von der Umgebung wahrzunehmen. Neve ahnte, was das zu bedeuten hatte: Er war dabei zu erfrieren. Die Berührung des Mannes hatte ihm einen Teil seiner Lebenswärme entzogen. Lange würde er nicht durchhalten, es sei denn, sie konnte ihn außer Reichweite der anderen und an einen warmen Ort bringen. Dort würde sie sich um ihn kümmern und so lange bei ihm bleiben, bis es ihm wieder besser ging. Oder noch länger.

Aber was, wenn sie es nicht schaffte, ihn zu beschützen? Sie waren nur zu zweit, und die anderen … Neve schüttelte den Kopf. Sie wusste nicht einmal, wie viele Anhänger der Winterherrin ihnen auf den Fersen waren. Kristalltränen perlten von ihren Wimpern, während sie das Bild von Lauris Gesicht im Teich der Höhle verdrängte. Eine Erinnerung, aber die falsche. Doch wo eine war, konnten sich weitere finden. Vor Anstrengung kniff sie die Augen zusammen. Bilder tauchten vor ihr auf, so flüchtig, dass sie nicht einmal begriff, was sie dort sah.

Holz, Feuer, hellen Stoff. Einen Weg im Schnee, vielleicht Fahrzeugspuren. So sehr sie sich auch anstrengte, die Bilder wurden nicht eindeutiger.

Es gab nur eine Lösung, nur eine Möglichkeit, um Lauri vor ihren Verfolgern zu schützen. Vielleicht konnte sie etwas verändern, wenn sie argumentierte oder einen Handel einging. Einen Versuch war es wert, und alles war besser, als ihn langsam sterben zu sehen.

Sie musste ihn in das einzige Zuhause bringen, das sie kannte.

22

Lauri hatte es aufgegeben, das alles verstehen zu wollen. Zunächst hatte er noch versucht, richtig von falsch zu trennen, doch dann hatten sich die Geschehnisse überschlagen und er den Moment verpasst, an dem er noch mit Sicherheit hätte sagen können, dass er wach war oder träumte.

Er wusste einfach nicht mehr, was er glauben sollte. Neves seltsames Verhalten, ihre Behauptung, tot zu sein … zuerst hatte er es auf einen Schock geschoben. Doch dann veränderte sich die Welt, angefangen mit dieser seltsamen Musik, bis letztlich die Gestalten auftauchten. Gestalten wie die Frau im Schnee oder auch der stumme Mann in seiner Hütte. Zunächst glaubte er, dass es sich um andere Menschen handelte, doch dann begriff er, dass sie etwas vollkommen anderes waren. Wie auch Neve schienen die Temperaturen ihnen nichts anhaben zu können, aber da war mehr als das. Sie strahlten die Kälte regelrecht aus, so als wären sie ein Teil von ihr. In den wenigen Sekunden – oder hatte es länger gedauert? –, in denen der Mann ihn berührt hatte, war sämtliche Wärme aus seinem Körper verschwunden. Sein Blut stockte, er spürte seine Gliedmaßen nicht mehr, und dann verdunkelte sich die Welt auf eine Art, die ihm Angst machte. Er wusste, dass etwas mit ihm nicht stimmte, aber er fand nicht die Kraft, dagegen anzugehen. Das Nächste, an das er sich erinnerte, war Neve, die ihn von den Wesen und der seltsamen Musik wegzerren wollte, aber zu dem Zeitpunkt war er kaum noch Herr über seinen Körper. Erst allmählich hatte er zurückgefunden, auch wenn er noch immer stolperte und sein Herz sich von Schlag zu Schlag quälte, als würde es bald aufgeben wollen.

Jetzt raste die Welt an ihm vorbei, und er kam mit der Geschwindigkeit nur schwer zurecht. Floss sein Blut so langsam, dass ihm alles andere zu schnell erschien? Lediglich Neves Berührung und ihre leisen, aber hektischen Worte, die ihn zur Eile antrieben, schufen eine Verbindung zur Gegenwart. Er wusste, dass die anderen Wesen noch hinter ihnen waren, er konnte sie hören. Dabei klangen sowohl das Lachen als auch die Musik fröhlich und unbeschwert. Kaum vorzustellen, dass diese ... Gestalten ihm durch ihre bloße Berührung das Leben entziehen konnten.

Lauri musterte Neves Finger, die seine fest umfasst hielten. Sein Körper mochte dem Winter zum Opfer fallen, aber seine Gedanken waren umso lauter. Konnte auch sie es? Ihn töten? Er hatte geahnt, dass etwas anders war an ihr, und ihre Haut war so kalt wie die der anderen. So kalt wie die der Frau, die ihn beinahe erwürgt hatte.

Nein. Das hier war Neve. Er hatte sie zu seiner Hütte getragen, mit ihr zusammen auf dem Sofa gekuschelt und eine Nacht mit ihr verbracht, die zu den schönsten zählte, die er jemals erlebt hatte. Er erinnerte sich an jede Einzelheit. Und dann erinnerte er sich daran, wie krank er sich am nächsten Tag gefühlt hatte. So als säße eine Kälte in seinen Knochen, die sich einfach nicht vertreiben lassen wollte.

Kalt wie Eis oder die Finger der Frau an seinem Hals.

Aber das konnte einfach nicht sein. Durfte nicht. Nicht Neve.

Sie sah ihn an und lächelte ihm aufmunternd zu. Es misslang. Ahnte sie etwa, woran er soeben dachte? Lauri fuhr sich mit dem Handrücken über die Lippen, fühlte nichts dabei und konzentrierte sich auf seinen Atem. Die Wunde an seiner Wange pochte, und er war froh darüber.

»Wohin gehen wir?«, krächzte er. Selbst seine Stimme war wie eingefroren.

Neve lächelte ein wenig breiter, und endlich wirkte es echt. »Ich bringe dich in Sicherheit.« Geistesgegenwärtig griff sie zu, als er in ein Schneeloch sackte, und hielt ihn fest, bis er seinen Rhythmus wiedergefunden hatte. Sie war viel stärker, als sie aussah, fast zu stark. Oder lag es daran, dass sie sich durch den Schnee bewegte, als hätte sie in ihrem ganzen Leben nichts anderes getan?

Allmählich zirkulierte das Blut in seinem Körper wieder schneller, und obwohl es überall neue Schmerzen entfachte, atmete er auf, als die Kälte ihre Klauen zurückzog. Endlich konnte er wieder sehen. Zwar verhinderte das Wetter, dass er klare Sicht erhielt, aber nach und nach konnte er die Form der Landschaft ausmachen. Selbst die Gestalten hinter ihnen waren zurückgefallen und schienen kein Interesse mehr an der Verfolgung zu haben.

»Wir müssen weiter nach links. Longtree liegt nicht in dieser Richtung, Neve.« Allmählich wurde sogar der Schneefall schwächer, und die Gegend sah fast idyllisch aus. Puderzucker und Sternenglanz statt Hölleninferno.

Neves Augenbrauen zogen sich zusammen, sie wirkte verwirrt. Der Name schien ihr nichts zu sagen. Sie musste wirklich unter Schock stehen. Nun war es an Lauri, die Stirn zu runzeln. »Longtree? Die Hütte, die du zusammen mit Gideon bewohnt hast?« Der Name, so hoffte er, würde zu ihr durchdringen. Und wirklich verdüsterte sich ihr Blick.

»Gideon ist tot.« Sie sah wieder nach vorn und lief schneller, Lauris Hand noch immer in ihrer.

Er holte zu ihr auf, doch ihm wurde nicht warm. Zwar spürte er seine Beine und Füße wieder, aber dafür schmerzten nun seine Knochen so sehr, dass er glaubte, nicht mehr lange durchhalten zu können. Es kam ihm vor, als hätte sich die Kälte tief in seinen Körper gefressen, um dort alles zu vernichten. Lauri konzentrierte sich auf Neve. »Ich habe gehört, dass er tot ist, und das tut mir leid.« Er zögerte. »Weißt du mehr darüber?« Die Worte kamen holprig heraus und nicht so, wie er es beabsichtigt hatte, doch nun war es zu spät, sie zurückzunehmen.

Sie reagierte nicht und lieferte ihm damit Antwort genug. Mit trotzig zusammengepressten Lippen ignorierte sie seinen Blick – und bohrte plötzlich beide Füße in den Schnee, sodass sie eine weiße Wolke erzeugte.

»Nein.« Es war nur ein Flüstern, aber es erschreckte Lauri zu Tode.

Er blieb neben ihr stehen. »Was ist los?«

Zur Antwort zeigte sie nach vorn. Etwas bewegte sich auf sie zu, doch obwohl die Sicht viel besser war als zuvor, konnte Lauri es nicht erkennen. Fast kam es ihm so vor, als würden die Umrisse verschwimmen, obwohl die der Umgebung klar blieben. Dann begriff er, dass es Schnee war, der ihn so irritierte. Vor der Gestalt fiel er dichter und schützte sie wie ein Verbündeter vor neugierigen Blicken.

»Was ... ist das?«, murmelte er und versuchte, sich auf die Umrisse zu konzentrieren. Was auch immer da auf ihn zukam, war weit größer als er und bewegte sich ungewohnt, abgehackt und fließend zugleich.

Es war Neve, die als Erste aus ihrer Starre erwachte. Sie fuhr herum und packte Lauri am Kragen. Ihre Fingernägel streiften vor lauter Hast seine Wange und zogen glühende Spuren darüber. Es brannte.

»Du musst hier weg. Lauf, Lauri, ich versuche, sie aufzuhalten.«

»Sie?« Er blinzelte über ihre Schulter zu der unheimlichen Erscheinung und bemerkte weitere. Sie folgten der ersten, bewegten sich in einer Art Formation, und nun erkannte er, dass es sich um Reiter auf Pferden handelte. Dabei hörte er – anders als zuvor – nichts, keinen Hufschlag, kein Schnauben, nicht einmal das Klirren von Geschirr. Hier draußen schienen die Geräusche sich von ihrem Ursprung losgelöst zu haben. Was zusammengehörte, wurde auseinandergerissen.

Es tat weh, Neve bei diesem Gedanken anzusehen. Ihre Augen schimmerten heller als sonst; die Angst spiegelte sich darin. Den Mund hatte sie so fest zusammengepresst, dass ihr Kinn sich kräuselte. Sie wehrte ihn mit einer Handbewegung ab, und als er sich noch immer weigerte, stieß sie ihn von sich.

»Begreifst du nicht? Vor diesen Reitern können wir nicht weglaufen, sie sind viel zu schnell! Wenn ich versuche, sie aufzuhalten, hast du vielleicht eine Chance!«

Lauri fasste ihre Hände. Neve wehrte sich, doch dann begriff sie, dass er nicht nachgeben würde, und hielt still.

»Ich lasse dich hier nicht allein«, sagte Lauri.

Sie stöhnte leise auf, und ihr Gesicht verzog sich vor Qual. »Du verstehst nicht. Sie sind nicht hinter mir her. Es ist das Leben, das sie anlockt.«

Da war es wieder.

Ich bin gestorben.

Lauri sah von Neve zu dem Reiter, der nah genug war, dass er ihn unter normalen Umständen hätte erkennen müssen. Aber er konnte es noch immer nicht. Genauso wenig, wie er Neves Worte akzeptieren konnte. Aber wie viele Beweise brauchte er denn noch?

»Ich … verstehe nicht.«

Neve nickte und schluchzte gleichzeitig. »Doch, das tust du. Vielleicht willst du es nicht akzeptieren, aber du verstehst, was hier vor sich geht. Und dass du dich in Sicherheit bringen musst, weil sonst alles vollkommen umsonst war. Bitte Lauri, geh. Und sieh dich nicht um. Versprich es mir.« Sie stellte sich auf die Zehenspitzen und küsste ihn, so intensiv, dass es nach Abschied schmeckte. Trotzdem schlang Lauri seine Arme um sie und kostete jede Sekunde aus. Vielleicht war es das letzte Mal, dass er Neve sah. Selbst als er aus dem Augenwinkel weitere Bewegungen wahrnahm, fiel es ihm schwer, sich von ihr zu lösen. Aber Neve legte ihre kleinen Hände auf seine Brust und schob ihn sanft von sich.

»Sie werden mir nichts tun. Und ich werde dich finden, egal, wo du unterkommst. Bitte, Lauri. Versprich es mir.«

Die Art, wie sie seinen Namen aussprach, versursachte ihm eine zusätzliche Gänsehaut. Er wusste, dass er tun würde, was sie von ihm verlangte, und zwar, weil sie es sich wünschte. Bei ihren Worten schimmerte Schmerz in ihren Augen, und er wollte ihn beseitigen. Es war egal, ob er sich in Sicherheit brachte oder dass er es mit Dingen zu tun hatte, die weit über das hinausgingen, was er sich erklären konnte.

»Okay«, flüsterte er, streifte ihre Lippen ein letztes Mal und rannte los, so gut er es in seiner Verfassung vermochte. Er drehte sich nicht um, doch er konnte spüren, wie die Reiter sich näherten. Es war wie ein Druck auf seiner Haut, der mit jeder Sekunde unangenehmer wurde. Ein Teil davon war der Stille geschuldet, die sich wie ein Tuch über die Landschaft legte, fast, als hätte die Welt mit Neve und den seltsamen Wesen darin aufgehört zu existieren. Es fiel Lauri schwer, sich nicht umzudrehen, aber er hatte es ihr versprochen – und tief in seinem Inneren wusste er auch, dass er nichts gegen diese Reiter im Schnee ausrichten konnte.

Denen sich Neve nun ganz allein stellte. Er betete, dass sie recht behalten würde. Ihr durfte nichts geschehen.

Er taumelte, als er an einer Wurzel hängen blieb, die sich unter der Schneedecke versteckt hatte, doch es war der Schrei, der ihn stürzen ließ. Er war schrill und dunkel zugleich und schabte über Lauris Nerven wie eine stumpfe Messerklinge – schmerzhaft, aber nicht tödlich. Er kam nicht von Neve. Aber von wem dann? Für einen Mann war er zu grell gewesen, für eine Frau zu tief, und das Grollen darin erinnerte ihn mehr an ein Tier als an einen Menschen.

Lauri rappelte sich wieder auf und rannte, rannte um sein Leben und um ihres, und vor allem rannte er um seinen Verstand. Sein Körper bewegte sich nach einer Weile völlig losgelöst von seinen Gedanken, und Lauri konnte nicht sagen, wie weit er gekommen war oder ob etwas ihn verfolgte. Irgendwann verschwand sogar das leise Stimmchen in seinem Hinterkopf, das ihm zuflüsterte, wie allgegenwärtig der Tod war. Es wurde schriller, als Lauri etwas vor sich bemerkte. Einen dunklen Schatten, niedriger als die Gestalt zuvor. Wolfsgeheul zerriss die Luft.

Lauri stoppte mitten im Lauf. Er hätte nicht gedacht, dass ihm noch kälter werden konnte. Reglos blieb er stehen und bemühte sich, flach und weitgehend lautlos zu atmen. Vielleicht hatten die Tiere ihn noch nicht gewittert? Er musste aufmerksam sein.

Sein Herz machte ihm einen Strich durch die Rechnung und dröhnte in seinen Ohren. Hastig drehte er sich um die eigene Achse, denn er erinnerte sich leider nur zu gut an seine erste Begegnung mit den Tieren. Damals hatten sie ihn eingekesselt, bis ... ja, bis Neve erschienen war. Die Wölfe waren vor ihr zurückgewichen, so als hätten sie Angst gehabt.

Angst vor einer Toten?

Hinter ihm befand sich niemand, nicht einmal die schemenhaften Reiter waren zu sehen. Es schneite gleichmäßig, doch es war ganz und gar nicht idyllisch. Lauri glaubte nicht, dass er diesen Begriff jemals wieder mit einer Winterlandschaft in Verbindung bringen konnte. Er zwang sich, ruhig zu bleiben und die Umgebung nicht aus den Augen zu lassen. Sie begannen zu brennen, doch die Wölfe ließen sich Zeit. Die durch den schnellen Lauf gewonnene Wärme verflog, und noch immer war kein Tier zu sehen. Dafür fühlte Lauri, wie er beobachtet wurde. Die Drecksviecher spielten mit ihm und bereiteten sich darauf vor, im Verbund zu handeln. Zu jagen.

Kalter Schweiß bildete sich auf Lauris Haut. Er lockerte einen Arm, dann den zweiten. Er durfte nicht auskühlen und steif werden, und viel länger durfte er auch nicht stehen bleiben. Ein Tier hatte er weit vor sich gesehen, und es hatte sich nach rechts bewegt. Das bedeutete nicht, dass er auf der anderen Seite freien Weg hatte, aber es war seine beste Option. Egal, wofür er sich entschied, er musste in Bewegung bleiben.

Lauri gab sich einen Ruck und lief weiter, so schnell, wie der Schnee und seine Verfassung es zuließen. Die Reaktion erfolgte augenblicklich: In der Ferne tanzten dunkle Flecken parallel zu ihm.

Die Jagd hatte begonnen.

Lauri wartete auf die Panik, doch sie blieb aus. Wahrscheinlich hatte er in den vergangenen Stunden zu viel gesehen – oder sein Herz war an seine Grenzen gestoßen und konnte einfach nicht mehr schneller schlagen. Ruhig, fast schon analytisch hielt er die Schemen im Blick. Noch beobachteten sie ihn und rückten nicht näher. Fraglich war, was geschehen musste, damit sie angriffen. Er war nicht besonders wild darauf, das herauszufinden.

Vor ihm fiel das Gelände ab. Er ging ein Stück in die Knie und federte so sein Gewicht ab, während er weiterlief, wobei er das Ziehen in den Oberschenkeln ignorierte. Der Weg wurde steiler, und so blieben ihm nur zwei Möglichkeiten: noch langsamer werden oder den Schwung nutzen und rennen, selbst wenn er Gefahr lief zu stürzen. Er sah sich nach Neve um, und als er niemanden hinter sich sah, entschied er sich für die zweite Option. Es ging genau fünf Schritte lang gut, dann spielten Schwung, Tempo und seine durch die Kälte beeinträchtigte Körperbeherrschung gegen ihn. Lauri stolperte, fiel und rollte sich ab. Schnee stob auf, dämpfte aber den Aufprall nur bedingt.

Ein kurzes Bellen begleitete seinen Weg nach unten, dann heulte der Wolf auf. Lauri fluchte, spuckte Schnee und versuchte, wieder auf die Beine zu kommen. Es dauerte zu lange, und als er es endlich schaffte, war es zu spät. Mit fahrigen Bewegungen strich er sich die Haare aus dem Gesicht, doch das machte es nicht besser.

Die Wölfe waren ihm gefolgt. Vielleicht hatten sie den Lärm als Signal zum Angriff gesehen, doch letztlich spielte es keine Rolle. Zwei Tiere hatten die Vorhut übernommen und hielten ihre Köpfe gesenkt. Lauri konnte die breiten Köpfe sowie die ausgeprägten Brustkörbe sehen. Von vorn sahen die Tiere viel kräftiger aus als von der Seite. Eines blieb stehen und zog die Lefzen in die Höhe. Das Knurren hallte durch die Luft und versprach Lauri Dinge, die er nicht wissen wollte.

Dieses Mal würde Neve ihn nicht retten. Nein, er musste allein klarkommen.

Er ignorierte die Schmerzen und rannte los. Seine Unterschenkel pflügten durch den Schnee und fühlten sich bereits nach wenigen Schritten an, als würden sie ihr Gewicht mit jeder Sekunde verdoppeln. Lauri dachte an Neve, daran, dass er ihr versprochen hatte zu laufen, und daran, dass er sie wiedersehen würde. Er musste einfach, sonst hatte das alles hier keinen Sinn.

Der Schatten bewegte sich links, auf einer Höhe mit ihm. Es war nur noch ein Wolf, aber als Lauri zur anderen Seite sah, entdeckte er den zweiten. Sie kesselten ihn ein, und in wenigen Sekunden würden sie ihn in die Zange nehmen und ihm den Weg abschneiden. Er zweifelte nicht daran, dass der Rest des Rudels sich hinter ihm befand.

Lauris Kehle brannte, und es fühlte sich an, als würden die Lungen jeden Augenblick schlappmachen. Die Beine waren um ein Vielfaches schwerer als sonst und zogen ihn nach unten. Jeder Schritt kostete ihn größere Mühe als der vorherige. Lange würde er das nicht mehr durchhalten.

Ein Wolf blieb abrupt stehen und brach die Verfolgung ab. Lauri keuchte vor Erleichterung auf und drehte sich dem anderen Tier zu.

Der Boden unter seinen Füßen brach weg. Wo er eben noch einen Widerstand gespürt hatte, war nun nichts als Luft. Lauri ruderte erschrocken mit den Armen, um das Gleichgewicht wiederzufinden, erst dann begriff er, dass er fiel. Sein Oberkörper kippte nach vorn, und er schrie und streckte die Arme aus. Er berührte Kälte, doch sie zerfetzte ihm lediglich die Haut. Rechts und links von ihm waren Wände aus Schnee, dann wurde es dunkler, und kurz darauf schlug er mit der Schulter zuerst auf dem Boden auf. Durch den Schwung überschlug er sich, die Knochen in seinem Oberarm knackten, dann prallte er hart auf den Rücken und lag still. Er wollte Luft holen, doch irgendetwas blockierte seine Atemwege – zumindest fühlte es sich so an. Lauri krümmte sich zusammen und versuchte, sich auf den Bauch zu drehen, doch selbst die geringste Bewegung verursachte ihm so große Schmerzen, dass ihm übel wurde. Hier unten war es nahezu dunkel, doch weit über ihm strahlte Helligkeit. Ein Umriss schob sich in das Weiß und bewegte sich hin und her, doch der Wolf war nicht so dumm zu springen. Er wartete noch eine Weile, entschied dann wohl, dass seine Beute ein solches Risiko nicht wert war, und zog sich zurück.

Lauri schaffte es, sich auf die Seite zu rollen, und endlich konnte er husten. Wie ein Ertrinkender sog er die Luft ein, immer wieder von Hustenkrämpfen unterbrochen, bis er spuckte. Er wischte sich mit einer Hand über die Lippen und starrte anschließend auf seine Haut, doch sie war noch immer weiß. Verdammtes, elendiges Weiß.

Mit winzigen Bewegungen und unendlich vielen Pausen schaffte er es schließlich, sich auf die Knie zu quälen und seinen Körper abzutasten, so gut es ging. Zwar hatte er kein Gefühl mehr in den Händen, aber immerhin blutete er nicht. Dafür schien es mit jedem Atemzug kälter zu werden. Vor Lauris Mund ballte sich eine milchige Wolke, wenn er ausatmete, und seine Haare strichen steif über seine Stirn, sobald er sich vorbeugte.

Er befand sich in einer Schlucht. Sie war nicht sehr tief, was ihm das Leben gerettet hatte, aber trotzdem konnte er ihr oberes Ende nicht erreichen, ohne zu klettern – was bei den glatten Wänden selbst dann schwierig geworden wäre, wenn er nicht soeben einen Sturz hinter sich gehabt hätte und zudem noch halb erfroren war. Also blieb ihm nur die Möglichkeit, innerhalb der Schlucht weiterzugehen. Mit etwas Glück würde er eine Stelle finden, an der ein Aufstieg möglich war.

Dass es leichter gedacht war als getan, merkte Lauri, nachdem er wenige Schritte vorwärtsgekommen war. Sein gesamter Körper schmerzte, doch das war nichts im Vergleich zu den Explosionen, die durch seinen linken Oberschenkel zogen, wann immer er sein Bein bewegte. Er blieb stehen, bis sich der schlimmste Schmerz gelegt hatte, und versuchte dann, das Bein so wenig wie möglich zu belasten. Er zog es nach, taumelte immer wieder und musste sich an der Eiswand abstützen, doch er kam voran. Schritt für Schritt legte er so zurück, wobei ihm erneut die Kälte zu schaffen machte. Hier unten mussten die Temperaturen um einige Grad niedriger sein als an der Oberfläche.

Die Schlucht war schmal und lag im Dämmerlicht. Ihr Ende war nicht zu sehen und konnte ebenso gut wenige Schritte wie auch endlose Meilen entfernt sein. Trotz der Sichtverhältnisse erkannte Lauri nach einer Weile, dass sich seine Fingernägel verfärbt hatten. Sie waren dunkel, die Farbe hatte die

Ränder und Konturen nachgemalt. Er wusste, was das bedeutete, und versuchte, sie zu bewegen. Es funktionierte nicht. Als er die Arme heben wollte, um die Haut mit seinem Atem zu wärmen, gehorchten sie ihm nicht. Sein Körper gab auf.

»Nein«, krächzte Lauri. Seine Lippen fühlten sich geschwollen und taub zugleich an. Versuchsweise zog er sie auseinander und riss den Mund auf, doch er spürte nichts. Er ließ eine Hand auf einen Oberschenkel fallen, aber auch das merkte er nicht mehr. Sein Körper hatte aufgehört zu zittern und sich in einen Kokon gehüllt, der trügerisch war und für seinen Schutz einen hohen Preis forderte.

Lauri wagte eine kurze Pause und ging weiter.

Obwohl er es nicht für möglich gehalten hatte, sanken die Temperaturen weiter. Er konnte es spüren. Feiner Nebel bildete sich und verschleierte die Sicht. In seiner Mitte schien etwas silbrig zu funkeln, und wenn Lauri die Augen verengte, erkannte er ein blaues Strahlen. Dort musste ein Weg aus der Schlucht führen. Es war nicht mehr weit, er würde es schaffen.

Beim nächsten Schritt stolperte er, ein Stück weiter knickten die Beine unter ihm weg. Lauri landete auf den Knien, sah an sich hinab und begriff nicht so recht, was passiert war. Er schloss die Augen und lehnte den Kopf gegen die Wand. Nur eine Weile ausruhen! Er würde später weitergehen, nachdem er ein bisschen geschlafen hatte. Schlaf war eine gute Idee. Erst jetzt bemerkte er, wie müde er war. Allmählich wurde ihm warm, und er kuschelte sich in die Bilder und Farben, die durch seinen Kopf zogen und ihn an Orte mitnahmen, die schöner waren als der Boden einer Schlucht mitten in Kanada. Über all diesen Formen und Farben lag die Erinnerung an

Neve. In diesem Moment, kurz bevor er in den Schlaf sank, war Lauri glücklich.

Sich stets wiederholende Laute rissen ihn aus den Tiefen zurück, auf die unwirtliche Helligkeit zu, die weit über ihm tobte. Es war eine Stimme, und sie rief etwas. Er wollte demjenigen den Gefallen tun und antworten, aber es fiel ihm unsagbar schwer, sich überhaupt zu bewegen.

»Lauri!«

Neve. Sie hatte es geschafft. Sie war bei ihm! Nun kämpfte sich Lauri doch durch die Schwärze, die plötzlich nicht mehr wohltuend war, sondern sich in einen Sumpf verwandelt hatte und ihn zu ersticken drohte. Er versuchte, sie wegzudrücken, sich einen Weg freizuräumen, doch es funktionierte nicht. Wild schlug er um sich – zumindest glaubte er das, denn er schien jede Verbindung zu seinem Körper verloren zu haben –, bis eine sanfte Berührung seine Verzweiflung milderte.

»Ruhig, ich bin es nur. Ich bin bei dir. Es ist alles gut.« Neves Stimme war sanft. Lauri hielt augenblicklich still und konzentrierte sich darauf, angelte sich an den Worten entlang wie an einem Seil über einen Steg, unter dem ein reißender Fluss tobte. Mal klangen sie klar und deutlich zu ihm durch, dann verwoben sie sich, doch sie rissen nicht ab. Endlich wurde es heller, und er erkannte ein Gesicht, zunächst verschwommen, dann eindeutig Neve. Ihre Lippen bewegten sich, ebenso ihr Arm. Es irritierte Lauri, doch dann dämmerte es ihm, dass sie über sein Gesicht und seine Haare strich. Er spürte nichts. Doch allein dieser kurze Moment hatte so viel von seiner frisch gewonnenen Kraft geraubt, dass er sich erschöpft zurücksinken ließ.

Als er zum zweiten Mal die Augen öffnete, lehnte er mit

dem Rücken an der Wand. Neve hockte neben ihm und lächelte, wenn auch gequält und ohne dieses Funkeln in ihren Augen, das er so liebte. Sie verschmolz mit dem Schnee, und wie in einer Rückblende sah er erneut die seltsamen Reiter, die Wölfe ... und seinen Sturz. Er zuckte zusammen und streckte eine Hand aus, um sich festzuhalten, obwohl er saß, doch sein Körper spielte ihm einen Streich und gaukelte ihm vor, noch mal zu fallen.

Sofort beugte sich Neve über ihn und fing seine Finger ein. »Es ist alles in Ordnung. Sie sind weg.«

Er wusste nicht, ob sie die Wölfe oder die Reiter meinte, aber beides war eine gute Nachricht. »Sind wir noch in der Schlucht?«

»Ja.«

»Wie bist du hier heruntergekommen?«

Sie lächelte verkrampft und legte eine Hand an seine Wange. »Ich bin gefallen, als ich nach dir gesucht habe. Zum Glück scheine ich besser aufgekommen zu sein. Bist du verletzt, kannst du dich bewegen? Oder hast du Schmerzen?«

Fast hätte er bei dem Gedanken aufgelacht, da er sich zum ersten Mal in seinem Leben wünschte, er hätte welche. Alles war besser als dieses gefühllose Etwas, in das sich sein Körper verwandelt hatte.

»Wenn ich das nur wüsste«, murmelte er und beugte sich vor. Immerhin das funktionierte, und auch sonst gehorchte sein Körper ihm wieder besser. Trotzdem spürte er noch immer kaum etwas, abgesehen von dem Stechen Millionen winziger Nadeln in seinen Fingern und Beinen, das nicht ganz zu ihm durchdrang. Er hob eine Hand vor sein Gesicht und betrachtete stirnrunzelnd die bläulich verfärbten Finger.

Neve gab einen Laut von sich, der ihn an ein gequältes Tier erinnerte. Abrupt ließ Lauri den Arm fallen. »Was ist mit dir? Bist du ... haben sie dich ...« Er wusste nicht, was er zuerst fragen sollte, und wenn er ehrlich zu sich selbst war, wusste er nicht einmal, ob er die Antworten wirklich hören wollte. Ob er sie ertragen konnte, oder ob sie nur weitere Verwirrung streuen würden.

Neve legte einen Finger auf seine Lippen und brachte ihn zum Schweigen, dann senkte sie den Kopf. Lauri konnte ihre Verzweiflung so deutlich spüren, dass es fast so sehr an ihm riss wie die Kälte zuvor. Vorsichtig, um sie nicht zu erschrecken, fasste er Neve und zog sie in seine Arme.

»Hey. Hauptsache ist doch, dass wir beide ... es geschafft haben«, sagte er und legte seine Wange auf ihr Haar. Im Gegensatz zu seinem war es trocken und roch frisch. Seine Gedanken wickelten sich beharrlich um das, was er zuerst hatte sagen wollen.

Hauptsache ist doch, dass wir beide am Leben sind.

Waren sie das? Lauri schob die Frage energisch beiseite. Er wollte nun nicht über Dinge nachdenken, die sein Verstand ablehnte, zu denen sein Bauch aber eine komplett andere Meinung hatte.

Neve schmiegte sich kurz an ihn und löste sich dann behutsam. »Wir müssen weiter«, sagte sie und sprach damit das aus, was Lauri nicht hatte hören wollen.

»Ich glaube nicht, dass ich viel weiter komme«, sagte er wahrheitsgemäß. »Es fühlt sich alles so schwer an. Und ich bin so müde, Neve.« Es stimmte. Allein die Vorstellung verursachte ihm Übelkeit.

Zu seiner Bestürzung verzerrte sich ihr Gesicht. »Du erfrierst, wenn du hier sitzen bleibst, Lauri«, schrie sie. »Du kannst doch jetzt nicht aufgeben!«

Er hatte sie noch nie zuvor so wütend gesehen. Oder so stark. Was auch immer ihr Geheimnis war, was die Wahrheit und was nicht, der Winter schien ihr Kraft zu schenken, statt sie ihr zu rauben. Wenn es denn überhaupt möglich war, dann liebte er sie jetzt noch mehr als zuvor.

»Ich gebe nicht auf«, sagte er. »Aber es ist nicht sehr realistisch, hier herauszukommen, wenn ich mich nicht einmal richtig bewegen kann.«

Mit einem Mal wirkte Neve verunsichert. Sie überlegte, sah sich um und schien dann einen Entschluss zu fassen. »Ich weiß, wohin ich dich bringe«, sagte sie leise. »Komm, versuch aufzustehen.«

Lauri gehorchte ihren knappen Anweisungen, verzichtete aber darauf nachzufragen. Neves abweisender Gesichtsausdruck war Antwort genug. Schweigend gingen sie los, wobei er taumelte, als müsste er erst noch lernen, seinen Körper zu beherrschen. Auf einmal erinnerte er sich an einen der letzten Eindrücke, ehe er eingeschlafen war: das silberne und blaue Funkeln, das er in der Schlucht gesehen hatte. Gingen sie etwa dorthin? Er wollte Neve fragen, doch er hatte keinen Atem übrig. Es war schwer genug, ihr Tempo zu halten und gleichzeitig zu versuchen, sie nicht allzu sehr mit seinem Gewicht zu belasten. Außerdem war er mittlerweile davon überzeugt, dass er sich getäuscht hatte, was dieses Licht anging, denn vor ihnen befand sich nichts außer Grau, das dunkler und dunkler wurde.

»Neve, ich ...« Er verstummte, als das Schimmern so schlagartig einsetzte, dass selbst Neve zusammenzuckte. Es funkelte, als hätte jemand den Sternenhimmel in diese Schlucht gesperrt, und wurde stetig heller. In der Mitte verbanden sich die blauen und silbernen Funken zu einem Gleißen. Es ließ Lauri erneut stolpern, dieses Mal vor Überraschung und … ja, Ehrfurcht. Er war nicht sicher, ob das, was vor ihnen lag, wirklich für ihn bestimmt war.

Als Nächstes kehrte die Kälte zurück. Sie rollte als Welle an, umhüllte Lauri und spielte mit seinem Körper wie mit einem Stück Holz, das auf dem Meer trieb. Und sie nahm alles mit sich, an dem er sich jemals hatte festhalten können.

Er ließ Neve los und sackte zu Boden. Kurz prallte er auf die Knie, doch dann drehte er sich und landete auf dem Rücken. Es tat nicht weh, im Gegenteil. Alles geschah wie in Zeitlupe: Der Schnee flirrte zögerlich empor, Neves Haare flogen in die Höhe, als sie sich umdrehte, und ihre Lippen bewegten sich. Lauri hörte nichts, doch er war sicher, dass sie seinen Namen rief. Sie packte seine Schultern und rüttelte daran. In seinen Ohren knisterte Kälte, und er hätte gern eine Hand gehoben, um sie zu vertreiben, doch seine Gelenke waren bereits erstarrt.

Dann aber sah er die Gestalt hinter Neve und wusste, dass er sie warnen musste. Er konzentrierte sich nur noch auf diese Bewegung und schaffte es, den Arm vom Boden zu heben. Mit zitternden Fingern wies er über Neves Schulter, und das Letzte, was er sah, war das Begreifen in ihren Augen.

Und die Angst.

23

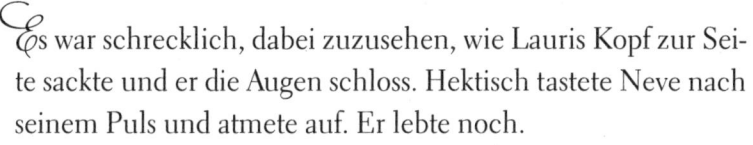

Es war schrecklich, dabei zuzusehen, wie Lauris Kopf zur Seite sackte und er die Augen schloss. Hektisch tastete Neve nach seinem Puls und atmete auf. Er lebte noch.

Erst dann erhob sie sich und wandte sich langsam um. Sie wusste, was er gesehen hatte, ehe er ohnmächtig geworden war. Wen er gesehen hatte. Doch trotz allem hatte sie nicht mit der Wut gerechnet, die ihr aus dem makellosen Gesicht entgegenstrahlte.

Unwillkürlich zog sie den Kopf zwischen die Schultern. Sie hatte die Winterherrin energisch erlebt und vielleicht auch drohend, aber noch nie so offen wütend wie jetzt. Ihre Augen schleuderten dunkle Blitze von sich, wie ein zugefrorener See in der Dämmerung, und sie schien mit jedem Schritt zu wachsen. Ihr Mantel bauschte sich um ihr Kleid und schickte feine Wolken vom Boden empor. Dicke Strähnen hatten sich aus ihrem kunstvoll geflochtenen Zopf gelöst und wirbelten durch die Luft, obwohl kein Wind herrschte. Sie würdigte Lauri keines Blickes.

Zwei Wölfe traten aus dem Schutz ihres Mantels und positionierten sich neben ihr. Es waren große Tiere, eins beinahe schwarz und das andere braun. Ihre Körper bebten vor unterdrückter Kraft. Sie senkten ihre Köpfe, sodass die Schnauzen nahezu den Boden berührten, ließen aber Neve nicht aus den Augen.

Die Winterherrin hob eine Braue, und feine Eiskristalle fielen zu Boden. Neve konnte hören, wie sie auftrafen.

»Ich habe dich nicht für so dumm gehalten, mein Raunachtmädchen«, sagte sie. Ihre Stimme füllte die gesamte Schlucht aus, obwohl sie nicht besonders laut war. Dafür klang sie so drohend, dass Neve instinktiv einen Schritt zur Seite trat, um den Blick auf Lauri zu versperren.

»Ich habe nichts getan«, flüsterte sie.

»Du wolltest einen Sterblichen zu mir bringen. In das Herz meines Reichs! Dir muss klar sein, dass ich das nicht zulassen werde. Ganz zu schweigen davon, wie sehr du mich enttäuscht hast.«

Der letzte Satz tat erstaunlich weh, und Neve versuchte, das Echo zu ignorieren, das in ihren Ohren widerhallte. »Es geht ihm schlecht«, stotterte sie. »Er erfriert, wenn ich ihn nicht dorthin bringe, wo ...« Sie brach ab und runzelte die Stirn, während sie nach den passenden Worten suchte. Etwas stimmte nicht an der Logik, der sie gefolgt war, um Lauris Leben zu retten. Es gab einen Haken, aber warum sah sie ihn nicht?

Kühle Finger hoben ihr Kinn an. »Wohin wolltest du ihn bringen, Liebes?« Die Stimme klang nun süß, nur noch wenig Wut sickerte zwischen den Silben hervor.

»Nach Hause«, flüsterte Neve. »Er stirbt doch sonst.«

Schneeblumen bildeten sich an der Schleppe des Kleides der Winterherrin, als diese ihre Arme hob. »Nun, genau das soll er ja auch.« Wind kam auf, und die Welt begann sich zu drehen. Neve wich zurück, schloss die Augen, ließ sich neben Lauri fallen und schützte seinen Körper mit ihrem. Sie hatte einen schweren Fehler begangen – sie hätte ihn niemals hierherbringen dürfen.

Die Böen rissen an ihren Haaren, bis ihre Kopfhaut brannte, und Eisstücke schabten über ihr Gesicht. Schläge prasselten auf ihre Hände und ihren Kopf ein. Irgendwo brachen Äste und trafen am Boden auf. Neve wagte nicht einmal zu schreien. Sie fühlte sich, als wäre sie in einen Wirbelsturm geraten, der mit unverhohlener Wut an ihr riss und versuchte, sie von Lauri wegzuzerren. Sie klammerte sich an ihm fest, und nun schrie sie doch.

Das Geheul der Wölfe antwortete ihr, dann war von einem Moment auf den anderen alles vorbei. Das Reißen an ihrer Kleidung und den Haaren verschwand. Neve öffnete ihre Augen und sah sich einer glitzernden Fläche gegenüber, auf der Lichter umhersprangen, aufleuchteten und wieder verlöschten. Wärme schlug ihr entgegen, aber von einer angenehmen Art, die sie nicht quälte. Ihr Atem ging tief und ruhig, und am liebsten hätte sie sich in dieses Gefühl gekuschelt, das ihren gesamten Körper dazu brachte, sich zu entspannen. Sie waren noch immer in der Schlucht, aber sie hatte sich verändert: Der Boden war bedeckt von Schneewehen und gebrochenen Ästen, und die Wände strahlten in diesem Licht, das bis in Neves Seele drang.

Mit einem leisen Schrei fuhr sie herum: Lauri lag neben ihr, blass und halb erfroren, aber noch immer lebendig. Seine Brust hob und senkte sich deutlich. Kleine Rinnsale flossen aus seinen Haaren.

»Lauri«, flüsterte Neve und kroch zu ihm hinüber. Sie berührte seine Schläfe, seine Augenbrauen und die dunklen Stoppeln an Wangen und Kinn. Eine tiefe Sehnsucht riss an ihr, und sie wünschte sich so sehr, dass er die Augen aufschlagen und sie umarmen würde. Sie hatte alles versuchen wollen, um ihn zu schützen, und sich doch für den falschen Weg entschieden. Aber was hätte sie sonst tun sollen? Sie kannte nur einen Platz auf der Welt, der ihr Sicherheit und Schutz bot, und sie hatte nicht bedacht, welche Gefahr hier auf ihn lauerte.

Nicht bedacht – oder vergessen?

»Bitte wach auf«, hauchte sie. Er war so kalt. Neve rieb seine Hände, dann seine Arme und Schultern. Schließlich küsste sie ihn, zärtlich und so lange, bis ihre Hoffnung zu schwinden begann. Ihre Lippen huschten über seine Mundwinkel und seine Wange, dann noch vorsichtiger über seine Lider. Er reagierte nicht.

Mit aller Kraft versuchte Neve, ihre Tränen zurückzuhalten. Obwohl sie wusste, dass es nichts brachte, streichelte sie noch immer sein Gesicht, rastlos und auf der Suche nach einem Zauber, der einfach existieren musste. Allein, weil Lauri selbst ein Zauber war. Er hatte ihr Leben verändert, als es schon keins mehr gewesen war, und ihr die schönsten Stunden geschenkt, nachdem sie sich bereits von dieser Welt verabschiedet hatte.

»Du hättest zugelassen, dass er dies alles sieht«, schmiegte sich die Stimme der Winterherrin in ihren Nacken. Sie klang nun wieder so sanft wie bei ihrer ersten Begegnung. »Unsere Leute. Mich. Du wusstest, dass nichts davon für ihn bestimmt ist.«

Neves Kehle wurde eng, und sie schluckte mehrmals, um die Tränen zu unterdrücken. Die Worte machten sie unsagbar traurig, und endlich, endlich sah sie wieder klar. Die Einzelteile in ihrem Kopf fügten sich zu einem Gesamtbild. Sie wusste, dass sie die Frau beinahe verraten hätte, und sie schämte sich dafür. Doch sie würde immer wieder gleich handeln, wenn sie Lauri dadurch retten konnte. Selbst wenn es bedeutete, bis in alle Ewigkeit heimatlos durch den Winter zu streifen.

»Ich hatte keine Wahl.« Sie nahm all ihren Mut zusammen und stand langsam auf. »Bitte hilf ihm. Er gehört nicht zu uns. Er lebt doch noch. Ich flehe dich an, tu etwas, damit es ihm wieder besser geht. Danach werde ich dir folgen und mich niemals wieder gegen dein Wort stellen, das schwöre ich.«

Lange rührte sich die Winterherrin nicht, und Neve kämpfte in jeder Sekunde darum, ihre mühsam gefundene Stärke aufrechtzuerhalten. Im hinteren Teil der Schlucht hörte sie die Wölfe hecheln.

Endlich bewegte sich die Winterherrin. »Du weißt, dass ich das nicht zulassen kann. Und du weißt auch, was zu tun ist.« Sie lächelte voller Mitgefühl. »Und nun geh zur Seite, Kleines. Es wird schnell gehen, und er wird es nicht einmal merken.«

Neve starrte sie an und wartete darauf, dass sie noch etwas sagte, doch vergeblich. Was auch immer sie vorhatte – sie durfte es nicht zulassen. Doch wie lange konnte sie noch hier stehen und sich gegen die Frau stellen, die sie so sehr liebte, dass es ihr das Herz zerriss? Sie schwankte und glaubte zu fallen.

Das Geräusch hinter ihr erdete sie binnen eines Augenblicks. Ein Flüstern, vier Buchstaben nur. Ihr Name.

Sie schluchzte auf und war bei Lauri, ehe er noch etwas sagen konnte. Nun rannen die Tränen unaufhaltsam über ihr Gesicht, und es störte sie nicht mal. Er lebte! Und nicht nur das, es ging ihm besser. Seine Lippen hatten wieder ihre normale Farbe angenommen, und selbst auf seinen Wangen zeigte sich eine so feine Röte, dass Neve Angst hatte, sie könnte verschwinden, wenn auch nur eine Schneeflocke darauf traf. Oder wenn sie zu lange in seiner Nähe blieb ... oder wenn die Winterherrin ihn berührte.

Er blinzelte verwirrt, dann streckte er eine Hand aus und wischte mit dem Daumen die Tränen von Neves Wange. »Warum weinst du?«

Sie versuchte zu lächeln, aber es gelang ihr nicht.

Weil ich dich liebe und nicht bei dir sein kann. Aber viel schlimmer noch: Weil ich dich nicht retten kann.

Lauri strich ihr eine Haarsträhne hinter das Ohr. Er brauchte mehrere Anläufe, so sehr strengte es ihn an, den Arm zu heben. »Ich habe keine Ahnung, wo ich bin oder was passiert ist. Aber du bist hier, also kann es gar nicht so schlimm sein.« Erst dann bemerkte er die Winterherrin. Seine Augen wurden groß, er spannte die Beine an und schob sich zurück.

Neve wusste genau, wie er sich fühlte. Er sah soeben die schönste Frau der Welt, doch etwas an ihr machte ihm Angst – eine Aura, die so fremd war, dass er sie nicht einordnen konnte. Anders als Neve lebte er noch, und daher fühlte er nicht den Wunsch, in ihrer Nähe zu sein.

»Wer ist das?«

Etwas in Neve weigerte sich, ihm zu antworten. Die Distanz zwischen seiner und ihrer Welt war bereits zu sehr geschrumpft und würde es weiter tun, je mehr er erfuhr. Also lächelte sie ihn lediglich an und griff nach einem Ast in der Nähe. »Hier.« Sie drückte ihn Lauri in die Hand. »Versuch, ob du aufstehen kannst.« Die Anstrengung würde ihn ablenken. Ihre Worte klangen leicht und sorglos, doch sie sah ihm so eindringlich in die Augen, dass er einfach verstehen musste. Und wirklich stutzte er kurz und blinzelte, war aber so schlau, weder Misstrauen zu zeigen noch die Winterherrin direkt anzusehen. Seine Arme zitterten, als er sich in die Höhe zog, doch kurz darauf stand er aufrecht. In seinen Augen lagen all die Fragen, die er nicht laut auszusprechen wagte, und er vermied es, noch einmal über Neves Schulter zu blicken. Nichts in dieser Schlucht musste für ihn einen Sinn ergeben, doch er schwieg, weil sie ihn darum gebeten hatte.

Neve trat zu ihm. Ein warmes Gefühl flutete durch ihren Bauch. Niemals zuvor hatte sie gewusst, dass man sich auch ohne Worte verständigen konnte, doch leider gab es Dinge, die ausgesprochen werden mussten. Um sicherzugehen. Ihr Herz machte einen Satz, als sie sich hastig vorbeugte und ihn so intensiv küsste, dass er taumelte. Dass es womöglich das letzte Mal war, dass sie ihn berührte, zerriss sie beinahe. Sie bewegte ihr Gesicht eine Winzigkeit. »Du darfst ihr nicht trauen«, wisperte sie.

Er erschauerte, schwieg jedoch noch immer und legte eine Hand auf ihre.

Es ist in Ordnung, sagte sein Blick. *Ich bin bei dir. Und ich werde es immer sein.*

Sie nickte ihm zu, richtete sich auf und drehte sich um. Noch war sie nicht sicher, dass sie über genügend Kraft verfügte für das, was sie vorhatte.

Die Winterherrin hatte sich nicht vom Fleck gerührt. Ein Lächeln lag auf ihren Lippen, voller Verständnis und Anteilnahme, wie das einer guten Freundin oder einer Schwester. Nur wollte keine Freundin der Welt den Tod des Mannes, dem man sein Herz geschenkt hatte. Neve konzentrierte sich auf Lauri. Wenn sie schon nicht für sich selbst stark war, dann immerhin für ihn.

Es funktionierte. Auf einmal wurde das, was zuvor in ihrem Inneren getobt hatte, vollkommen ruhig. Sie war nicht allein, und egal, wie das hier ausging – Lauri stand an ihrer Seite.

Ihr Blick traf auf den der Winterherrin, und fast glaubte Neve, in der Ferne Eiszapfen klirren zu hören. »Du bekommst ihn nicht.«

Zunächst reagierte die Frau nicht, sondern sah von Neve zu Lauri. Unendlich langsam schmolz das Lächeln auf ihren Lippen, verlor an Güte und schließlich sogar an Menschlichkeit. Die Luft wurde kälter, erste Schneeflocken wirbelten empor. Ein Knistern zog durch die Schlucht, und Neve sah, wie eine Eisschicht über die Wände kroch und sie schließlich komplett bedeckte. Ihr Atem schickte weiße Wolken in die Luft, und hinter ihr keuchte Lauri auf.

Selbst das Licht zog sich zurück, und als Neve den Kopf hob, begriff sie, dass sich das Eis über ihnen geschlossen hatte. Das einzige Licht strahlte nun von den Wänden, und in dem fahlen Blau tanzten die Schneeflocken wie kranke Imitationen ihrer selbst. Immer schneller drehten sie sich und entfachten einen stetig wachsenden Sturm, bis selbst Neve der Atem wegblieb. Ihr Haar flatterte, und sie musste sich nach vorn lehnen, um dem Wirbel nicht nachzugeben.

Inmitten des Infernos stand die Winterherrin unberührt. Ihr Kleid hing reglos herab, ebenso die Strähnen, die sich aus ihrem Zopf gelöst hatten. Sie war noch immer schön, doch jetzt lagen die Schatten der Nacht in ihren Augen. Neve schluckte hart, als sie spürte, wie sie von ihnen eingehüllt wurde. Doch sie rührte sich nicht.

Du bekommst ihn nicht.

Wie ein Mantra wiederholte sie den Satz in Gedanken, bis sich die Lippen der Winterherrin vor Spott verzogen.

»Du bist mutig, Kind der Raunächte«, sagte sie. Ihre Stimme übertönte das Rauschen in der Luft mühelos und hallte von den Wänden der Höhle wider. »Aber vor allem undankbar. Ich habe dir ein Zuhause gegeben. Auf dich wartet ein Platz an meiner Seite. Aber du weigerst dich, mir dafür einen kleinen Gefallen zu tun?«

Jedes Wort traf Neve wie ein Messerstich. Es wäre so leicht, einfach zur Seite zu treten, die Augen zu schließen und zu vergessen. Irgendwann würde sie genau das tun, so wie sie alles andere vergessen hatte. Lauri würde in den Nebeln verschwinden, die ihre Gedanken zur Ruhe geschickt hatten, und wenn es so weit war, gab es nichts mehr, was sie an diesen Ort band. Oder an einen anderen. Sie würde frei sein und konnte tun und lassen, was sie wollte. Singen und tanzen, lachen und durch die Wälder dieser Welt streifen. War es nicht das, was sie sich sehnlichst wünschte?

Ja. Nein. Sie wollte es so sehr, aber noch mehr wollte sie, dass Lauri glücklich war.

»Das stimmt nicht. Ich bin dankbar«, rief sie und fragte sich, ob die Winterherrin sie überhaupt hörte. »Und ich würde alles tun, um es zu beweisen. Aber nicht er. Nicht er!« Die letzten Worte schrie sie. Der Wind wurde stärker und drängte sie zurück an die Wand. Blind tastete Neve nach Lauris Hand. Obwohl die Umgebung weiß und dahinter nur noch Schemen waren, sah sie die Winterherrin hoch aufgerichtet über ihr stehen. Sie schien größer als jemals zuvor, und ihr Gesicht hatte sich vor Hass verzerrt. Die Lippen waren nur noch ein schmaler, dunkler Strich, und die tief in den Höhlen liegenden Augen hatten jedwede Farbe verloren.

Dann legte sie den Kopf in den Nacken und schrie. Es klang nicht wie eine Frau, nicht einmal wie ein Lebewesen. Es war ein einziger schriller Ton und zugleich viele Stimmen auf einmal, und sie waren überall, im Eis, der Luft und in jedem Winkel von Neves Körper.

Sie riss ihre Hände aus Lauris und presste sie auf die Ohren. Beim nächsten Schrei sank sie in die Knie und zog den Kopf ein. Trotzdem bemerkte sie die Bewegungen: Schemen, die sich ihnen näherten. Trommelschläge mischten sich in den Sturm und peitschten ihn noch mehr an, fanden den Weg bis zu Neves Herz und rissen daran. Wieder hörte sie das Gelächter, doch nun war keine Fröhlichkeit mehr darin. Sie rutschte auf Knien zurück, obwohl das Eis unter ihr plötzlich scharf und voller Kanten war und ihr die Kleidung aufriss. Sie musste Lauri finden.

Er hatte sich nicht vom Fleck gerührt und zitterte so stark, dass seine Hand immer wieder gegen Neves Hüfte schlug. Seine Finger waren gekrümmt, aber auch so kalt, dass sich Neve nicht traute, sie zu bewegen. So legte sie nur vorsichtig ihre darum und schloss die Augen. Das Grollen des Winds wurde zu einem Pfeifen, dann zu einem Kreischen.

Mit einem Schlag herrschte Ruhe.

Neve riss ihre Augen wieder auf. Die Wände aus Stein waren noch immer da, doch die Schlucht hatte sich verändert. Genau genommen befanden sie sich nicht mehr in der Schlucht. Eine dumpfe Vorahnung kroch Neves Rücken entlang. Vor ihnen lag der Teich mit der Oberfläche aus Eis. Schatten drängten sich darunter, so als ob die gefangenen Seelen versuchten, ihre Aufmerksamkeit zu erregen. Als würden sie Hilfe suchen. Mit einem Schaudern wandte Neve sich ab und stand langsam auf. Lauri folgte ihrem Beispiel und stützte sich dabei auf den Stock, den er noch immer in den Händen hielt.

Sie waren wirklich in der Höhle. Erst jetzt bemerkte sie, dass er noch ihre Hand hielt. Er starrte an die Steindecke, das Licht spiegelte sich in seinen Augen. Er wirkte erleichtert und auf keinen Fall verängstigt. Natürlich, er ließ sich täuschen, so wie es jeder bei diesem Anblick tun würde. Energisch zog sie ihn näher zu sich und runzelte die Stirn, als er sie endlich ansah. Er durfte dem Zauber der Höhle nicht verfallen. Es war schlimm genug, dass sie sich geirrt und geglaubt hatte, dass er hier in Sicherheit sein würde, denn das genaue Gegenteil war der Fall. Nirgendwo war er so sehr Beute wie hier. Ein unsichtbares Gewicht drückte auf ihren Brustkorb, und plötzlich glaubte sie, nicht mehr lange atmen zu können.

Lass dich nicht täuschen. Das hier ist kein Ort für dich.

Sie hoffte so sehr, dass er verstand.

Lauri berührte ihre Wange, dann sah er plötzlich auf.

Die beiden Wölfe waren nur noch wenige Armlängen entfernt und sahen entspannt und weniger angriffslustig aus als zuvor. Die größere Gefahr ging von der Winterherrin aus, die hinter ihnen stand. Sie hob eine Hand, und der Stoff ihres Kleids bewegte sich wie Wasser, das in Aufruhr versetzt worden war. »Lauri.« Sie lächelte. »Komm bitte zu mir.«

Neve glaubte zu zerspringen, als er sich wirklich in Bewegung setzte. Hastig verstellte sie ihm den Weg und schlug ihm die flachen Hände fest vor die Brust. »Nein! Bist du wahnsinnig?« Sie senkte ihre Stimme. »Ich habe dir doch gesagt, du kannst ihr nicht trauen.«

Er nickte fast automatisch, dann erst schien er sie zu erkennen. Seine Augen wirkten trüb. Die Macht der Winterherrin war hier, in der Höhle, um ein Vielfaches größer als sonst. Neve wandte Lauri den Rücken zu und achtete darauf, dass sie zwischen ihm und der Frau stand. Sie betrachtete den bestickten Saum des edlen Stoffs sowie den Fellbesatz des Umhangs, um ihren Mut nicht zu verlieren.

»Kleine Neve.«

Die Stimme klang so süß und vertraut, dass sie fast aufgegeben hätte. Schon setzte sie einen Schritt nach vorn, riss sich aber mit einem zornigen Kopfschütteln wieder zurück.

»Nein«, flüsterte sie. Lauter zu sprechen wagte sie nicht, und sie konnte es auch nicht. Ihr fehlte die Kraft, und so sehr sie auch bereit war, für Lauri zu kämpfen, so durcheinander war sie nun. Da war die Scham, die Winterherrin hintergangen zu haben, da war die Liebe zu Lauri, die etwas in ihr entfacht hatte, das zu groß war, um ihm einen Namen zu geben, aber da waren auch die Verzweiflung und das Wissen, an dieser Stelle nicht mehr weiterzukommen. Alles, was sie jetzt noch tun konnte, war verlieren. Lauri. Sich selbst. Die Welt.

Neve sah auf ihre Füße und versuchte sich vorzustellen, wie sie fest auf dem Boden standen. Eine winzige Lücke entstand zwischen ihren Gedanken, ein kurzer Moment der Pause, doch er genügte. Plötzlich wusste sie, was sie tun musste.

Entschlossen hob sie den Kopf. »Ich bitte dich noch einmal, ihn gehen zu lassen«, sagte sie ruhig und mit fester Stimme. »Nach einer Weile wird er vergessen, was hier geschehen ist, nicht wahr? Du kannst ihn vergessen lassen, so wie du es bei mir getan hast.«

Die Frau hob die Mundwinkel, lächelte aber nicht. Sie griff in einen Ärmel und zog etwas heraus: einen Anhänger in Tropfenform. Hell wie Sternenlicht drehte er sich in ihren Fingern und brach das Licht der Höhlenwände.

»Deine Erinnerungen sind hier«, sagte sie. »Ich gebe sie dir zurück, wenn du das willst.« Der Kristall funkelte verheißungsvoll. Neve konnte den Blick nicht von ihm abwenden. Sie fragte sich, was er alles beherbergte. Wie ihre Erinnerungen aussahen, und wer sie früher gewesen war. Mit einem kaum merklichen Lächeln trat sie zurück, noch enger an Lauri heran. Sie hatte nicht alles verloren. Sie erinnerte sich an das, was sie und ihn verband, und das genügte ihr.

»Ich tausche ihn gegen Lauris Leben.«

Die Alabasterstirn der Winterherrin verzog sich. »Ich werde dieser Forderungen müde. Du kannst den Lauf der Dinge nicht ändern.«

»Aber das ist er nicht, oder? Der natürliche Lauf der Dinge«, sagte Neve und nahm all ihren Mut zusammen. »Ich lasse es nicht zu.«

Das Kräuseln der Stirn sprang auf die Lippen über. »Du glaubst wirklich, du könntest etwas gegen mich ausrichten? Hier, in meinem Reich?«

Nach ihren Worten war es so still, dass Neve das Eis singen hörte. Einen besseren Moment würde es nicht geben.

Sie drehte sich um, riss Lauri den geborstenen Ast aus den Händen und rannte auf den See zu. Die Wölfe knurrten, doch ehe jemand sich bewegen konnte, krachte das Holz auf die Eisschicht.

Die Winterherrin schrie auf. Wieder klang es, als wären es viele Stimmen gleichzeitig, und sie alle füllten die Höhle mit einer solchen Macht, dass Neve zurückzuckte. Sie sah, wie Lauri zusammenbrach, die Hände an die Ohren gepresst. Zwischen seinen Fingern quoll Blut hervor.

Ihr blieb nicht mehr viel Zeit. Genau genommen blieb ihr überhaupt keine mehr. Sie holte noch einmal aus und warf sich mitsamt dem Holz nach vorn.

Ein Wirbel aus Eisstücken baute sich als Wand vor ihr auf und kam ihr mit rasender Geschwindigkeit entgegen. Kristalle trafen ihr Gesicht, den Hals und die Hände. Sie hob die Arme, um zumindest ihre Augen zu schützen, und bemerkte, wie ein Riss im Eis des Teichs entstand und sich ausbreitete. Sie schmeckte Blut, als sie vor Triumph zu lachen begann. Ihre Stimme ging im Wüten des Sturms unter. Das Letzte, was sie sah, war Lauri.

24

Zum ersten Mal, seitdem er in diese verdammten Ereignisse hineingeraten war, war Lauri dankbar für den Sturm, auch wenn er messerscharfe Eisbrocken durch die Luft schickte. Die Spannung zuvor war so gegenwärtig gewesen, dass er sie trotz der Taubheit in seinen Gliedern hatte spüren können. Sie hatte ihm Angst gemacht, so sehr, dass er kaum gewagt hatte zu atmen.

Es war die Frau. Er hatte niemals zuvor etwas so Schönes und zugleich etwas so Grausames gesehen. All die Dinge, die in den vergangenen Tagen geschehen waren und die er sich nicht hatte erklären können, liefen hier zusammen, in dieser Höhle, und woben ein Netz, in dem er zappelte und sich immer weiter selbst strangulierte. Er wusste nicht, wie er hergekommen war, aber er hatte aufgegeben, nach Antworten zu suchen. Das musste er auch nicht mehr. Auch wenn er es kaum begreifen konnte, so ahnte er doch, dass die Antwort auf alles direkt vor ihm stand.

Und sie war außer sich vor Wut.

Noch immer glaubte er ihren Schrei zu hören. Eisstücke trafen auf die Höhlenwände, prallten ab und wurden zu gefährlichen Geschossen. Die Wölfe waren verschwunden und hatten ihn und die Frau aus Winter, Stolz und Gier zurückgelassen. Und Neve.

Sie stand vor einer Eisfläche und schlug wie von Sinnen mit dem Ast darauf ein. Selbst jetzt, wo der Schnee ihm einen Teil seiner Sicht nahm, konnte Lauri sehen, dass sie lächelte. Sie sah nicht glücklich dabei aus, und trotzdem stellte er sich vor, wie es klingen würde, wenn es sich in ein Lachen verwandeln würde. Plötzlich war es gar nicht mal so schwer, sich zu bewegen. Es irritierte ihn nur flüchtig, dass er seinen Körper nicht spürte. Immerhin wurde ihm warm, beinahe heiß.

Er hielt sich an der Wand fest, da er das Gefühl nicht loswurde, auf rohen Eiern zu laufen. Ein weiterer Schrei gellte durch die Luft, dieses Mal eindeutig menschlich.

Neve.

Zwei fahle Gestalten waren hinter ihr aufgetaucht und streckten die Arme nach ihr aus. Finger, so dünn und bleich wie die von Toten, näherten sich ihrem Hals und ihren Handgelenken. Dünner Stoff flatterte im Sturm. Das mussten die Wesen sein, die sie dort draußen verfolgt hatten. Lauri versuchte, mehr zu erkennen. War das die Frau, die er im Schnee gefunden und zuerst für Neve gehalten hatte?

Als hätte sie seine Gedanken gelesen, wandte sie sich ihm zu, doch ihr Gesicht war nur eine glatte Fläche ohne Augen oder Nase. Lediglich ein schwarzes Loch saß dort, wo sich der Mund befinden sollte. Lauri wich zurück, und in diesem Moment riss das Wesen dieses Loch so weit auf, dass es mehrere Handbreit auseinanderklaffte.

Die andere Gestalt packte Neve und versuchte, sie von dem Eis wegzuzerren.

»Neve, Vorsicht!« Lauris Lippen waren so taub, dass die Silben undeutlich klangen. Da war weder ein Kribbeln in der Kehle noch konnte er sagen, ob seine Zunge sich bewegte. Er hatte keine Chance gegen den Sturm, doch er hatte die Aufmerksamkeit der zweiten Gestalt geweckt. Sie sah ihn an, liess Neve los und glitt auf ihn zu. Es war wirklich ein Mann, doch noch während er sich näherte, zerschmolz sein Gesicht. Wasser rann über seine Brust und seinen Umhang.

Lauri keuchte. Die Kreatur war schnell, und er konnte momentan nicht einschätzen, zu was er selbst in der Lage war mit einem Körper, der ihm nur noch widerstrebend gehorchte. Er stolperte einige Schritte zur Seite, wurde jedoch vom Sturm gegen die Wand geschleudert.

Nur noch ein bisschen.

Aus unerfindlichen Gründen ahnte er, dass er Neve Zeit verschaffen musste. Er wusste nicht, was sie dort tat, aber er vertraute ihr. Es war richtig. Wenn sie glaubte, diese Eisfläche zerschlagen zu müssen, dann würde er alles in seiner Macht Stehende tun, um sie dabei zu unterstützen.

Der Mann mit dem grauenhaft entstellten Gesicht hatte ihn beinahe erreicht. Seine Haut war nicht bleich, sondern bläulich, und obwohl er nicht mehr wie ein Mensch aussah, lächelte er.

Ich bringe dich ihr. Sie wird mich belohnen, und ich darf auf ewig an ihrer Seite tanzen.

Die Stimme war plötzlich in seinem Kopf, und selten hatten Worte so leblos geklungen. Es waren die eines Toten. Lauri wusste nicht, warum er sie hören konnte, aber er war sicher, dass sie von dem Mann stammten.

Er schaffte es, auszuweichen und sich umzudrehen. Trotzdem war es zu spät. Die Frau mit dem schimmernden Kleid und dem Umhang stand direkt vor ihm und fror die Szene ebenso ein wie sein Denken. Lauri bewegte sich nicht weiter, versuchte es erst gar nicht, und er spürte, dass die bleiche Kreatur in seinem Rücken vor freudiger Erwartung zitterte. Erneut vernahm er die Stimme in seinem Kopf. Sie kreischte vor Triumph, aber er hörte nicht hin. Er wagte nicht einmal, Neve anzusehen. Es war nicht nur die Kälte, die ihn an Ort und Stelle hielt, es war Angst, größer und ursprünglicher als alles, was er jemals gefühlt hatte. Äußerlich stand er totenstill, doch sein Inneres bebte so sehr, dass er glaubte, nie wieder aufhören zu können. Diese Schönheit war weitaus furchteinflößender als alle Kreaturen, die jemals aus dem Schnee gekrochen waren.

»Du bist attraktiv«, flüsterte die Frau, und ein eisiger Wind traf Lauris Gesicht. Seine Wimpern knisterten und brachen, als er blinzelte. Etwas Unsichtbares legte sich um seine Kehle. Krampfhaft versuchte er, Luft zu holen, doch es fühlte sich an, als würde sein Blut zu Eis erstarren.

Die Frau lächelte mitleidig, so als wüsste sie genau, was er soeben empfand. »Ich verstehe, was meine Kleine an dir findet. Aber nun gehört deine Seele mir.« Sie strahlte über das ganze Gesicht und klatschte in ihre Hände.

Ein Schatten verbarg das gleißende Blau ihrer Augen, dann schien sie zu wachsen, so wie die Höhle. Zu spät verstand Lauri, dass er sich irrte und lediglich auf die Knie gesunken war. Instinktiv versuchte er, Widerstand zu leisten, aber sein Körper gehorchte nun einer anderen.

Er erstickte.

Ein Heulen vermischte sich mit dem Windwirbel. Einer der Wölfe hatte seinen Kopf gehoben und legte ihn schräg, beinahe als ob er lauschte. Kurz darauf hörte Lauri es auch: Ein Reißen ging durch die Höhle, als erschütterte es sie in ihren Grundsteinen.

Nein, es erschütterte sie wirklich. Der Boden bebte, und dann ging alles zu schnell, als dass Lauri noch hätte reagieren können.

Die Frau wirbelte herum und kreischte. Die Wölfe zogen die Ruten ein und pressten sich jaulend an die Steinwand, Eiszapfen lösten sich von der Decke und prallten zu Boden. Die Taubheit verschwand aus Lauris Kehle, er stürzte keuchend auf die Seite und rollte sich so schnell er konnte herum.

Vor Erleichterung hätte er geschrien, wenn er dafür den Atem gefunden hätte. Neve lebte. Er wusste nicht, wie sie es geschafft hatte, dem bleichen Wesen zu entkommen, aber dort stand sie, hielt noch immer das Stück Holz in der Hand und hackte auf die Fläche zu ihren Füßen ein. Sie war nicht mehr glatt, sondern wurde von unzähligen Rissen durchzogen. Neve hatte es fast geschafft.

In der nächsten Sekunde erreichte die Frau sie, packte sie und stieß sie so kraftvoll zurück, dass sie an die nächste Wand prallte. Der Ast polterte zu Boden und rollte in die Dunkelheit.

Neve wehrte sich nicht. Im Gegenteil, sie hielt absolut still. Ihre Augen funkelten so hell, als würden sie von innen leuchten, und doch erkannte Lauri die Dunkelheit darin. Sie kam direkt aus Neves Herzen und hielt sie umklammert wie eine Faust, die sie nicht zerquetschen, aber ihr permanent Schmerzen zufügen wollte. Niemand konnte diesem Gefühl entkommen, wenn er es erst einmal mit sich herumtrug. Sobald es sich eingenistet hatte, war es Teil des Selbst und würde erst vergehen, wenn der Körper starb, in dem es wohnte. Ein Gefängnis, in das man sich selbst einsperrte, ohne jedoch einen Schlüssel zu besitzen. Wer auch immer damit zu tun hatte, musste nicht mehr kämpfen, denn er war verloren.

Lauri verstand, und es war, als würde diese Dunkelheit allein deshalb auch von ihm Besitz ergreifen. Neve litt nicht, weil sie nicht geschafft hatte, dieses verdammte Eis zu zerstören. Sie litt, weil sie nicht mehr wusste, wo sie hingehörte.

Und mit einem Mal zweifelte er nicht mehr daran, dass sie die Wahrheit gesagt hatte, auch wenn er diese Möglichkeit schon unzählige Male durchdacht und dann wieder verworfen hatte. Neve war tot, gestorben in jener Nacht, als er sie auf seinen Armen zur Hütte getragen hatte. Später hatte sie ihm genügend Hinweise geliefert: ihre Abneigung gegen Wärme, selbst gegen warme Getränke. Der Tag, als er geglaubt hatte, dass sie schlafgewandelt wäre, die Wölfe. Selbst Gideons Tod. Und …

Die Erkenntnis traf ihn urplötzlich: die Höhle selbst. Er hatte sie zuvor gesehen, hatte von ihr geträumt, als er fiebernd im Bett gelegen hatte. Neve war bei ihm gewesen und hatte sich um ihn gekümmert, doch dann war sie gegangen, und er war bald wieder gesund geworden.

Lauri hustete. Weiße Flocken stoben von seinen Lippen. Plötzlich erinnerte er sich an mehr Situationen, in denen sein Immunsystem ihn plötzlich im Stich zu lassen drohte, obwohl es sonst recht gut in Schuss war. Lediglich in letzter Zeit hatte es gestottert wie ein alter Motor, und stets war Neve an seiner Seite gewesen. Er stutzte. War sie etwa ebenso wie die Frau aus Eis und Licht, schön und tödlich zugleich?

Noch während er sich diese Frage stellte, wusste er, dass ihm die Antwort egal war. Niemals zuvor hatte er einen Menschen so sehr geliebt wie Neve. Sie wollte weder seine Seele noch sein Leben, und doch hätte er ihr beides freudig überlassen, um sie vor einem Dasein zu retten, das er sich nicht einmal vorstellen konnte.

Auf einmal sah er wieder klar. Noch während er begriff, was er tat, stürmte er bereits auf die Frauen zu. Sämtliche Angst war verschwunden. Er konnte nur noch gewinnen. Wenn er Neve rettete, würde sie beenden, was sie begonnen hatte, und diesen seltsamen Teich zerstören. Es war ihr wichtig, also musste es einen Sinn haben. Selbst wenn er bei dem Versuch starb, war nichts verloren. Neve war bereits tot, und wenn er ihr folgte, konnten sie endlich zusammen sein. Sie konnte ihm dann nicht mehr schaden, und sie musste nicht mehr vor ihm davonlaufen.

Jemand beobachtete ihn, aber er sah nicht hoch. Stattdessen ließ er sich fallen und nutzte den Schwung, um sich vorwärts tragen zu lassen. Jetzt bereute er, wieder etwas zu spüren. Seine Hose schürfte auf, dann seine Haut, und es fühlte sich an, als schabte das Eis direkt auf seinen Knochen. Blut blieb darauf zurück und malte rote, bizarre Muster.

Noch war er nicht tot.

Er erreichte den Teich und glaubte, einen Schatten zu sehen, dann ein Gesicht, doch er zwang sich, nicht darauf zu achten. Der Stock war verschwunden, also holte Lauri aus und hebelte seinen Ellenbogen so fest er konnte auf das Eis.

Er spürte einen dumpfen Druck, aber keinen Schmerz, und versuchte es noch mal. Dicke Tropfen Blut fielen herab und bedeckten die Risse. Lauri ballte seine Hände zu Fäusten und schlug auf die Fläche ein.

Hinter ihm brach ein Inferno aus Stimmen und schrillen Tönen los, und er war sicher, dass Neve seinen Namen rief. Eine Warnung, doch das begriff er zu spät. Etwas legte sich um seine Kehle. Schmale Hände, die aber so stark waren, als hätte ihnen jemand Knochen aus Eisen verpasst. Mühelos rissen sie ihn zurück, und die Frau ohne Gesicht wisperte Bosheiten in sein Ohr.

Lauri wehrte sich nicht. Seine gesamte Aufmerksamkeit hing an der Eisfläche, in der sich der mittlere Riss soeben ohne weiteres Zutun vergrößerte. Wasserperlen entstanden und siedelten sich längs der gezackten Linie an. Etwas bewegte sich darunter. Lauris Augen brannten, und doch konnte er nicht einmal blinzeln, so sehr erschreckte ihn das Bild: Es war eindeutig ein Gesicht, das sich nach oben drückte, als wollte es seinem Gefängnis entfliehen. Gideon.

Ein Schatten huschte von der Seite auf ihn zu, die Reißzähne des Wolfes glitzerten. Lauri versuchte nicht auszuweichen, denn er hätte sich niemals von der Frau losreißen können. Wenn sie ihn nicht tötete, dann würde es der Wolf tun.

Er sah zur Seite: Neve hing leblos in den Armen der hochgewachsenen Frau, doch die achtete nicht einmal darauf, sondern richtete all ihre Wut auf ihn. Langsam, fast hämisch, streckte sie eine Hand aus.

Eishagel traf Lauris Haut.

Der Wolf setzte an und sprang.

Unter dem Druck der Hände knackte das erste Knöchelchen in seinem Nacken.

Und Neve öffnete die Augen, um sie sofort wieder zu schließen. Doch dieser eine Blick genügte, denn er hatte allein Lauri gegolten.

Er ließ sich fallen, holte aus und schlug noch einmal auf die Fläche ein. Das Eis sang, dann benetzte Wasser seine Haut. Er hörte noch, wie etwas aus dem Inneren des Teichs entwich, wie Wind, der zwischen Häuserwänden herfegte und an losen Ecken und Enden zerrte.

25

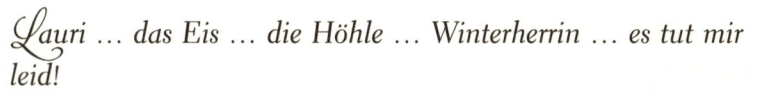

Lauri ... das Eis ... die Höhle ... Winterherrin ... es tut mir leid!

Es war richtig, dass sie leiden musste, und Neve nahm die Qualen dankbar an. Insgeheim bat sie um Vergebung. Vielleicht würde die Winterherrin ihr verzeihen, nachdem sie alles aus ihr herausgezogen hatte, was sie noch an dieses seltsame Dasein band, das sie seit einigen Tagen führte. Sie hoffte nicht darauf, dass sie jemals Teil ihres Gefolges werden und in der Wilden Jagd tanzen konnte. Diese Chance war vorbei, aber vielleicht war es ihr auch niemals bestimmt gewesen. Sie hatte gekämpft, bis es keinen Ausweg mehr gegeben hatte. Um Lauri zu retten. Und selbst jetzt, da sie spürte, wie die Höhle erzitterte und die Königin über Eis und Schnee ihr die Existenz nahm, die sie ihr zuvor geschenkt hatte, glomm ein kleiner Funke Hoffnung in ihrem Herzen. Gab es die Chance, dass Lauri es schaffte? Vielleicht würde sie ihn am Leben lassen, jetzt, da sich all ihre Wut darauf richtete, Neve für ihren Ungehorsam zu bestrafen.

Schmerz fraß sich quälend langsam durch ihren Körper und tastete sich von Zelle zu Zelle, um sie zu zerfetzen und sich der nächsten zuzuwenden. Der Druck schien direkt aus ihren Knochen zu kommen, und Neve betete, dass sie bersten und alles beenden würden. Es konnte nicht mehr lange dauern, und sie bedauerte es nicht einmal. Es war Zeit, sich zu verabschieden.

Ihr blieb nur noch Kraft, um ihre Augen kurz zu öffnen.

Sie stand mitten im Inferno.

Der Sturm in der Höhle hatte wieder zugenommen und schlug wütend Schnee und Hagel gegen die Wände. Ungeachtet dessen wuchsen Eissäulen so schnell von der Decke in Richtung Boden, dass Neve zusehen konnte. Die Gestalten aus dem Gefolge der Winterherrin huschten zwischen ihnen hindurch, und an der hinteren Wand lief nervös ein Wolf hin und her.

Die Winterherrin selbst wandte Neve den Rücken zu. Sie stand starr, dann schrie sie Worte, die Neve nicht verstand, verwandelte sich in einen weißen Wirbel und hielt auf Lauri zu.

Lauri. Neves Blick begegnete seinem, ehe sie ihren letzten Rest Kraft aufbrauchte und zusammensackte.

Ein Knacken zog durch die Luft, gefolgt von einem hellen Rauschen, das Neve an sprudelndes Quellwasser erinnerte. Schreie mengten sich hinein, gingen jedoch darin unter. Der Boden bewegte sich, ein reißendes Geräusch, dann schlug neben ihr etwas auf dem Boden auf. Eine Fontäne aus feinen, harten Splittern bedeckte sie. Neve hob eine Hand, um das Eis fortzuwischen.

Das Erstaunen schenkte ihr die Kraft, um die Augen zu öffnen: Neben ihr türmte sich Grau. Das, was sie getroffen hatte, war kein Eis, sondern Stein. Über ihr donnerte es. Ein weiterer Teil der Decke barst und sprengte faustgroße Felsstücke durch die Höhle. Neve zog das Kinn an ihre Brust, wartete die gröbsten Schläge ab und sprang auf, kaum dass es vorbei war. Sie musste Lauri finden.

Sie entdeckte ihn nur wenige Schritte weiter. Er lag auf dem Rücken, war über und über mit Blut beschmiert, aber zu ihrer unendlichen Erleichterung am Leben. Doch Neve blieb nur wenig Zeit, um ihn anzusehen: Mit offenem Mund starrte sie auf die Lichtsäule, die neben Lauri nach oben stieg. Sie kam aus dem Boden, von dort, wo der Teich gewesen war, und bewegte sich mit unvorstellbarer Geschwindigkeit – hell, aber nicht gleißend. Etwas befand sich in ihrem Inneren, und obwohl Neve nichts erkennen konnte, wusste sie, dass es sich um all die Seelen handelte, die von der Winterherrin gefangen gehalten worden waren. Ungläubig schüttelte sie den Kopf. Lauri hatte das Eis zerstört, er hatte es wirklich geschafft.

Nässe durchweichte ihre Haare und Kleidung, und als sie den Kopf in den Nacken legte, verstand sie, dass die Höhle nicht nur einstürzte. Auch das Eis schmolz. Schon bildeten sich zu Neves Füßen Pfützen, die stetig anwuchsen. Steine schlugen hinein und spritzten Wasser in die Höhe, als weitere Teile der Decke absackten. Der Boden wölbte sich und senkte sich augenblicklich wieder, und in der Wand neben Neve zeigten sich erste Risse.

Die Winterherrin stand hoch aufgerichtet inmitten des Chaos. Sie blinzelte nicht ein einziges Mal, während ihr Reich um sie herum schwand. Ihr Gesicht war bar jeglicher Emotion, weder Hass noch Rachegelüste lagen darin. Sie konzentrierte sich darauf zu retten, was zu retten war, doch hier ließ ihre Macht sie im Stich.

Neve sah von ihr zu der Säule aus Licht. Allmählich dämmerte ihr, warum die Winterherrin darauf bestanden hatte, dass sie ihr eine Seele brachte – noch dazu die des Mannes, den sie liebte.

Ihre Macht gründete auf den Seelen, die sie gefangen gehalten hatte. Sie bezog sie aus der Liebe, die in ihnen wohnte, denn es existierte nichts Stärkeres auf der Welt. Auf eine Weise, die Neve wohl niemals verstehen würde, hatte sie es geschafft, die Kraft all der Wärme und des Feuers dieser Liebe für ihre Zwecke zu nutzen. Wärme für Eis. So existierte sie. So fand sie stets neue Menschen für ihr Gefolge, denn die Liebe würde es immer geben, und wenn sie echt und tief war, brachte sie ebensolchen Frieden wie der, den Neve in dieser Höhle gefühlt hatte.

Sommer und Winter. Feuer und Eis.

Leben und Tod.

Der nächste Steinschlag ging ganz in Lauris Nähe nieder und riss Neve aus ihrer Trance. Sie musste ihn hier herausbringen! Ohne weiter nachzudenken, rannte sie los.

Jemand packte sie an der Schulter und riss sie hart zurück. Neve fuhr herum und starrte in das Gesicht der Winterherrin. Eine Maske aus Porzellan hätte nicht ebenmäßiger sein können. Erst im zweiten Moment entdeckte Neve die Wut in den Tiefen der eisblauen Augen sowie das Versprechen, dass jeder der Anwesenden zusammen mit ihrem Reich untergehen würde.

»Ist es das, was du wolltest?« Ihre Stimme war dunkel und hallte von den Wänden wider. Oder sie kam von dort. Neve wusste es nicht. Sie versuchte, sich loszureißen, und duckte sich unter dem nächsten Steinschlag hinweg. Große Eisstücke krachten zu Boden, zerplatzten und stoben in alle Richtungen davon. Wasser lief über das Gesicht der Winterherrin und legte einen Grauschleier über ihr helles Haar.

Neve schluchzte auf. »Nein. Ich wollte nur, dass er lebt. Ich habe dich nur um ein einziges Leben gebeten!«

»Ein Leben für viele. Du hast sein Leben gegen ihres eingetauscht. Wer hat dir das Recht gegeben, es so schwer auf die Waagschale zu legen?« Ihre Geste umfasste die gesamte Höhle.

Neve sah sich um. Zunächst erkannte sie nur Chaos und Gestein, doch dann schälten sich Einzelheiten heraus. Der Wolf, der sich zuvor an die Wand gedrückt hatte, lag auf der Seite, begraben unter einer Lawine aus Stein. Blut lief aus seinem Maul und vermischte sich mit dem schmelzenden Schnee. Weiter links stand der Mann, der sie zuvor festgehalten hatte. Neve konnte die Felsen durch seinen Körper hindurch schimmern sehen. Er hatte den Kopf in den Nacken gelegt und starrte nach oben. Fast wirkte es, als lauschte er.

»Er vergeht«, sagte die Winterherrin leise. »Wie auch alle anderen.«

Und dann hörte Neve es. Stimmen lagen in der Luft. Das Gefolge der Winterherrin war da, aber anders als sonst lachte es nun weder, noch sang es. Alle Fröhlichkeit war gewichen und hatte Schreien und Klagen Platz gemacht, die tief in Neves Herz schnitten. Sie wusste, dass all diese Wesen nie wieder fröhlich sein und feiern würden, so wie sie niemals in ihrer Mitte tanzen würde.

Sie biss sich auf die Lippe, um nicht zu weinen. »Es tut mir leid«, flüsterte sie. »Aber ich musste doch eine Entscheidung treffen.«

Ihre Worte gingen im nächsten Grollen unter. Der Boden wölbte sich so stark, dass Neve zur Seite stolperte und sich an der Wand festhalten musste.

»Es tut mir leid!«, brüllte sie gegen den Lärm an.

Durch die Fäden an Schmelzwasser senkte die Winterherrin

den Kopf. »Sie alle vergehen zusammen mit meiner Macht. Und auch du, Kind der Raunächte, hast ohne mich keinen Bestand mehr. Du wirst aus dem Leben der Menschen verschwinden und auf ewig zwischen den Welten wandeln. Selbst die Liebe, die noch immer in deinem Herzen leuchtet, kann nicht ändern, was du bist.«

Neves Augen brannten, und sie versuchte sich einzureden, dass es Wut war und keine Trauer. »Was bin ich denn?«

Eine Fontäne aus Stein und restlichem Schnee ging zwischen ihnen nieder und versperrte ihr die Sicht.

»Du bist tot«, hörte sie die Winterherrin sagen. »Du wirst hier zusammen mit mir und deinem Freund untergehen. Dein Körper wird verrotten, und deine Seele wird für immer an diesen Ort gebunden sein. So wie seine.«

Neve schluckte. »Nein«, flüsterte sie und verkrampfte sich. Lauri. Sie durfte sich nicht weiter aufhalten lassen. »Ich bringe ihn hier heraus, und du kannst mich nicht daran hindern.«

Sie drehte sich um, wich den Steinen aus und rannte zu Lauri. Falls sie eine Antwort erhielt, so hörte sie diese nicht mehr.

Das Blut auf Lauris Gesicht und Händen war nur noch ein wässriger Film und hatte den Boden rund um ihn großzügig gefärbt. Neve schluckte einen Teil ihrer Angst, kniete neben ihm und berührte ihn rasch nacheinander an den Händen, an der Stirn und schließlich, auf der Suche nach einem Puls, am Hals.

Lauri jagte ihr einen Mordsschrecken ein, als er die Augen aufschlug. Das Braun darin blitzte. »Neve?« Er krümmte sich zusammen und hustete.

Neve legte ihr Kinn auf seinen Kopf, schlang ihre Arme um ihn und hielt ihn fest, bis das Beben in seinem Körper abgeebbt war. Trotz allem, was um sie herum geschah, war sie erleichtert. Er hatte trotz allem bis jetzt überlebt, also gab es mehr als nur eine winzige Hoffnung, dass er das auch weiterhin tun würde.

»Ich bin bei dir«, flüsterte sie und erinnerte sich daran, wie sie das schon einmal zu ihm gesagt hatte. Sie half ihm, sich aufzusetzen, fasste sein Gesicht und bedeckte es mit Küssen, bis er wieder zu Atem gekommen war. Halb lachend, halb verzweifelt erwiderte er den Kuss. Hier, jetzt, in diesem Inferno und dem Wissen, dass sie nicht mehr lange leben würden. Es war verrückt und doch so natürlich zugleich.

Neve hielt ganz still, obwohl ihr Inneres ebenso tobte wie die Welt um sie herum. Sie war dankbar, dass sie ihn ein letztes Mal umarmen konnte, und dass er sie nicht von sich wies, trotz allem, was sie getan hatte. Sein Körper war beinahe so kalt wie ihrer, aber noch konnte sie seine Restwärme in ihm flackern spüren wie eine helle Flamme. Es war nicht mehr viel davon übrig, aber es würde ihn bis zu seiner Hütte bringen. Dort konnte er sich erholen, bis er die Gegend verließ und zurück nach Hause ging. Er würde sie vergessen und sein Leben weiterführen. Womöglich würde er eines Tages eine Frau finden, die ihn ebenso sehr liebte, wie Neve es tat.

Ihr Kinn zitterte bei diesem Gedanken, doch sie hielt ganz still und hoffte, dass Lauri ihre Tränen nicht bemerkte. Sie wünschte ihm von ganzem Herzen, dass er glücklich wurde, und daher gebührte ihr kein Platz mehr in seiner Zukunft.

Er bewegte sich nur leicht, aber sein Atem an ihrem Hals verursachte ihr eine Gänsehaut. »Wenn du dich gerade von mir verabschieden willst, dann vergiss es«, flüsterte er und griff nach ihrer Hand.

Neve zog sie zurück. »Ich muss«, murmelte sie in sein Haar. »Du musst gehen, aber ich …« Nun konnte sie das Schluchzen nicht mehr unterdrücken. Noch immer umarmte sie ihn, doch nun brauchte sie diesen Halt, um ihren Entschluss nicht ins Wanken zu bringen.

Lauri strich ihr über die bebenden Schultern. »Ich lasse dich nicht hier«, flüsterte er. »Du bist vielleicht nicht mehr so wie ich, aber das bedeutet nichts.«

Sie fuhr zurück und starrte ihn an. Die Erkenntnis darin erschreckte und verstörte sie zugleich. »Es bedeutet, dass wir nicht zusammen sein können«, sagte sie.

Ein weiterer Schlag erschütterte die Höhle. Ein Schwall Wasser traf auf die Wand und schlug gegen Neves Rücken. Sie reagierte nicht.

Lauri pflückte ihr eine nasse Strähne von der Wange. »Das waren wir auch bisher nicht. Aber irgendwie doch. Und weißt du was, Neve? Es genügt mir so, wie es war.«

Neve konnte nicht antworten, da die Sanftheit seiner Stimme ihr die Worte nahmen. Sie verschlang ihre Finger mit seinen und wünschte sich, es könnte so sein, wie er sagte.

Das Beben wiederholte sich, und dieses Mal ebbte es nicht mehr ab. Risse bildeten sich im Boden und platzten auf. Faustgroße Brocken wurden in die Luft gesprengt; an anderen Stellen schoben sich Felsstücke gegeneinander und drückten sich gegenseitig in die Höhe.

Neve sprang auf und zerrte Lauri auf die Füße. »Du musst hier raus!« Sie wartete nicht ab, sondern hielt auf den Eingang zu.

Die Winterherrin stand noch immer reglos und hoch aufgerichtet in der Mitte. Neve konnte niemanden sonst sehen – das

Gefolge war verschwunden, und auch den zweiten Wolf musste es erwischt haben.

»Schnell«, rief sie Lauri zu.

Er nickte und fasste ihre Hand fester, doch sein Körper gehorchte ihm kaum. Neve versuchte, ihm zu helfen – und erstarrte, als ein Grollen hinter ihr einsetzte, tiefer und bedrohlicher als alles andere zuvor.

Ihr Körper sträubte sich und antwortete ihr mit Übelkeit, als sie wieder nach vorn sah.

Es war nicht mehr nur der Boden, der sich bewegte. Auch Wände und die Decke neigten sich zueinander und bogen sich wieder zurück, bis der Stein dem Druck nicht mehr standhalten konnte: Mit einem ohrenbetäubenden Knall gab er nach und verwandelte sich in eine Lawine aus Grau.

Lauri packte Neve und riss sie zu Boden. Stein folgte. Es dauerte unendlich lange und war dennoch viel zu schnell vorbei. Viel zu schnell, da Neve noch keine Lösung gefunden hatte, keinen Plan, als sie sich auf die Füße quälte.

Der Eingang war verschwunden. Dort, wo zuvor Schwärze den Durchgang verraten hatte, türmte sich nun eine Felswand bis zur Decke. Es war nur noch eine Frage der Zeit, bis alles einstürzte und auch den Rest unter sich begrub.

Neve verschwendete kostbare Zeit damit, auf die Steine zu starren, so als würden sie verschwinden, wenn sie es nur lang genug hoffte. Das durfte einfach nicht sein. Nun gab es keinen Ausgang und somit auch keine Möglichkeit mehr, Lauri in Sicherheit zu bringen. Er würde hier drinnen sterben, und die Winterherrin bekam letztlich doch noch das, was sie die ganze Zeit über gewollt hatte.

Die Winterherrin!

Der Gedanke war zart, doch Neve weigerte sich, ihn loszulassen. Es war die einzige Möglichkeit!

Sie sah Lauri nicht noch einmal an, da sie befürchtete, dass sie sonst schwanken würde bei dem Gedanken daran, ihn noch einmal zu berühren, noch einmal zu umarmen, ein letztes Mal zu küssen. Er rief ihr etwas hinterher, als sie losrannte, doch sie achtete nicht darauf. Durfte nicht darauf achten. Trotz allem verließ sie ihn nicht.

Niemals.

Vor der Winterherrin blieb sie stehen und senkte den Kopf, dann ließ sie sich zu Boden fallen und blickte auf. Sie kniete bis zu den Oberschenkeln im Wasser.

»Du musst ihn gehen lassen«, wählte sie die falschen Worte, doch ihr Herz ließ keine anderen zu. »Ich flehe dich an, hilf ihm. Leg den Eingang frei. Ich werde für immer tun, was du von mir verlangst, und ich werde dich nie wieder enttäuschen.« Ihre Lippen bewegten sich kaum noch, als sie stumm weiter bat. Ihre Worte klangen hohl in ihren Ohren, und sie verzweifelte bei dem Gedanken, dass sie die falschen Argumente gewählt haben könnte. Dass andere Lauri hätten retten können, während diese ihm nur den Tod brachten.

Lange Zeit sagte die Winterherrin nichts. Der Verfall der Höhle hatte auch an ihr Spuren hinterlassen, doch noch immer war sie überirdisch schön. Endlich hob sie ihre Hände, die Flächen nach oben gerichtet.

»Selbst wenn ich es wollte, so könnte ich nicht«, sagte sie leise. In ihrer Stimme schwang echtes Bedauern mit. »Mit der Höhle vergeht auch meine Macht. Ihr habt ihre Quelle zerstört.« Sie beugte sich herab und strich federleicht über Neves Wange. »Ich kann nichts für dich tun.«

Neve schmiegte sich der Berührung entgegen. Dann erst erkannte sie, was die Frau ihr soeben gesagt hatte und riss sich los.

»Der Teich? Das war die Quelle?«

Etwas zündete bei der Erkenntnis in ihren Gedanken. Flüchtig dachte sie an Gideon und fragte sich, wie viele Seelen in dem Teich gefangen gewesen waren. Es mussten unzählige sein, denn die Winterherrin existierte bereits so lange, dass Neve es nicht einmal zu begreifen wagte. Aber alles hatte seinen Anfang. Selbst der Winter.

Neve holte vorsichtig Luft. Da war sie, die Lösung.

Die Winterherrin beugte sich zu ihr herab, strich ihr über das Haar und küsste ihren Scheitel. Tiefes Verstehen glomm in ihren Augen und verriet Neve, dass sie richtiglag. Sie hatte so lange gekämpft, doch sie hatte es aus einem falschen Blickwinkel getan. Es gab eine Zukunft für Lauri, und sie hoffte so sehr, dass er sie nutzen würde, dass er all die Dinge tat, die sie sich für ihn wünschte.

Neve zitterte vor Erwartung, als die Winterherrin ihr Ohr mit den Lippen streifte. »Du weißt es bereits, kleine Neve. Nicht wahr?«

Neve nickte, ergriff die Hände der Frau und stand langsam auf. Sie fühlte sich hell und leicht, fast so, als würde sie tanzen. Und genau das würde sie tun. Nicht so, wie sie es sich vorgestellt hatte, und auch nicht im Gefolge dieses Wesens, das ebenso grausam wie gerecht war. Aber sie würde es in ihrem Herzen tun und bei jedem Gedanken an Lauri.

Stolz streckte sie ihren Rücken durch. »Ich habe deine Macht zerstört, und ich werde sie wiederherstellen. Als Gegenleistung für Lauris Leben biete ich mich dir als erstes Eisopfer an.« Die Sätze perlten so leicht von ihrer Zunge, als hätte Neve sie bereits tausendmal gesagt.

Sie hörte Lauri schreien, doch sie zwang sich, nicht darauf zu achten. Stattdessen konzentrierte sie sich auf das Gesicht der Winterherrin, das so schön und gütig war wie kein anderes.

»Einverstanden«, sagte diese, zog den hellen Kristall hervor und hängte ihn um Neves Hals.

Eine Sturmflut an Erinnerungen schlug auf Neve ein, und sie war erstaunt, dass die meisten davon glücklich waren. Sie zerrte Lauris Bild hervor und hielt sich an ihm fest, als die Kälte kam. Frost und Eis umhüllten sie und nahmen sie mit in die Schwärze, immer weiter, bis sie vergaß, wie man atmete.

Und die Welt, die sie kannte, verging.

Epilog

Ein Jahr später

»Danke, das war wirklich nett.« Die Frau mit dem langen, dunklen Zopf und der Strickmütze klopfte sich etwas Schnee von der Jacke, richtete sich auf und streckte Lauri eine Hand entgegen, die in einem so dicken Handschuh steckte, dass sie drei Nummern zu groß für den übrigen Körper wirkte. »Ich bin übrigens Jennifer. Jen.«

Lauri ließ die Kehrschaufel fallen und schüttelte den Handschuh und, irgendwo darunter, auch die Hand. »Lauri. Gern geschehen. War ja nur ein wenig Schnee.«

»Ein wenig ist gut«, sagte Jennifer, sah sich um und lehnte sich an den Holzstapel neben der Tür. »Es war eine dumme Idee, nicht auf meine Familie zu warten und schon vorzufahren. Aber ich musste einfach aus der Stadt raus, und ich hätte nicht gedacht, dass hier wirklich so viel von dem Zeug herumliegt.« Anklagend deutete sie auf die zwei Schneehügel, die rechts und links von ihrer Hütte emporragten. »Wenn Sie mir nicht geholfen hätten, wäre ich morgen sicher nicht mehr aus der Tür gekommen. Der Wetterbericht sagt, dass es heute Nacht noch einmal kräftig schneien soll.«

Lauri warf einen Blick in den Himmel. Die Wolken hingen schwer herab. »Ja, es sieht ganz so aus, als würde uns noch einiges bevorstehen.«

Sie folgte seinem Blick. »Und Sie verbringen Weihnachten ganz allein? Oder warum sind Sie hier?«

Die Wolken verschwammen vor Lauris Augen.

Weil ich davon geträumt habe.

Dann lächelte er und zuckte die Schultern. »Ich bin kein großer Fan von Weihnachten.«

Sie nickte. »Ich verstehe. Waren Sie schon einmal hier in Longtree?«

»Ich wohne in der Hütte von Freunden, einen kurzen Fußmarsch von hier entfernt, dort nehme ich mir jedes Jahr eine Auszeit. Heute war ich nur hier, weil ich nicht daran gedacht habe, Kaffee mitzunehmen.«

»Ja, der kleine Shop an der Rezeption ist Gold wert«, sagte Jen und deutete auf die Tür. »Möchten Sie noch hereinkommen? Kaffee habe ich auch.« Sie strahlte ihn an und sah mit ihren geröteten Wangen und den vollen Lippen wirklich sehr hübsch aus.

Es tat Lauri fast leid, dass er diese Begeisterung mit einem knappen Kopfschütteln zerstörte. »Das ist wirklich nett, danke. Aber ich will wieder zurück, ehe das Wetter beschließt umzuschwenken. Das kann hier oben recht schnell gehen.« Er hielt ihr eine Hand entgegen. »Ich hoffe, Sie haben eine schöne Zeit hier. Ihre Familie kommt sicher bald.«

»Ja, das hoffe ich auch.« Sie überspielte ihre Enttäuschung beinahe perfekt und ging zur Tür. »Passen Sie gut auf sich auf.«

»Sie auch.« Ein letzter Gruß, dann schlug er den Kragen seiner Jacke hoch, schob die Hände in die Taschen und machte sich auf den Weg. Er vermutete nicht, dass es so bald schneien würde, aber er hatte Jennifer nicht glauben lassen wollen, dass sich mehr zwischen ihnen entwickeln könnte als ein freundliches Gespräch.

Er suchte sich seinen Weg zwischen zwei Hütten hindurch und starrte auf die Fläche dahinter. Dort hatte im vergangenen Jahr der Wagen der Canadian Police geparkt, mit dem Sergeant Gorman ihn ins nächstgelegene Hospital gebracht hatte. Lauri erinnerte sich an jede Sekunde dieser Höllenfahrt. Der Schneefall war so dicht gewesen, dass sie trotz speziell ausgestattetem Fahrzeug und Blaulicht den Weg entlanggekrochen waren. Gorman hatte ihn die gesamte Fahrt über angebrüllt und ihm hin und wieder einen kräftigen Stoß gegen die Schulter verpasst, damit er wach blieb, und Lauri damit höchstwahrscheinlich das Leben gerettet.

Damals hatte er nicht mehr leben wollen. Nicht nach allem, was in der Höhle geschehen war und ihn seine letzten Schreie gekostet hatte. Nachdem Neve in den Armen der anderen Frau zusammengebrochen war, hatte er versucht, zu ihr zu gelangen. Doch dann waren da Schnee gewesen und Eisblumen, die sich rasend schnell über jeden Stein zogen. Die Luft verdichtete sich, und plötzlich war der Gesang wieder da, lieblich und zart mitten im Sturm. Lauri sah nichts mehr, und dann nahm das Weiß überhand.

Am Resort war er zu sich gekommen. Einer der Männer hatte ihn gefunden und so lange versucht aufzuwärmen, bis der Sergeant eintraf. Lauri wehrte sich nicht, hoffte aber mit jeder verstreichenden Sekunde, dass er es nicht schaffen würde. Er wünschte sich einen Tod, in dem Neve auf ihn wartete, eine Hand ausgestreckt und weiße Blumen im Haar. Noch einmal, betete er stumm, er wollte nur noch einmal ihre Finger berühren, und er würde sie niemals wieder loslassen, egal, was geschah. Aber sie hatte nicht auf ihn gewartet, zumindest nicht in dieser Nacht.

Erst viel, viel später hatte er sie in seinen Träumen wiedersehen dürfen. Es war nur ein dürftiger Ersatz für ihre Nähe, doch eine ganze Weile hatte er sich daran festgeklammert. Er wusste, was geschehen war, und er wusste es doch nicht. Vieles kam ihm im Nachhinein so seltsam vor und so verschwommen. Zwischen den einzelnen Bildern klafften riesige Lücken, die er nicht füllen konnte, so sehr er es auch versuchte. Wenn er sich erinnern wollte, war es oft, als ob er plötzlich und unerwartet vor einer Nebelwand stand, die er trotz aller Mühen nicht durchdringen konnte. Sie ließ ihn schläfrig werden, diese Wand, und bald versuchte er nicht mehr, sie zu ergründen. Er akzeptierte. Was auch immer mit ihm geschehen war in diesen Nächten, in denen er mit Neve zusammen gewesen war, konnte ihm niemand verraten. Auch nicht er selbst. Nur Neve hätte es gekonnt.

Sergeant Gorman hatte ihn im Zuge der Ermittlungen um Gideon Noris' Tod aus dem Kreis der Verdächtigungen ausgeschlossen und somit die letzte Verbindung zwischen Lauri und Longtree gekappt. Lange Zeit hatte er zu Hause in Vancouver gedacht, dass er nie wieder zurückkehren würde. Doch dann hatte er immer häufiger geträumt und Anfang Dezember entschieden, seine Sachen zu packen und wieder hochzufahren. Bens Eltern hatten sehr zurückhaltend auf seine Anfrage reagiert, und Ben hatte ihn direkt gefragt, ob bei ihm eine Schraube locker war. Lauri hatte sich gehütet, ihm darauf eine Antwort zu geben. Er wusste es ja selbst nicht genau.

Aber nun war er hier, zurück in der Hütte, und die erste Raunacht stand bevor. Lauri schritt energischer aus, als er die erleuchteten Fenster sah. Immer wieder huschte sein Blick zu der Baumgruppe, doch nichts bewegte sich dort, und auch an der Hütte selbst war niemand außer ihm selbst. Lauri zog die Tür auf, sah sich ein letztes Mal um und trat ein.

Im Inneren war es kalt; er hatte den Kamin nicht angezündet, seitdem er hier war. Mit steifen Fingern kochte er Wasser auf, machte sich einen Kaffee und drehte die Tasse zwischen seinen Händen, während er aus dem Fenster starrte. Irgendwann war der Kaffee kalt und Lauri kippte ihn weg, um sich einen neuen zu kochen. Während auch dieser in seinen Fingern abkühlte, beobachtete er, wie die Dämmerung Einzug hielt und das Weiß des Schnees zunächst in zartes Violett und dann in Grau verwandelte.

Mittlerweile war es in der Hütte so kalt geworden, dass Lauri nicht mehr aufhören konnte zu zittern. Er betrachtete die Eiskristalle außen am Fenster, bis er nichts mehr erkennen konnte, dann entzündete er die Stehlampe in der Ecke und zog seinen Pullover bis über die Fingerspitzen. Er ging zum Sofa, ließ sich fallen und starrte auf seine Zeichenutensilien, die auf dem Tisch ausgebreitet waren. Sie kamen ihm fremd vor, und er musste es gar nicht erst versuchen, um zu wissen, dass alles, was er nun zu Papier bringen würde, vertane Zeit war.

Er sprang auf, lief durch den Raum und fragte sich, was er hier eigentlich machte. Irgendwann hörte er, wie der Wind an den Fensterläden rüttelte, und überlegte, sie zu schließen. Doch selbst das schien ihm ein Ding der Unmöglichkeit zu sein. Sanftes Pochen auf den Scheiben verriet, dass nun doch der Schneefall einsetzte, über den er mit Jennifer geredet hatte. Lauri blieb stehen, schloss die Augen und lauschte.

Eine gefühlte halbe Ewigkeit später schnaubte er und schüttelte über sich selbst den Kopf. Was hatte er auch erwartet? Dass all seine Erinnerungen zurückkehrten, kaum dass er wieder hier war und zuhörte, wie der Schnee das machte, was er immer machte?

Ein Klopfen an der Tür riss ihn aus seinem Gefühlschaos. Es war verhalten, wiederholte sich aber. Die Außenbeleuchtung sprang an; ihr Licht schimmerte durch die Fenster.

Lauri musterte die Tür. Beim nächsten Klopfen hätte er sich am liebsten vor die Stirn geschlagen – das Ding öffnete sich nicht von allein! Er streifte seine plötzlich feuchten Handflächen an der Jeans ab, legte die zitternden Finger an den Riegel und zog ihn zurück.

Neve sah im fahlen Licht der Lampe wunderschön aus. Ihre hellen Augen strahlten ihn an, ihre Lippen glänzten und waren einen winzigen Spalt geöffnet. Schneeflocken tupften ihr Haar, das aus dem Inneren zu leuchten schien. Weitere hatten sich auf ihre Augenbrauen verirrt und eine sogar auf ihre aberwitzig vorstehende Nasenspitze – die einzige Unregelmäßigkeit auf ihrer sonst so ebenmäßig weißen Haut, und wie alle anderen schmolz sie nicht.

Lauri konzentrierte sich auf die einsame Schneeflocke, weil er sich auf etwas konzentrieren musste, das in die normale Welt gehörte, streckte eine Hand aus und wischte sie vorsichtig weg. Erst dann begann er am ganzen Körper zu zittern. Er erinnerte sich nicht mehr an alles, aber er erinnerte sich an sie. Stumm stand er vor ihr, obwohl er nichts lieber getan hätte, als sie in seine Arme zu schließen und nie wieder loszulassen. Etwas saß plötzlich in seiner Kehle und drückte so stark auf seine Brust, dass sein Herz schneller und schneller schlug. Er hatte so sehr gehofft, dass sie hier sein würde. Sie hatte es ihm in seinen Träumen gesagt, und es war ihm so real erschienen. Aber er hatte erlebt, wie dehnbar die Grenzen der Realität waren, und er traute ihnen nicht mehr.

Aber nun war sie hier, seine Neve, und tief in ihren Pupillen funkelte dieser besondere Silberschein. Sie hob eine Hand und stoppte mitten in der Luft. Testete, ob er zurückzuckte oder ob sie es wagen konnte, ihn zu berühren.

Obwohl alles in Lauri danach schrie, sie endlich zu berühren, wagte er nicht, sich zu bewegen. Er wagte nicht einmal zu blinzeln, aus Angst, dass sie wieder verschwinden könnte. Und dann, endlich, senkten sich ihre Finger auf seine Wange. Sie waren kühl, zart und trotzdem kräftig genug, um die Starre zu durchbrechen.

»Neve«, flüsterte Lauri und betrachtete sie von oben bis unten. Sie trug ein helles, fast bodenlanges Kleid von so zartem Stoff, dass es sich bei jeder winzigen Windböe bauschte. Ihre Füße steckten in schmalen Stiefeln derselben Farbe. Doch selbst wenn sie mit einem Sack bekleidet gewesen wäre, hätte er seinen Blick nicht von ihr nehmen können.

»Neve«, wiederholte er, um ihren Namen noch einmal zu sagen.

Ihre Finger streichelten seine Wange, sein Kinn, seinen Hals. Lauris Atem ging schneller. Er fing ihre Hand ein und legte sie auf seine Brust, direkt auf seinen wirbelnden Herzschlag. Lange sahen sie sich einfach nur in die Augen, dann lächelte Neve. Es lag Vorsicht darin, ein wenig Angst, doch vor allem übersprudelnde Freude. Lauri nahm ihre Hand und küsste ihre Finger, einen nach dem anderen, und endlich entspannte sie sich und schmiegte sich in seine Umarmung.

Zum ersten Mal seit einem unendlich langen Jahr atmete er auf und drückte sie so fest an sich, wie er es wagte, ohne ihr wehzutun. Er küsste ihren Kopf, ihr Haar und dann, als sie zu ihm aufblickte, ihre Stirn.

»Du bist wirklich hier«, murmelte er. Ja, sie war hier, und nichts anderes zählte. Kein Winter, kein Schnee und keine Kälte, die ihn alle nicht so sehr berühren konnten wie Neve, sondern nur der Moment.

Endlich schmolz die Zurückhaltung in ihren Augen. »Du hast mich gehört«, sagte sie.

Lauri küsste ihren Mundwinkel. »Immer.« Seine Lippen wanderten zu ihrer Nasenspitze. »Ich habe von dir geträumt. Du hast mir gesagt, dass ich herkommen soll. Heute.«

»Das habe ich«, hauchte Neve mit den Lippen an seinem Hals.

Lauri erschauerte. »Wo warst du?«, flüsterte er. »Was ist mit dir geschehen, nachdem ...« Er runzelte die Stirn. »Ich weiß nur noch, dass wir in der Höhle waren. Kurz darauf bin ich im Resort zu mir gekommen.«

Sie legte einen Finger auf seine Lippen und zog seinen Kopf zu sich. »Ich kann darüber nicht reden. Meine Welt ist nicht mehr diese hier, die du kennst, sondern die andere, in die du niemals hättest blicken dürfen. Und zu der du auch niemals gehören kannst. Aber heute brechen die Raunächte an, und sie gehören uns beiden. Das war der Handel, den ich eingegangen bin.« Sie schluckte und kam noch eine Winzigkeit näher. »Zwölf Nächte in jedem Jahr, Lauri, in denen meine Gegenwart dir nichts anhaben kann.«

Er schob seine Hände auf ihren Rücken und fühlte jede noch so winzige Bewegung durch den dünnen Stoff des Kleids.

Es war das Seltsamste, was er jemals gehört hatte – doch es war vollkommen in Ordnung. »Glaub nicht, dass ich dich in dieser Zeit auch nur eine Sekunde lang allein lassen werde.«

Und dann, endlich, zog er sie über die Schwelle in das Innere der Hütte und küsste sie.

Carolin Wahl

»Carolin Wahl besitzt die seltene Gabe
Träume in Worte zu weben.«
Bernhard Hennen

978-3-453-31647-8

Leseprobe unter **www.heyne.de**

HEYNE